报告

叩问远去的时光

人民日报2014年散文精选

2015年最美散文读本

人民日报文艺部 / 主编

人民日报出版社

图书在版编目（CIP）数据

人民日报 2014 年散文精选 / 人民日报文艺部主编. —北京：人民日报出版社，2015.6

ISBN 978 - 7 - 5115 - 3256 - 5

Ⅰ. ①人… Ⅱ. ①人… Ⅲ. ①散文集 - 中国 - 当代　Ⅳ. ①I267

中国版本图书馆 CIP 数据核字（2015）第 142531 号

书　　名：	人民日报 2014 年散文精选
主　　编：	人民日报文艺部
出 版 人：	董　伟
责任编辑：	宋　娜　齐　迹
联系电话：	（010）65369521
出版发行：	人民日报出版社
社　　址：	北京金台西路 2 号
邮政编码：	100733
发行热线：	（010）65369527　65369509　65369510　65369846
邮购热线：	（010）65369530
网　　址：	www.peopledailypress.com
经　　销：	新华书店
印　　刷：	北京朝阳印刷厂有限责任公司
开　　本：	710×1000mm　1/16
字　　数：	350 千字
印　　张：	22
印　　次：	2015 年 7 月第 1 版　2015 年 7 月第 1 次印刷
书　　号：	ISBN 978 - 7 - 5115 - 3256 - 5
定　　价：	49.00 元

目录··怀想

茨菰之格	.3.	初国卿
传神正在"阿堵"中	.6.	戴明贤
烟瘾与心瘾	.9.	高 深
闻谢而愧	.11.	郭庆晨
始可与言诗已矣	.13.	胡妍妍
虚构的"瓦解"	.16.	黄咏梅
"马铁丁"的文风	.19.	季 音
写作,向前方	.22.	李 浩
不安的"出逃"	.25.	李骏虎
后窗的写作	.28.	鲁 敏
"匠"与"技"的光荣	.32.	马 涌
抵 达	.35.	漆宇勤
打高尔夫与割麦子	.38.	王金昌
笨拙的土豆	.40.	王晓莉
复恐匆匆说不尽	.44.	卫建民
"自清"者说	.48.	吴兆民
秋天的手工业	.51.	杨 怡
千年往事凭诗见	.53.	虞金星
北京的文化和邻居	.55.	张 策
哑 鸟	.57.	张 长
无情不作诗	.60.	张 健
故土,最持久的灵感源泉	.63.	张 翌
想起谢晋一席话	.66.	赵 畅
"钱本草"	.69.	赵丕聪
丹水北去	.72.	周大新
我是一滴水	.76.	周舒艺
抵达故乡即胜利	.79.	诸荣会

屐 痕

河流和群山的话语	.85.	安　歌
鸟的世界	.88.	鲍尔吉·原野
嘉陵江月令	.91.	曹　雷
义重情深的恩赐	.96.	从维熙
时光深处的诺邓	.100.	董小酷
遍地蒿香	.103.	何　频
风雨中的灯楼角	.106.	黄国钦
横渡夏季	.109.	赖赛飞
寻芳习家池	.112.	李春雷
梦幻仇池山	.116.	李存葆
温暖的力量	.120.	李小雨
千年如在觅诗魂	.125.	李元洛
草原上的河流	.129.	刘庆邦
叩问远去的时光	.132.	刘玉琴
我心目中的鬼谷子	.138.	卢新华
古丈茶歌	.142.	彭学明
问心何处是故乡	.145.	乔林生
槐的怀想	.150.	乔　叶
塔里木感怀	.153.	凸　凹
汉水的襄阳	.156.	王必胜
羊楼洞茶香	.159.	王剑冰
地名记得所有的事	.162.	文　猛
湖殇	.165.	熊红久
镌刻的信仰	.168.	徐　涟
一个人的沙漠	.171.	杨献平
世界美如斯	.174.	叶延滨
云和梯田	.177.	张抗抗
汉水映诗魂	.181.	赵丽宏
庄严的绿	.184.	邹　园

心 香

炸 豆 . 191 . 阿 慧
老母为我"扎红" . 194 . 冯骥才
一次回望,一生难忘 . 196 . 黄亚洲
深山红灯亮 . 203 . 李 迪
最好的纪念是传承 . 206 . 李 辉
苦心如水 静心如兰 . 212 . 李 梅
这辈子做好您儿子 . 216 . 刘正权
腊月的味道 . 219 . 梅 洁
忆张锲 . 223 . 南 丁
微尘远,山花近 . 227 . 秦锦屏
我愿和你一起飞 . 230 . 裘山山
照片里的人生 . 234 . 苏 北
烟花惊艳 . 237 . 肖复兴
忆徐迟 . 240 . 谢 冕
特克斯的阳光 . 244 . 亚 楠
家乡的月奶奶 . 247 . 姚化勤
近乡情更怯 . 251 . 郑有义

忆 旧

木镇的屋檐 . 257 . 耿 立
家常饼 . 260 . 何 申
乡野秋声 . 263 . 和 谷
挺笔荷枪 清风傲骨 . 266 . 简 梅
无法忘却的痛 . 270 . 姜泓冰
井眼 . 274 . 李丹崖
青团 . 277 . 李 晶
重返谢辛庄 . 280 . 李培禹
小城深处 . 283 . 李小洛

系在呼兰河上的魂	287.	李 雪 龚 宏
带伤的重阳木	291.	梁 衡
信有天地可畅游	297.	刘成章
林则徐的名臣之路	304.	龙 一
给时代留下鲜明印记	308.	缪俊杰
盛世危言犹在耳	311.	乔忠延
栖霞岭上看云卷云舒	315.	任愚颖
贝熙叶和贝家花园	318.	舒 乙
犁 花	322.	宋殿儒
远去的书香	325.	苏沧桑
留给一座城市的回忆	329.	王 溱
鸭 乡	333.	王玉清
"其室名冰，其人犹热"	335.	武 歆
采茶鹧鸪天	339.	徐 鲁
侠骨柔肠百转时	342.	朱谷忠

怀想

屐痕
心香
忆旧

茨菰之格

·初国卿

10多年前给我家装修的宋氏三兄弟来自江苏。兄弟三人活做得好，人也厚道，在沈阳做装修近30年，积累了良好的人缘口碑，许多找他们兄弟装修的人都得提前半年预约。自从三兄弟给我家装修后，家里的水电或是暖气等出了问题，只要给他们打一个电话，就会及时来一个兄弟帮我修好。时间长了，与三兄弟成了朋友，他们每年从苏北老家过年回来都要给我送一袋从家乡带来的茨菰，让我尝鲜。

茨菰是宋氏兄弟老家的特产。我第一次见到宋氏兄弟送的茨菰，只看其形，就让我很喜欢。它长得圆头圆脑，很像大蝌蚪，又似小土豆。大者如桃，小者如栗，每一颗都带有一粒顶芽，俗称"茨菰嘴子"，弯弯地翘着，好像是一个个俏皮的逗号，似乎在告诉我说：知道吧，我来自苏北，我是茨菰，不是土豆。

宋氏兄弟说，在老家乡间的河塘边和水田里，到处可见茨菰，每年冬至前开始采挖上市，春节前后正是吃茨菰的时候。他们还告诉我，吃茨菰要先去皮，再切成两半，然后烧五花肉或炖大骨。兄弟中的老大，我们都称他"大宋"，还有点抱歉地嘱咐说："这东西吃起来有点苦，但不像苦瓜的苦，更不像中药的苦，很淡，不知你们吃得惯不。如果吃惯了，我以后年年拿给你们。"茨菰的淡淡之苦，倒是正合我的口味。我早年喜欢吃苦瓜，曾有同事戏称我能从苦中吃出诗意，茨菰之苦，自然是另一种诗意了。

就这样，每年春节之后宋氏兄弟都给我送来茨菰一袋，有时家中没人，就悄悄地放在露台上，人也悄悄地走了。过后打个电话给宋氏三兄弟，请他们来家吃一顿饭，吃我做的茨菰烧肉，但他们总是婉转谢绝，说是装修事多，脱不开身。10年间，年复一年，春节后的茨菰烧肉、茨菰炖大骨，几乎成了我家餐桌上的荣誉出品，也成了我忘不掉的水乡月色或江南乡愁。同一条街住着的作家刘宏伟读我的散文，写了一篇书话，题为《一个爱南方的北人》，可谓是说中了我这方面的情结。

茨菰吃起来确有淡淡的苦味，但因为下锅前用沸水余过，焯去了土腥气和少许苦味，再加上是烧肉和炖大骨，本来无味的茨菰充分吸收了油盐、葱蒜、姜、花椒、八角等各种作料之味，一般倒不觉其苦。这种亦苦亦甜、大素大荤烹成的至味，吃起来自然是油而不腻、清香无比了。在我家，一盆茨菰烧肉吃下来，往往是茨菰吃完，肉都剩下了。茨菰吃起来的口感，确实有点像土豆，但它又绝不似土豆那样一煮就烂，烂泥一样。茨菰无论怎么烧，也不会烂得一塌糊涂，总是颗颗成形，咬到嘴里颇有嚼头，也很劲道。任谁吃过后，都会有回味，都会记得住。正因如此，江南人才将其与茭白、莼菜、菱角、塘藕、芡实、荸荠、水芹一起誉为"水八鲜"，成为餐桌上独特的美食。

吃了茨菰，我总想见识见识茨菰长得什么样。前年秋天到江苏常熟，在寻访芙蓉村红豆庄和虞山脚下钱谦益、柳如是墓的过程中，我不忘一识茨菰模样。在芙蓉村和沙家浜的水塘边，我终于见到了长着燕尾形叶、开着白花的茨菰。乍一看，茨菰的花有如水仙，只不过水仙花六瓣，它只有三瓣。白色的三瓣花朵托着紫色的花蕊，素面朝天，从容淡定，朴实而不张扬。当地朋友向我介绍，茨菰还叫慈姑，李时珍在《本草纲目》中说："一根岁生十二子，如慈姑之乳诸子，故以名之。"这是说到收成时，它每棵秧下都有一串如土豆般的茨菰，一般是一串12颗，象征着一个月一颗。因此，民间多视茨菰为吉祥物，意寓多子多福。我记得宋氏兄弟还说过，他们老家苏北农村，新媳妇初次回门离开娘家时，都要带几个茨菰的，那是希望早得贵子，人丁兴旺。还说如果这一年是闰月，茨菰就不是12颗了，而是13颗。茨菰就是这样诚实地回报岁月，在它身上似乎有着神奇的自然灵性和人文感应。

茨菰的这种人文感应还体现在诗画和传统图案上。如唐人白居易、张潮、宋人陈与义等都写过咏茨菰的诗。齐白石曾画过《茨菰虾群图》，李苦禅也画过《茨菰鱼鹰图》。我曾收藏过有茨菰纹饰的青花瓷，那是将荷叶、莲花、莲蓬、茨菰叶系在一起的图案，称为"一把莲"，是一种吉祥纹饰。还有民间风俗画中，茨菰和柑橘画在一起，意寓瓜瓞绵绵。

因为宋氏三兄弟的情谊，不仅让我尝到了茨菰美味，还让我感受到了茨菰所具有的人文品格。如今，宋氏兄弟已在沈阳买了自己的房子，但每到春节之时还要回老家过年，去寻找有茨菰的乡愁。每年春节过后，我都期待宋氏兄弟早点回来，不仅是因为有茨菰吃，还因为许多新买了房子的朋友在等着他们兄弟给装修。每到这时，我都会想起汪曾祺那篇题为《故乡的食物之咸菜茨菰汤》的散文，想起文中写到的沈从文先生吃茨菰时的那句话："这个好！格比土豆高。"

传神正在"阿堵"中

· 戴明贤

顾恺之画人物不轻易点眼睛，说是"四体妍蚩本无关妙处，传神写照正在阿堵（意为这个）中。"借来比喻文学语言，也很恰当：文学是语言的艺术，人物、情节、场景是它的"四体"，语言是它的"心灵之窗"，精气神借以闪现。文学语言相近于古人说的"文字"，或"五四"后说的"文体"，或契诃夫说的"笔调"（他视为作家有无前途的标志），或今人说的"叙事风格"。它是一个综合概念，不仅指词汇，更指对词汇的指挥调遣。人生故事大同小异，"太阳底下无新事"，说什么是次要的，关键在于说得好。想把故事说得吸引人，全靠语言来传神写照。文学语言可以有多种定义，"传神"二字最能一语中的。

文学语言极其复杂，用"文野""雅俗""精粗"等现成概念来衡量，往往走进误区。《辞海》归纳文学语言的特点为"准确、鲜明、生动、富有形象性与艺术感染力"。然而准确、简练和生动表现在作品中是多元、不居、变异无穷的。它因体裁而异，因作家而异，因读者而异，永远是一个个个案。对这样一个充满动势和变数的活体，不可能有标准化的"公尺"。若把文学语言作为议论的话题，我认为应以一个基本观点作为前提：承认它的多样性，承认文无一体、美有万殊。

从文体看，对语言要求最考究的是诗。诗要求高度概括，一语道破。宏大如"生年不满百，常怀千岁忧"，壮阔如"山一程，水一程，身向榆关那畔行，夜深千帐灯"，精致如"今夜偏知春气暖，虫声新透绿窗纱"，微妙如"山路元无雨，空翠湿人衣"……但诗人的语言是单纯和稳定的。散文亦然，通篇是作者自己的语言。不过小说则因多重成分而情况复杂。

作家以语言为风格的载体,好的作家必有敏锐的语言感觉和独特使用。钱钟书锋芒毕露,杨绛绵里藏针,沈从文忌用成语,王蒙成语编队列阵。宗璞用典雅的文字写学者教授的故事,王朔用俚俗的语言写市井人物的故事,都能传特定人物和特定生活之神,各得其宜。如果用王朔的语言写宗璞的人物,用宗璞的文字写王朔的故事,必定有圆凿方枘的别扭。薛宝钗的文雅谈吐和她哥哥的猥亵俚曲,同出自曹雪芹笔下。《巨人传》的语言狂野恣肆,作者拉伯雷却是文艺复兴时期的渊博学者。而一个作家相对稳定的叙事风格,也会因刻画不同的人事而作微妙的或显著的调整。刘震云的《官场》和《我不是潘金莲》,同是他大巧若拙的笔调,但两者间的语言区别很明显。更有一种常见的手法:叙事者"我"是故事里的一个人物,从头到尾用此人的词汇和口吻来说话。《小癞子》通篇痞子腔,《狂人日记》满纸疯话,同是出于艺术的需要。人物粗俗,不等于作家粗俗。是人物没文化,不是作家没文化。好的小说,每篇都是一个独立的语境,要求作家一律用循规蹈矩的语言写小说,好像规定武林高手一律使刀,不准弄十八般兵器。倒是用规范书面语写的小说,读起来不沾地气,苍白无味。鲁迅说萧红的《生死场》:"女性作者的细致的观察和越轨的笔致,又增加了不少明丽和新鲜。"如果交给中学教师把这些"越轨的笔致"一一按规范语法改正,没有了"明丽和新鲜",也就把《生死场》毁了。

总之,艺术创造的规律是"志在新奇无定则"(许瑶《题怀素上人草书》诗),是"扮龙像龙,扮虎像虎"(戏诀)。作家之能事,恰在于"八仙过海,各显神通";文学的魅力,乃生自语言的色彩缤纷。一部小说是一个完整的语言世界,无数小说像草原上群马奔腾,想要甩一个预设的通用套马圈使它们就范,是很不智的。宋人论学习古贤诗歌,有"活法""死法"之说,对于语言,语文教师用的是"死法"(规范),作家用的是"活法"(变化)。教师要求"正品",作家喜欢"窑变"。编辑应当善识千里马于骊黄牝牡之外。

好的小说语言很像美食,须有独家之味。"津津有味""味同嚼蜡",都以"味儿"比喻阅读。我有一位已故文友,认为小说负有推广普通话的历史责任。他是北京人,在贵州工作多年,用普通话写的贵州人事,不论是城乡工农,读起来皆似是而非,对话尤其格格不入,有一种矿泉水被蒸馏水代替的感觉。国家可以法定通用语,世上不可能有无乡无土的"通用人"。小说总要写一块具体土地上的人和事,鲁迅写浙江,老舍写北京,张爱玲写上海,冯骥才写天津,方言土语正是传神"阿堵"。就是寓言型的现代派小说,作家也要选择富于色彩的独特语言，而不会用一种文化积淀很少的"世界语"。当然，作家运用方言土语，不是简单的"原生态"，而是在总体通行的"官话"叙述中，以精心挑选的方言来点睛添彩。

而读者喜欢或厌恶某种叙事风格，固然拥有绝对的权利，但也不宜党同而伐异，喜欢的大力提倡，不喜欢的呼吁铲除。趣味雅正当然好，但也要有承认"文无一体，美有万殊"的雅量。议论文学，更要有"不可一例求之，不可一类取之"（孔颖达《易疏》语）的慎重。

当前文学创作的语言状况，我所知有限。就近年读到的几本，如《我不是潘金莲》（刘震云）、《蛙》（莫言）、《黄雀记》（苏童）等，依"传神"标准，语言都是好的。《朱雀城》（黄永玉）人物众多、万象纷呈，语言也随之磅礴恣肆，生龙活虎。网络文学我很陌生，读过后来出版纸质书的沧月的幻异小说，笔致精致得很，营造出凄美的语言世界。对这类创作，我们一向当它不存在，其实它与大受炒作的《魔戒》《哈利·波特》是同一族类。倒是报纸、杂志上的散文，我觉得有点学生腔、文艺腔、翻译腔较多，好像"散文就得这么写"。其实散文的写法和语言，应该是比诗和小说更加多样化的。网络上不断出现新词，迅速进入新闻和文学文体。其中有的颇精彩，如"被"（"被代表""被自愿"）；也有的令人恶心，如"屌丝"。此外，不必要地嵌入些外文字母，加上简化字里"合并字"（如"後"并入"后"，"乾"并入"干"等）造成的大量错别字，等等，汉语的尊严、表现力和文化含量，都出现了一些令人忧心的现象。但风尚潮流，无可抵御。只有寄希望于语言作为一个历史范畴，时间能产生汰劣存优的作用。

年轻作者，我觉得可以从阅读外国作品得到许多思想、手法方面的启发和借鉴，而语言一定要孜孜以求地精研母语。这是文学安身立命之所。

我年轻时读屠格涅夫的散文诗，说俄罗斯语言天下最美，很是羡慕。后来发现好多大师都认为他们的民族语言才是天下最美，这才省悟：作家出于职业的敏感，不断发现母语中蕴藏着无穷尽的美和力，于是发出这样真诚至偏激的赞美，并非他们的语言已捧了世界杯。汉语的表现力是毋庸置疑的。从诗经楚辞到唐诗宋词元曲，从《史记》到唐宋传奇、明人小品到《红楼梦》到《野草》，我们也完全可以说"无与伦比"。有一个现象值得深思：第一流的翻译家都是第一流的学者兼作家。而母语水平不如外语水平的译者，绝对出不了好译品。翻译如此，何况创作。

烟瘾与心瘾

· 高 深

我是卷烟厂的老主顾,曾经有过57年烟龄。

1949年1月15日,天津解放了。我们宣传队一度住在恒大烟厂院内,每人发过一条"恒大"牌香烟,由此我断断续续抽起烟来,发卷烟就抽着玩,发烟叶就慰劳炊事班。没有烟瘾。直到转业有了工资,才成了名副其实的瘾君子,最厉害时每日吸两包烟。

这57年,我曾多次有过戒烟念头,都因种种借口未能落实。2007年9月9日真的戒烟了,至今已6年多,再没吸过一口。尽管有统计显示,在戒烟人群中,一年后复吸率高达63%;有半数以上的人经不住敬烟的诱惑。但我可以拍着胸脯说:高老头彻底戒了烟。

我开始戒烟时并不与烟"决裂",茶几、电脑桌上照旧放着我最喜欢抽的"555"牌烟,烟灰缸、打火机都放在眼前。我想:如果看不见烟,摸不着烟戒烟,那等于被动戒烟,或叫被迫戒烟,一旦有了"可吸之机",决心就可能动摇,很难戒烟成功。主动戒烟是"我要戒烟",并非在外力强迫下戒烟。我有意考验一下自己的毅力。

为什么戒烟的日子是2007年9月9日?那天我因突发心脏病住进北京医院心内科重症监护室,后来心血管搭了支架,也算逃过一劫。出院那天我的主管医生王翔凌劝我戒烟;给我做手术的心内科专家何青,说话时没有了往日的和颜悦色,严厉告诫:"你必须戒烟!不要以为已经抽这么多年烟了,戒了就比不戒好。"听她那语气,已不容我有任何辩白的余地。

说实话,住院期间没有吸烟,咳嗽好多了。过去一咳嗽厉害了,头晕喘不上来气儿，嗓子眼儿经常发痒，有时咳得又流鼻涕又淌眼泪。对比之下，让我产生一种强烈的戒烟愿望。与其说是遵照医嘱，莫如说我已吃够了吸烟的苦头，敬畏生命，自觉地下了与烟决裂的恒心。

戒烟的头几个月，时不时地犯烟瘾，心烦意乱，有时嘴里不住地咽口水，不知吃点什么解一解才好。每逢这时，我就集中精力做点什么事情，转移注意力，并警告自己："不可食言！"也有时故意对着烟盒与打火机自言自语："你不要诱惑我，我是个老兵，还记得《三大纪律八项注意》！"其实也就是那么一阵儿，一咬牙就挺过去了。

说是犯了烟瘾，实际是犯了"心瘾"。心瘾大多是一种精神作用，一种"惯性"在作怪，如习惯于叼着烟看书写作，否则就感觉缺了点什么，总以为是没吸烟才带来诸多不适，无所适从。这相当于自我心理暗示，有毅力者完全可以战而胜之。

人们都说戒烟难，难就难在：吸烟不犯法，烟厂老板一面将"吸烟有害健康"印在烟盒上（人间最滑稽最虚伪的"忠告"），一面又变相打广告，全方位倾销，因为烟厂是利税大户，相关部门也就睁一只眼闭一只眼，得过且过；还有访亲会友时，对方十有八九会递上一支烟以示敬重，不笑纳则有不识抬举之嫌；有些公职人员也常接受办事人送上的烟酒，可谓"酒杯一端，政策放宽；香烟一点，有了笑脸"。据说收受香烟还不算受贿。怪哉！

其实真想戒烟并不难。人总是敬畏生命的，一旦因吸烟而损害了健康，甚至威胁到生命，就有了戒烟愿望，毕竟没有几个人肯拿自己的生命当儿戏。此外，人应该有毅力，也应该对自己的承诺负责任。你若是真心戒烟，就要向家人和所有认识你的人郑重宣布，特别是要向你心目中德高望重的人宣布，给自己造成一种"承诺"的压力。包括我把这篇戒烟文章公之于世，也是想让我的熟人都知道我已戒烟了。如果我日后复吸，亲朋至友可以指着我的脊梁骨说："这个人言而无信，食言而肥！"

从公共意识讲，一个人吸烟，一家人受害，你周围的人群都跟着"被动吸烟"，你成了不折不扣的"害群之马"。如果你是一个讲道德的人，仅"为了别人的健康"这一条，也就足够鞭策自己提升戒烟的决心了。一个真正爱自己、爱家人、更爱周围环境的人，戒烟就不再是难以实现的事情。

闻谢而愧

· 郭庆晨

2013年的一天，患有先天性糖尿病，后来又患上尿毒症的黑龙江省甘南县甘南镇居民于浩洋拨通了县"为民办"（"为民工程"办公室）的电话。在"为民办"的协调下，该来的部门都来了，一个上午就给他办妥了低保手续和大病保险。可于浩洋3年前就开始申办低保和大病保险，3年里，他数次去过街道，找过民政，跑过派出所和医保局，但始终没能办成，他所做的一切努力就像是在原地踏步。手续终于办成后，于浩洋和朋友闲聊时感慨地说："他们（干部）变了，变好了！""为民办"主任肖正平听到这个评价，忍不住流泪了："他还管我们叫'他们'呢，这让我惭愧、心酸……"

无独有偶。甘南县"为民办"的另一位主任范福才有着同样的情结。在甘南县"为民办"的柜子里放着不少群众送来的感谢信和锦旗，可范福才却一直不肯拿出来给人看。他说："我不愿意让别人看到这些。因为这些事都是我们该办的，甚至是早就该办的。收到这些东西，我心里有点愧得慌。"

在我的印象里，群众给领导机关的干部写感谢信、送锦旗之类的事屡见不鲜。而作为感谢信和锦旗的接受者，几乎是无不闻谢而喜——喜的是自己做的事情于群众有功终获承认，喜的是自己的价值得到了社会的认可。而肖正平、范福才二位却明显是另一番感受：闻谢而愧。

愧从何来？一则觉得给群众办的事，只是职责范围内的事，不但该办，而且应当早办，因办得不及时而深以为愧；二则虽然办了好事，但群众谈起来还对办事的部门和干部以"他们"相称，并没有当"自家人"看待，因群众与自己还隔着一层而惭愧、遗憾。

中国的老百姓是质朴的，也是容易满足的。干部为他们做了哪怕是一点小事，他们都会称谢，都会感恩。如果你闻谢而喜，以致乐不可支，自我欣赏、自我陶醉，就会真的把自己当成有恩于群众的恩人，使自己永远处于居高临下的位置，像有些人供奉的神位那样，心安理得地接受人们的供奉。

相形之下，倒是闻谢而愧令人耳目一新。为群众做了好事，群众在感谢之余，还有赞扬的评价。这对做了好事的干部无疑是一种褒奖和认可。被感谢的干部非但不喜滋滋、乐开怀，而是从感谢声中找出不足，进而为自己没能把好事做圆满、做到位而愧疚。可以想见，人的品格会在"知不足"中升华，干部为群众服务的境界会在"知不足"中提升。

自满自足，就容易停滞不前；不满足已有的成绩，才能保持前进的动力。在为群众办事、为人民服务的问题上，概莫如此。故而，我要为"闻谢而愧"鼓掌！

"闻谢而愧"的话题本该就此打住了，可"闻谢而愧"的来由却让我言犹未尽。

从群众找上门不给办到主动为群众上门服务，这变化，在于浩洋看来，来自于"为民工程"的实施——有了"为民工程"，才会有"为民办"，有了"为民办"，才会有"为民办事"的官员。如若不然，为什么此前3年的时间里，同样的事没人给办呢？

可是，非要开展"为民工程"活动、成立"为民办"，才能为民办事吗？倘如此，"为民办"之外的诸多部门怎么办？没有成立"为民办"的地方又该怎么办？更何况，"为民工程"是一项活动，活动过后怎么办？还依然故我、一切照旧，让生病的、有难处的于浩洋们跑遍各部门都没人理睬吗？如何实现为民服务的常态化，如何在常态化的为民服务中时时想着人民，并能做到"闻谢而愧"，这才是各级党委和政府该多考虑、多研究、多解决的问题。不然，光是"愧"，总是"愧"，也于事无补啊！

始可与言诗已矣：

· 胡妍妍

诗人西川说，母语就是你敢于在里面翻跟头、在里面胡打乱闹的语言，这才是一个人真正能够用来写作的语言。写作的人想必都有过赤手空拳地挑战母语、挑战传统的野心。但这话只说对了一半。另一半是，你很难确定母语的边界究竟在哪里，汉语言的博大精深让人探不到底，中国文学的源远流长更是让后来者心虚：自己翻的跟头千百年前是否已经有人翻过？

对于一个用现代汉语写作的人来说，很难避免这样的"影响的焦虑"：不仅焦虑如何超越过去的经典，而且焦虑自己究竟熟识经典几分，那浩如烟海的古典诗词常常只是一个笼统混沌的文学背景而已，哪里谈得上浸淫其间？这几乎是一种害怕无知、害怕没有受到影响的焦虑了。

于中华民族的文脉绵延中，可以感受到这种历史的辩证。反叛的、变革的、创新的一派，实际上并未脱离传统的静水流深的给养，反过来，它的反叛、变革与创新又被巨大的传统所吸纳、包容，成为传统的新质。一部中华诗词史，几乎就是这样不断裹挟着前进的历史，千江有水千江月，它不因变迁而耗损，却能从一切创造性的变革中增益光辉。

这样的一条诗词文脉，对用汉语写作的人来说，是迟早要回溯、迟早要用最大功力打进去再打出来的历史存在，对普通人来说，却是悄然涵养一生、"日用而不自知"的文化场。中国传统文化特别强调"通"和"化"的一面，文学艺术从来不只是外在的技能训练和知识赋予，人们读诗、谈诗、教孩子背诗，并不只是为了寻章摘句、舞文弄墨，很多时候是在借诗词出入经史、概括情事、教化人伦。从少年的"为赋新词强说愁"到暮年的"却道天凉好个秋",古典诗词曾经内化于中国人的生活方式和生命状态之中,随人生境遇而远近隐显,有时像是亲切、顺手的乡物家什,张口即来,有时又像是一个隐秘而顽固的文化磁场——多少人在游山玩水的时候,被残破斑驳的碑刻中一句清雅隽蔚的诗文击中,甚至唤起了对从未经历过的历史的回忆。这就是文化的认同,它清晰地让你看到自己迢递以系的传统。

延续诗词的文脉,除却孜孜不倦的训诂考据,靠的就是这样一种普遍的日常的亲切可感的阅读。诗是"采风"的产物,口耳相传的诗词曾经让大地上歌声如风,温润徐徐,而今,这风却被现实推到了远山青黛的那一侧,越来越远,我们正在失落那种生活在"无意的浸淫里"(朱自清先生语)的日子。朱自清先生说,"诗里无我,实生活里有我","读诗的人直接吟味那无我的情感,欣赏它的发而中节,自己也得到平静,而且也会渐渐知道节制自己的情感。一方面因为诗里的情感是无我的,欣赏起来得设身处地,替人着想。这也可以影响到性情上去。节制自己和替人着想这两种影响都可以说是人在模仿诗。诗可以陶冶性情,便是这个意思,所谓温柔敦厚的诗教,也只该是这个意思"。

在诗教陶冶之中,是现实向诗意看齐,是人在模仿诗而不是相反。经由读古典诗词,人将自己投射到一个更大的世界里,山水田园、边塞征战、思乡怀人、历史咏古,无关乎己却又让自己反复感念,同理心将我提升到一个超越了"我"的地方,从而能更开阔地看待历史,也能更历史地看待此间的世界。这也是孔子说"告诸往而知来者""始可与言诗已矣"的道理所在。你得能举一反三,能同情同理,从已知理解未知,从过去读出未来,如此才能一起谈论诗。这是诗的门槛,也是诗的情怀。对现代人心灵上的脂肪来说,是需要吹一吹这来自古典的清瘦的风了。

今夏,我在挪威小镇乌尔维克拜访了挪威已故诗人奥拉夫·H·豪格的故居。在他一辈子没有离开过的背靠着千年雪山的果园里,豪格一遍遍地读着英文翻译的中国古典诗词,与陶潜、杜甫、李白、白居易神交。他写过一首名为《陶潜》的诗:"假如有一天/陶潜来看我,我要/给他看看我的樱桃树和苹果树。/他最好春天来,/在果树开花的时候。然后/我们在阴凉处坐下,喝一杯苹果酒。/我可能给他看一首我的诗/——假如我找得到他喜欢的诗。/今日飞龙在天，留下毒物与浓烟/在他那个时代，龙飞的声音更轻些，/有更多的鸟儿啾啾叫。/我这里没什么他不能理解的事物。/他可能想隐居在这样的小果园，/但不知他是否会避世而问心无愧。"在读到它的那一刻，我想，豪格一定读过陶潜的《停云》，读过那句"人亦有言，日月于征，安得促席，说彼平生"吧，这远隔时空的交相谈诗是多么美好。

虚构的"瓦解"

· 黄咏梅

写小说的人，久而久之，会形成一种惯常的思考方式，那就是穷尽所能，力图在一个虚构的故事里完成逻辑结构，让故事的推进令人信服，我称之为信服力。因此，写作者内心必得先充满了各种质疑，然后像做手术一样，精细地将所质疑的东西一一解决掉，得出一个完美的充满信服力的作品，如此，方能达到艺术的真实，无可置疑。这种思维习惯，逐渐地影响了我的日常生活，比方说，遇到一件突如其来的事情，我总会在心里推算着——何以至此？是的，何以至此，那不就是将小说推到结局的一个漫长过程吗？伴随这种思维惯性出现的，通常是"不至于此""的确如此"之类的拉扯。这其实是很折磨人的，同时，我也感受到了这些思维的"伤害"。

从一次饭局说起。

那时我还在广州生活，饭局是一位老诗人吆喝的。来的都是老朋友，有小说家、诗人、报刊编辑、青年评论家。只有一个陌生女孩，经人介绍才知道，她是老诗人顺便邀来的，是长期为老诗人从香港带一种进口药的中间人。我们觉得，她就是个生意人吧。她一来就表达了对文学的喜欢和对作家的敬慕。在座的都不觉得新鲜，因为她实在太嫩，看上去也就是二十来岁的样子。谁知，整顿饭下来，她不怯场，从喜欢文学说起，很快谈到了她的个人经历。她说，前些天回老家，她跟父母作了一次激烈的斗争——希望父母能接受她的香港男友，并允许他们结婚。可是，父母死活不同意，父亲用皮带狠狠地打了她一顿，"我现在背上满是伤痕，贴了很多膏药。"她这样说的时候，脸上还带着笑。我们都被这"私人叙述"吓住了，停下了咀嚼的动作。她接着说，自己在客厅跪了整整一夜，还被父亲关了禁闭，是仁慈的母亲偷偷把她放了出来。

这简直就是旧社会发生的事情嘛。其中一个作家问她："父母为什么不接受你的香港男友？"女孩说起了她那段戏剧性的爱情：两年前，她到香港玩，逛书店。她站着读一本书，有个男人一直站在她身边。后来，男人向她搭讪，告诉她手上拿的书是他写的。女孩顿时心生敬意。二人交谈甚欢，互相留了邮箱。他们就这样交往了起来。"他已经五十多岁了，比我大三十岁，这是父母不同意的原因之一，而更重要的原因在于，他其实很穷困，目前没有职业，就是给报纸偶尔写点豆腐块，而且还离过婚。"

我们都清楚，在香港以文为生很不靠谱，报纸只发豆腐块文章，没有政府资助的文学机构，就连出版社都是民营的，据说除了畅销书外，香港文人印书都是自费，仅靠自己拿书到书店卖，获得一定的分成。显然，这女孩的男友，就属于自费印书的那类作家。

这次饭局成了这个女孩的爱情故事会。我的内心在她的讲述过程中一直在怀疑着，何以至此呢？尤其听到她与男朋友的巧遇，以及她多次与父母抗争的激烈方式，我都觉得不太可信。她是个生意人，遇着一群作家，要编出这么些与文学相关的事情，以拉近关系，也不奇怪。我甚至在饭局结束走出饭店门口的时候，仔细地打量着她的背，据她说那里几天前还被毒打，"满是伤痕"，你看，她竟然还弯下腰来，将门口一个摔倒的小娃儿顺利地抱起来，举在怀里，面带微笑。她的背不疼么？

第二天，我接到饭局中那个杂志社编辑的电话，说那女孩今天下午要领她男友到杂志社拜访，问我要不要来看看。"要不要来看看？"这话真的意味深长。到了杂志社，我发现昨天饭局上的人几乎都来了，他们都是来"看看"的。

那男人快六十岁的样子，在我们面前显出他这个年龄不应有的局促。他拿出了自己印的书送给我们，青年评论家详细地询问他香港文学的一些状况，我们则在心里从男人的回答中验证着其"作家"的身份。后来，男人向我们谈起了港译的西方书籍，顿时变得很自信，滔滔不绝，还从包里掏出一本港版《别让我走》，石黑一雄的小说。他说自己很喜欢这本小说，并要留给我们读。那女孩安静地靠着男人坐着，一直微笑地听他说。最后，男人终于说到了他们的爱情，他说，他没有钱，也没有地位，但会努力争取她父母的认可，即使用尽后半生。这话从一个老男人嘴里吐出来，让我鼻子一阵发酸。

临别的时候，男人牵着女孩子的手，说："我们很高兴能认识你们这些作家。"同时深情地看了一眼女孩，仿佛我们是他们的结婚见证人。女孩很幸福地看看他，又看看我们，说了一句："我都怕他们不相信。"霎时，我为自己的那些心理活动感到羞愧不已。

女孩走出去的时候，我久久地看着她的背，我坚信那里"满是伤痕"。后来，我们再没见过那女孩，更别谈有什么"生意"关系。

这次饭局让我对虚构的信服力产生了怀疑，甚至感到自己总是在苦苦推动"何以至此"的过程苍白无力。很多时候，它其实可以毫无逻辑，甚至可以让人始终生发"何以至此"的追问而难以得到解答，因为——它常常会被感人的力量所瓦解。

"马铁丁"的文风

·季 音

改进文风,是时下人们比较关切的一个问题。近日,想起了二十世纪五六十年代在改进文风上作出过卓越贡献的一个名字:"马铁丁"。

"马铁丁"是何许人?这是三个作家共用的一个笔名,他们是:陈笑雨、张铁夫、郭小川。这三个作家在新中国诞生初期都在武汉工作。新解放城市里到处生气勃勃,人们兴高采烈地迎接新生活。但新情况也带来不少新问题,迫切需要新闻界与文化界大力加强对新解放区群众的思想工作,阐述党与政府的各项政策主张。三个作家经过商量,认为对群众做思想工作,要力求生动活泼,不可打官腔,要与群众平等地对话。他们感到,漫谈式的杂文是与大众交流思想的一种好形式,他们三人也都喜爱写杂文,于是决定在报刊上开辟一个名为"思想杂谈"的专栏,作者的署名就从三人的名字里各抽一字,就叫"马铁丁":"马"是司马龙(陈笑雨的笔名);张铁夫即为"铁";"丁"是丁仲云(郭小川的笔名)。"马铁丁"就此走上文坛。

不久,署名"马铁丁"的"思想杂谈"专栏,就在当地的大报《长江日报》上与读者见面。专栏基本上每天都有,每篇千字左右,文字轻松活泼,没有八股腔,既谈人生理想,也谈天下大事,谈为民众关切的种种事。有些文章主要是从正面引导,启发读者的思想。例如,有一篇名为"火柴颂"的杂文,文章批驳了有人讽刺火柴只是"一点就着,一吹就灭"的谬论,对火柴作了全新解释:它"灭了自己,却把别人点燃","照亮了世界,燃起熊熊的革命烈火"。鲁迅先生歌颂"泥土"的伟大贡献,"马铁丁"歌颂"火柴"是革命的火种,异曲而同工,阐述的是同一个思想。这篇杂文得到读者好评。

"思想杂谈"专栏里,也有不少文章如同匕首和投枪,刺向社会的阴暗角落,批评某些不良现象和不良作风。有一篇题为"工作气氛与庸俗气氛"的杂文,批评了有些机关干部整天夸夸其谈、游手好闲的歪风,"几个人聚在一起闲聊,不是张家长,就是李家短,或者某某人的恋爱,某某人的服饰……"文章指出,这就是"庸俗作风",一个干部"应当集中精力到当前的工作上来"。专栏里的有些杂文,还尖锐地批评了一些干部的官僚主义作风。

"思想杂谈"受到读者的普遍欢迎,"马铁丁"这个名字随之传遍大江南北。

1952年,陈笑雨调到北京工作,另两个作者也各自走上新的岗位。张铁夫从政,担任北京市委宣传部负责人。郭小川集中精力从事诗歌创作,成了著名诗人。三人的合作至此结束。陈笑雨没有放下写杂文的笔,他在《中国青年》等报刊上,继续设立"思想杂谈"专栏,发表杂文。从此"马铁丁"成了他一个人的笔名。

"马铁丁"的杂文很快赢得北京读者的欢迎。专栏后期的杂文,偏重于谈人生理想、思想修养方面的话题,文章不尚空谈,围绕着一时一事,谈古论今,娓娓道来,引申出一个深刻的道理。"马铁丁"的杂文特别受到青年读者的喜爱,在一些年轻人中出现了"马铁丁"热。

改进文风,不是单纯地改进写作技巧,主要是要有新思想,不落俗套。一篇杂文(当然也包括其他评论文章),它的生命在于"新",新的观点,新的论据,再加上必要的文采,这样才能说服人,打动人。"马铁丁"杂文的特色之一就是"新",不讲套话、官话,每篇都有新意,给人启发。著名作家袁鹰在一篇述评里说:"马铁丁"的文章"不仅有独特见地,不人云亦云,而且能坚持从实际出发,敢于顶风,不趋时附势"。这或许是"马铁丁"的杂文能够赢得广大读者的一个重要原因。

《马铁丁杂文集》先后出版四卷,是书市上的畅销书。杂文有多篇被收入中学语文教材。陈笑雨本人还出版了《张弛集》《说东道西集》和《残照集》等多本杂文作品,这些作品都得到读者的好评。

为何"马铁丁"的杂文会产生如此大的影响?文学评论家冯牧在《马铁丁杂文选》的序言里说:"马铁丁和我们刚刚建立起来的共和国不断变革、日新月异的现实生活,是如此地同步伐,共脉搏,血肉相连。加上他思想和艺术的光彩,使这些杂文对读者起了生动的启迪作用。"

"马铁丁"这个名字，当年在新闻界和文化界，曾经名噪一时。它的新文风，受到广大读者的欢迎。确实，"马铁丁"现象，是当前改进文风的活动中值得研究的一页历史从中是可以汲取一些有益启示的。

陈笑雨、张铁夫和郭小川三位作家已去世多年，新闻界不少朋友深深怀念他们。他们三人都是写杂文的高手。杂文历来是广受读者欢迎的，它没有套话官话，短小精炼，切入生活，发人思考。一篇既有思想火花，又有文采的杂文，其影响往往不逊于某些洋洋万言、套话连篇的大文章。在当今人们工作繁忙、时间珍贵的情况下，杂文有无可替代的优势。当然，杂文如此，其他文章也如此，都应该有好文风。良好的文风，是推动社会进步的动力之一。

希望有新的"马铁丁"走到读者中来。

写作，向前方：

·李 浩

写作，对我来说是一种和我自己、另一个人、另一些人进而是和世界进行对话的方式，我写作，本质上是有话要说，有话想说。我希望我的写作是对自我的梳理和记忆，是我对自己，对世界和人类的真切表达。我希望写下命运，感吁，深思和追问，我希望写下我的幸运和痛苦，爱与哀愁，写下天使的部分，也写下魔鬼的部分。我希望写下我对人生的理解，世界的理解，命运和时间的理解。言说，说出，是我写作的诉求之一，我希望能有聆听的耳朵。在日常，我一向愚钝而木讷，而写作带给了我某种补偿。博尔赫斯在一篇题为《创造者》小说中写道，一个野心勃勃的创造者想按照真实的比例画一张完整的世界地图，为此他用尽了毕生精力。而等他完成这张地图的时候，他发现自己所画下的竟是自己的那张脸——成为那样的"野心勃勃的创造者"是我的文学诉求，这个毋庸讳言。在我看来，写作其实也就像通过画自己的脸，自己的心，自己对这个世界的观察和感知，进而画出整个世界。为此，我愿意付出努力、热情和毕生精力。剧作家奥尼尔有一句片面深刻的话，他说，"不和上帝发生关系的戏剧是无趣的戏剧"。这句话，充当着我写作的座右铭，昭示着我努力达至的方向。我承认我的文学野心，这个野心大约延续了巴尔扎克式的狂妄，正是他，在拿破仑肖像的底座上如此写下："他用剑没有完成的事，我将用笔来完成。"

让写作成为"智慧之书"是我一向的文学诉求。我迷恋"智慧"，愿意把它放置于我写作的核心。即使在故事中，我也希望我的态度是沉思、挖掘和反问，运用属于文学的魔法使问题成为问题。米兰·昆德拉说，小说的精神是复杂性的精神,每一部小说都对读者说:"事情并不像你想象的那样简单。"这是小说永恒的真理;小说的精神是持续性的精神,每一部作品都是对以前那些作品的回答,每一部作品都包含着以前全部小说的经验——我深以为然,并希望自己的写作能够汇入到复杂性和持续性中,做出自己的提供。我时常把自己的写作看成是一面放置在侧面的镜子,我写下他人,更写下自己,写下我对人的存在的追问。我追问,在人心和人性的沉默的幽暗区域都埋伏着什么,他如何获得崇高和尊严,应如何与他人相处?这个人的存在,与他者存在的区别是什么,他如何融入世界与社会,并对自我有固执的保留?非如此不可?有没有另外的可能?如何让"另外"成为可能?我试图让我的小说和诗歌对这些问题进行思考和解答。当然,"创造",也一向是我所迷恋的词,正如我迷恋幻想和梦,迷恋无中生有,迷恋突然的溢出和灵光一现。它同样是我一向的文学诉求——我希望自己是一个创造者,用现实、历史、传说、梦想、幻觉和理想的材料,通过写作,"创造"一个全新的、陌生的世界,一个自我的世界,一个具有玄思和彼岸感的世界,一个与我们的世界平行、处在疑虑中、并不幻美和许诺的世界……在这里,我可以略有骄傲地宣称,我的确拥有无中生有的手指,我懂得某些魔法和技艺。

  在写作中,我寻找那种生活在树上的感觉,那种俯视和悲悯,那种爱着,却永远拒绝与生活平视,拒绝随波逐流更拒绝同流合污的感觉。同时,写作对我来说意味着冒险,我愿意自己的每一篇小说都具有一种前行的姿态,它得做出自己的发现,它应当多少摆脱"影响的焦虑",至少与我的以前要有不同。我想我还要坦言,在文学中寻求精致、真实、丰厚、高端也是我的目标,我甘于寂寞,甚至有些偏执地甘于。不止一次,我曾重复过一个同样属于片面的短语,"写给无限的少数"——少数,无限,它们是两个词,然而之间的联系过于紧密,所以我将它们放在一起。少数,是一个问题,它要求一个人的写作从一条惯常的、习见的、"正确的"、人云亦云的大路上岔开去,在创新的道路上"一意孤行",努力呈现自己的风格,成为林外的树;所谓少数,它并非是有意选择,只是甘于接受这一"必然后果",让自己能够遵从内心,遵从艺术,勇于探险,而不是曲媚。

  我一直在言说我的文学诉求,它并不是我已经的达到,而是达到的可能,是目标,在前方。说实话自写作开始,我就一直在狂妄的自信和真切的自我怀疑中度过,我怀疑自己的能力,才气,怀疑自己的"发现"在别人那里已经是旧识而不自知。我很怕，在我死后，人们说，"这是一个呆板的好人，一直在从事一件他不能胜任的工作"——然而，我也希望，我能用我的一生投入到文学创作中，在我死的时候能对"上帝"说，在这一生中，我做了一件自己愿意做的事，我感觉还不错；如果有来生，我希望继续此生的未完成，继续做下去。在来生，继续做下去，即使依然了无成绩——这也是我的诉求。

不安的"出逃"

·李骏虎

　　长久以来，有一个隐秘潜藏在我的灵魂深处，在我最感到事业上得意和生活安逸的时候，它就会跳出来，与我对视，让我自省、失神。随着年岁的增长，它越来越频繁地跳出来，且目光越来越深邃，渐渐地，使我产生了一种愧疚和感叹。

　　其实，这并非我独有的秘密，它是许多离乡的农家子弟共有的心灵隐私。有人能够心安理得地享受命运改变后的狂喜，一生都陶醉在这种窃喜当中，并越来越贪恋如衣锦还乡的那份荣耀，我却经常陷入失落和不安中。

　　我不是要做忏悔，命运安排我在一个地方出生，中途又离开，或许谈不上罪过。我只是想做一个坦承：我当初泼了命地要考入城市、离开生养我的农村，并不是出于要成为国家栋梁、为"四化"建设添砖加瓦的伟大理想，我只是无法忍受劳动的繁重和精神的绝望，想摆脱那种劳苦，去寻找一个新的天地。我体验过劳动的快乐，也曾安享农闲的诗意和歇晌时的静谧。劳动是光荣的。但对于农民自己，它或许更像一种与生俱来的能力，没有光荣的意义可言——它的光荣之处，在于养活了不曾种地和不再种地的人们。给劳动下完光荣定义的人们，心安理得地享受着劳动的果实，谈起农民来，流露着怜悯或厌弃的心态。而我不能。

　　我清楚，粮食不仅仅是种出来的，它们一颗颗，都是汗与血凝结而成。正是这汗与血，让我自省、失神，愧疚、感叹，失落和不安。

　　"一望无垠的田野上，金黄的麦子一浪高过一浪……"这诗意而壮美的景象，我刚上小学时就会朗读和背诵。丰收在望的麦田，的确是壮观的，但当我成为一个农民以后，守望麦田的情景和课本里的描写却无法重合。开镰之前，望着金灿灿的麦田一直流泻到天边，的确让人激动。但当你弯下腰来，从一位观赏者转化为劳动者，一切就此不同：

　　三伏天的骄阳炙烤，全身上下都在淌水，捉摸不定的夏风偶尔会光顾你，让你在酷热和突至的凉爽的剧烈反差中打一个激灵。当夏风吹息身上的汗，它留下了一件与烈日合谋制作的薄膜，用来包裹你的全身。到后来，汗已不再出，但它形成的那层黏膜却越来越厚，并且渐渐发烫。那层黏膜，在麦季刚开始的时候是看不见的，当大地上的金黄渐次退却，人身上的黝黑渐次蔓延，它会渐渐跟你的血肉渗透并生长在一起，在黑皮肤上形成淡淡的银色，角度适当的时候能够看得很清楚，像银粉，又像月光。这是农民特有的肤色。汗不再出的时候，手上就被镰把打出水泡，不小心弄破了，钻心地疼，根本握不住镰刀。手掌握不紧镰把，又最容易打起水泡。打水泡的同时，腰开始酸痛，弯下去直不起来，直起来弯不下去，最后腰背干脆失去了知觉，直感觉那一截是空的。

　　当我在某一个时刻，完全被疲惫击倒在自己割下的麦子上，我的父母已经割到地头折回来了。他们割麦子的动作协调，步调迅捷，像是两部精良的机器。我躺在那里，惊奇地目送我的父母并肩从我身边弯着腰刷刷地割过去，感到了一种伟大和悲酸。在广大农村，像我父母这样对在我看来几近极限的劳动习以为常的农民太多了，他们在超越身体疲劳的同时，达到了精神上的平和。我曾经以为农民是麻木的，后来知道不完全是这样的。在我们那里，假如你问起一位农民：你是干什么的？他会回答你："受苦的。"这回答里并没有任何抱怨和不平的情绪。而于我，新的生活方式的诱惑，使我最终背离了祖辈的人生轨迹。我，是农民中的一员逃兵。

　　或者是我不具备一个合格农民的禀赋。夏收是农民最重大的课题，而我却不能承受它带来的压力。十一岁那年，麦子长势喜人，穗大粒圆，丰收在望。但天气预报却带来连阴雨将至的坏消息。我父母终日守在麦地里，看着麦子一点点变黄。他们与邻地的农民聚在一起忧心忡忡地看天，一次又一次拽下一颗麦穗来用手掌搓开，吹去麦壳，观察麦粒的成色，每个人都捻一颗麦粒扔进嘴里，用槽牙去咬，却总也听不到那象征成熟的清脆的破裂声。而天边已是黑云压境了。终于，他们决定提前开镰——歉收总比麦子全烂在地里好。我接过父亲递过来的一把镰刀——左臂揽麦秆，右手拉镰刀。可能是那种紧张的氛围令我心神不宁，也可能是尚青的麦根韧性太大，我怎么也拉不动镰刀。一着急，拼了命去拉，镰刀却滑开了，锋利的刀刃轻轻划过我的大脚趾，大脚趾的指肚像蛤蟆叫一样张开了大嘴，？白肉外翻，血还没来得及流出来。恐惧令我号啕大哭。感觉过了很久，父母才跑过来问怎么回事。看到我的血把凉鞋都弄湿了，脚下的土地变成了黑色，母亲说："你就不看这是什么时候?!"父亲说："指望不上你，回去吧。"我满腹委屈，弄不明白父母怎么突然把我不当回事了，只好自己用一只脚跳着逃回了家中。后来，那年的麦子还是被连阴雨泡在了地里，麦芽长得像豆芽一样又粗又长，我们吃了整整一年粘牙的面。回想那时候因脚伤逃避了夏收的恐怖和劳苦，我当时是深为自己的侥幸窃喜的。但作为一个真正的农民，一切都无法逃避。

　　夏收中重要的另一项是打麦。我成为一名壮劳力后，负责把脱粒机吐出来的麦秸扔到垛顶的工作。一把三齿叉，连续几个昼夜地挥动。那时候就盼着脱粒机出故障，在机器停转的一瞬间，我就能堕入沉沉梦乡。倒在潮热的麦秸堆里，天堂般的舒服。机器重新响起的那一刻，又能够马上跳起来接着劳动。人的脑子，在这样的时刻，根本不会思考，完全凭借机械的本能工作。每年夏收来临时，我都会有大难临头的感觉，看到父母兴奋而平静地为抢收做准备，我迷惘又震惊，一遍遍地追问未来。最后，我决定逃出去，而当时所能看到的唯一一条可供逃跑的路就是：考到城里去。

　　但我依然无法摆脱汗与血的浇灌。我们兄妹三人，每有一个考到城市里去，父母都要粜几千斤麦子来为我们凑学费——正是无边的劳苦和无尽的血汗造就了我们这些"叛逆者"。而与我们同龄的伙伴们，大多陷入了另一个新的汗与血的轮回。有位诗人批评写"伤痕"的知青作家们说：你们这些生长在城市里的人，去农村呆几年就叫苦连天，觉得受到了天大的伤害；可农民世世代代都在地里劳动，他们又向谁叫苦了？我为诗人的冷静和清醒而钦敬，但他却没能告诉我：农民受苦对不对？假如农民拥有插队知青一半的经历和思想，他们是否还能平和对待"受苦"这两个字？他们是否会对人生产生另一种方向的思考？我觉得会的，我父亲爱好文学，并把三个子女送入了大学，这不能不说是出于一种反省。从这个意义上说，知青作家们的叫苦当然是一种精神呼救，而相比知青作家，农民的世代劳作更是件无可躲避的事情。

　　这些年来，我一直在思索我从农村"逃"出来的对与错。我有近十年不从事那样艰辛的体力劳动了，平时连出身汗都难得，手上的茧子早已褪去，黝黑的肤色也变淡。一切，缘于从农村的出逃。我曾以为，这步路我可能是走对了吧，但随着时间的推移，有什么东西却越来越令我不安。

后窗的写作

·鲁 敏

20世纪50年代,希区柯克推出了他的经典之作《后窗》,这位大脑袋大下巴的大师,通过此片贡献了一个虽则早已存在、却是通过他才得到特别圈注的机位和视角:后窗。《后窗》在银幕上打开的那一年,我们这一代还没有来到这个世界,数十年的时间大江奔流,流过死亡与出生,流过灯火与黑暗,流过门缝与锁孔,停到了我此刻的这一瞬间。此时此地,想起最近被说得挺热乎的城市文学,我想到了希区柯克这个片名:后窗。

不过请允许我先离开后窗一点,先到餐厅、厨房、书房与客厅转一转——当然,这都是些小学生式的比喻,我想说的是,先回到我们的出身与经历,回到我们所汲取的食物与读物,置身的环境,我们往来结交的邻人,我们的举止与教养,成长与观照的镜像等等。写作,虽算是精神性的活动,但也具有某些生物学的特质,我们笔下淌出的字,跟写作者的体质、胆汁与DNA密切相关。

看我的同龄人,看我这一代写作者,有相当一部分与我类似:早期有着结结实实的乡村经验,但随后,或早或晚,一般在二十岁以前即完成了对城市生活的主动介入与相互占有:从缺乏野莽运动的细长下肢开始,从学生腔的普通话开始,从对各种现代性审美的巨大胃口开始,从对所谓国际性视野的诉求开始,我们已经漂亮、精准地城市化了。在阶段性地消化、吞咽下乡村经验之后,在时间统计比重上占有明显优势的城市生活,终于还是带着压倒性的重量,一边渗透一边覆盖,并鼓动着我们的思维与笔调,使之兴奋妄动了,哪怕我们骨子里还是个乡下半大孩子,只要一想起乡村就会莫名疼痛,哪怕私底下骂起人来还是用方言更带劲，发起烧来最想吃的还是几根乡下腌脆瓜，但无论如何，城市金属色的巨大身影已经开始投射到我们的小说中来了，成为背景，成为主角，成为对话与气味，成为矛盾与欲望，成为被毁灭或被建造的价值观……这似乎也都是顺理成章的，于是，城市文学像一盆越烧越旺的火，更多的柴火丢进去，更大的影子晃动起来。大家开始雀跃：城市文学收获了！热了！熟了！可以吃了！

但我还是有一些疑惑。我有一位朋友，以研究数学为业，多次向我赞美数学之美，其大意是，当你千辛万苦去求解出一道数学题，最后得出某个未知数的答案，是"0"，是"1"，是"无穷大"，是"无限循环小数"，你看看，这有多美呀。我不太能够体会出这到底"有多美"，但这种貌似简单的差异再一次向我证明，有太多的审美、规则、文明，是远远超出我的体验与见识的——我们对城市的审美，某种程度上说不定也像一个普通人对数学的理解。

这就终于要说到"后窗"了，以《后窗》来观照我们的城市写作，简直就像一帧带有戏谑化隐喻但也还算精准的素描。瞧着吧，摄影记者替换上作家，一样是带着观察强迫症的职业，书斋式的生活方式，正类似于"腿伤"的局限空间，囿居一隅，从后窗张望整个城市生活，并为之加上推理中的性格、缺陷、压抑，甚至像电影中的那位摄影师一样，跳身进去，以局部窥视所得到的局部逻辑去建立起罪恶、戏剧、批判，并试图揭露或控制各种暗流与趋势……这里的一个小小漏洞就在于，通过后窗进行窥探、演绎、升华并由此自感洞若观火、明察世情的写作者们，与对面公寓里的城市市民中间，有多大程度的贴合与代入？我们是否真的参与、觉悟和勘破到城市及其精神的核心？

城市有它的意志与特点，比如，其发达的商业丛林逻辑，其灿烂的金钱鬼魅，其零温度的社交本质，其对速度、效率与技术主义的高度崇拜，包括其实用性的道德修正体系等等，城市是既压迫人性又提纯人性的典型场域，并散发出一种刺目的淬火取金之美，以及由此而来的对德行、对古典、对世故、对人伦的反叛和修正……但往往，由于出生与经历的局限也好，由于虚构惯性与道德惰性也好，我们在进入城市文学时，会带着千年文人的田园风度，一种身处灵魂高地的偏见与傲慢，继而去批判去感慨去抚今追昔。我们总有着故土难离的深入骨髓的同位感，由此来看破败与愚昧，看迟缓与落后，总觉得里面有种旧照片色调，一种伤心、残败但很"经典"的美。而当我们把视线投向城市，就总像有黑面纱兜头盖下来一样，哪怕承认城市的强度、先进与高级，哪怕已与其相互占有与拥抱，但先天性的就会带有一种审视、紧张与用力过猛，下笔便成深长的阴影、恶对美的侵犯、新对旧的凌迟与覆盖、钢筋水泥对泥土花草的羞辱与摧残。

我们所呈现和构建的城市文学，是否带有特定的"方位感"与"局限性"？

看有些当代欧美小说及日本小说，同样是对冰冷城市的体察与书写，我会注意到他们对于城市生活那种近乎亲情与归宿感的温柔流露，包括对人际冷漠、铁血规则、万物速朽的高度认同，他们这种对都市审美的建立、认同、着迷并努力维护的表现，非常类似于我们对于乡村经典的那种感情。我想这里面可能有两个因素：

一是跟一个国度或区域的都市化进程有关。同样是城市，有各自的起源、流变与进程，纽约与首尔不同，东京与上海不同，南京与深圳不同等等。在欧美城市小说里，似乎一切已有定局，总有一种老派都会的自信、颓唐与暮气，而中国新兴城市，则充满动荡与摇晃的活力，一种是非纠缠的矛盾与决裂，一种仍旧在与传统伦理进行撕扯的恍惚与阵痛。

二是跟写作者的出身有关，这其实跟前一个问题是相连的。对那些写作者而言，都市即其故乡，他们一生下来就被扔在城市之河里，从吸入的第一口空气，看到的第一张面孔起，从他们的食物、交际、消遣起，这些最根本的源头造就了他们的城市内核。他们的城市书写跟他们的城市本身一样，是年代积累之后的老熟与轻捷，并自然而然带着一种童贞般的怜爱与深情。我们会在中国更年轻一代的写作者笔下看到这样的城市小说，虽则有时会失之浅显和小文艺趣味，但确实也不会像我们这一代这样，总是拖着故土情怀尤其是道德局限与审美积习上的长长尾巴。

可是话说回来，老实讲，这也正是我最想说的部分——这种胎记式的阿喀琉斯之踵可能正是我们这一代人转向城市写作的最大辨识度所在，也最为忠实地体现出这一代际与整个社会的情境与进程。我们急切地，有点气喘吁吁地，利用并不算太长的都市经验，以后窗式的机位，带着先天乡村基因、祖传审美加后天见识糅杂而成的复杂视角，投向同样复杂、同样糅杂的城市生活。我们这一代的城市书写也许还缺少一个牢靠的成熟支架，有时候是从乡村仰视，有时又从古老精神高地俯视；我们同时也缺少一个赤裸的毫无遮挡的视角，我们长于以局部推测整体，以窥视去滋养想象；甚至我们也缺乏哪怕只是资料装备性的对城市文明的考察和梳理，可是我们就这么着，本能地、兴致盎然地、将计就计地，去试图书写这个都市。它正在被豪华地堆砌、被粗暴地误会，声名狼藉，被过度追求同时被过度丑化。它被认为是一切罪恶的温床，可同时也是它，在以巨大的勇气和力量拖曳着整个社会文明缓慢向前，甚至包括我们总是难以忘怀并总认为是在被城市毁坏的乡村大地。

　　从这个角度而言，我们这一代的城市文学可能终将会是一个基石般的存在，它不会在短期内达到圆熟、老烂的地步，但这绝对会是一块如烙铁般炙热、多情、复杂、分裂的基石，文学和城市一起在这块烙铁上携手起舞。老实讲，我喜欢这样的舞姿，更乐于身在其中，怀着满是偏见的狂热，去追踪这样的都市，深入到它的腹部，深入到它的铁与锈，贡献出哪怕只是一个黑色闪电般的后窗剪影。

"匠"与"技"的光荣

·马 涌

先说一件小事。前几天家里的自来水龙头出了毛病，水流特别小，便给熟识的水管工师傅打电话，不多时师傅带着工具上门，凑近水龙头，使一柄扳手左敲敲右弄弄，然后告诉我：好了，你试试。我一扭开，水流哗哗作响，恢复了正常的流量——此时距离师傅进门不到一分钟。我问师傅：多少钱？师傅略一思忖说：二十。我照价付款，双方客气道别。

稍后我遇到朋友，聊天时随口将这件琐事说与他听，他惊呼：一分钟就赚二十块的没本买卖！你被宰了！我嘿嘿一笑，并不以为然。

敲敲打打一分钟赚二十块，多乎哉？我倒是觉得"不多也"。现在这个时代大家习惯了歌星露个脸就是十万百万的出场费，习惯了影星百万千万的片酬，对于为自己解燃眉之急的人，却舍不得付给一顿饭钱，拿人家的"出场时间"斤斤计较，这种情况虽怪，可也见怪不怪了。

说到底，现在的社会，有时缺乏对劳动者和他们持有的"手艺"的尊重。纵然现代社会"劳动者"的概念似乎无所不包，但哪些人真正被看作"劳动者"，每个人心知肚明。三百六十行，有的出状元，有的似乎只能出壮劳力。那些对手艺人和手艺的尊重心态，已经与人们渐行渐远了。

这种情形，从词语称呼上，或能窥见一二。

有手艺的劳动者，古语谓之"匠"。我们今天讲"文坛巨匠"，讲"匠心独运"，似乎"匠"成了一个高贵典雅的文绉绉词汇，其实"匠"的本义也就是"手艺人"，所谓"三个臭皮匠"是也，不仅不文绉绉，今天看来还颇有些市侩气，但在古时却是一个好词，不然文人们也不会抢着拿来戴在自己头上。然而今天看惯了电视上的种种"巨匠",转身出门来到零工市场,看见一双双灵巧的手举着"木匠""瓦匠"的破牌子在路边任人挑选,总觉得有些唏嘘。

劳动者的手艺,我们习惯称之为"技"。从词源上看,"技"在过去也是一个高端词汇:有"技"而能解决问题,便被称为"技能";不仅解决问题,而且又快又好,有巧思存焉则称为"技巧";更进一步形成了理论体系,便足以称为"技术";最后上升到艺术与美的高度,则以"技艺"一词赞之。然而到了今天,说起"技工""技师""技校",似乎也有一些不那么"高大上"的感觉了,这无关个人好恶,确是社会风气使然。

匠,乃罕见之人才;技,乃稀有之能力。"匠"与"技"从古时以来,一直是伴随着劳动者的光荣称谓,代表着"能人所不能"的自豪,支撑它的是知识,是经验,是长久的训练乃至独一无二的传承。但是如今,这些称号却和劳动者们一起,似乎已与光荣错身,"劳动光荣"已经只能在斑驳的旧墙上依稀辨认,空余下五月份的一个小长假供人们怀想。

我见过熟练的出租车司机,精通这座城市所有的隐秘近路,在交通大拥堵时一骑绝尘;我见过娴熟的搬家工,四五件双手合抱不住的大行李经他巧妙归置,一趟就能搬上六层楼;我见过手艺老到的裁缝,经她缝补的衣服让我根本找不到原来是哪里坏了;还有那位水管工师傅,其实是水暖电工瓦匠开锁家电修理样样精通,用流行的说法就是"家政服务一站式解决",让人不得不赞叹于他的博学——没错,这当然是博学。然而面对这些出没于市井之中的劳动者,人们却往往对他们缺乏"匠"与"技"的尊重,以为只不过是替自己代行粗鄙工作的劳工。对于这样的想法,最好的答复就是让他们尝试去亲手完成这些"粗鄙工作",待到手忙脚乱焦头烂额时,才明白这看似简单的劳动,一招一式却凝结着绝不廉价于任何行当的智慧和汗水。

一句流行语说得好:你行,你上啊?

所以我有这样的习惯:自己学不会的手艺,请别人做时,绝不讲价。技不如人,掏钱心甘情愿。

这是一个现实的时代,曾几何时,"我的理想是长大做一名卡车司机"可做教科书例句,如今这样的句子只能尘封在遥远的童年记忆里。"劳动的报酬被分为三六九等"是社会的现状,高收入者纵以"某某行业民工"自嘲,流露出的却是对真正民工无法掩饰的优越感。但我想，无论如何，对于"匠"与"技"的尊重都不应该被遗忘，这是对人类无差别的劳动与智慧的尊重。它让每一位身负"技"的"匠"，都可以平等地挺起胸膛，充满自信，充满尊严，充满光荣。

抵 达：

·漆宇勤

你应该也有过这样的经历。

经过漫长的旅途，飞机落地或汽车停稳后，踏上一片陌生的土地。你在欣喜地想：我又抵达了一个新的城市，我终于又可以在地图册上为这个地名做个标记。安顿下来之后，在这个陌生的城市，沿着住处旁边山脚的道路独自行走。转过一个弯，新的风景展现在眼前。而在另外一些巷子里，是芸芸众生生活的现实所在。一家家店铺养活着背后的一个个家庭。如果继续前行，在道路的两侧、前方，很多意想不到的景象在等待着你：无限延伸或者突然抵达死胡同，甚至一不留神走着走着就直接进入到了一户人家的院子。而更远处，你所看不到的地方，还有更多的人和树，更多的房子与道路，充满着无限未知等待你去探险。

这时候，你才发现，这个在地图上显示为一个小圆点的地方，竟然大到你无法穷尽观察。你所谓的抵达过这个城市，不过是在这个城市的某一个极小范围内走了几步而已。地图册上，你应该标记的不是某省某市，也不是某市某县某镇，甚至不是某县某镇某村，而仅仅是某村的某条小路和它周边的几个小点。这样的经历和体验，让你环游世界、抵达全国各地的伟大想法受到严重打击。一开始的欣喜，渐渐就变成了颓然，无限荒凉。

一个人能够直接感受、感知的空间毕竟是有限的。即使借助再多的现代科技，也无法穷尽这个世界。更何况，即使我们有日行千里的汽车，有更多替代我们双脚和眼睛功能的各种工具，所感知的有限空间还是不完全的。你可以迅速到达某个区域的某个地点，但你无法迅速进入当地人们的生活，无法迅速真正感知某个小区域内的日常情感和日常事务。

对于城市，尤其如此。

一个人与一个城市之间的感情，无比复杂。你甚至无法说你是这个城市的人，也无法说你属于这个城市。即使在这里生活了十几年几十年，你也无法真正完全了解这个城市并与它融为一体，无法完全了解大街小巷里的现实生活。有的时候，你会发现，这个城市竟然如此陌生。

大学毕业后，我先后搬过五次家（或者称为"住处"更准确一些）。原先在市政府附近租住时，经常到这个城市的中心区域逛街走动，昌盛、跃进路、人民公园、绿茵广场等等，都是我最常去的地方；后来搬到城市边缘的金山角了，活动的范围，就只是在这附近，即使散步，也都是周边的广场和公园。那些以前几乎每天走动的地方，竟然半年都难得去一次。这其中，当然有个人生活方式改变的原因，但更多的，却还是因为活动范围的原因。在日常生活里，我们不愿意花费更多的时间、力气和精力去抵达更远的地方。甚至，如果不是带着孩子出去活动，连秋收广场，这个城市的标志性建筑之一，都离我的生活很遥远、很陌生。

这些年来，我们已经见到了越来越多越建越大的大城市、特大城市。但是，如果仅仅对个人生活而言，大城市，竟然完全没有什么意义。对于一个个体，生活在100万人的大城市与生活在500万人的大城市里面，究竟会有什么区别？即使你就居住在这么一个繁华的大城市里面，你所感知，你所日常生活的，也就那么方圆十几公里。据说，有人研究，一个大城市居民日常所抵达的距离也就是一个小时行程以内，而在小城市，这个距离更是只有10公里。也就是说，一小时行程或者10公里距离之外，都是他乡。

从这个意义上讲，我们完全没必要到大城市生活。你所关注的、与你有关的，只是你周围的社区，街道；你能日常使用和到达的公共设施，只是你附近很小范围内的商店、诊所、学校、公园。此外的城市设施，此外的一切繁华，许多时候都与你无关。

很多年前，我寄居在深圳。房东是个当地的原住民，相处熟了，这个老人用带着浓郁地方味的方言跟我抱怨：道路越修越多、车辆越跑越快，我那些曾经转身就可以抵达的邻居家，却隔得越来越远。

这些都只是个例。更多的时候与更多的地点，每个人都在不断追求变化，追求更大的空间。很多人喜欢旅游，这其实也是为了追求对更大空间更远距离的抵达。但是，这种抵达从一定意义上讲，大多数时候都是没有意义的。

到达远方之后，如果你不住下来，不生活在那里，你就无法了解它的本来面目、真实面目。而如果要这样，你又不可能有这么多的时间去每个地方居住，也就不可能抵达更多的地方。

短时间内，你无法体味一座新的城市内在的况味。空间那么大，你无法全面体味一座城市里面的一个区、一个乡镇、一个村子。无非是"到过"而已。在现代社会，到过与抵达，这中间有多么巨大的差异！

或许，生活到乡村，倒可以说你属于这个村，这个村是你熟悉的地方。这里的大多数山地田地、这里的每一段河流小溪、这里的每一户人家，你都能叫得出名字，或者最少知道他的存在。而如果在城市，你能准确说出某条巷子、某个店铺甚至某栋房子的确切存在吗？你能在若干时日后，迅速而准确地轻松抵达童年的朋友或者是隔壁的邻居家吗？

也许，古人的智慧早已经告诉我们，最合适的生活范围，就是一个村的范围。我们的先人建立"村"的那个时候，抵达，就是身体与灵魂的同时到达。当时与现在是不一样的。那个时候，到过之处就长久记得，到过之处就是抵达。或许仅仅是一次抵达，就记得了那里的一个人，一棵树，一座小桥。隔了五年八年再去或者是与他人说起，那个人还记得你，那棵树那座桥还在那里，连模样都没怎么变化。

多么熟悉的味道，多么熟悉的场景。这种天天生活天天触摸的地点，才是我们亲切地拥有与抵达。

现在完全不一样了。时间只是打了个盹，世界就改了容颜与心性。很多的追求最终都归于自然，很多的梦想最终都回到现实，而很多的抵达，最终都表现为了徒劳与浮躁。以更大的热情去对现有空间进行体察与拥抱，才是我们应该做的。

打高尔夫与割麦子

· 王金昌

我一位同学多次邀请我打高尔夫，并说，像我们这样身份的干部，哪还有不会这个的。好像再不学会打高尔夫，我就真的要落伍了，就变成了另类。

我的同学打高尔夫真是入了迷。他平时在街上走路时，也时不时摆起打高尔夫球的姿势。有一次在街上，他抡起的胳膊碰到一位女孩子身上，被骂了一句"神经病"。

我终于跟随同学体验了一次。在球场，似曾相识的感觉出现了，一个个晒得黑黝黝的人，在一片绿地碧水的野外弓腰、挥臂，竟然让我想起了当年在"五七"干校割麦子。

在干校时，每逢麦收季节，把干校自己种的麦子割完后，还要帮助邻近郊区农民割麦子。我第一次下乡割麦子，是我刚大学毕业到干校。割麦子给我留下了深刻的记忆，最深的记忆是腰疼。真是像老乡说的，女的怕坐月子，男的怕割麦子。

跟着同学看他打高尔夫，我感慨万端，过去割麦子的岁月浮现在眼前。它与打高尔夫如此相似，又如此天壤之别。

打高尔夫与割麦子都是弯腰，都要挥臂，都是在空气新鲜的野外，面朝大地背朝天。

打高尔夫与割麦子，都是一群人的集体活动，都是有职有权的干部，而不同的是，过去是"五七"干校的学员，现在是花少则几十万才能获得的高尔夫会所会员。

打高尔夫和割麦子都是坐车到野外，当年干部去割麦子的交通工具是老农赶的马车牛车，当今打高尔夫的坐的是清一色的现代高级小轿车。

两者都是自带工具，割麦子用的镰刀是铁匠铺子打出来的，而高尔夫球杆都是从国外进口的；镰刀每人都有一把，而高尔夫一个球包可有十多根球杆呢。

两者都是起早作业，不同的是，打高尔夫起早，因为早晨空气凉爽；而割麦子起早，是因为早起有露水珠，麦穗潮湿不易掉粒。

他们累了，都要吆喝几句，割麦子喊的是有乡土气味的劳动号子，而当今打高尔夫吆喝的是"nice shot，nice shot！"

割麦子是抢收，割得越多越好；而高尔夫是悠闲自在，打的杆数越少越好。

打高尔夫有年轻、帅气、漂亮的球童和颜悦色地提醒和指导；而割麦子是后边跟个监工，割不干净会凶神恶煞地一通训斥，骂你像"羊拉屎"，我就被骂过。

打高尔夫，需要在练习场花高薪聘教练，多次训练之后才好上场；而割麦子，好像天生都有这个细胞，不需要练习，挥镰刀就能割。

割麦子是一块地割完后，再换地块时，要拖着疲惫的身躯步行而去；而高尔夫打完一个球洞到下个球洞时，往往驾驶进口的电动车，潇洒地驶入下一个场地。

割麦子是穿旧衣汗衫布鞋，头戴草帽，能够戴上一副线织手套已算奢侈，农民还会骂你小资产阶级思想；而打高尔夫是要花成千上万资金，专门购置名牌鞋帽，连手套都要真皮进口。

打完一场高尔夫，可在设备豪华不亚于五星级酒店的会所的SPA沐浴更衣，在幽雅奢华的会所餐厅来上一杯冰镇啤酒，点上几个喜欢吃的大碟小菜，再加水果、冰淇淋，这样谈笑风生，交流球艺，轻松愉快度过美好一天；而割麦子收工后，带着满身泥土汗水，饥肠辘辘，走回老乡的泥墙草屋，吃上用脸盆盛着的馒头、米饭、山芋、青菜，收工后累得腰酸背疼，精疲力尽，一句话都不想多说。

割麦子与打高尔夫活动的都是腰，洒下的都是汗水，前者收获很简单，就是金色的麦子。后者收获可谓多也，一说是锻炼了身体，二说是广交了朋友，三说是脱离了土味，国际化了。

我认为，还有一说：附庸风雅，奢侈浪费！

如今我们的国情，是需要割麦子的干部呢，还是需要打高尔夫的干部呢？全国人民心中都有标准答案。

笨拙的土豆

·王晓莉

一

桌子正中央是一大盘土豆。土豆上面散落着一片片熏肉。熏肉是乡下朋友特意在去年冬天开始做、春节前夕送来给我们的。它有着柴火持久的草木香。土豆与熏肉，在我看来，是绝配。这道菜我总是吃不厌。

我凑到饭桌边，还没有吃就已经感到满足。窗外刮着呼啸寒风，这样的冬夜，这样洁净得可以把菜和书同时放在一起的饭桌，这样一个什么都可以聊的食伴，甚至还有极为少见的这样一小碟从山西带回的50年窖藏陈醋。

尤其是，这样自己极中意的、怎么吃都好吃、怎么吃都吃不厌的食物，这样圆滚滚、笨嘟嘟、热乎乎的土豆。让我举箸之前，忍不住要跟那一个个土豆打个招呼："你好啊，土豆！"

土豆，是我家的主打菜。没有哪个季节我们不吃它。厨房放日常菜的那块区域，常年看得见的，除了姜蒜辣椒等常用作料外，就是土豆了。我们总是还没有吃完，又从菜市场买一堆回来，继续堆到上面。

我用从乡下淘来的那只古旧笨重的木篮子来盛土豆，发现它们在一起就像扛锄头的农夫和种菜的农妇那样和谐：都是褐色的、笨重的，踏实的。

很难想象，过去很多年，我曾是个绝对不吃土豆的人。

那时我有个不知从何而来的误区：以为吃了土豆这类外形圆头圆脑、看上去憨厚笨拙的食物，自己也会变得这样肥圆不堪。我总觉得，土豆都是那些膀阔腰圆的人才吃的。或者反过来说，是吃了土豆、红薯，他们变成了膀阔腰圆的人。

我偏爱甜食与水果。要是饭桌上只有土豆之类,没有其他什么可口的菜,我干脆就不吃饭。我母亲总是无奈地问我,你跟土豆有仇啊?!

甜食,以甜遮蔽其他所有的味道,很轻易地就麻痹了我单纯的味蕾。而水果,以大量的、饱满的汁液吸引我,其实却是最经不起存放。要不了几天,它就干了、瘪了,甚至烂了。想起来,这些曾偏爱的食物,都是同样的:它们散发出的甜美、浓香,像一层又一层面膜,覆盖在我的感觉之上;它们以一种味道遮蔽了其他真实之味。我并不了解,越是甜美的东西,越是容易腐烂,最后变得越不可接受。

那时的我,就是这样一个无论是口味还是心灵都有些偏狭的人。一个明明很笨拙却又极度害怕笨拙的人。

二

10年前的秋天,我在火车上偶然遇到一位男子。他当时在翻的一本《梵高画册》吸引了我。我们渐渐攀谈了起来。我说我喜欢的是梵高那一系列自画像,那个包扎着伤耳但并不自怜的人,那个叼着烟斗但眼神已近疯狂的人,还有他那令人感觉突兀的红色胡须与他身上那亲切的工装蓝衣,这一切加在一起,是多么丰富啊。

"那么,梵高有张早期的画作有没有引起过你的注意呢?"对面的他说。"不,你不会注意到它的。"他还没说出是哪一张,就又遗憾又充满肯定地说。

临下车前,这个男子把这本边页已经翻得有点微微卷起的《梵高画册》送给了我。正是在这画册里的中间某页,有他着重提到的那幅画:《吃土豆的人》。那些我忽视惯了的、生活中无以计数的、我眼中无比笨拙的土豆,就这样经由一幅百多年前的画作的引领,重新进入我一直睁开却始终有盲点的视线。

现在,这幅《吃土豆的人》,我闭上眼睛即可回忆起画中任意一细节,它那么悲伤刻骨,却又坚韧不拔。

画面正中是一盏悬挂的昏黄油灯,使整个画都带着深褐色的凝重。灯光下,一家五口正围桌而坐,木纹餐桌上摆放的,正是还冒着腾腾热气的一大盘土豆。热气袅袅地上升到他们的头顶,有了温暖的氛围。

一个老太太正把一个特大个的土豆递给那主妇模样的人,仿佛在赞赏地说：瞧这一个，多大个啊。主妇则低眉筛着茶（许是咖啡），她的粗眉有些皱起，可能有点不耐烦眼前这样的生活了，却又依然惯性地深思着这样的生活该怎样才可过得更如意更体面些。主妇的对面是一家之主，他也许是个矿工，手指叫煤炭染得发黑也懒得去洗洗。他凝望着老婆，好像要跟她商量什么事情。而另一个戴头巾的女人又凝望着他。一个穿裙子的姑娘，身形要娇小些，背对着我们。

他们的关系，有些复杂。但是这都无所谓。总之他们是一家是肯定的。他们的手关节都出奇地大，骨突着。你知道，那样的手是可以把食物或茶壶抓得很牢的，也可以把生活抓得很牢。他们的鼻翼也很宽，鼻孔粗大，他们的呼吸一定是粗重的。劳动，改造一切，包括人的呼吸。

五个人非常均匀地分布在这幅画中，毫无疑问，人人都会说，他们是画家梵高所关注的主题。可是，在我看来，桌上仅有的那一大盘土豆，也是梵高眼里的主角。这一幅画里，有笨拙的男女，笨拙的土豆。或许可以说，有着一个劳动之家全部的笨拙不堪的生活。

梵高给弟弟提奥的信证明了我的看法。

据说提奥一见到这幅画，就鼓动哥哥拿去沙龙参加展览。但是梵高回信说："我想清楚地说明那些人如何在灯光下吃土豆，用放进盘子中的手耕种土地……老老实实地挣得他们的食物。我要告诉人们一个与文明人截然不同的生活方式，所以我一点也不期望任何人一下子就会喜欢它或称赞它。"

他并没有把画及时拿到那些由阔太太的飘飘衣袂、小姐们的香气熏染与高贵军人的满肩勋章组成的沙龙里去。他描画的是吃土豆的农民的生活。他想让人们通过土豆这样的食物，以及这些种土豆也吃土豆的人，见到与他所鄙夷的"文明人的生活"不同的真正的生活。

三

我开始爱上吃土豆。煎、炒、炖、煮；单独吃，或搭配其他食物吃；当饭吃，当菜吃。土豆那满满的淀粉里，还有着只可意会而难以言传的清香。

我开始探究土豆的成长。大多数蔬果，都是裸露在空气与光线中，它们一生都与风与阳光打情骂俏着，最后用碧绿的、红彤彤的颜色告诉人们：我熟了，来吃我吧。只有土豆、红薯等等不多的几样，从春到秋完全埋伏在泥土之下，在出土以前，个大个小连种植它的农民也猜测不出。命中注定，土豆的生命是在漫长的黑暗里沉默与积蓄，从土地里出来的那天，就是它完全成熟的日子。

有时我吃着土豆，会想起火车上偶遇的那个人。他当时那么坚定地指出我会忽略梵高那幅《吃土豆的人》。也许并不是他武断，而是看出了当时的我，是个过度追求纤细内心和纤细生活的人，总是不自觉地与精致、精美为伍，因而无法将生活的本质看得更清晰更全面，无法在生活的世界里走得更深更远。

如果有机会，我应该去种植至少一季土豆。去观察、了解、亲近那些披着大地色外衣的土豆，那些外表粗糙、内心扎实的土豆，那些在市场的菜堆上与人们的菜篮中笨拙地滚动的土豆，那些养育了无数生命的土豆。

复恐匆匆说不尽
——关于孙犁的来信

· 卫建民

我20岁之前，虽在农村那样的环境里读过不少流行的长篇小说，但从未接触过孙犁的作品，也不知道孙犁这位作家。我上的七年制中学，因是在"文革"后初创，学生连正式的课本也没有，不可能从课堂上了解孙犁。语文老师给我们讲文学，是在讲台上读《山西日报》上的批判文章，那时正批判赵树理小说《套不住的手》。

20世纪70年代末，我去武汉上大学，专业是经济，兴趣却在文学，曾买到一本谈文学创作的小册子，内有孙犁谈文学创作的一篇文章，风格独特，语言粹美，没有枯燥、空洞的理论。我从此记住了文学界有这样一位老作家。

到北京工作后，正是文学复兴的80年代。孙犁在《人民日报》开设"小说杂谈"专栏，不定期发表简短的文学札记，一共十余篇，是很精彩的文论。机关办公室订阅了一份《人民日报》，我读完报纸，就将这些札记剪贴在一个笔记本上，还在每篇札记下写读后感，做自修的功课。从读这些短小的文论开始，我购买、搜集孙犁的文学作品，真到了狂热的地步。他的《铁木前传》，使我领略了孙犁风格的魅力。那年月，我工作的机关分来几位学中文的大学生，个个会写诗写小说，目空一切。我则和他们谈孙犁，谈契诃夫、莫泊桑，自以为并不比骄傲的中文系学生懂得少。我也练习写过几篇短小说，更多的是学习写散文，向几家著名的报刊投稿。

1986年，我去天津，《散文》杂志的朋友说，去看看孙犁吧！我踟蹰半天说，不要麻烦老人家吧。朋友热情地说，去吧去吧，你那样喜欢他的作品。于是，我跟着朋友去多伦道旧居，第一次见到了我仰慕的作家。孙犁知道我当编辑，赠我一本小册子，书名《编辑笔记》。

返京以后，我写了一篇《去见孙犁》，恭恭敬敬誊抄一份，寄给孙犁，请他审阅——因担心有不妥当的地方。孙犁很快退我，用红铅笔在稿子上端写了"看过"二字，还改正稿子中的三个错别字。我将稿子寄给吴泰昌同志，他刊发在《散文世界》杂志上。有几年，我见了泰昌同志就说起这件事。一个文学青年能在大刊物发表一篇作品，自以为就是天大的事，也是最有效的激励。我有一位厦门大学中文系毕业的同事，在《安徽文学》发表一篇短篇小说，便自费邮购十几册，分赠大家——不从那个年代过来的人，不能理解那个年代的文学"发烧友"。

从此，我和孙犁开始了长达十几年的交往和通信，直到老人家去世。

起先，孙犁写信爱用明信片，偶尔也写在手边的稿笺上，并不专用一种信笺。后期的信，大多用毛笔写在毛边纸或宣纸上，而且越写越长，数量也多起来，频次密集。令人感动的是，邮政很负责任，从天津寄到北京的62封信，竟无一件丢失。

80年代，我过着两地分居的生活。知道孙犁爱喝玉米面粥，每年秋收后，我就让尚在老家工作的妻子找一点新玉米面，远寄给孙犁。从来信中能看出，老人家收到这种土特产品，简直是兴高采烈。我年轻时偏激执拗，机关的气氛单调枯燥，加之是"单身"，工作之余，就沉潜在读书、写作中，走业余自修的道路。孙犁每次来信，在我都是内心的一个节日，甚至是精神的支撑。一个文学青年有了倾诉心事的对象，又能听到回应，现在想来是多么幸运！

当年，我给孙犁的复信，并没有复印留底，以为都不存在了。前几年，晓玲大姐（孙犁小女儿）整理老人遗物，发现几封，送回给我；抚摸旧信，感慨不已！几页残信，保留着我的热血青春和探索文学的轨迹。从学习孙犁作品到进入研究阶段，陈述自己对某篇作品的看法，对某个时代某个人物的认识，是我们之间后期通信的主要内容。

孙犁作品数量不多。除了80年代初出版的五卷文集外，就是每年结集出版一本小册子，共10册，最后一册名为《曲终集》，汪家明供职山东出版界，曾精心编为"劫后十种"。这些新作，我在结集前，大都已熟读；有的精彩的文章、句子，读一遍就记牢了。我练习写作，完全是从孙犁作品里学习，并不好意思写信求教。孙犁从学习传统和创作实践中，提炼总结出了自己的文学理论及写作方法；他的书，就是文学青年的教科书。

在同时代的作家中，孙犁淡于人事，不热衷于团体活动，谢绝一切会议的邀请和社会活动。他真做到了知行合一，严格遵守他的名言："文人宜散不宜聚。""散居"在闹市陋巷里的作家，以传统的书信方式，保持与外部世界的联系。新中国成立不久，他因病赋闲，四处搜罗古籍图书，曾有当藏书家的念头。坐拥书城，在动荡不安的社会里安放自己的存在，是这位老资格作家区别于他人的独特活法。到了晚年，他闭门读书，以书为友，开始写读书笔记。他给我的不少信，就是读某种书的信息。读者感兴趣的，当然是他读书笔记中的借题发挥，特别是对时弊的批评。他心中自有理想国和道德律，所以才荷戟独彷徨，发现社会和文学界的不良现象便刺一枪，继承着鲁迅以来的文学传统。我在人过中年后，已少读当代文学作品，转头阅读文史哲的基本读物，自觉补课，培植根本。因此，孙犁在信中谈到的书与人，我大多勉力谈一点自己的认识，展开信中的讨论。对我来说，这是读书通信，学习通信。

从信中看到，孙犁曾托我在北京给他买过几种书。书买到寄出后，他必定寄我书款，我觉得很好笑：几元钱远道寄来，我还得去邮局取，等于添麻烦，但老一辈人的观念，你要让他改变是很难的。他曾送过我几种包了书皮、写有题跋的书，我由此拥有了孙犁式的"书衣文录"样本，成为我书房里的一道风景。

孙犁涉猎广泛，不专研究一个领域，属于有选择地杂览旁收。书中的精彩段落，他还抄在笔记本里，为的是便于检索，加强记忆。史部，他读的多是前四史；集部及杂著，他读的比较多，也有兴趣；儒释道，读的并不多，我想，这些中国文化的精髓，已综合内化为他的人格精神，外化为他的丰神。余英时说过，中国文化的一个特色，是能塑造优美的人格。我在与孙犁十几年的交往中，见证了这个论断。文学界，没有鄙吝之心、超尘绝俗的人物，孙犁是其中之一。

通信中的部分信件，有两组是孙犁让我抄录，供报刊发表的；有的是他以《耕堂函稿》的总题目，自行发表的。有的还以专题性的，如"读书通信"发表；书信是孙犁晚年写作的一种文体。这次集中在《新文学史料》发表，为求资料完整，大部分未公开发表的和已发表的"倾箧而出"，在我是了结一项工作。不过，我原来的想法是，在每封信下写一则"本事"，统为一册有特色的小书，让读者更详细地了解一位文学前辈与文学界外一个文学爱好者的心灵交往。因主编催稿，我只得先行抄录一份，作简单的注释，在约定时间交给编辑部，为现代文学研究者提供一份资料，让喜读孙犁的朋友从这批信件里看到作家的一个侧影。

如今是电脑时代，绝少有人用钢笔、毛笔在纸上写信了。有几次，我给人写信，竟然不知道现在该贴多少钱的邮票。我纵然保留写信的老习惯，但述说心事的书函可投向哪里呢？——"自夫子之死也，吾无以为质矣，吾无与言之矣。"我整理、发表这批书信，是对难忘的文学时代的留恋，也是向过去的沸腾生活告别。

"自清"者说

·吴兆民

在越来越纷纭复杂的世俗化的今天,我越来越感到"自清"的重要。

今年暑假与家人去扬州,在安乐巷寻访了朱自清故居。在此徜徉良久,思绪起伏,细心寻味其人生道路,终感慨于其名为"自清"。

朱自清原名自华,由其父按"腹有诗书气自华"所取。此名寓意虽好,可只蕴含气质修养的陶冶。他于是在人生转折点——报考北大时改名"自清"。他以此为名,是以逆境中不丧志,顺境时不合污为自励,固守清白节操。

中华民族自古即有崇"清"传统。《楚辞·卜居》中有"宁廉洁正直以自清乎",意为以廉洁正直使自己保持清白;《梁书·武帝纪》:"公扬清抑浊,官方有序,多士聿兴。"其中"扬清抑浊",喻指抨击、清除坏人坏事,表彰、发扬好人好事。此外,散布在各种典籍中的诸如冰清玉洁、清风劲节、清风两袖、清风亮节、清廉正直、清新俊逸等成语,均以"清"为美,以"清"为贵,体现了清操自守的价值追求。

俗语说:"清者自清,浊者自浊。"意为清白之人,即使不说澄清自己的话也是清白的;不清白之人,即使百般自辩也还是不清白的。这告诉我们洁身自好是何等重要!历览各色古籍所见,"清"总与"浊"相对。即如《诗经·邶风·谷风》中有"泾清渭浊"、《毛传》中有"泾渭相入而清浊异"的话,宋代释印肃《颂十玄谈·尘异》:"浊者自浊清自清,一轮坚白不容尘。镜中妍丑谁分别,水月融光争法身。"如此等等,"清"与"浊"相对,更让人看清了"清"的精深高妙和难能可贵。

说到"自清",自应首取"宁廉洁正直以自清乎"之精义。通常所说"洁身自好"也自是"自清"的同义语,告诫世人守住人性底线。"自清"在其本质上是一种自重、自律、自爱、自省、自警。"富贵不能淫,贫贱不能移,威武不能屈"是"自清","出淤泥而不染,濯清涟而不妖"是"自清","粉身碎骨浑不怕,要留清白在人间"是"自清","拒腐蚀,永不沾"更是"自清"。"自清"所在,人格所见;"自清"所奉,人格升华!

为何要"自清"呢?一是清正廉明为立身之本,本不能立,何以为人?二是清操自守以明志,堂堂正正做人,正正派派做事,使之仰不愧天,俯不愧地,内不愧心。三是避其自辱和他辱。孔子说:"不降其志,不辱其身",孟子说:"人必自侮,然后人侮之。"一旦远离"自清",即是选择自弃,即是选择滑向或自取其辱、或为人不齿、或众叛亲离的不归路。总之,"清则心境高雅,清则正气充盈,清则百毒不侵,清则万众归心"。那么,怎样才能做到"自清"呢?一是清操自守,洁身自好;二是"宁可清贫,不作浊富";三是懂得自止,知足常乐。只有秉持"勿为名累,勿为利锁,勿为权迷,勿为欲困"的理念,才能使自己从世俗中解脱出来。

反顾朱自清一生,可看出他最初改名绝非哗众取宠,而是以"自清"自律,忠实践行了自定的人生守则。他不但在文学创作中追求一种自清(自然清新)之风,在学术建树上秉持自清(其来有自、清晰明远)之道,而且在人生节操上坚守自清(以廉洁正直保持清白)之路。在反饥饿、反内战中,他激于义愤勇于担当,虽身患重病拒领美援面粉,于病危之际还嘱告家人遵守。其凛然正气,令伟人毛泽东为之动容:"朱自清一身重病,宁可饿死,不领美国的'救济粮'","表现了我们民族的英雄气概"。(《别了,司徒雷登》)朱自清这种"民族的英雄气概",源自他的"自清"道路的历练和选择。

风范总是令人肃然起敬的。当我来到清华园的荷塘边和捧读名篇《荷塘月色》时,不禁感慨系之:"在那腥风血雨的岁月,有多少人经受不住磨难变节了,经受不住诱惑苟且了,经受不住清贫颓废了;而你没有。为了民族,为了家庭,也为了自己,你活出了尊严。""没有谁要求你去这样做,也没有谁去监督你这样做。你靠的完全是自觉、意志、风范。"(拙文《又见荷塘月色》)自觉、意志和风范,确是人之为人的一道标杆。

风范也总是充满力量的。素来敬重朱自清先生道德和文章,要像他那样做人、作文。但我知道，这是一种境界，难以兀自达到，需用一生的自我砥砺去努力实现。

"问渠哪得清如许，为有源头活水来。"人是需要"自清"的。有了它，就葆有了自我免疫力，就经得起各种诱惑，经得住无尽挑战，经得了诸多颠沛，就能稳稳当当地写好天地之间这个大写的"人"字！

秋天的手工业

· 杨 怡

法国作家让·科克托说过一句话:"手工业消亡于对速度的崇拜,手工业代表耐心和手的灵巧。"每个人心灵深处都珍藏着一个简单的木屋、一块自己烤制的小甜饼,并且你想自己动手制作、加入自己创意的东西,列出来的单子将没完没了。然而有人正为"手工业"书写讣文,人们觉得,唤醒人用手创造已经很难,更难得的是还要搭上一辈子。

速度与激情正在吞噬我们,因为很多欲望、诱惑、偏见、陷阱,我们已经很难看到一个手艺人阅历深久的目光。他们平淡、穷困,走在街上,没有人能认出他们。可是,一旦他们也讲起了排场,计较忠心被负、劳而无偿,我们的社会恐怕将彻底失去某种精神的基因。美好的事物、感情和品德,将得不到传承。

贪污徇私、不正当竞争、吸毒自杀,皆源于很多超正常的渴望。人们匆忙抛出这些渴望,以幻象为生命的解药,进而忘记唯有一砖一瓦一担细沙才能帮助你创造奇迹、找到理想。

工业文明的进步,使很多东西可以批量生产。但是,在制作瓷器的过程中,最直接表达作者的手法和构想的,是使用手工转盘。在一场脑外科手术中,用止血钳夹住动脉、听心肌监测器的节奏,错综的病案需要主刀医生具有使命感,做一场独一无二的手术。一根手工制作的纺锤,可以把棉絮最轻盈的一面表现出来。一罐香膏,由一位老师傅从蜂蜡和植物中萃取,它的芳香你无从想象。一个自己设计建造的世界,你住进去兴许就能写出一部《哈利·波特》。

一个静默的老师傅，他修理钟表修理了一辈子；一个钢琴调音师，他仔细听着微风吹拂下的琴键；一个埋头写作的老作家，他到晚年还试图理解人活着的原则和动机。以最缓慢的方式工作的人，他们都是从事手工业的手艺人。把自己当一个手艺人来看，比起力气，更需要元气。元气无法阐述和解释，它来源于思想。手工业因此而具有哲学的属性。它会敲打你的太阳穴，使你找到一种感觉。像你在饥饿时吃一碗有实在温度和味道的面，像你在迷路时寻找别人途经于此留下的痕迹。

秋天的手工业属于文学。秋天舒适，每个人都想和其他人分享自己的经历。因此巴金写下小说《秋》、郁达夫写下散文《故都的秋》，是故事，是情感，是命运，秋天能根植出一种性情。这个埋藏着人类向往的季节，醇厚、耐寻味，而它激发出来的情感是有魂的。它让你在几代之后，阅读着自己的文字，然后知道自己是何种人。

秋天的清晨，有一种清寂，时而会看到一个男人或者一个女人像丢了魂一样。他们在那儿站着，头发梳得整齐，抬头触及旁人在秋天里的目光，忽然寻找到了一种应对飘忽的安定感。把自己当成这个季节的座上宾，那个毛躁和娇弱的你消失了。当秋风微微地吹到你身上，你也该动笔了。

文学不会因为时势不同而失去光辉，但文学会因为季节不同，得到不同的创作支撑。在秋天，你的心情不是奋进、不是消沉，是平静。你的每一缕思考、每一次落笔都有一种手艺人的气质，继而化作一种精神。在秋天，你的阅读会更精细更充盈，你笔下的文字更多情又更健美。

当你有感自己越来越像一个手艺人，你已经尽力。这力气未必会流芳，但起码你实施了一份爱意。不是平地惊雷、不是鹤立鸡群，是更深切更深苦。在平平常常的秋天，拥有一份平平常常的心境去思考、去想象、去感触，像从事手工业一样从事你所爱的职业，你心中的愿景会格外强盛，那种光辉和精神才得以发扬。

倘若，你对文学的爱已深深地融化在血液里，那就出神地笑一笑吧。在一个秋风正好的时节，你必须是个理想主义者，必须具有纯正的品格，必须以一个手艺人的情趣来支撑你的一生，你才有可能出众。

千年往事凭诗见

· 虞金星

"六十年间万首诗",看起来似乎像道计算题:几乎每两天一首诗。当然,我们知道,诗不能这么读,诗的作者陆游老先生也无意让我们这么读。"脱巾莫叹发成丝,六十年间万首诗。排日醉过梅落后,通宵吟到雪残时",与其说是透露一生诗作的数量,不如说是在自陈一种与诗歌紧密相联的生活方式。

与今天"诗人"作为职业身份不同的是,在古典诗歌的时代,诗人更多代表的,就是这种生活方式。诗几乎是一种介入甚至记录日常生活的文体,所以有孟浩然名传千古的"干禄"诗《临洞庭上张丞相》。诗作数量几乎居冠的陆游,则更堪称典型。而写诗,很多时候并不是为求利,甚至不是为求名,许多诗人结集却不外传——把写诗比作呼吸饮食,或许是夸大了,但将它视作他们生活的一部分,却并无大出入。

从古至今累累的诗文之集也恰说明,无论如何,古人都意识到了,身体易朽,文章不朽。而在与日常生活联结的层面,文章之中这样的不朽,以诗为盛。

所以,如果我们尚有对那些远隔千年先辈前贤的"好奇",读诗,该称得上是最体贴入微的方式之一。从军边塞,风沙曾经怎样卷过诗人的面庞?明月几度,他们曾经有怎样曲折的思乡心绪?亲见兴亡,身经乱离,他们又曾如何面对、考量?我们所不见的千年往事历历,称得上"第一手"的见闻感悟,常在那浩如烟海的诗篇里。

又怎么能不"好奇"?他们所经所历,甚至他们本身,就是今天的我们所来自的地方。我们看待世界的方式,我们面对事物的态度,隐隐传承于由他们构成的沧桑历史，由他们层叠的文化积淀。这种"好奇"，正是"我从哪里来"的好奇。即使不是所有人，也是大多数人，在人生到达一定阶段时，常会产生追问"我从哪里来"的冲动。辨明来路，近乎本能。

古典诗词里，就有我们的来路。

比如，我们曾经对离别充满怎样慎之重之的感情。"渭城朝雨浥轻尘，客舍青青柳色新。劝君更尽一杯酒，西出阳关无故人。"中国地域广阔，在交通尚不发达的古代，相见难，别亦难，有可能渭城一别，就一生关山阻隔再不能见。"西出阳关无故人"实际上是西出阳关故人远，这样珍重离别的情感，是千百年历史中一以贯之的。其中隐含的"折柳"典故，早可以追溯自"昔我往矣，杨柳依依；今我来思，雨雪霏霏"，晚可以绵延至李叔同的"长亭外，古道边，芳草碧连天。晚风拂柳笛声残，夕阳山外山"，鲁迅的"却折垂杨送归客，心随东棹忆华年"。

中国古典诗歌的"典故"之说，以初衷而论，从众多用得妥帖自然的作品来说，并不是为了增加阅读难度，而是巧妙地借用了人们心照不宣的共同意识，用最简洁的字句，铺展了最广的情感基础、传达尽可能丰富的涵义。这样的"心照不宣"，绵延的"共同意识"，不读诗，又何以知，何以感？

在古典诗词里，常留存着前人先辈对他们所处时代遭逢的反应。而这些反应，也未尝不在影响着今天的我们。即使是《长恨歌》这样记述爱情故事的诗歌，也不例外。据记载，白居易创作《长恨歌》的缘由，是有人告诉他，如李杨故事这样的"希代之事，非遇出世之才润色之，则与时消没，不闻于世"。在这个故事不"与时消没"、长"闻于世"上，白居易的《长恨歌》居功至伟。其中的抨击讽喻与同情歌颂并存之意，让人越千年而得见当时人对这段史事的观感，也影响了后人对这段故事的态度。"养在深闺人未识""在天愿作比翼鸟，在地愿为连理枝。天长地久有时尽，此恨绵绵无绝期"等更成为后来人文学语言中常用的一部分。

这种存续影响的力量，虽在不经意间，却坚韧非凡。因为初唐一篇"落霞与孤鹜齐飞，秋水共长天一色"，虽屡毁却屡建二十多次，至今仍存的滕王阁，或许最懂得这种力量。毕竟，千年以降，多少楼阁早已雾散在时空里。

北京的文化和邻居

· 张 策

一座城市的文化应该是多姿多彩的，例如北京。想想看，如果只有皇宫的巍峨，没有后海的静谧和老天桥的喧闹，北京能称之为北京吗？如同一棵树，有繁茂的枝叶而没有根系，终不能成为景致的。

说到老天桥，这几年常听到恢复的呼声或议论，到底也没有见到成果。文化的逝去，说恢复是极其难的事情。何况老天桥的精髓是人。是北京人，是老北京人的精气神儿，造就了曾经的老天桥。而人的某种特质失去了，不是像灾后重建那么简单。报载，天桥现在已经复建，但碍于各种实际困难，这座新桥已不在原来的位置上。这倒像是预言了，新桥不过是旅游景点，不再是人文象征，更不是精神所系。

老北京人到底曾经是一种什么气质，这些年也颇有些讨论。我从来和所谓理论有着隔膜，所以更多的记忆里，只是有我的那些老邻居。如有一位盲目的老太太，我总是在去公共厕所的路上碰见她。一个只能上公共厕所的老人当然不是富人，但她衣着的干净整洁绝不让你想象到她的寒苦。她还是小脚，近百米的路途上她总是步履艰难，特别是在雨雪交加的天气里。但在我的印象中，从没有人搀扶过她，邻居们都是大声叮嘱她走好，然后目送着她去厕所。我很理解，这不是冷漠，而是尊重，因为老太太脸上谦和的微笑是不容你去可怜她的。

这就是一种气质了。她的坦然和从容，还有邻居们的那种分寸感，都是老北京人所特有的，是长时间耳濡目染的结晶，是这座城市深入骨髓的文化底蕴。又想到另一位老人，他应该说不是我的邻居，而是我一位长辈的房东。

他在我的长辈租住他的房子时只提出了一个条件：我这儿有寡妇儿媳，您住这儿夏天可不能光膀子。这要求今天听上去是陈腐，但在当时是教养。这位老爷子并不是读书人，只是个土地主，在我长辈的讲述中给我留下印象最深的，是每年秋后顺义乡下长工给他用马车送来的大堆玉米芯，供他冬天烧火用。

文化和人的最终关系，谁是鱼谁是水，是分不清的，其实更像是鸡和蛋，哲学家们总是争论先与后的问题，却忘了它们说到底就是一个生命的两种存在形式。

还有位邻居小名儿叫六十，因他出生于他的祖父六十大寿的那一年。六十，在这儿要加儿化音，读做六十儿。六十儿屋里的几十个蛐蛐罐，让我和他亲近起来。他告诉我什么是过笼儿，什么是须子，什么时候要给蛐蛐喂蚂蚁蛋，怎样给蛐蛐洗澡，等等。他是个很淡定的人，表情里全没有因挫折而产生的沮丧，更没有现代年轻人常有的浮躁。他的这种镇静融化在他的亲切里，而他的亲切又来自他的这种镇静。镇静的亲切是每一个老北京人的常态，他们使北京成为一座处变不惊的城市。

大院里有一棵枣树，属于六十儿家，每年吃到枣的，却是全院所有人。秋天到了的时候，六十儿会认真地把枣分配给大家，包括谁家刚满月的孩子。枣的产量有大小年的，所以那分枣的工具，去年是碗，今年是盆。

其实许多老北京人的生活是拮据的。直到今天，他们中的许多人仍然平淡地生活着。他们大多已随着旧城改造搬到曾经是乡野的地方去了，远离了天安门广场，也远离了三里屯和金融街。我常站在我熟悉的街头，却有恍惚之感，因为我已很少能听到节奏明快的北京话了。

但我知道，他们一定仍然快乐地生活着。因为老北京人天生就是快乐的。我的父母参加工作早，我家的生活在当年的胡同里算是富裕，豪爽的姥姥就成了胡同里许多邻居的债主。有个穷邻居欠了姥姥钱，姥姥去讨债，她笑嘻嘻地说：您来了？您先给我拿五角钱，我给您弄包茶叶去。这分明是抵赖了，可也有一种幽默和豁达。她家的钱当然是要不来的。我不记得这个女人的名字，只知道姥姥叫她煤铺的，因为她的丈夫，是个摇煤球的。

现在，老北京人也都喝得起张一元的茶叶了，所以，他们只会更幽默，更豁达，也更自信。他们抑扬顿挫的话语，和来自天南海北的语言一起，让北京这座迷人的城市和这座城市的文化，更加的色彩缤纷了。

哑　鸟

· 张　长

梁实秋先生写他当年在四川听鸟："黎明时窗外一片鸟啭，不是吱吱喳喳的麻雀，不是呱呱噪啼的乌鸦，那一片声音是清脆的，是嘹亮的，有的一声长叫，包括六七个音阶，有的是一个声音，圆润而不觉其单调，有时是独奏，有时是合唱，简直是一派和谐的交响乐……"今天，你也许有机会能听到一只鸟的啼叫，但要想听到"一派和谐的交响乐"的百鸟啭鸣，恐怕很难很难了。盖因鸟儿们的这种大合唱对环境的要求极为严苛，除了山风流泉，不能有别的声音，其次自然生态要好，有山有水有森林，似乎还要有一二小山村。有了这些条件，就有可能听到鸟儿们的大合唱了。

我住在一个近千万人口的城市昆明，虽在车水马龙的市中心，难得附近有一山一水，山叫"圆通山"，水叫"翠湖"，两者都不大，但对城里人来说，已算是洞天福地了。便有鸟儿飞来，也不知来自何方，种类还不少。

斑鸠——汪曾祺先生在《伊犁闻鸠》中说"昆明似乎应该有斑鸠，然而我没有听鸠的印象"，昆明不只有，且很多。便在今天，也经常看到它们在我窗外飞来飞去，有时在树上，有时在屋顶上，在清晨天刚蒙蒙亮，城市尚未醒来时才偶然听到一两声它们的叫声："咕嘟嘟——嘟！"一年也就三五次。

喜鹊——在我窗外的树上有喜鹊的巢。马路边的高压线铁塔上居然也有。这使我感到奇怪。更奇怪的是，历来形容喜鹊"叽叽喳喳"是鸟中饶舌者，民间又认为喜鹊叫是报喜的，它们黑白相间的身影也不时掠过我的窗前，然三缄其口，似无喜可报。

黑头公——比麻雀略大。叫声不婉转，然清脆多变。以前昆明没见过，西双版纳却很多。怎么逐渐北移至昆明？要问鸟类学家才知道。对黑头公我有一种负罪感。缘于上世纪六十年代大饥荒岁月，肉食缺乏，孩子嗷嗷待哺，家门口的树上跳跃着很多黑头公，它们成了我猎杀的对象，用气枪打下来，去毛、烧烤，很香。现在想来是多么野蛮的屠杀行径！数十年后，它们照样飞到我的窗前，但不像在西双版纳那样快乐地啼叫了，是因我而沉默，或者别的？

鹡鸰——一种生活在水边的鸟儿，我的家乡叫它"点水雀"。常见它沿小河起伏飞翔，似用尾巴点水，随点随叫"唧滴滴！唧滴滴"！昆明城里居然也有这种鸟儿。滇池有多条河流入口，是从那些河上飞过来的吗？

灰喜鹊——成群地，在窗外掠过一两次，后来不见了。和它们来时一样突然。这种鸟干脆就不发声，想是这儿不适合它们栖居，于是穿过喧闹的城市又飞回远山。

杜鹃——在近千万人口的大城市中心能听到杜鹃叫是一种难得的福气。数十年也就那么绝无仅有的一次，两声，凌晨闻之，一阵惊喜，忙下床寻觅，已不知去向。往后近二十年就再也没有听到过。杜鹃是很野的，在飞越这座城市时看到这片绿荫停下来叫了两声，见车水马龙，失望之余又飞走了。忆及二十世纪八十年代，赴贵阳花溪参加笔会，住在花溪畔的"碧云窝"，宾馆靠山近水，一条小路"两边山木合，终日子规啼"，每天清晨和晚饭后竟有数十杜鹃在树上一只接一只，一声接一声不停地啼叫，直叫到月亮升起。第二天天刚刚亮又开始叫，天天如此，始信"杜鹃啼血"之说。花溪听杜鹃是我一生难忘的听觉盛宴。而多年以后，飞过翠湖的这只杜鹃却只给我留下一声孤独的叫声便无影无踪。

八哥——窗外也不时见八哥掠过。它们全身黑羽，只在翅尖有几根白毛。近观可见其黄色蜡嘴上有两撮小胡子。八哥善学舌，笼养调教会说很多话，野生的则只会吱吱喳喳叫。翠湖的八哥能让它学什么呢？汽车喇叭？工地上建筑机械的轰鸣？抑或翠湖里混响成一片的音乐歌舞？它学不来，并且连吱吱喳喳的叫声也被压抑了。

逐一盘点了翠湖所见的这些鸟儿，我发现了一个共同的特点：它们皆因翠湖的树和水而来，来了却又不叫或少叫，在自然状态下，这是罕见的。我一直试图找原因。

某日，清晨，又是斑鸠难得的叫声把我唤醒。然后是黑头公。高兴得忙起来探视，未及漱洗便想找到那啼叫的鸟儿。然而就在这时，翠湖周边的第一声汽车喇叭突然撕裂了清晨的宁静，随后"波！波！"一声接一声的喇叭，"唰！唰！"地一辆接一辆的小汽车、公交车轰鸣而过……随着上班高峰的到来，车流人流逐渐加大；再加上环湖小贩叫卖声，还有据说可以强身健体的吼叫声，翠湖晨练唱歌跳舞的音乐声……且一律用上高音喇叭，听到的噪声也就越来越强大。最震撼心魄的还数周边拆建工地上不时传来的施工机械的轰鸣，翠湖喧嚣的一天便这样开始了。偶见有觅食的鸟儿飞过，这时也一只只噤若寒蝉，似乎成了一些哑鸟。

　　汪曾祺说："城市发达了，鸟就会减少。"（汪曾祺《香港的鸟》）我要说，城市发达了，有鸟也不叫。翠湖边有鸟，且种类还多，但不叫，就是因为这城市的喧嚣。

　　人在愉悦时才会唱歌，鸟也一样。它不唱歌，它没心情。

　　或问：忘了每年来昆明越冬的红嘴鸥了，那些频频上电视的明星。我以为红嘴鸥是另类。它们不像翱翔于喜马拉雅山的雪山雄鹰，也不如西伯利亚的雷鸟，它们躲避严寒，不远万里到春城越冬是为寻找美食。每年11月便飞临翠湖，叽叽喳喳从早叫到晚，给这个城市更添了一份吵闹。有一年的初冬，赶在红嘴鸥没来的某天凌晨，进翠湖散步，没有听鸟的奢望，只想呼吸点新鲜空气。突地，一声清越的啭鸣，大喜过望之余，忙到柳荫深处寻觅，原来是一只关在笼子里的宠物鸟。难得的一声啭鸣，应和的却是汽车喇叭声及随后加入的越来越多的噪音。

　　回来的路上，来来往往，净是赶去上班的人群。开始有鸟儿飞过。清晨本应是它们依枝啭鸣的时刻，却听不见一声啼叫。

　　看来，生活在翠湖的鸟儿也如匆匆走在路上的行人一样，只为生存奔忙着，很少或者已无暇顾及歌唱了。

无情不作诗：

·张　健

《红楼梦》里黛玉与湘云曾月夜联诗。湘云看到池塘上惊起一只瘦鹤，出了上句"寒塘渡鹤影"，黛玉呢，见到一轮月儿冷冷清清，想了一会儿，吟出一句"冷月葬花魂"。这两句诗，看上去都只在描写一种外在的景物，实际上却字字传递着浓烈的情感。寒塘，鹤影，冷月，花魂，这样的诗，必是寄人屋檐之下、人生遭际相似的湘云与黛玉才能作出的，如果换了春风得意的王熙凤，肯定对不成。

为什么王熙凤就对不成？因为王熙凤没有黛玉的人生遭际，也就没有那种忧伤、萧索的情怀，对事物的看法就会不一样。寒瘦、清冷，这不是王熙凤的风格，她是鲜花着锦、烈火烹油式的。所以，字句可以雕琢，故事可以敷衍，唯独"情怀"二字作不了假，是怎般情怀，便作怎般诗，诗歌就是诗人情怀的一种外化与呈现。

我们读诗，其实就是在读人，读诗人的遭际，读诗人的情怀，读一个个远去的灵魂。好的诗歌，可以让它的作者千年之下依旧血气充满，栩栩如生。我们读《诗经》，最百读不厌的不正是那渭水河畔寤寐思服、辗转反侧的爱情？读《离骚》，感动最深的不正是那憔悴诗人举世皆浊我独清的情怀？读《古诗十九首》，念念不忘的不正是那天涯游子的羁旅乡愁与闺中少妇的无尽幽怨？等读到了建安诗人逸兴遄飞、光英朗练的佳句，读到了盛唐诗人洒脱自然、天地入我胸怀的名篇时，我们越来越坚信：优秀的诗篇正是人生情怀结出的花朵，优秀诗篇里必然流淌着诗人不同流俗的襟怀与独一无二的性情。

这样的襟怀性情，未必就一定是家国天下，先忧后乐。它可以是人生如寄的感慨，是来去亲疏的触怀，是儿女情思的表达，但无论何者，它一定是真诚的、健朗的、敏感的。诗人们咏之于江边白露，舞之于月下乔木，寄意春花秋月，卧听松涛虫鸣，他们从一切自然事物中寻找诗意的触发，又在一切自然事物中寄托人生的慨叹。他们的诗中，一花一草莫不被赋予灵性，哪怕再私人化的情感，也都显得真诚动人。

李白是古典诗歌的巅峰。读李白诗，便如直面一颗赤子之心，天然去雕饰。他得意时说"仰天大笑出门去，我辈岂是蓬蒿人"，失意了又说"大道如青天，我独不得出"；他心境豁达时说"长风破浪会有时，直挂云帆济沧海"，忧愁烦闷了，又有"抽刀断水水更流，举杯消愁愁更愁"的喟叹；他从不掩饰自己要为官入仕的志向，在长安供奉翰林时赞美杨贵妃说"名花倾国两相欢，长得君王带笑看"，一旦疏狂之性发作，却又写道"安能摧眉折腰事权贵，使我不得开心颜"……李白的诗就是这样，真诚浓烈，略无矫饰，他简直把一颗心裸呈在了诗歌中。在他的诗中，你可以清晰地看到一个放达不羁、天真可爱的诗人，看到这个诗人高才放纵、跌宕漂泊的一生。

因为诗歌重在表达情感，所以常常遵循的是情感的逻辑，但有需要，便会冲破现实框束，在一个更自由的层面上呈现情怀。李贺《苏小小墓》写道："幽兰露，如啼眼。无物结同心，烟花不堪剪。草如茵，松如盖，风为裳，水为珮。油壁车，夕相待。冷翠烛，劳光彩。西陵下，风吹雨。"这诗写得真好！兰花的露水，像苏小小哭泣的眼睛，坟头的青草，像她的茵褥，风是她的衣裳，水是她的环珮，她生前乘坐的油壁车，无主空自等待，她与恋人约会的西陵之下，如今只是凄风苦雨。诗人想象着苏小小鬼魂的遭际，读上去寒气森森、荒诞不经，但它所传递的情感，却如此幽怨深沉。通过苏小小生前身后的对比，诗人流露了一种难以言说的情感：寂寞永远是深藏在热闹之中，才成其为无凭的寂寞；伤心永远是跟随在幸福之后，才愈见出无尽的伤心。李贺还有一首《雁门太守行》，开头写道："黑云压城城欲摧，甲光向日金鳞开。"用黑云比喻围城的敌军，用向日甲光比喻守城将士的英姿，爱憎之情见于笔端。有人却挑刺说："方才黑云压城，何来向日甲光？"似这样的批评，便是吹毛求疵，是不入诗的表现，是把诗歌的情感逻辑与生活逻辑混作一谈。其实，岂止黑云日光可以在诗中同时出现，但有情感表达的需要，大雪芭蕉也可同台亮相，上穷碧落下黄泉，也一样畅通可行。

所以，《沧浪诗话》说："诗有别裁，非关书也；诗有别趣，非关理也。"

诗歌之道，不在书，不在理，那在何处呢？也许就落在一个"情"字上。真情所至，方有高格。钱穆谈中国诗歌，认为贵在自抒己情，以待知者知，是把人生写进了诗歌里。真真入木三分。唐朝以后，写诗代不乏人，却时常脱离了性情一路，落入如《沧浪诗话》所批评的"以文字为诗，以才学为诗，以议论为诗"的歧途，诗中常可见哲理议论、逞才使气、精雕细琢，却淡漠了生命情怀——也许，这正是唐之后诗歌渐衰的原因之一。

李贺诗云："衰兰送客咸阳道，天若有情天亦老。"世间有情之物都会枯谢，便是终古不变的苍天，如果有了感情，也将与人俱老。但是，世间万物往往宁可衰老枯谢，也不愿成为无情者，甚至，还常常用一个"情"字来对抗时间的审判。诗歌也正是这样，因为有了情，反倒得以天荒地老，永驻人心。

故土，最持久的灵感源泉

·张 翎

11月中旬我去广东省中山市领取华侨华人文学奖。我的新作《阵痛》，一部描写三代女人在时代的阵痛中经历生育之痛的长篇小说，获得了第三届中山杯华侨华人文学奖评委会大奖。这是我第二次获得这个奖项。一个作家在相隔不远的时间内两次获得同一奖项的几率，几乎接近于中了一张数额庞大的彩票。记得我打开评委会的邮件时，感觉轻微晕眩。写作是一条单行线，一旦上路便再无回头的可能，而途中的艰辛和磨难也在随时随刻消耗着灵感带来的自由和快乐。我虽不为奖项写作，但奖项却是这条孤独的单行线上不可多见的风景，遇见了是意外，也是欢喜。

2009年，我来到中山领取第一届华侨华人文学奖，主办方带领我们参观翠亨村孙中山先生故居。我和老友刘荒田在故居庭院中发现了两只乌龟。我一辈子没见过如此硕大的乌龟，它们看上去体重足有二三十斤。当日适逢孙中山先生诞辰，园内在举办各式各样的纪念活动，密密麻麻的到处是各样的旗帜和各路的游客，乌龟的周遭围满了看热闹甚至喂食的人。可是这两只乌龟完全无视四周纷繁的色彩和噪音，它们只是沿着院墙的边缘慢悠悠地爬行着，盔甲上洒着一层厚重的午后的阳光。它们行动起来的姿势很笨拙，头一伸一伸，仿佛在丈量着地形和距离，手脚摆动的幅度很小也很缓慢，眼睛和耳朵似乎仅仅只是摆设。

后来故居的工作人员告诉我们，这两只乌龟曾经是中山先生童年时的玩伴。我不禁大吃了一惊：原来它们见证过中山先生从一个牙牙学语的孩童成长为一个伟人的过程，见证过中国历史上从帝制到共和的巨变，见证过北伐和军阀混战，见证过日本侵略军在中国国土上的肆虐，见证过国共两党的数合数分，见证过新共和国的成立，也见证过新共和国旅途中所有的大起大落。多少伟人已随风逝去，几个时代也都成为记忆，所有的喧嚣和热闹亦烟消云散，可是乌龟依旧还在。它们丝毫没有夸耀自己的古老存在，它们甚至都没有意识到自己的古老存在。它们的眼睛兴许真的瞎了，所以它们才可以漠视潮流，漠视一切的关注。它们的耳朵也许真的聋了，所以它们才可以在如此的喧嚣中保持着如此的荣辱不惊。当时我心里涌上了一丝感动，我想难道真正的文学精神不也应该是这样的吗？最伟大的作家也会逝去，最热闹的奖项也会最终被人遗忘，最引人注目的热点话题终将尘埃落定，而只有文字本身，或许会像这两只乌龟那样，活过一些瞬间即逝的东西。

　　我知道我成不了那两只乌龟，极有可能我会死在它们的前头。但我总是可以用乌龟的精神勉励自己，慢慢地蓄养耐心，把眼睛磨得不那么尖锐，对无关紧要的事情可以视而不见；把耳朵练得不那么灵敏，对红尘滚过世界的声响可以充耳不闻，把心放在心应该在的地方，安安静静地写出心中生出的文字。我不知道我能活多久，但我希望我的文字能比我长命，就像中山故居的乌龟比中山先生长命一样。也希望文学能具备乌龟精神，能寂寞而长久地活在时代里，并活过时代，可以回首来反观时代的逝影。

　　今年再临中山，对这个城市的印象里又添加了新的内容。在当今这个一切以可量化的标准衡量收益的时代里，奖项五花八门，林林总总，渗透到每一个专业的每一个分支。随着奖项的林立，它们的含金量和影响力也日益萎缩。在这样一种局势里，这个和一线城市还存在着相当大差距的城市，愿意付出巨大的人力物力来打造一个尚不能以数据来衡量短期收益的文学奖项，就折射出了这个城市对文化的敬畏之心和愿意为文化承担风险的诚意。

　　中山杯华侨华人文学奖的另一特色，是它把关注点放在了一个一直以来都处于边缘化位置的写作群体——海外华文写作人身上。2008年诺贝尔文学奖得主，法国作家勒·克莱齐奥曾说过："离去和流浪，都是回家的一种方式。"他指的是一个人在远离故土之后，却通过写作回归故里的路程。一个人一生的记忆是一个大筒仓，童年和故土是铺在筒仓最底下的那一层内容。成人后的经历会源源不断地在筒仓里堆积存储更多的东西，到了饱和的状态，最先流溢出来的总会是最表层的近期记忆，而童年和故土却是永远不会走失的基础部分。在我作为听力康复师的职业生涯中，我曾接触过许多阿兹海默症（俗称老年痴呆症）的病人，他们都无法维系成年后的经历记忆，严重者甚至不记得自己共同生活过多年的配偶，然而他们几乎都能清晰地叙述童年的朋友和故事。童年、故土、母语是一串特殊的生命密码，已经永久地融汇在一个人的血液中，从来不会忘记，所以不需刻意记起。故土对一个作家来说是最原始也最持久的灵感源泉，故土之外的所有土地都像是第二语言，可以通过学习变得熟悉甚至亲近，却永远无法替代母语与生俱来的舒适和随意。远居海外，我渴望那种用母语书写故土的愉悦，可以贯穿我的一生。广东省中山市关注了这一群背负着巨大的故土记忆行囊行走在路途上的孤独写书人，我深感欣慰。

想起谢晋一席话

· 赵 畅

因为工作的关系,我曾与谢晋导演多有接触。记得有一次,我问他:"选演员时,怎样的脸在您心里才算是漂亮的?"谢导回答:"一张好看的脸,须经得起前后看、左右瞄、上下瞅,从不同的视角立体地看都没有缺陷。你看,罗丹的创作原则之一就是按这样的审美要求来完成雕塑的。"我点头称是。可想不到,他又马上补充道:"选演员如此,搞雕刻如此,你们为官也须臻于这样的审美境界,何时何地都要注意自己的形象,做到言行一致、表里如一,为群众做表率,经得起监督。"

"何时何地都要注意自己的形象,做到言行一致、表里如一",对为官者而言,这样的要求该是基础性的,是必要的前提条件。然而,却未必人人都能做到。事实上,尤其是在别人看不到或不易发现的地方,亦即难以监督到的地方,有的为官者确乎不同程度地存在表里不一、言行相悖、道德扭曲、人格分裂的问题,自古其然。

读报,看到一个故事:唐穆宗长庆二年(公元822年),司徒、中书令韩弘因病去世,其子也已亡故,只留下年幼的孙子,为防家中财产被下人盗取,穆宗派人清点其家财物,以便交与族中长老先行代管。清点时,竟意外发现了一份礼单。原来,韩弘曾任宣武节度使,掌管一方军政大权,其时朝中有人诬其有叛乱之心,加之皇帝正欲收归集权。惶恐不安的他,便向满朝的大臣送礼,以堵其口。穆宗审阅这份礼单时,发现除了户部侍郎牛僧孺的名字旁,有一排用红笔写下的小字"某月某日,送钱千万,不纳"外,几乎所有大臣都收了礼。"韩弘送礼"的故事,至少折射出三方面的信息:一者,穆宗压根儿没想到这些在自己眼里是正人君子、信得过的好官,除了牛僧孺,差不多都是沆瀣一气者;二者,私下里行贿受贿,因为显得隐蔽,所以韩弘和多数大臣们才会干起一个愿送一个笑纳的勾当;三者,韩弘和满朝的大臣们谁也不会料到,在韩弘去世后,这份礼单竟会意外暴露在穆宗面前。

如果说,在封建社会里,要期望所有官员都能像牛僧孺那样做到不收礼,以致做到"一身正气、两袖清风",是天方夜谭的话,那么,时至今日,作为共产党人理应比封建官员做得更好。诚然,我们的多数领导干部是干净干事而让群众满意的,能够做到言行一致、表里如一,但也终须看到,受封建思想遗毒的影响,确也有个别领导干部尤其是在干部群众和组织监督不到的地方胆大妄为,无法无天,屡屡伸手,铤而走险。难怪群众揶揄个别领导干部"台上高喊反腐口号,台下干着腐败勾当""人前高喊'向我看齐',背地见利'统统归己'"。可以想象,一个领导干部若不能做到言行一致、表里如一,怎有人格魅力可言?又怎会有工作的凝聚力和号召力?

一些领导干部之所以言行不一、人格扭曲,除了人生观、世界观、价值观出了问题而外,关键是缺乏严格的自律,尤其是缺乏"慎独""慎微""慎初"的精神。抱着侥幸心理,不能"慎独",不屑"慎微",不想"慎初",要不出事这才叫怪哩!是啊,检验一个领导干部是否有坚强的党性,是否时刻坚守共产党人的精神家园,关键看其能否真正做到"慎独""慎微""慎初",甚至是自觉"避嫌"。因为"避嫌"恰恰是对"慎独""慎微""慎初"的升华。湖南有一位干部,在水利厅工作时不喜欢吃鱼,可到了省人大他却爱吃鱼,人们诧异了。原来,他在水利厅工作时不吃鱼,纯粹是为了"避嫌"。因为他知道,他的工作单位联系着那么多水库,假若被下属知道自己喜欢吃鱼,那么,今天送鱼,明天送鱼,时间一长,收礼的大门一经打开,后天送来的就不一定是鱼了。为了"避嫌",这位干部竟如此隐忍,"慎独""慎微""慎初"至此,其言行一致的道德情操、其表里如一的人格魅力,自让人肃然起敬。

党风连着民风,有什么样好的党风就会有什么样的好的民风。领导干部,何时何地都应该做群众的榜样,领导干部的言行举止,理当成为核心价值的无声宣示,道德伦理的无形导引。有人说,倘以服务人民为宗旨,就必须要像鱼缸里的一条金鱼,无论从哪个角度看,个人生活都应该是透明的、无懈可击的。是的,在法制健全、政治清明的社会里,无论作为政治家还是各级领导干部，都必须心底无私地活着，因为我们是为人民服务的，我们必须透明，我们必须接受来自方方面面的监督，必须努力"做一个高尚的人，一个纯粹的人，一个有道德的人，一个脱离了低级趣味的人，一个有益于人民的人"。

"钱本草"

· 赵丕聪

钱，古称泉，是一种等值量化的交换工具，也是人赖以生存的重要基础。有道是"举天下一毫之事，非金钱无以行之"。市场经济更是如此。但钱亦是杀人不见血的刀，君不见落马之"苍蝇""老虎"，谁又不是被钱所害？那么，钱到底是个什么东西？对其认识理解最透彻最深刻的，当数唐朝名臣张说的"罪己悟"。

张说才华横溢，历仕四朝，三次为相，但有个毛病——贪财。开元十四年遭弹劾入狱，玄宗派人探望，见"坐于草上，于瓦器中食，蓬首垢面，自罚忧惧之甚"，怜其有功遂赦免。张说悔罪，以钱喻药写下奇文《钱本草》，警示后人。这里，录如下：

"钱，味甘，大热，有毒。偏能驻颜采泽流润，善疗饥寒，解困厄之患，立验。能利邦国、污贤达，畏清廉。贪婪者服之，以均平为良；如不均平，则冷热相激，令人霍乱。其药，采无时，采之非礼则伤神。此既流行，能役神灵，通鬼气。如积而不散，则有水火盗贼之灾生；如散而不积，则有饥寒困厄之患至。一积一散谓之道，不以为珍谓之德，取与合宜谓之义，使无非分谓之礼，博施济众谓之仁，出不失期谓之信，入不妨己谓之智。以此七术精炼，方可久而服之，令人长寿。若服之非理，则弱志伤神，切须忌之。"

妙哉斯言！短短一百八十多字，便振聋发聩话尽钱之本性及利弊。

其一，钱的本性如何？钱能救人行善，但钱也会害人。"味甘，大热，有毒"，寥寥几字，就给钱这味特殊的药定了位。正由于它能治疗饥饿，解困厄之患，让人过上笑颜常开日子，所以"味甘"，人皆喜之趋之。可一旦上瘾钻进钱眼，就会发热昏头中毒，有些锒铛入狱者莫不是喜钱太甚、热毒太深毁了一生。爱钱有道，要治病留福，又不中毒，非必先察其药性不可！否则，就可能良药变毒药，无异饮鸩止渴。

其二，钱怕谁？唯独"畏清廉"。许多人未折戟沙场，却倒在钱途中，皆因临大利而易其义，失之廉。如果都学东汉太守杨震夜拒十斤金不为动，常怀黎民、敬畏之心，常问"天知，神知，你知，我知，何谓无知"，拒腐蚀、永不沾，当金钱的主人，而不是金钱的奴隶，钱就不值钱了，自身无病就能治钱之病。当下，各种诱惑考验随处可见，群众谈腐"四方焦热待为霖"，犹需领导干部"此地清廉惟饮水"。

其三，怎样对待钱？首先要明白，花钱如下药，不对其症就会乱其效，"冷热相激，令人霍乱"。生财如采药，来路不正，"役神灵，通鬼气"，老天爷都会降罪。有钱不用当守财奴，钱如废纸毫无价值，还遭水火、盗贼惦记。而挥霍乱花钱当败家子，迟早会变成穷光蛋。观古鉴今，无论是工作，还是生活，人人都应谨记。

要不为钱迷、不被钱害，关键在恪守"道德义礼仁信智"。即：坚持正道，用钱要有度；守住私德，不把钱当宝贝；严恪道义，付出与收入要相应；遵循人礼，不贪非分之财；为富要仁，有乐善好施之心；讲求诚信，一诺千金不违约；要有理智，不让钱伤害到自己。只有掌握这"驭钱七术"，钱这味药就会保持良性而不显疟，"久而服之，令人长寿"，反之，则会"弱志伤神"。可谓醍醐灌顶，寓教深刻。

其实，钱本无罪，也无药性。钱如毒药，病根在人自己身上。任何时代，任何人，都有追求物质生活的权利，这无可厚非。可是，对金钱欲望的追求如果没有了"度"，"多米诺效应"就会立刻显现。有俚语民谣为证："逐日奔忙只为饥，才得有食又思衣，抬头又见房屋低；盖下高楼并大厦，娇妻美妾都娶下，又虑门前无马骑；将钱买下高头马，家人招下数十个，有钱没势被人欺；一铨铨到知县位，一攀攀到阁老位，每日思想到登基；一日南面坐天下，洞宾与他把棋下，又问哪是上天梯；上天梯子未做下，阁王发牌鬼来催。若非此人大限到，上到天梯还嫌低。"呜呼哀哉！人若是欲壑难填，"三观"毁尽，毫无修身养德之心，即使钱再长眼懂事想造福于社会，也只能长叹有眼无珠，最终由不得自己，露出"抵福于人少，而祸于人多"的狰狞面目。推辞王位而终身著述的明朝乐律、历数学家朱载堉，就曾痛心疾首写下

《骂钱歌》，咒骂金钱兴风作浪、毁坏公德良序："骂金钱：狗畜生！朝廷王法被你弄，纲常伦理被你坏，杀人仗你不偿命，贤才没你不得用，公道事儿被你灭。思想起，把钱财刀剁，斧砍，油煎，笼蒸！"恨不得把钱大卸八块、抽筋扒皮。当钱落入心术不正者手里，社会的公平、正义、和谐就会被毁坏，因此遭到了普通大众的深恶痛绝。

"广厦万间只睡卧榻三尺，良田千亩不过一日三餐。"钱啊钱，命相连。当下每一位为官者为民者，都当深思警醒！

丹水北去：

· 周大新

最早知道丹江，是在上小学三年级的时候。记得是一位老师向我们提问：哪位同学知道离我们学校最近的一条江的名字？全班同学无人举手回答，最后是老师说出了答案：丹江。这条江距离我们这儿也就五十公里。

我由此把丹江记到了心里。

丹江再次进入我的记忆是 1969 年。这一年，还在上高中的我从报纸上知道，丹江的水要调到北京去，丹水北调的渠首枢纽工程已在我们县的九重乡陶岔村开工建设。这件事当时引起我注意不是因为它的重要性，而是因为村里人相传，凡参加修建陶岔渠首的民工，一天三顿都可以吃饱，而且有的中午能吃一顿白面条。这引起了我的极大兴趣，因为那个年代，吃不饱和吃不到白面一直是折磨我们乡间年轻人的大问题。听说全南阳要征集十多万民工去修渠首，仅我们邓州就要征得一两万人，眼见得村里不少人去当了民工，我也动了心。但拿到高中毕业证的希望最终战胜了去当民工的心愿，我再一次失去了与丹江见面的机会。

与丹江相隔的五十公里，对于当时的我，是一段遥远的距离。因为那时乡间还很难看到汽车，所有的路途全靠双脚来走。也因此，直到当兵离开家乡，我也没能去一睹丹江的姿容。

真正站到她的身边，是在二十世纪九十年代初。因为要拍摄根据我的小说改编的电影《香魂女》，导演谢飞让我陪他选外景地，我们去了丹江岸边的荆紫关明清一条街，在那里，我才得以一睹丹江的芳颜。

她太清瘦了。

不宽的江面，不深的水流。这是江吗？我有些失望。

陪同我们的淅川县的朋友看出了我的失望，笑道：你来的时节正逢她节食瘦身，要是到了夏季，你就会看出她其实是多么的厉害，看见镇街临江的那些吊脚楼了吗？有的夏天她曾经想越窗去强吻楼窗内的男人。

我吃了一惊，却也将信将疑。

进入新世纪初的一个夏天，我再次回到了故乡，这次回故乡的目的，就是想去丹江和丹江口水库沿岸采风，为写一部新的作品作准备。我在朋友的陪同下去了马蹬——这是丹江岸边的一个镇子，在马蹬渡口，我看到了丹江发野时的真面目：江面一下子宽出许多，水浑黄且夹着枯枝败叶，水流湍急，浪头翻滚，旋涡一个套着一个，江水奔涌时发出一种瘆人的啸声。如果把我上次在荆紫关看到的丹江比作一位少女的话，此时的丹江则像极了一个披头散发、龇牙咧嘴的泼妇，随时都可能扑到你身上抓得你遍体是伤。我们坐着渡船过江，船在江面上剧烈地颠簸起伏着。船老大告诉我们，只要秦岭的山上一下暴雨，这条发源于秦岭的江就会变成一匹狂奔乱跳的野马，历朝历代，因为这条江的洪水破岸决口，使沿岸人吃了太多的苦头……

领略了丹江的狂野之后，我们去了下游拦江水而成的丹江口水库。坐船到了这座号称亚洲第一大水库里，风景为之一变，经过了沉淀的库水清澈湛蓝，无边的水面微波荡漾，水鸟在空中翻飞鸣叫，偶尔可见有鱼跃出水面，在阳光下炫耀着优美的体形。在江水与库水的接合处，能看见一条鲜明的分界线，一边浑黄，一边清澈，原本奔涌而来的江水，在扑入巨大水库的怀抱之后，像孩子扑到母亲的胸前那样，一下子变得温顺起来。

陪同的朋友告诉我，水库的大坝坝顶海拔高程原来是一百六十二米，不久就要加高到一百七十六点六米，正常蓄水面积由七百四十五平方公里扩大到一千零五十平方公里，正常蓄水位由海拔一百五十七米升高到一百七十米，相应库容由一百七十四点五亿立方米增加到二百九十点五亿立方米。到那时，由这里调往京、津、冀、豫及沿线城市的水，一期可达九十五亿立方米，二期可增至一百三十亿立方米。我当时望着浩渺的水面在心里高兴，我就要在北京喝到家乡水了……

之后，我开始沿水库北岸行走，想去看看住在水库岸边人们的生活。一连走了几个村子，我的心开始沉重起来，原来看水所引起的那种兴奋慢慢消失。当时是酷暑天气，天像要下火一样，但有的村子里的人却一律住在由秫枝、石棉瓦、塑料布搭成的简陋棚子里,有的人家即使砌了砖墙,也是有门无窗。这样的住处,室内和室外一样热。我问坐在树阴下乘凉的人们,为何不好好修修房子过日子,他们说:俺们原来住的地方已经被水库里的水淹掉了,俺们现在是临时住在这儿,以后水位提高了,俺们住的这个地方还要被水淹掉,俺们在等待向更远的地方迁移,所以无法也无心建设住处。在另外的村子里,房子虽然是砖瓦建的,但年久失修,早已显出了破败之相。乡亲们告诉我,他们已经有二十几年不修缮房子了,更不要说搞别的建设,为了把一库清水送到北京,俺们随时准备迁走。我望着这些等待迁移的乡亲,知道他们为了这座水库的建设,为了南水北调,已经吃了太多的苦,付出了太多的汗水。陪同的朋友告诉我,因为南阳是水库的主要淹没区,将来大坝加高后,淹没会涉及淅川县十一个乡镇、一百八十四个行政村、一千二百七十六个村民小组,淹没土地总面积达一百四十四平方公里,还会淹没大量的基础设施,各项淹没损失多达九十亿元,需要迁出和安置的农村移民近二十万人……

我记得我当时吸了一口冷气。

我的故乡我的乡亲,为了南水北调,奉献了太多的东西!

最近的一次丹江之行,是在南水北调工程即将通水的时候。这一次,我先去看了水库沿岸的治污设施,因为身在北京,我知道北京人最害怕调来的水不清洁。在汇水区淅川县、西峡县和内乡县,都建成了城区污水处理厂,建成了生活垃圾无害化处理场,重点污染源也都配套建成了污染防治设施。全南阳市关、停、并、转水源区污染企业近五百家,黄姜加工、钒矿冶炼、造纸、酿造、化工等重污染排水企业都已经消失。为了解决水源区日益突出的总氮超标、总磷浓度上升问题,南阳市引进推行了依托高效生物制剂、综合治理农村面源污染的新技术,把农村生活垃圾、畜禽粪便处置为高效有机肥,替代化肥使用;用生物保护剂替代农药,种植绿色农产品。由于实行了先治污后通水,先环保后用水的政策,目前,在渠首断面二十九项水质监测指标中,几乎全部指标都优于国家二类水质标准。

我最后站在了渠首闸上,这道闸门,是通往北京的丹水的水龙头。站在这道闸上南眺,是总长度达十余公里的引丹总干渠。这条深四十九米,底部宽一百五十米,上部宽五百米的干渠,当年是南阳十余万民工在施工条件极其简单,环境十分艰苦的情况下,花五年零八个月的时间修成的。挖出的土方、石块六千余万立方米，这些土石若砌成宽、高各一米的小坝，可沿赤道绕地球一周半。为了挖这条引水渠，有两千八百八十名群众在工地上受伤致残，有一百四十一人牺牲。我的故乡邓州，死伤的民工就有很多。几十年过去了，死者坟上的草已经青了又黄，黄了又青，终于，他们的英灵等来了这项工程的启用时刻。

站在渠首闸上北望，就是一眼望不到头的蜿蜒千里的自流水道。很快，北京、天津、河北和豫北，就可以通过这条水道迎来清澈的丹江水了。

对一项工程的评价和对一个朝代的评价一样，需要时间。给一项大工程下评语，历来都是由后代人去做的。但不管日后怎样评价这项工程，我都想请后人们记住：曾经有一代人，梦想用自己的力量，来改变上天给我们国家设定的南方多水北方缺水的局面；曾经有一代人，勒紧自己的裤腰带，用吃红薯和黑馍积蓄的能量，奋力挖土凿石，梦想给后代创造出更好的生存条件！

假若有一天后人们发现了这项工程有缺失之处，也请你们仔细体会前人的心意，不要一笔就抹杀所有人的劳绩。

在结束本文之前，我还特别想对就要用上丹水的北京的朋友们说一句话：请珍惜和节约水！清澈的丹水里其实是融有汗水和泪水的，如果不节约，你会对不起很多人的！在保证你正常生活的情况下，请尽量少用水。水，真的来之不易呀！几十年的时间，几千亿元的耗费，十几万人的辛苦劳作，几十万人的搬迁，容易吗？我听有的专家说，如果按照德国人和以色列人对水的珍视和节约办法，仅北京一城，一年就可节约十亿方水。学会节约吧，我的兄弟姐妹叔叔阿姨爷爷奶奶，水，才是我们人类最宝贵的东西，如果你的手上只有黄金、钞票、珠宝而没有水，你能活过几天呢？

不要把浴盆的水放得太满！
不要把洗车的水龙头开得太大！
不要把洗菜的水随便倒掉，再用它浇浇花草！
不要把喝剩下的半杯水倒在水泥地上，倒进土里吧……

我是一滴水

· 周舒艺

我是一滴水，来自丹江口。

丹江口，丹江与汉江在这里交汇。这里，有亚洲曾经最大的人工淡水湖——丹江口水库。这片浩瀚的水域水量丰富，水质优良。它，还有另一个重要的身份——世纪工程南水北调的中线工程源头。

我是一滴水，是背负着重任的水。我的目的地是北京。

我和同伴们从丹江口水库出发，一路北上。首先通过河南南阳淅川陶岔渠首闸，接着经豫西南唐白河流域西侧，过长江流域与淮河流域的分水岭——方城垭口，然后沿黄淮海平原西部边缘，在郑州以西孤柏嘴处穿过黄河，再继续沿京广铁路西侧北上，最终到达北京。这条全新开挖的输水干渠和古老的大运河一样，都是人工力量的伟大结晶。丹江口水库海拔高于华北平原，供水总落差达一百至一百五十米，因此来自丹江口的水可通过总干渠全程自流到北京。如果在高空俯瞰辽阔的大地，你不得不惊叹，这条渠道是如此美丽，宛如一条碧绿的丝带，在田野中蜿蜒，在山川间穿梭。

这是一条千里水道，全长一千二百七十六公里。这一路，我们边走边唱，我们向前进，我们也流向四方。我们要给首都送水，但也没有忘记滋润沿途经过的河南、河北、天津等省市的二十多座城市——南阳、漯河、周口、许昌、郑州、新乡、濮阳、安阳、邯郸、邢台、石家庄、沧州……那一个个北方大地上人们耳熟能详的名字。我们给予，只因我们听见因缺水而干渴的北方大地在呼喊！

我是一滴水，我的身上流淌着建设者的汗水。

渡槽、倒虹吸、暗涵……因为地形地貌等环境状况的差异，为了让江水北上，建设者采用了多种方式。不难想象，在这些工程专用术语的背后，建设者们付出了多少智慧、心血和汗水。

中线工程中，最值得一说的是穿黄工程。穿黄工程的任务是将中线调水从黄河南岸输送到黄河北岸，向黄河以北地区供水，同时在水量丰沛时向黄河作生态补水。它是南水北调工程中投资较大、施工难度最高、立交规模最大的控制工期建筑物，也是目前国内最宏大的穿越大江大河的工程。我来到这里时，已经无法看到热火朝天的施工现场和建设者矫健的身影，无法听到盾构机隆隆开掘前进的声音，因为当我从黄河下面的隧洞经过的时候，已是竣工以后的日子。

听到了这样一个故事。他叫陈建国，是河南水利一局南水北调方城6标项目经理。他的母亲和大哥在不到一年的时间内先后去世，但他因为忙于工地而没能回家。老家只剩下了父亲，留守的老父无人照顾，为了不影响工地施工，他毅然决定带着父亲修干渠。有人问他，修了这么久工程，等到正式通水时，最想做什么？他回答，想带着父亲去北京团城湖看看。北京团城湖，是南水北调中线工程的最后一站，这里有一段八百米明渠。这段明渠，也是工程在北京境内唯一在地面上的输水通道——北京的人们，如果想看看从南方千里迢迢赶来的长江水，就去那里吧。其实，整个工程里，何止一个陈建国？我对他们太熟悉了，因为，他们的汗水早已和我融一体。

我是一滴水，我的身上也融着移民者的泪水。

当移民们带着收拾好的家当，坐上大巴、挥手告别故土的那一刻，我看见，他们流泪了。他们的泪流到了我的心里。丹江口库区移民何兆胜，搬了一辈子家，一生辗转三省四地。二十三岁远赴青海，后返流河南淅川，三十岁迁往湖北荆门，然后又返老家，2011年5月，七十多岁的他再次搬迁到黄河以北太行山下的河南辉县常村镇沿江村。搬往辉县的那天，渡船走的时候，老人望着家园，挥着手，哭了。2012年老人去世。让人意外的是，这个搬了一辈子家的"老移民"，生前却有这么一句话——"如果国家还用我这块地，我还搬！"根据南水北调中线工程总体规划，河南、湖北两省共需搬迁三十四点五万人，这是继三峡工程之后最大的移民搬迁，三峡移民用了十年左右时间，而南水北调移民却要在两年多时间内完成搬迁。拆房、砍树、腾地，家园被淹没了，只为一泓清水北去……

说到移民，不得不说到另一个特殊群体——"移民干部"。在移民工作中，移民干部冲在最前面，自然承受最多的辛苦甚至是委屈。为了做一位移民的工作，一位"80后"移民干部每天清晨五点之前就赶到对方家中，帮助剁菜做家务，最后对方终于签下了搬迁合同。因为土地征迁时压到了自家的祖坟，一位移民的情绪非常激动，一定要移民干部给烧香磕头，为了尽快平息移民的情绪，移民干部二话没说就跪下了，恭敬地在对方的祖坟前磕了三个头……

我，是一滴水。我一路北上，带去了一泓清水，捎来了库区百姓的愿望。

受水区的人们啊，请不要忘记那千里之外的人们所做出的奉献和牺牲。如果可以，也请给予水源区更多的生态补偿、对口帮援、政策支持，那里有他们的未来。

我是一滴水，来自丹江口。

我要从南走到北，从西走到东。我期待，在今年10月南水北调中线一期工程正式通水的时刻，我和我的小伙伴们一路奔流到北京。

我盼望着，我整装待发。

抵达故乡即胜利:

· 诸荣会

又到农历年序更替时,城市里总有一大群人要将"回家过年"当作一件大事盘算一番、准备一番。每到这个时候,或许俨然已经是城市"主人"的他们,总会想起某个遥远的偏僻山村或水乡小镇,想起那儿一个原本属于自己的"老家";也只有到这个时候,人们也才发现,那些身后有一个"老家"的人是幸福的,也是幸运的,这不但是因为他们的年总可以过得比别人隆重而多有仪式感,更在于他们既有着一根牵扯人生的线,也有着一根深扎于土地中的根。

"树高千尺,叶落归根",这是人们常用来形容人与故乡关系的一句话。的确,如果把人比作一棵树,那么老家并不是树下的那片阴影,甚至也不是落着阴影的那片地面,而是深藏在落叶下的土壤、水分和养料,是树根与它们的不解纠结。树根在地下扎得越深,纠结得越紧,树就会长得越高越大,此所谓"根深叶茂"。而人又何尝不是如此呢?"乡村是城市的童年,童年是人类的乡村",那些散落在中国大地上的大小乡村,不少与今天的大小城市相比,或许确实显得贫穷又落后,但是哪一座城市不是从乡村"长"大的呢?正像这世上的大人物,哪一位又是不曾经历过童年而天生伟大?这或许正是人类为什么会有乡愁一说,且似乎永摆不脱它的根本原因吧?个体的人无法斩断自己的成长历程,一座城市,一个国家,一个社会,同样无法斩断其成长历程。如果有宿命,这或许也是人类的宿命之一吧!

余光中说:"小时候,乡愁是一枚小小的邮票","长大后,乡愁是一张窄窄的船票"。那只能是诗人"小时候"和年轻时的一种感受,乡愁原本绝不仅仅是因为"乡书何处达"的慨叹和买不到一张回家过年的船票、车票而生出的愁苦！即使买到了"票"，又何尝能摆脱乡愁了呢？因为故乡已成故乡，我们便注定无法摆脱乡愁；又因为乡愁，我们一次次回乡——正是在如此回乡、离乡的过程中，我们渐渐长大，与身边的世界一起渐渐改变。没有离乡就不能更好地懂得故乡。

我做教师时，常有学生问我，写下中华第一思乡曲《静夜思》的李白，既然那么想念自己的家乡，为什么宁可在外漫游也不回乡？是的，历史上的李白，似乎多数时候一年到头也没多少要紧的事，他为什么就不回乡去而总在发出"乡关何处"的人生浩叹呢？这样的问题回答原本也十分简单：回乡了的李白，没有了乡关何处的人生浩叹的李白，他还是李白吗？所以我们的人生需要离乡。但我们的人生同样也需要回乡。当然，我们的回乡不能如当年的项羽，只是为了回去炫耀一番自己在外取得的成绩。想当年，项羽初占咸阳，人劝他以此定都，以求进一步巩固和发展，可是他竟急于东归故乡，说："富贵不归故乡，如衣锦夜行，谁知之者!？"结果众所周知，功亏一篑，身死国灭，白白便宜了刘邦将一曲"大风歌"唱到了最后——当上了皇帝的刘邦原本也没忘记"衣锦还乡"，这一点他与项羽一样。但他比项羽高明的一点是，在高唱"大风起兮云飞扬，威加海内兮归故乡"的最后，终不忘告诫自己"安得猛士兮守四方"！

乡愁的本质，应该是人甚至人类在回望自己成长历程时，自我安抚的慰藉与必要审视的痛苦两相交织出的复杂情感。我们当然不能如项羽一般被这种情感所绑架，拴住了人生的脚步，更不能因为乡村是城市的童年而让国家和社会永远停留在童年。我们需要长大，国家和社会同样需要发展，需要现代化。然而这一切，又不能以割断我们的乡愁为前提，因为"乡愁"这个汉语中的偏正词十分特殊：虽中心词是"愁"，但这原本只是起修饰的"乡"，却又是"愁"的前提——"乡"一旦没有了，"愁"又何来？

我曾在网上看到这样一张图片：一个农民，坐在一片瓦砾上，正与一台挖掘机对峙着……我不清楚这场景背后的曲折隐衷，但它依然让我首先想到自己的故乡与父兄。我的出身与人生经历，让我深深知道故土和家园之于农民意味着什么。千万不要以为我反对城镇化、现代化和国际化，相反，我对故乡这些年来在现代化进程中取得的每一点成绩都感到欣喜。但有时又难免忧虑，不少人理解的所谓"城镇化"，似乎便是将农民原来的房子拆了让他们集中住进楼房，将他们原来种植庄稼的土地收并开发成高楼，将原来的田间阡陌一律铺上水泥、柏油……实际上这真的是他们需要和欢迎的吗？恐怕真是个问号！曾几何时，农民对于"修桥补路"的人和事，历来都是给予再高的道德评价都不以为过的，然而我最近回乡时，发现一条六车道的高等级公路和一条轻轨从故乡村口穿过，而村里农民在说起它们时竟然都摇头："哪有这么多车跑哦？多少良田呵！真造孽！"也许有人会说这是农民的小农意识，但在我看来并不尽然。

随着这条公路和轻轨的通车，我从谋生的城市回乡将更加方便，但故乡生活中的蛙鸣稻香，也将与"稻花香里说丰年，听取蛙声一片"的诗意一起成为历史。故乡陷落，连同在那一方土地上世代生活的人——他们不但离开了这块土地，而且注定一旦离开便将失去乡愁的资格——我自己当然也将是其中之一。

俄罗斯诗人叶赛宁说："我抵达故乡，我即胜利。"我想，应该没有人不期待这样的胜利吧？

怀想
屐痕
心香
忆旧

河流和群山的话语

·安 歌

一

　　新疆大部分地区，野花开得最盛的季节是五月、六月，好在也有七月野花。

　　七月的夏塔谷地，麦子刚刚开始灌浆，油菜花盛开着。在中国南方的农村，这个季节的油菜花早已变成了从花籽中榨取的油，放进了各家的油壶，在经历着火的焚烤。而在这里，它们还只是花朵。田地里没有一个人，唯有遍地花的黄金支持着正午的阳光，展示其上的湛蓝的天空。一望无际的金黄，只有风在轻轻地移动它们，仿佛要在花朵间移出一条秘密的道路，让看不见的羊群经过。一路上都有大片金黄的油菜花，开得那么放肆，仿佛进入了黄金的牧场。那种感觉好像全世界的油菜花都商量好到夏塔谷地这个清凉的世界来绽放了，这黄金道路，一直把我们送到野花的草原。

　　阳光灿烂的夏天，宁静的草原上，唯有夏塔河是有声的，它的流动声在草地上空的风中喧响，响得群山寂静。仿佛是河流和群山的话语使野花盛开。看着这些景色，似置身于列维塔的油画，那些融化的色彩在水中灌注成树木，灌注成树木下的花草。但比他的画更阔大，更深入的是，这是整个草原的交响乐，是天空、草原、野花、河流、夏日雪峰、马蹄的合作，这合奏经过身体，让身体里的每个毛孔，心灵的每一次跳动，都被它们充满。吸入这样的气息是一种多么奢侈的享受啊。草在生长，芽在萌发，草地上点缀的花朵具有火焰与黄金般的颜色，马静静地立在夏塔河边饮水，让人忘了斯世何世。

天空中有无数飞鸟，鸣叫着划过，把飞翔留在清亮的空中，空气中飘逸着松脂、野花和新堆草垛的清香。

光中的草原，宁静里有微微的喜悦，那喜悦是落在一枚离瓣花里的简单喜悦。草原上的花，站在大天大地里，那么小的一朵，这样放肆地开放出来，开成一片一片，当风经过时，花语闪烁……那细小、不为人知的喜悦，就是不为人知，也还是要喜悦的——这是民间细草茸生的顽强。

夕阳西下，夜幕降临，晚霞将它瑰丽的色彩投射到夏塔谷地和与之为邻的哈萨克斯坦广袤的土地上。想到小的时候，大约离这个谷地不远，大姨夫曾带着我上过昭苏县高高的边境岗楼，看对面的苏联，森严壁垒的样子。那是我第一次看到他国的土地，那时小小的心相当惊诧：外国人竟然也会种地，也在放牧！想来，也是一朵恍若隔世的离瓣花。

二

八点后走出毡房，天空依然明亮。如是在内地，此刻天已黑尽了，但这里夕光还远未撤退——草原现出黄昏的宁静：远远近近的一座座毡房炊烟正开始升起。最后的夕照落在草地上晾晒着的五彩缤纷的衣服上，哈萨克女人和孩子在收起它们；落在还坐在门口打羊毛（准备做毛毯的）人身上。远处，是一群一群归家的羊，骑马的牧羊人，高高在上的样子，像傍晚草原的王。归家的马群和牛群后面却没有跟随放牧的人。那些牛和马，静静地走在草地上，不时低下头再吃几棵草，慢慢地走着，停着。它们拴在木桩子上的孩子在家安静地望着母亲回来的方向，不时向天空叫几声，换来母亲的回应。双方都不疾不缓的，时空好像进入了一个被无限拉长的慢镜头。

托克塔森家的小牛吃了几口奶后，阿努曼开始蹲在母牛身下挤奶。在奶汁汇入木桶的声音里，天色从浓烈的红黄中缓慢地转出它的黑，月亮从汗腾格里雪峰上升起来，满满铺在草原上，引领着呼吸的草原。在这样的月夜星空下，一切都带着刚刚降生的惊奇：一座座毡房，呼吸着的草，渐渐黝黯起来的马的剪影，母牛和靠着它身体进入睡眠的小牛，向晚的风吹着草原牛羊粪便里的青草气味——在这原初的自然里，虽是独自一人，但没有丝毫的孤单。或者这正如爱默生所说，置身自然时，我并不是孤立的，不被承认的。它们向我点头示意，我也向它们点头示意。此刻，甚至点头示意也没有，毡房、牛、羊、马与我已被月光融在一起了，化进了这自然。此时此景，仿佛已到了哈萨克人所向往的那种安居乐业的境界：百灵鸟在绵羊身上生蛋。

　　月亮一升起来，草原立刻被露水占领。脚踩进深些的草地，就有露水打湿鞋袜。在这潮湿里，夜色变成了空旷本身，含着它的沁凉，星星近得仿佛可以呼吸到。拴马桩、独树的影子，猛一看，仿佛都是人。看着一片云飞渡过来，静悄悄的小雨点就滴答滴答地落在草原上，落在空的挤奶桶上，落在草叶上……听起来，有种广大的寂寞。此刻，这恒在的寂寞，就落在我的面前。这寂寞，到了哈萨克人那儿，就变成了宁静，变成了从宁静中化出的歌。这是一种什么样的生命态度呢？想到以前路途上的维吾尔人，不管在哪个途中旅馆，哪个车站饭店，或者只是在路边，不管怎么艰难的环境中，只要有几片馕，有几个人，他们就可以铺开自家的桌布，唱着歌，开始他们的盛宴。我曾经把这种生活态度归结成两个字：迎接。如果生活可以概括的话，那么比维吾尔人更沉默些的哈萨克人逐草而居的生活，概括成两个字，那就是：顺从。

　　这是对自然天地的顺从，是长期的放牧生活中培养出的对季节的顺从，更是对他们自己本性的顺从。他们的顺从里，有一种对天地大信顺从后的安宁：到了季节，总会有草为他们的羊群长出来；到了时候，总会有雨从天空为他们落下来；到了时候，总会有歌从他们喉咙里即兴被编出来……如果没有呢？哈萨克人会不会也会这么迟疑一下呢？但他们竟是连迟疑也没有的，他们是真的信，我也相信，正因着这确信，草才为他们长出来，雨才从天空为他们落下来。

鸟的世界

· 鲍尔吉·原野

我喜欢的书里有两本鸟类辞典。那本《世界鸟类彩色辞典》记录了据说是全世界的鸟。翻开这本书,我从人的世界顺利地进入鸟的世界,美而好。我说不好最喜欢哪只鸟。一般说,非洲的、大洋洲的鸟类羽毛绚丽,但读书读不出鸟的啭鸣,也看不到鸟飞的样子,因此我认为它们都好。

鸟的小脑瓜和圆圆的眼睛惹人喜爱,而它们的羽毛令人崇拜。每根羽毛都比瑞士手表精密。你盯着羽毛看久了,觉得小鸟周身披的都是树叶子,脉络从主干分开,向外长,如一棵树。鸟背上的大羽毛是它的大叶子,肚子还有小圆叶子,一片压着一片。脖子上的一圈儿小叶子色泽华丽,公鸡为甚。一只小鸟有这么多树叶包着,还不让人崇拜吗?不崇拜鸟,你还想崇拜谁呢?如果你觉着褐色羽毛不像树叶的话,翠鸟的羽毛与树叶几无异矣,而这圆矮的小绿树顶上探出鸟的小脑袋和滴溜乱转的圆眼睛,多么可爱,它从一团树叶里钻出头颅。然而,羽毛比树叶更精致,通风轻质光滑防水,这就是鸟,上帝骄傲的作品。它静立枝头,就足以令人赞叹,好像是一件放在枝头的工艺品,而它,"扑喇"一下,飞起就没了踪影。这个能耐绝不是一般的工艺品所能具备。故宫里摆放的那些珍玩——譬如翡翠蝈蝈——也没有"扑喇"一下飞出屋的。

鸟啊,美丽的鸟——其实我特想写下它们的学名,记不住,除非照着抄——鸟的学名不像人名那样平易近人,比如刘国瑞啦,王丹丹啦。鸟的名如杰克黑寡妇雀,这哪像学名,像谩骂。鸟类学家给它起的就这个名字。还有僧帽燕,不像名字,也没征求鸟的意见,这些名字取得基本上不成功,所以我记不住。

　　我喜欢在树林里走,我知道树枝里藏满了小鸟。倘若树叶动一下,即有鸟飞出或飞入,只见叶动,不见鸟影。鸟的鸣唱是树端的合唱的河流。"流"的意思是——小鸟唱歌带出尾音,比如"的卢——"它把"的"唱完,"卢——"留在树林里,你感觉这个玲珑的"卢"的余音从这棵树蹿到那棵树上,在流动。有的鸟唱歌的歌词是"观鱼",那么,这个华丽丽的"鱼——"像飞鱼一样穿过树叶,飞进林边的池塘。

　　在林里走,小鸟"嗖"地落到你身边,如有人在暗地里扔过来一块石头。它关闭翅膀,针似的小喙在地上啄两下飞走,也不知吃没吃到东西,也可能只是走走形式。我曾趴在小鸟飞过的地方仔细观看有什么可吃的东西——草籽、甲虫什么的,但什么也没有啊?在其他地方,我也趴地上观看鸟之"食品",什么也没有,只有石子、沙粒、蚂蚁。有一天,一只鸟暴露了它们假装在空无一物的地面上大吃大喝的秘密。这个鸟"嗖"地飞下来吃东西,"嗖"地飞走。我看到,它只是以角质的喙在地面左右划了划,像人在水缸沿上磨菜刀一样。这就对了,如果树林里无端地冒出许多米粒,农民还种粮食干吗。它们只是在大地划划嘴。嘴馋了,划一划可以解馋。以后,我馋什么东西吃,拿手绢在嘴上擦一擦也算吃过了。

　　动物园大鸟笼的一只横棍上落着各式各样的鸟,如果不是它们脖子太灵活,远看真像花。现在想,它们就是花(不光是树)。小鸟头顶、冠子、脖子、翅膀、尾巴由各种颜色的羽毛组合,像花瓣与花蕊的组合,鸟如花。美术是小鸟的强项,画家们跟小鸟和花朵比啥都不算,学徒都不够。人工与造化永远不能比。

　　小鸟是身披羽毛的花朵,飞来飞去。我愿意当小鸟有一百条理由。有一天我在脑子里把这些理由梳理了一下,去掉二十多条,增加了六条。我想我主要是喜欢俯瞰大地,看人只看到他们头顶的百会穴,看人的脚尖从脑袋下面左一只右一只地窜出来,这就是人,人在行走。作为高傲的鸟,我无须看到人的脸长什么样。在鸟的眼里,人高矮如一,只见肩膀而无胳膊腿儿,他们如甲虫。鸟看到河流像一匹白布那样展开,闪着白光,看到金黄的稻田飞过白色的鹭鸶。鸟看到的山峰并不多,其实没有峰。(峰只是山顶的几块石头)云雾在山脚围成一个环,好像谁吐的烟圈儿套在山上。鸟儿从来不说"道路"这个词,它不知道"道路"是什么。上下左右"扑喇"一下飞就是了。鸟儿虽然有爪子，也会走一点路，但爪子用得很节省，有翅膀的生物谁还走路，谁还奔跑，谁还会在操场上转圈跑步呢？至于说，人穿皮鞋，穿凉鞋，更让鸟笑话。不会飞的种群，费脚啊。

鸟落在树上，替这棵树当一会儿花，飞走，去另一棵树上当花。鸟选又高又直的树做巢。下蛋孵小鸟。鸟蛋上带着花斑点，褐斑或黑斑。鸟类学家说这是伪装色，我以为不尽如此。我拿一只野鸭蛋左右端详，终于发现它大体上是一个地球的微缩图。小鸟从鸟蛋里孵出，张着黄嘴大叫，之后羽丰，在天空飞翔，成为一只美丽的、歌唱的、树的、花的、俯瞰大地的、清洁的鸟。

嘉陵江月令

· 曹 雷

千里嘉陵江水色
含烟带月碧于蓝
——唐·李商隐

一月——

嘉陵江，跌跌撞撞，筚路蓝缕，前世的野滩里蹒跚过，今生的峡谷中挣扎着，蜿蜒在千山万壑，一路南下。在我身边，她多么需要一次安睡。

水呵，也有流累的时候。从蛮荒的深山老林里流出，从古人的诗行中流来，再从我们的血脉、骨髓和体温中流过。

此时，在卵石和沙砾铺成的河床上，累了的水，蜷伏在那里，像我们操劳经年的白发母亲，轻轻发出了均匀的鼾声和喘息。

烟霞散尽，月落暗礁。一袭衣衫，缀满了碎片一样的蓝色补丁。

二月——

再睡一会吧，母亲。

春风的剪刀，才刚刚张开刃口，还没有裁出河柳的新衣，还不能割裂凝结在你发梢上的冰凌。

嘉陵江，光阴刻在你脸上的层层皱纹，就由着水面的涟漪去模拟，就由着纸上的诗笔去追随吧。

守护你的儿子，是周围的丘陵山冈，伺候你的女儿，是两岸的花草树木。

我就在他们的中间，不离你的左右。在水边，在你身边，我们每一次的来去，都把脚步放得轻轻。

三月——

桃花在左岸红了，李花在右岸白了。

那年月，一江好水也避不开青黄不接。临水照影的燕子，归来后，也衔不走旧时的哀愁。

水流千里，载不动你的残梦呓语。

我知道，你最深处的牵挂，是这个时令厚重的一片潮湿：当年远走的采桑女现在何地？下岗的织绸女今又何方？

落英缤纷，顺江漂流。那些日渐模糊起来的影子，会在何时，捎回她们的归期？

四月——

是什么搅动了你的平静？水边的石榴树正酝酿该怎样结籽。

一滴水。一个故事。一段传奇。一块礁石镌刻着一个名字：远有落下闳，司马相如，谯周，陈寿；近有朱德，张澜，罗瑞卿……

一个又一个饱满的石榴，在两岸枝叶间闪烁。

好水。绕过一座丘陵流向又一座丘陵，每一个渡口或码头都能打捞起命运的砂金。

江流石不转，每一道水纹都是迷人的传说。

流水。落花。流落在江畔星罗棋布的茶馆里。

四月之魅，在于谁来继续播下种子，谁来细心采摘。

五月——

流呵。流呵。滔滔逝水。追寻着这一行行足迹，喘着一口口粗气，日夜南下不停。

一路南去，脚步踉跄。利爪一样的江风撕扯褴褛的衣，残破的帆，晃晃悠悠的纤绳荡起难测的凶险。

流呵。流呵。就像那时的滚滚人潮，从湖广流进四川，双肩挑着东西两岸。嘴角流血的子规鸟，夜半都在啼鸣，呼唤世间该有的春天。

嘉陵江，一条先民的大河，一方族群的万水千山。

六月——

这时候，水流有了短暂的平缓。水色，在该碧的流域碧，又在该蓝的江湾蓝。

似乎要让人觉察，许多秘密就要一一呈现。

那么，可以去青居镇，看一看那一湾天下不二的曲流。

还可以去西关乡，问一问那一幅回旋流动的绝版太极。

顺路。仰望一座座威慑河妖的巍峨白塔，从唐宋到明清，几千年气息一脉相承，护佑着水边的后世子孙。

发现没有？无论是礁石上落单的白鹭，还是赤脚捕捉鱼虾的孩子，以及浣衣的村姑，天地间，有什么比他们更美？

七月——

神秘如画。满江跳跃着金灿灿的浪花。

太阳的全部炽热，溶入江中，沉落江底，被转移到更深的地心。

是时候了，一群头戴铝盔的人，来到水边安营扎寨，迎朝阳初升，又送夕阳西下。

青年刘秉义的歌喉就像一条通道，眨眼间，嘉陵江深藏的秘密从这里传遍了天南地北。

至今，一口口油井里，潺潺流淌的天然气。宛若看不见的另一条河流，仅仅用富饶一词，依旧不能勾画准确。

一江好水，滴滴珍贵如油。

八月——

目前正是夏天，一江好水突然变脸，不再是一匹优雅、温情的柔软丝绸。

是谁，在上游滥砍滥伐？一场连天不绝的暴雨中，流失的水土狂泻而来。

浪堆。洪涛。漩涡。溃水。在每一个人眼里布满惊恐和浑浊。

河床溢满了咆哮的语言。那些志在必得的波峰，习惯上被定性为一种灾难，紧张的船工号子，在断桡残橹的折断声中四散跑调。

沿着江岸，花朵只能选择背井离乡。

苇丛。一群野鸭眼神透出迷茫，它们不知道，会有谁，能为自己的家园晾干泪湿的月色。

九月——

洪水退去，花朵重归故里。

现在，平静下来的江面上，一只打渔船在疾驶，仿佛一枚梭子，要把岁月的裂口缝补。

清凉的江风迎面吹，就像一只真诚的手，为我们梳理纷乱的头绪：

什么时候，谁来为水中的白云洗去污泥？

谁能够夺取那些斧斤，扔向山坡，让它长成树林？

什么时候，谁又来把江心的白塔倒影扶起？

明白了吧，水边的命运，无论是上游下游，嘉陵江，绳索一样把我们绑定在了一起。

十月——

每一块河坝，每一道河堤，都有一万枝芭茅花在聚集。

白的。灰的。紫的。红的……火焰般狂放。这水染的秋色，谁的目光一碰上，就会呼啦啦地燃烧。这野性的爱，一旦盯上了你，就会不依不饶。

嘉陵江呵，此时，你流得最为欢快，最为舒畅。所到之处，她们集体站立，夹道为你鼓掌。

天蓝。水碧。秋高。气爽。今夜，河道就是你的婚床，月朦胧，水缠绵，风柔软，她们都愿成为你的新娘。

她们都配得上你经历的沉浮和丰富的沧桑。

十一月——

水瘦了，一天天进入到枯水季节。

憔悴。疲惫。不再丰盈。一江好水，也需要稍作停顿，并适时放慢自己的流速。

从哪里流来，又将流去哪里？也需要随时随地扪心问问自己。

千里嘉陵江呵，流出陕西，流过甘肃，流进四川，流向重庆。

你知道长江在等你，要带你一起去踏上更远的行程。

而大海，真的就是你最后的归宿吗？

在水边，人的一生就是一朵浪花，此岸彼岸，都在悄悄长大。或逆流而上，或顺流而下，然后娶妻生子，传宗接代，回望忧伤的故乡；然后把影子还给光，肉身还给尘土，灵魂还给水；然后成为另一朵浪花。

而嘉陵江，又该把自己还给谁呢？

十二月——

流呵。流呵。滔滔逝水穿越时空，一路南下，暗藏了多少无人知晓的期许甚至隐秘。

你可记得？寒风中最后一朵野菊，在一个日子泛出了金黄的光晕。那是我最初的啼哭，由一个普通的母亲交给了你。嘉陵江呵，从此，我在川东北丘陵地带，享用着你千里中最好的六百里母爱，共沐风朝雨夕。

五十多年和你寸步不离。生是你的，死是你的；肉身是你的，灵魂是你的，只为传承平凡的生生息息。

守着你，就是守着祖祖辈辈，子子孙孙永不枯竭的生命之源。

日月轮回时。嘉陵江呵，你就是贯穿千年的那一声叹息！

义重情深的恩赐

· 从维熙

炎夏七月，年过八旬的我，冒着似火炎阳，从北京飞往汉水之畔的襄阳；后又从襄阳乘大巴寻觅汉水之源，远行至陕南的汉中和安康。一周的行程虽然大汗淋漓，但"南水北调"的人文情怀，却给我留下无尽的情思。

归来后，还演绎了一曲连我自己都难以相信的"童话"，那就是我锈迹斑斑的牙齿，昔日刷牙都无法让它由黑变白——回到京城家中后，面对镜子让我惊愕地叫了一声："啊！五十八年吸烟历史、凝固在牙齿上的黑黄斑痕，怎么一下子变白了？"静思之后，答案终于浮出水面：那就是"南水北调"的汉江之水，对我的恩赐……

到了襄阳，让我勃然心动的是这座城市的风情：一条清波碧浪的汉水，从美丽的城市中间穿行而过；南边是城，北边还是城。震撼之余，我不禁向同来襄阳的画家雪村有感而发地说："你我同来入住襄阳如何？"雪村没有回答我，待我仔细观察后才发现，他正痴迷地用画笔勾画着车窗外的城市风景，根本没有听见我的问话——我笑了，笑的是他早就被襄阳之美陶醉了。

抵达入住的南湖宾馆，打开水龙头洗脸时，我发现这里的水，比北京的水清亮许多。因而当天下午在"人文汉水襄阳笔会"启动仪式上，我倾吐出初识襄阳的感受：我和湖北的缘分很深，去过武汉、随州、钟祥、咸宁等多个城市。这些城市都曾给我人文启迪——但让我一见钟情的，却是大美的襄阳。当天晚上，我和文友们登上一叶船舟在汉江上夜游，两岸灯火映照下的古城亭台和现代楼阁相辉映的画面，让我当真产生了相见恨晚的痴醉之感。

正是出于这种痴爱在内心的穿梭，一种忧郁之情突然从心底升腾而起。

来襄阳之前，我读到过如是一条新闻，今年襄阳雨水偏少，水位下降致使江中鱼类繁殖率下跌，这对襄阳人民生活来说，已然是个负面信号。襄阳之畔的汉江，今年本身就水脉欠缺，还要为更为缺水的北方"补血"，在某种意义上说，这不是自残之举吗？

陪同我们夜游汉水的市委宣传部的同志，为了化解我心中的不安，对我说了这样一段话："报纸上说的是事实，但只是襄阳之水一时之难，丹江口水库即将南水北调，一旦水库开闸放水，当它流过襄阳时，这个一时之难就会随着水势上涨而缓解。过两天，你们将亲自到丹江口去参观，它将会化解你的担忧。"

两天后，我们当真登上丹江口水库大坝。然而丹江口并非汉水之源头——全长一千五百三十二千米汉水之源头，远在陕南秦岭与巴山之间宁强县的大山之中。之所以在这儿筑坝蓄水，全然因为这儿地势低洼而宽阔，是汉水全线最为有利储水之宝地。当真名不虚传，当我们走上大坝时，举目远眺，水波大如一片汪洋之海。文友们纷纷拍照，我却避开众人，想找个地方尝上一口水库的水。

无计可施之际，只好向领着我们参观的讲解员求救。她问我喝过"农夫山泉"没有？我说喝过。她说部分瓶装水就是从这深水岩洞中灌的。我十分惊愕，讲解员为我压惊说："前几天，北京来了个记者团，陪同他们一起来的，还有水务专家。经过专家检验，库边之水因与堤岸相接，属二类净水，库心的水，仍为一类最佳水质——这种优良水质，已经连续保持六年了。"接着，她对我谈起为了保护丹江口水质，所付出的努力和牺牲：从2003年起，在总干渠两侧先后关停并转了三百多家冶炼和造纸企业，现在水源保护圈高达三千多平方公里。

我只顾与讲解员谈水，而忘记了一切——待我转身去找文友们时，发现他们已经走到大坝尽头。我们将离开丹江口，远去往陕南寻汉水之源。从湖北去往陕南路途遥远，行车时间需要六七个小时。兴奋过后，多数文友都因身体困乏入睡了。

我是被车上的欢笑声惊醒的——原来赵丽宏、李辉、刘庆邦等几个年轻的文友，正在讲述着他们的汉水情话：来襄阳后的第二天早晨5点，这几个想亲近一下汉水的作家，居然穿上泳装，表演了一场泅渡汉水之举。来自上海的赵丽宏和来自北京的刘庆邦，在畅游后一致赞美汉江之水，比北京上海的水要清爽许多。我想参与到车上的欢声笑语之中——但到底年纪老了，没有高声说话的底气，因而只能对身旁的文友低声抒发我对汉水的情怀："我不会游泳，但也尝到了汉水之美味，在南湖宾馆我尝了几口自来水，这不算新奇——新奇的是，采风团只有我喝到了汉江的圣水。"

"圣水？你不是说梦话吧？"身旁的文友不解地询问我。

我诙谐而幽默地说："汉江圣水偏爱老人。你们都记得我们游汉水之畔大山之事吧。为了照顾采风团里年纪最大的我，专门开来一辆车，送我提前到了山上的鹿门寺。这儿是唐朝诗翁孟浩然少年读书之地，曾给后人留下《春晓》名诗。我从少年时就熟读此诗并因此激起文学梦想。当时虽然对孟浩然非常崇拜，但不知他就是襄阳人氏——能到他的故土，寻觅他的形影，内心十分激动……"

"你喝了那儿的水了？"文友问我。

"让你猜着了，我喝了鹿门寺的水！"

他说："那也不能称其水为圣水呀？"

"你听我说下去么。进了这个寺院，正好碰上一位僧人，用一只水桶在岩洞口提水。我向那位老僧说想喝上一口你打上来的水。那老僧，把水桶放下双手合十对我说道：'施主，这岩洞中之水，你们城里人怕是喝不惯吧？'我说：'这鹿门山之水，理应属于汉江水系，我在南湖宾馆下榻时，已经喝过水龙头里的水了……'"

老僧绽露出一丝笑意，但并没答应我的要求，而是用手指了指岩洞旁悬挂的另一只小小水罐，让我自己动手勺水。送我来鹿门寺的司机，抢先拿起水罐从岩洞里勺上水来，我一扬脖子喝了下去："你想，千年前的诗圣孟浩然，在这儿耕读挥墨多年，一定喝过这洞中之水；现在寺院的僧侣们，又用其水制其禅食，称其为圣水，不是挺合适的吗！"

友人笑了，说了一句文学行话："你真富有文人的想象力……"

其实，我只告诉他我心语的一半，另一半则属于玄学体系。我的生辰八字为水命，对水有着本能的依恋：我在鹿门寺喝了生命之水；在登武当山时，因攀登其巅峰金殿超越我的体力，便停步于大山之腰，又在其崖下滴水之处，品尝了武当之水。此举还诱发了一件文友们没有获得的礼遇——一位身穿道教衣衫的书法家，赠了我他的一件墨宝，上面只写了一个大大的"趣"字，其含意似在提示进入人生夕阳年纪的我，正在为快乐而活着。

水——又是水。不管是鹿门寺还是武当山的水，其根脉都离不开浩浩荡荡的汉水，因而我深感不虚此行。我深知水对中华民族的分量，它是流淌于一个国家体内的血液，如今许多省份都在闹水荒，作为一个国人理应关注水情，因而腰缠药袋远行至汉水——没有想到的是，汉水是这么义重情深，将远行一千多公里，向贫血北方输血。

直到两天后，长途行车返回襄阳——我可谓是一个抚摸过整条汉江的文化水痴。因而在与襄阳的告别晚餐上，八十一岁的我连连高歌，以抒发一个文人难以忘却的汉水情怀……

时光深处的诺邓

· 董小酷

我所见过的印象最深的屋顶是在滇西。

清晨，站在一处山坡往下看，崇山峻岭间，一片屋顶在满眼的苍翠中露出若隐若现的轮廓，寂静而又生动。

起伏的山坡上，青灰色的翘檐与屋顶在绿色的大背景下，错落地勾画出一道道的直线、斜线与弧线，托着这些线条的，是赭黄与锈红交织的墙面，这色彩让人想起唐代的青绿山水画。线与面勾出的轮廓挤挤挨挨，在清晨的薄雾与炊烟里，在绿意的掩映下，那样微弱又那样稠密，有着触手可及的凉和暖。这些轮廓看上去又有些杂乱的样子，就像这里众多的大青树，枝枝杈杈自然伸展，连成一片，分不清边界，也看不出始终。它寄居在群山的庞大躯体内，有种原始的自生自灭的意味。飞在天空的山雀与林鸟，像是要钻进这画面去的样子，仿佛都带了一颗诚心，叽叽喳喳地盘旋在屋顶与炊烟之间，表达着亲与近。于是，便有一种感动在心中滋生和蔓延。

这里就是诺邓村，一个曾经因盐而兴的地方。

诺邓村很古老。云南第一部史志《蛮书》所提及的地名现在大都消失了，唯有"诺邓"之名延续至今。而这部史志成书于公元863年。

诺邓村很偏远。它地处云南大理州云龙县北部的山谷，在2007年通公路之前，诺邓与县城唯一的连接是那条走了千年的盐马古道，它距州府大理有175公里，距省会昆明500公里。

从唐代开始，诺邓村因盐而兴，一度是滇西负有盛名的盐业中心之一。海盐大规模开发后，失去了盐这一经济支柱的诺邓，几近尘封于世。

盐为百味之首，是一种生活必需品。且不说盐的最初发现与采掘，单是淮盐与川盐，滇盐与粤盐，巴盐与花盐，官盐与私盐，就足以串起一部百年中国史。资源与争夺，商业与欲望，生存与苦难，富裕与衰落，在盐的历史上，人类都生动地显现过。而诺邓，仿佛是被抛在滇西群山间的一粒盐珠子，给一方水土带来生计与生机。

拥有一口盐井，即拥有了富裕的源头。云龙有名的盐井就有五口，诺邓井最为古老，含盐量最高，产量也最大。因此，诺邓村专门建有龙王庙，这个龙王与别处不同，是旱龙王。龙王庙的对面是一座古戏台，娱乐村民的同时，更多是为了取悦龙王，以保佑卤脉兴旺、咸泉永畅。诺邓的"灶户"即是从这口古老的诺邓井下取卤熬盐，再把盐交到盐局，由盐官分发到各地行销。从有明确记述的唐代开始，诺邓的盐业生产就已经具备了相当的规模，到明清两朝，达至中兴。

人们已无从了解两千多年前诺邓是如何发现卤脉，又是如何开始凿井制盐的。走过岁月的辉煌，眼前的诺邓是沉静的。百年的老院落，保存完好，温煦如昨，它所流露出的内敛气质令人难忘。诚然，这不是历史的原貌，而是今人的观感。无论这样的观感准确与否，诺邓所传递出的某种富裕而不喧嚣的乡村气息，都耐人寻味。

走进诺邓，一条条古朴的石板小道和一级级青石台阶纵横交错地伸向村子深处，仿佛诺邓这片叶子上的叶脉纹理，细致幽微，三步一阶，五步一台，通向一家家、一户户。由于山势较陡，为了充分利用有限的地面，这些因山就势的建筑往往前后人家之间院楼相接，紧凑，精致。台阶旁，转角处，间或一株老树，一片花丛，一簇仙人掌，一畦小小的田垄，一截不长的石墙，一点一滴都被细心呵护着。"三坊一照壁""四合五天井""五滴水四合院"的建筑形式，在有限的空间内各自寻求着布局的别致。门、窗、梁、架、斗、拱、柱、檐上，传统工艺的雕刻图案所蕴涵着的对美的热爱，对幸福的追求，对礼义的重视，对天人合一的认识，都历历在目。和很多古村落的"景点"不同，诺邓的怀里并不是空荡荡的样子，除了改作旅游客栈的大院落，其余的老房子依旧安住着各自的主人，过着各样的生活，一如木窗上各式各样的窗棂。一扇扇曾经反映着主人身份地位和文化修养的大门，依旧进出着今天的憧憬和明天的希望。

当年兴盛繁忙的诺邓如今只能遥想，曾经盐灶大开，到处都是热气腾腾的制盐场景早已远去，找不到老盐工可以讲述陈年往事，闻不到盐卤弥漫的特殊气息，打铁的、锯木的、捣碓的……那些因盐而聚的各样工匠更是连遗迹都不见踪影。和全国大多数乡村一样，这里年轻人多出去打工，留守的老人坐在大青树下、老街巷边，看着客来，目送客走，与大夫第、盐务署、龙王庙、五井盐课提举司一起，相互守望，年复一年。那一段关于盐的辉煌岁月，已经湮灭在时光深处。

如今，带着盐的魂魄重归人们视线的，要数诺邓火腿了。因为"舌尖上的中国"而走红的"诺邓火腿"是村子里卖得最火的商品。村口路边，盐街上的店铺里，到处是售卖诺邓火腿的。诺邓火腿在这里几乎家家腌制，用的自然是诺邓自产的井盐。过去它只被用作礼物，而今成了走俏的商品，养猪、腌肉、卖火腿已成为诺邓人的一项重要生计。

在诺邓村北，四条石板路蜿蜒伸向远处的群山。这是古代东向大理、南至保山、西接腾冲缅甸、北连丽江、西藏的"盐（茶）马古道"。长长的青石板路，马蹄踏出的痕迹清晰可见。当年络绎不绝的马帮穿山越岭之后，就是通过这几条石板路来到诺邓，驮来日用的茶、糖、布、玉石等交换的物资，再驮上成块成块的盐饼子从这里出发。盐井、盐道与马帮，一种简单的滋味就这样连接起一条经济的血脉。

马帮远去，旅痕犹在。它已刻在大地上，刻进历史里，成为今人张望历史的一扇窗口。

我们到达诺邓村那天，是农历八月二十八，恰逢诺邓民间祭孔日。诺邓虽然不是州、县驻地却建有孔庙，这在古代礼制中是个特许，也足见诺邓重教好文，地位特殊。诺邓孔庙古朴典雅，大殿供奉的是"布衣孔子"，不同于外地文庙里着帝王衣冠的孔子像，这让地处偏远的诺邓人与孔圣人多了份日常的亲近感。这一天，六十七岁的赵韵松带着八岁的孙女特意从宝丰镇赶过来，这里是她的娘家。她说宝丰也祭孔，是官祭。宝丰是云龙县的旧县城所在地，几百年前的县官是从山东来的，所以官祭的传统一直保留着。不过官祭民祭都中断了几十年，现如今又都恢复了。她八岁的孙女似懂非懂，在奶奶的引领下，在隆重的仪式人群之外，虔敬地燃了香，之后远远地向着孔庙，行礼。

香烟缭绕升起。我似乎又看到了山谷里的那片屋顶，屋顶上空烟云氤氲，甚至隐约罩住了村子的最高处——玉皇阁，一座建于明代的道教宫观。而日常的真实，却是在屋顶之下，在视野之外，生动而又具体。

也许，那才是时光深处的模样。那，才是历史。

遍地蒿香

· 何 频

马年春节,"破五"和立春相逢于同一天。节日到北京旅游的人很多,老同学徐兄做东请吃饭,这天正应着"咬春"和"破五"吃饺子的风俗二合一,前门一带的饭店,家家都热闹非凡——有老北京团聚,几家人围着吃春饼套餐的,也有外地人排队吃烤鸭或涮羊肉。大伙就着薄面春饼和卷烤鸭的小面饼,人人卷食碧绿的香葱和生菜,同时又蘸起甜面酱,嚼着青萝卜条或"心里美"红瓤生萝卜皮;而热气腾腾的炭火涮锅里,食客不止下油脂白的大白菜叶,也有嫩绿的生菜和茼蒿。徐兄是湖北人,在北京工作久了,入乡随俗,按北方"破五"吃饺子的习惯,又特意点了一份韭菜鸡蛋素饺子。昔日邓云乡讲《春盘故事》,引古人语,"立春日,都人做春饼,生菜,号春盘。"而眼下迎春的餐桌上,铺排着各式各样的绿叶蔬菜,远非旧年的苦寒可比。岁时节日,通过饮食传承光大,分明演变得空前热烈和丰富了。

说风俗节令,无论中外,总与吃食紧密关联。但华夏先祖,早就开启了通过饮食而讲究保健养生的传统,讲食疗、食补和药食同疗。民间尤其看重春日吃蒿。早春的江南,"蒌蒿满地芦芽短",芦蒿、藜蒿和茼蒿同时应市,而茼蒿的味道,略似菊苗,与芦蒿味近。唐代的《食疗本草》说茼蒿为同蒿,另外还记录有白蒿、青蒿、邪蒿等五种可食用的野蒿。我的老家人应时要吃的便是白蒿。

《翰墨记》:"洛阳风俗,以二月二日为花朝节。士庶游玩,又为挑菜节。""二月二,龙抬头。"惊蛰的雷声,一下掀开春绿的门帘,春雨滋润过的土地,新生的野菜和青草,首先沿着田埂和沟坎绿成一线一片。老家隔着黄河，看得见一脉邙岭两边连着的郑州、洛阳。老家人过二月二，河边的平地人家，一直有吃"菜蟒"的风俗，用野菜作馅儿，蒸好大的花卷馍。"正月茵陈二月蒿"，二月的野菜，白蒿品最高。《食疗本草》里孟诜记白蒿："春初此蒿前诸草生。捣汁去热黄及心痛。"但它却一味靠着黄土岗和向阳的沟壑边缘生长，早春，在霜雪浸染过的枯草里寻找白蒿细茸茸的嫩苗不容易，类似西北人在沙漠里搂发菜。本地也多荠菜，方言叫"木锨花"的，但与这个时节江南时兴的荠菜、马兰头不一样，老家人总要先吃白蒿。这或许和北方人过冬烤火，"猫冬"久了生内热有关。就是别的野菜，为去火而贪苦味的居多。白蒿现在的吃法，与古人用醋腌着吃不一样，常用面粉拌了蒸食，轻轻上笼一蒸，不用放油盐最好，散散碎碎模样，淡淡的土地味道带了隐约的清香，一碗下肚，浑身隔天就通透了。

白蒿与蒿草伏地而生，仅比地衣高一个层次，属于草木最下者而最接地气，有益打通人的血脉。吃过白蒿一类春蒿的食物，人就活泛了，增强了抵抗力。若遇到一冬干旱而白蒿稀少，乡邻为找不到白蒿会很着急。传说，孟诜当年做官在武则天一朝。原本他也是进士出身，史料记载，他先后出任凤阁舍人、春官侍郎、侍读，外放做过台州司马、同州刺史，人称孟同州。但他也没少受官场的窝囊气，"不为良相，便为良医"，最终出局回归民间，隐身草泽之间，在老家活到九十三岁高龄。作为"药王"孙思邈亲传的弟子，孟诜结合自己的体验，身后留下《食疗本草》一书，深深影响了后来的医家和美食家。如今，在河南汝州的孟庄村，还遗留了他为改善乡邻生活环境而打的一口水井。

二月踏青绿未遍，所以邓云乡说"讨青"。二月里来好春光。农家开始忙于松土备耕，灌园浇麦，兼了食蒿挖野菜。三月三，清明把春的波浪推向最高，回乡祭祖和上坟的游子，从四面八方赶回老家与故土，既悼念先人，又兼了春游。大地以淮河为界分南北，北方种麦，南方种稻子和油菜。豫南大别山里人上坟烧纸，采杜鹃花，同时也吃米蒿。主人说，用面粉裹了新蒿吃下去，可以把小鬼和邪气带走。楚俗好巫，当地纪念先人的花圈非白色，而全部是红色鲜艳的各式纸扎。此时，乘火车沿着京九铁路南下，大别山连着鄂东一带，透过车窗，看油菜花里的上坟人，男子担着上坟的花篮，女人和子女持物跟进，大人小孩随风在漫漫花海里飘摇，仿佛是坐轿子。这时，在蕲春李时珍的墓园里，当地人给李时珍上香祭拜，还不忘采一把墓头草，说是百病可医。还有人随地采艾。艾叶，又名艾蒿和艾蓬，同样可以入馔的一种香蒿。李时珍说，原产于靠近黄河的汤阴一带者称北艾，产于宁波一带的为海艾。但风水轮流转，从明成化年后，医家开始重视鄂东之艾，名曰蕲艾。李时珍父亲特地著有《蕲艾传》。而艾与蒿一样可以取汁液染米面食用。《本草纲目》转引《食疗本草》的内容：春月采嫩艾作菜食，或和面作馄饨如弹子，吞三五枚，以饭压之，治一切鬼恶气，长服止冷痢。清明时节，苏州的青团，徽州人吃的清明果，都是同样的方法，在踏青的时候，采取野外的嫩艾与青蒿，取汁染面食用，贪的是一口春天的气息。

　　春来蒿先绿，比柳和杞绿得还早。春愈浓，一世界铺地是蒿草的蔓延。随着春天的脚步，北方从"小青缀树，花信始传"，到江南"杂花生树，草长莺飞"，民间总动员，都要踏青食蒿。野蒿入馔普遍，实际的种类，远比《食疗本草》多而驳杂，假设通过各地的田野调查，不难续写一部清香扑鼻的《中华食蒿谱》来。春天过了，就是临近端午节的时候，而闽粤赣交界地区的客家人，说艾蒿是香艾，还要打艾草吃艾草食品。如此遍地蒿香不断头，我想这是中原风俗的隔代遗传。

风雨中的灯楼角

· 黄国钦

夜里，下了一夜豪雨，乒乒乓乓的雨滴，打在窗台遮阳的瓦楞上，紧一阵、慢一阵，撩起人无尽的思绪。

冬天的雷州半岛，下这样的瓢泼大雨，真的罕见。从湛江、雷州一路过来，东海岛、龙海天、乌石港、天成台，一路都是艳阳，南渡河也像一匹柔软的绸缎，散漫地温柔地披在这片无边无垠的平原上。

到徐闻的当天，依然风和日丽，西望去，勇士风电场的风车群，在曲界丘陵的落日下寥廓寂静地旋转，菠萝的海的七彩田、龙门村的古樟树林、田洋火山口几百万年的硅藻土泥炭土，在落日余晖的映照下，也淡淡地缓缓地勾勒出一种热带边地的安宁。

想不到，夜里，就下大雨了。大雨，从凌晨4点，就一直哗哗地下着，9点过后，天，沉沉地，仍然没有一点点放晴的意思。一行人坐不住了，走，出发！

汽车到了许家寮，茫茫雨中，路坏了，我们只能拐向角尾盐场，在盐田间沿着泥泞粗糙、交错纵横的简易小路，船一样摇摇晃晃地向南开进。此行，我们的目的地是向西，向西，再向南，我们要到灯楼角，我们要到中国大陆的最南端。

"灯楼角""中国大陆最南端"，一个特殊的命名、一个特殊的地标，必定记载着一段特殊的历史，储存着一段特殊的岁月，埋藏着一段特殊的悲壮。可惜，直到现在，隐隐约约地，我才有所了解。

浩瀚无际的南中国海，有着舒缓曼妙的北部岸线，柘林湾、红海湾、大亚湾、广海湾、海陵湾等等，点缀其间。偏西岸线，由于雷州半岛不可理喻突如其来异乎寻常的强行插入，自东向西，形成了南海、琼州海峡、北部湾。

灯楼角，就扼守在琼州海峡和北部湾的交汇处，成为琼州海峡和北部湾的分水线。

这是两个全日潮的海区，涨潮时分，两个海区的大潮，从不同方向迅疾地涌来，猛烈地撞在一起，撞击出一股股"十"字形相拥的排浪，蜿蜒十里，伸向大海……

这种独特的浪涌现象，几乎全世界仅有。

灯楼角的原名，叫滘尾角，也有人叫南望角、难忘角，自古就有"极南""尽南"之称。这个地理坐标北纬20度08分至21分、东经109度50分至110度06分的岬角，地处雷州半岛最南的西南端，又突出伸进大海三公里，称它中国大陆最南端，完全名副其实。

灯楼角的历史，是从1894年开始的。光绪十六年，法国人在这里建起了一座灯塔，这是雷州半岛上最早的一座灯塔。从此，法国人在这片中国的土地上，通过强租强借，一步步实现了他的觊觎和扩张。

广州湾，就是在此五年之后，落入了法国人的手中。1899年，法国与清廷签署了《广州湾租借条约》，强行租借了当时名曰"广州湾"的雷州府遂溪县东部沿海，法国人称"白雅特堡"的这片地方。著名诗人闻一多1925年3月在美国留学期间，痛惜澳门、香港、台湾、威海卫、广州湾、九龙、旅大（旅顺－大连）七处失地，悲愤中写下爱国诗篇《七子之歌》，第五章就写到了"广州湾"：

> 东海和硇洲是我的一双管钥，
> 我是神州后门上的一把铁锁。
> 你为什么把我借给一个盗贼？
> 母亲呀，你千万不该抛弃了我！
> ……

就在闻一多写《七子之歌》之后二十年，1945年夏天，被法国人租借了四十四年、又被日本侵略者从法国人手中接管了两年的广州湾，回到了祖国母亲的怀抱。9月21日，广州湾光复，民国政府设市治，定名湛江。

灯楼角却没有这么幸运，它饱受战火的蹂躏，灯塔，炸毁了，建起，再炸毁，再建起，直至现在。这是琼州海峡、北部湾、海南岛唯一的一座灯塔，是这一片海域航行的识别目标和转向点目标啊。

我们在大雨中来到灯楼角。海上七八级的大风，夹着豆粒大的雨滴，鞭一样的打来。都说雷州半岛干旱、少雨，滴水如油，水贵如金，此言多少有误。

许家寮到灯楼角，不足一里之地，我们七弯八拐，却走了不止一刻钟。历史，就是在这一刻钟里，向我们展示了她的神秘与隐忍，向我们展示了她的奉献与淡漠，向我们展示了她的意志与价值。

在许家寮到灯楼角岬尖的海边小路，仙人掌和杂草丛中，面向琼州海峡，空旷中兀立着一座岁月沧桑的纪念碑，啊，渡海作战纪念碑！一段几乎被世人遗忘的历史，在大风雨中，像被突然掀翻的折骨雨伞，打开在我们的面前。

1950年3月5日，19点35分，解放军第40军118师352团一个加强营七百九十九名指战员，在这里分乘十四艘帆船，起航首渡琼州海峡，由此拉开了解放海南战役的序幕。历史，要牢记这一刻，历史，要铭记这一点。一个伟大的战役，就是由这一个地点生发的。

我不知道此时其他人的感想，我的心中，这一刻却热血沸腾，百感交集……一场风雨的洗礼，让我重温了六十四年前可歌可泣的壮烈！一次风雨的征程，让我瞻仰了穹庐下，一座默默驻守的历史的丰碑！

大雨，是苍天的杰作，它让我们绕道经过了纪念碑，它让我们难忘了这一程，它让我们晓得了，经历生命中的风风雨雨，要像纪念碑一样，挺直脊梁，要像灯塔一样，照亮心扉……

到达灯楼角岬角的灯塔，刚好是十点一刻，风雨，把我们逼到了汽车的背后。但是，我仍然冲进了雨帘，我注目中国大陆最南端的这座灯塔，注目灯塔底下那座褐色的渡海作战指挥所的碉屋，注目碉屋旁那些法国人残存的拱廊穹壁；我不遗憾此行看不到分水线，不遗憾看不到十字浪。我相信，风雨过后，它们依然会拱护着这一片海疆，依然会相拥着这一方澎湃！

横渡夏季

·赖赛飞

　　季节之河流经亚热带的东海岸，冬季裸露河床，春秋水流清浅，夏季河面宽阔水势汹涌，承载着日子浩浩荡荡地过。
　　一般五月下旬才入夏，但这里的年轻人每年等在春天的岸边，置春捂秋冻的古训于不顾，提早换上轻薄衣衫，就像一次次小心翼翼的试水，仗着一冬蓄积的脂肪和春暖花开以来激扬的情感。
　　家乡象山半岛属于东海岸最曲折的那段，标准的江南和滨海。夏季照例水分充足，蜜汁淋漓的瓜果，动辄奔流的汗水，酣畅的暴雨后紧接着迅猛的蒸腾。而夏中之夏，热的深水区，种种现象来得更猛烈些。
　　夏季天日长，早四点就微微亮了，晚七时才淡淡暮，时间的幅度加宽，头尾多出了一大截，算额外赠品，每日派发见者有份。如果我起得早，能见到擅长攀附的牵牛花，它们排列有致，站上窗台，使我看到并吸收一天里所有的新鲜气象。不幸起得迟了，太阳花兀自盛放在烈日下。
　　靠海，除了是海鲜之乡，这里也是瓜果之乡。从四五月开始，就可以到墙头摘樱桃，到大徐摘桑椹。这些都是小类的水果，相当于引子，为接下去要在各类瓜果之间完成一场甜蜜横渡的味蕾所特意置备。
　　腿脚勤快的人始终辗转在周边各个乡村果园。六月初，入夏已半个来月，樊岙的白沙枇杷黄，这时候气温宜人，原野新绿，枇杷园干净空阔，树的高度称心合意，站地上伸手可摘，枇杷上的茸毛都不会碰歪一根。枇杷落市，马岙一带的乌紫杨梅紧接着上市。杨梅树长得高大光滑，骑在杨梅树杈上看山下荷塘里的荷叶都摊开来，高高低低的绿开始掩映着整块水体——天气明显趋热。杨梅落市快，一旁的瓜们等不及，早在地头浮出蔓叶连绵而成的盛大水面，像一场场不可阻止的走光。高塘西瓜的个头尤其惊人，糖分和含水量也是，领着甜瓜、黄金瓜、白兰瓜们滚滚而来，组成一波波的深水炸弹，人差不多每天中弹。白玉湾的葡萄跟在它们的身后，单个身量小，拼命挣出个果实累累，一串串沉重地挂在一人来高的棚架下，挑选的时候碰完鼻子磕到嘴。

七月到八月，是梨与桃的天下，离春天似乎很远了，但梨果的青翠之色与桃子的嫣然一抹红呼应了曾经的桃花红梨花白。出名的南田翠冠梨园临近南田湾，南堡的密露桃园则在五狮山脚下，穿梭在这之间总需要在山海之间不停游走。

夏季的尾调历来是早橘无比清冽的香气，果皮青黄杂糅，果肉甜中带酸，暗喻着收敛。往后的各色橘子大部队会与秋风落叶一道袭来，这是后话了。

打开门窗，热空气滔滔不绝地涌进来。即使关着门窗，正午时分，蝉声停歇的缝隙里，也能听见热浪拍打在玻璃窗上面类似金属片颤栗的声波。

好天白日，蝉作为昆虫管理着空荡的天下，用它们的振翅声模拟出潺潺水声，每只蝉都成为一口临时开掘的间歇泉，从一团团深绿的树丛往外倾泻，奔流在灼热的晴空里。不管谁人听出清凉，谁人听了冒烟。

阴影之外，全是阳光敷设的明晃晃水域，光波荡漾。作物耷拉着叶子在其中随波逐流，偶尔有鸟张着嘴，渴求一滴凉水，体形瘦长，毛色黯淡，与人对视后同病相怜。太热，它的口粮少了很多，在地面上啄食，不断跳着脚，一言不发。

长期在户外工作的人们，裸露在外的皮肤越晒越精黑、汪亮，仿佛是抹上了一层层清漆作为保护罩。但汗水在他们的衣服上画出了灰白色的盐质图标，活脱脱记录着一天里的付出。汗淋如雨的时候，连眼睛都睁不开，时不时地，捧起凉水扬脖猛灌一气。

好事之徒带上一支温度计出门，可以省却多少异想天开，什么在马路上烤五花肉在车顶盖摊荷包蛋。但稻田里的水确乎烫脚烫手，望着正在热汤里抽穗、灌浆的稻子，觉得它们将直接长出熟饭来。

在这里横渡夏季还要准备好穿越一场接一场的暴风雨。处在台风路径上，这一带的海岸线经常作为其不设专属码头的口岸。其作业程序基本是这样的，先是大热一阵，把人与物烤得两面微黄，然后狂风大作，耍个晕头转向，之后暴雨兜头浇上几天几夜，使整个地区载沉载浮。如是反复几次，方为正常年景。人们索性将凉快下来的台风天当作夏季热浪里泅渡的中途岛，供短暂的休整与喘息。

按照节气，现在是立秋了。气象学上的说法却是：北方或许会在八月中旬入秋，江浙则要延迟到十月。理由是日平均气温降至二十二摄氏度以下，且连续五天，才能入得秋的门槛。这样一算，今年的夏季怕也有小半年。至于目前，秋天的岸还在远方，虽然植物的枝叶看上去一层一层老绿起来，日子还将热火朝天、浮瓜沉李地过下去。

东海岸一年四季分明，夏天一直是最重要的季节，因为它的长度、宽度、热度，它的甜蜜与煎熬，它的极简主义与丰富多彩，它的轰轰烈烈再加酣畅淋漓。夏天没过好，这一年的日子差不多也就泡汤了。

说起来，年年有夏，谁人无夏，不独季节，很多东西都是：风景、美食、器物、众生简单而专心致志的劳作，重复出现，始终存在，却被人反复地描述下去，形之于无穷无尽的文字，无非想证明：如果只有扔进人群才能看见自己，并且奋斗不过是比较意义上的显影剂——显示占据同类上风，这样的社会风尚即使不是狭隘的，至少是强横的。它最终屏蔽甚至消解人发现、确认自身的本能，使生活从一开始就困难重重。多少平凡的日子被过得总像在期待碰头彩——以大众为底色、他人为标杆，偏偏少了自设的刻度，这无异于排斥和掩盖生活本身的存在价值。

而生活本身包含了普遍的、底蕴深厚的成就感与幸福感，比如说四季更替带来的永恒新鲜与生命，比如说造物的无穷妙相，比如说沉浸于工作时汩汩涌出的朴素同时深邃的乐趣及其魅力，就相当于给自己颁奖，不借他人之手也不劳观众喝彩。再说说眼前的夏季，生活本身的色彩、质地、味道突出的一段时光。酷烈的天气里，无论是之前春天岸边试水的惊喜，终将抵达秋天码头的舒畅，伴随着横渡整个夏季过程中的甘苦、浮沉相交替。总之在人际关系异常发育并吞噬个体的世界里，每个人与自然万物的相处之道、与自己内心的相安之道，从中感受到的成就与幸福，具备鲜明的独立性以及广大的差异性，反倒极其简单，不失纯粹。这一点，理当被不断披露，直至吹尽狂沙始到金。

寻芳习家池

·李春雷

盈盈一池泉水，宛若明净的眼睛，看着秦岭，看着巴山，看着汉江，看着襄阳，看着南北中国。

蜿蜒千里的秦岭和巴山，犹如一对不弃不离的夫妻，簇拥着自己的女儿——汉江，款款东行。行至襄阳，驻足不前。而他们的美丽女儿，则心系远方，嫁与长江。分手之际，双方泪眼凝眸。这一汪深情的凝眸，便是习家池。

秦巴余脉绾结于襄阳城南五公里，仿佛孔雀的一根尾羽，名曰凤凰山。而习家池，又像这根尾羽末梢的一面晶莹的圆镜，镶嵌在山之阳，江之滨。

习郁，字文通，东汉初年人，因功被光武帝封为襄阳侯。习郁富且贵，儒而雅，涉水跋山，法眼堪舆，遂择此宝地，凿池引流，"依范蠡养鱼法作大陂。陂长六十步，广四十步。池中起钓台。"其后，植佳木，筑华屋，聚灵石。习家池渐成宴游名园。

三百年后，习氏世孙凿齿在此隐居。凿齿少有奇志，博学能文，名播天下，曾任荥阳太守。后因脚疾，解职返乡。惟大才不废，敕命编修国史。他在钓台上增建书亭，周匝雕花石栏，赏荷观鱼，听风品香。斯时斯地，凿齿笔下生花，司马再世，著就《汉晋春秋》五十四卷。书成，举家迁居江西，远离尘嚣。

白驹过隙，倏尔三百春秋。孟浩然生于习家池附近的涧南园村。在池塘的映照下，孟氏悄然长成，渐悟经诗堂奥。"习公有遗坐，高在白云陲。樵子不见识，山僧赏自知。以余为好事，携手一来窥。"据统计，孟浩然留存作品中，直接赞美习家池的诗作竟达十首。彼时，李白、杜甫、皮日休、贾岛等一干魁星迤逦而至，临水赋诗，且觞且咏，纵心宇宙，快哉快哉。

乌飞兔走，又三百载。欧阳修、米芾、曾巩等人频频造访。尤其米氏嗜书如痴，以山为砚，临池而墨，心摹手追，探幽索微，成就绝代行草。兰亭之后，天下独步。

宋元以降，直至民国，习家池叠次修葺，终成佳构。虽由人工，宛自天开。《襄阳县志》载："全楚十八九处胜迹，名流人士流连而慨慕者，习家池为最。"

习家池何以如此兴盛？除了浓郁的历史文化意蕴，还有其特殊的自然地理暗脉。

这里，是茫茫秦巴余脉的末端，又是浩浩江汉平原的起首，更是楚文化的核心发源地。早期楚人以凤凰为图腾，"辟在荆山，筚路蓝缕"，置都城于襄阳境内达三百余年。楚文化融华夏和蛮夷文化为一体，是中国古代南方文化体系的龙头，启蒙和发酵了广袤的长江流域和珠江流域。其中巫文化元素，尤为中国浪漫主义精神的滥觞。

习家池门临汉江。不言而喻，汉江流域是汉民族的发祥地，汉语、汉学、汉文化，这是一个国家最鲜明的胎记。我们现在拥有和享用的一切物质文明，精神图腾，乃至国家钵盂，民族袈裟，均肇始于这条龙形水脉。汉江无语，却蕴含着多少民族精神的密码，那是引子，那是归依，那是未来，那是宿命；汉江无语，却是大道，是大德，是大善，是大美。

习家池背后的襄阳，更是一座特殊的城市。在中国地理版图和物候分布图上，秦岭淮河是最明显的南北分界线，而襄阳正处于两者之中心，南方的灵秀，北方的雄壮，东方的文儒，西方的浑穆汇聚一身。在襄阳的舌尖上，既流行南方的甜食、米酒，又时兴北方的面条、白馍；既欢喜西部的羊肉、浆水，又嗜好东部的海鲜、炒粉。植物、农稼、饮食、风情，凡此种种，东西包容，南北荟萃，中庸方正，仪态雍睦，恰如中国的文化，中国的性格，中国的态度，中国的立场。

无疑，习家池就是这一方水土的文心和慧眼。

公元2014年夏天，我来到这里踏访寻芳。

穿过凤凰山，走进凤林关，沿石板路觅行，渐次进入一个幽邃世界，俨然桃花源中。路两侧是青青的草坪，森森的梧桐，间或有李白、杜甫、孟浩然、皮日休、欧阳修等人诗词的碑刻。一粒粒黑黝黝的饱满的汉字，好似圣哲先贤们的一颗颗瞳仁，静谧、肃穆而又慈祥。

走出一片松林，眼前豁然一亮。箕形山坡下，累累卧石和簇簇青葱之间，荷叶田田，萼红灼灼，一池晶莹，笑容可掬。

习家池约三四亩，澄澈宁静，碧玉温润，映照着青山绿树，蓝天白云，日月沉浮，宛如一个安详的世界。那是大地的脉络，那是历史的记忆。池中有一座湖心亭，重檐六角，斗拱高耸，恰似魏晋高士的峨冠。池水周围是一丛丛毛竹，滴青流翠，楚楚动人，又如美女明眸的睫羽。

池塘西南侧，依偎着两个造型别致的副池，小如戏台。一个满圆似日，芳名溅珠；一个半圆如月，雅号半规。山风拂过，两池涟漪，表情各异，一面蛾眉忧戚，一面笑靥如花。哲人言，养数盆花，探春秋消息；蓄一池水，窥天地盈虚。千百年来，此间主人，以大池为心髓、小塘为耳目，坐卧台上，静观水面，枯荣更替，盛衰化变，参悟万物，叩问天机，真高士也。

池畔四旁遍植杂树，扁扁圆圆的叶片们，像手掌，像旗幡，向人类表达着亲情与善意。树下是纷纷繁繁的花草，姹紫嫣红，葳葳蕤蕤。几株茯苓、苍术和天麻也伴生其间，暗吐药香，氤氤氲氲，似乎在试图疗救忧患的人间。不是吗？池边的每一棵树，每一根草，都是一个鲜活的爱心生命，茎脉里的汁液都是汉江最微小的支流。我细细谛听，仿佛有一阵阵惊雷般"隆隆"的声响。那是大地的耳语，那是自然的节律，那是时间的脚步。

是的，夏天是永远的快节奏，风雨雷电，云蒸霞蔚，潮涨潮落，花发花谢，大开大合，大舍大得。一切都在成长，一切都在争鸣，一切都有可能！

独坐幽篁里，处处闻啼鸟。那是孟浩然的鸟吧。孟氏故园，就在近旁。尽管一生漂泊，八方宦游，但他最眷恋的还是故乡。五十二岁的时候，夜来风雨声，悄然花落了！他，永远春眠在这里。

我轻轻地徜徉来回，小心翼翼，蹑手蹑脚，惟恐惊扰了熟睡的先生。但敏感的脚步，犹如叩开了一扇扇尘封的门扉，又如同踩响了一枚枚历史的琴键。过去的岁月如烟似雾，扑面而来，那些睡眠在书页间的人们又欢活起来。我似乎影影绰绰地看到了一张张形色各异的面孔，隐隐约约地听到了他们的歌声、笑声、吟诵声和叹息声……

驻足北望，高岗之上，是始建于明嘉靖年间的习家祠堂，古色古香，深邃典雅。襄阳习氏南迁江西之后，开枝散叶，人丁繁茂，四处流徙，遍布全国，早已与整个民族融为一体了。

我正与池水凝视，一只鲁莽的黑鼋猛然探出头来，恶作剧般"嘭"地一跃。刹那间，天空破了，涟漪乱了，一片惊恐，满池碎影，整个池塘顿时成为一个振荡世界，分不清是幻境，还是现实。但是，转眼间，便又恢复了原来模样，丽日蓝天，风清气朗，祥静安泰，江山稳固。

是的，风清气朗，江山稳固，一如这千万年的秦巴，千万年的汉江！

梦幻仇池山

·李存葆

　　上苍造物，奇绝万象。位于甘肃西和县南端的仇池山，就是上苍以诡谲乖张的形式，创造出的美的经典。

　　甲午年盛夏的一天，大雨初霁，我与军旅画家李翔、夏荷生结伴而行，游览了这座心仪已久的大山。

　　在传统文化出现断层的今天，外地恐很少有人知晓仇池山了。殊不知，自我国最早的地理书《山海经》对仇池山有所记述后，直至明清，在近千部典籍文献中，无一不把仇池山视为洞天福地。其声誉之隆，不让蓬莱、普陀与武当。

　　仇池山挟裹在陇南的十万大山之中。当我们乘越野车刚抵近仇池山下，便觉察出它的卓尔不群。从深深峡谷中流来的西汉水，缠绕着山的西面、南面；曲折回环的洛峪河，亲吻着山的东边；两河在山的东南脚下交汇，浪涌波翻，訇然作金石之声。抬头仰望，崚嶒的丹崖，浓郁的赤红里透着明丽；千仞危壁，若天工神斧砍斫而成；裂缝纵横的峭岩间，生有簇簇灌木，又给山体平添了几分森严。

　　仇池山的西南脚下，有一泉水汩汩喷涌的"神鱼洞"，至今仍有冬潜春来、夜伏晨出的游鱼出没。观罢神鱼洞，我们再次登车，沿着挂在峭崖上的"之"字形叠加的砂石路，颠颠簸簸，蜿蜒行进。约一时许，方行至位于仇池山顶西北端的伏羲崖前。下得车来，我们登上海拔一千七百九十三米的崖顶。回首南望，山上那二十多平方公里的田畴，连阡累陌，尽收眼底。这危崖擎平川，云端藏大野的景象，我还是第一次见到。驰目骋怀，远处的峰，近处的山，颇似大海起伏的波涛；而脚下的仇池山，则像停泊在波涛中的巨舰。伏羲崖就是这巨舰的瞭望台，山顶周边参差不齐的峭岩，就是这巨舰的护栏。

有关书籍记载：古时四面孤绝的仇池山顶，有良田百顷，有土可煮盐；泉九十九源，润气上流……陪同者告诉我们，眼下的仇池山上，除部分泉源干涸及已无煮盐之土外，大致还保持着原貌。我想，正是上苍赋予仇池山的这独一无二的规定性，以及这千了百当的适于人类生存的完美性，才使得这座大山走进了历史的书页。

神话传说往往生发于名山胜水。神话是古代先民凭借想象的翅羽，捕捉到的超自然的"大我"。《山海经》载，仇池山是中华民族人文始祖伏羲的诞生地，也是战神刑天的葬首处。在拜谒了伏羲洞又瞩望了状如"刑天之首"的绝壁后，我偏执地认为，那幽暗的洞穴和枯燥的绝壁，表象虽那样孤寂，但华夏民族的生命力、想象力、抗击力和凝聚力，抑或就是从这里肇始的。

曩时，只有一线鸟道可供登临的仇池山，有险可依，有水可饮，有地可耕，有盐可煮，必然会成为远古先民的乐园，农耕社会的天堂。仇池山一带，曾是我国一古老民族氐人的发祥地。炎帝、刑天皆为氐人先祖，并有刑天"以乳为目，以脐为口"，手执利斧、盾牌大战的传说。魏晋南北朝时，氐族杨氏以仇池山为大本营，建立了仇池国。当代史学家经反复考稽发现，仇池国虽几经衰落，但氐杨仍像刑天那样猛志常在，不屈不挠，世凭天险，披蟒踏靴，享国凡三百五十八年。其立国时间之长，强盛时疆域之大，在"五胡十六国"政权中，无可匹者。国以山而名，山因国而显。这种个例，在中国历史上莫此为甚。

诗常是诗人从历史与人生的笑口与伤口里涌出的情感晶体。安史之乱后期，诗圣杜甫辞官不做，举家由陇入蜀时，曾在今西和县盘桓数日。国难家愁、世乱民忧的残酷现实，使杜翁只得假陇南的山川风物，排遣内心深处翻腾的叹息。他曾在三首诗中，礼赞过仇池山。在专咏仇池山的《秦州杂诗·十四》中，杜甫深情吟道："何时一茅屋，送老白云边。"但其结庐归隐仇池的夙愿，最终还是消失在凄风苦雨里。

旷世文豪苏轼，更是仇池山的"超级粉丝"。对杜诗推崇备至又熟读子史经集的他，贬谪颍州时，曾夜梦山川清远的仇池国。醒后，他记梦赋诗，将仇池山奉为远胜桃源仙境的地方。再贬扬州时，他将获赠的两枚奇石，渍以盆水，放置案头，并命名为"仇池"。睹石忆旧梦，他在《双石》诗中吟道：

"一点空明是何处，老人真欲往仇池。"此后，从未到过仇池的他，以灵妙逸想之笔，又写下八首咏吟仇池山的诗篇。苏轼将卧云归隐的梦幻，永远贮放在仇池山上。

诗因山而咏，山因诗而彰。自杜甫、苏轼之后，仇池山不仅是一座神性的山，又成了一座诗性的山。

我们漫步在仇池山顶的田间小道上。昨夜那场豪雨，把眼前的一切洗涤得愈发洁净与明媚。那如同薄荷香一样凉丝丝的空气，使我们遍体通泰。面对大自然这最美的诗笺画页，我们都变成了无愁童子。路边田埂上，红白黄蓝紫的各种野花，在草丛里掩映着，在阳光下绽放着，在蜂蝶的亲吻下羞晕着。抵近被蓊蓊郁郁树林笼罩的村落，看得见牛儿在斜坡上悠闲地啃草，小鸡在阡陌间自在地觅食；看得见猫眠花下，犬迎主归，鸟雀枝头弄日影，鹅鸭溪边理羽毛……

山有水而媚，土得水而沃。我们来到位于山顶东北隅的"东水无根"。此乃仇池山的八景之一。只见一长方形的硕石，被三块巨石撑起，形成一尊天然大鼎。"鼎"内有一小圆池，四季蓄水，满而不溢，游人用手掬尽，顷刻"鼎"内复又水满。山顶西南端的"西石勺"，尤令我们流连忘返。一石窟内，从光滑的石壁上飘然而下的清流碧水，犹如玲珑的珠帘、浮动的白练，泻入又圆又深的石潭。我掬一捧泉水啜饮，泉水清爽甘冽，给人一种"多少人间烦苦事，只消一点便清凉"的快感。陪同者说，仅这一潭之水，就可满足山上两个自然村七百余口人的生活用水了。最难忘怀的还是"小有洞天"。未进洞内，我们便闻得泉水淙淙有声，刚进洞口，又见一汪泉水，明如宝镜。愈往里走，愈觉洞中清幽秀雅。正难解其故，忽见洞顶有一自然天窗，将缕缕阳光投进洞中，才使得陆离的天光与洞内清碧的泉水交相辉映，虚虚实实，如影如幻，给人以赏玩不尽的趣味。相传，伏羲曾在洞内夜观天象，演绎八卦；杜诗中"潜通小有天"，苏诗中"一点空明是何处"，指的就是这里……

"风泉留古韵，笙磬想遗音。"正是这些喷涌了千万载的山泉，滋润着仇池山巅的沃土，才有了这云端大野上的厚重的文化积淀；也有了眼前这山花的纯正，庄稼的葳蕤，果实的香甜，碧草的芬芳。

下得山后，我们又在当年仇池国的中心地域，小住数日。翠山连绵之区，林泉峡谷之间，诗眉画眼，俯拾皆是。同来的两位画家说，陇南的每座山都可入画，一泉一石都散发着灵性。住在小镇客栈，夜闻蛙声，阁阁欢唱；晨见家燕，呢喃觅食。一日三餐，农家自产的菜蔬和鱼肉，味儿清纯地道，使我们完全放松了因警惕污染食品而绷紧的神经……

　　在这他人纷纷，纷纷他人的物化世界里，在这地球被"文身"得千疮百孔的当今，仇池山一带，仍不失是一片有着原始美的净土。伏羲崖上一尘不染的清风，可以梳理人们杂乱的思绪；"神鱼洞"的灵泉，能够浸润人们被现实碰撞得已显粗糙的心灵。昨天的痛楚需要反思，未来的憧憬需要安排。从这个意义上说，仇池山一带的青山绿水，仍是今人可以贮存梦幻，使心灵得以小憩的胜地。

温暖的力量

· 李小雨

漫步在江西宁都的大地上，脑海里总抑制不住地回荡起"十送红军"的旋律，还有"哎呀来"那悠远高亢的歌声。拨开芭蕉叶和夏茅草，宁都的美那么真切地呈现在眼前：大片粉红盛开的池塘荷花、香樟古榕之间，耸立着各式祠堂。那一座座大门高墙、马头飞檐、斑驳石坊，袒露着客家文化的坚韧风骨和热烈性情，那一片片天井回廊、木窗雕花、鱼鳞瓦片，又蕴含着儒家文化的含蓄、精美和包容。顺着乡间青石小路向前走去，竹林丛中是一座座纯朴的土坯小院，黄泥垒砌，黑瓦木檐，瓜垂矮墙，但无论是高大祠堂还是不起眼的农家小院，又都挂着众多的牌匾：故居、遗址所在地、纪念地……宁都4000平方公里的土地遍布革命遗址，它曾是中央苏区中央局、苏维埃革命军事委员会的诞生地，是著名的宁都起义和宁都会议的发生地，是少共国际师和多支红军队伍的出征地，是苏区五次反围剿战争的指挥中心……

这里浓缩了太多令人崇敬的红色文化之美，轻轻地走过宁都的街道，生怕惊扰了那些曾经在这里战斗过的鲜活的身影。推开一扇门，你就会看到桌上有油灯，四周有条凳，床上有土布被子；纪念馆的墙壁上悬挂着近千双草鞋和斗笠，16000多名士兵烈士、20000多名群众烈士的姓名镌刻在历史的长廊……这些触目惊心的血色年代灼烤着你，上万名止于此的短促生命反复诉说着：这片不大的土地，曾历经无数次白色恐怖的刀砍斧剁、血染泪浸，在硝烟土炮长枪梭镖的波浪中，它沉下去，最终又浮起来，因此，宁都的泥土是红色的，它的山石是嶙峋的。烈士们牺牲时，许多都是十七八岁、二三十岁，还有多少满门忠烈，多少流离失所、多少前仆后继的家庭……但就在最残酷的灭绝人性的杀戮和战争、饥饿、牺牲的同时，宁都还为革命献出了最后一把谷米、最后一滴乳汁，红军在此坚守的五六年间，宁都就为40000多人的红军队伍提供了1200多万公斤的粮食，连同数不清的盐巴、门板、钱币、衣袜，至今，历史仍无法算清宁都一代代百姓所奉献的离别、伤痛、忍辱、尊严、泪水……

所以今天，当我在宁都的大街上，第一眼看到悬挂着的横幅："宁静致远，都和民安"时，我被深深地感动了。把"宁静"作为一个城市的奋斗目标，作为宁都人民的"中国梦"，不仅是对建设今日宁都的最确切的注解和理念，更是对以往岁月的更深刻的缅怀。试想当年，"宁静"曾是穷人牺牲一切去追求的美好的理想，是土地、耕牛、和平，是哪怕仅能吃上一顿饱饭；今天，"宁静"是一场没有硝烟的革命，是继续完成几代人的奋斗目标、提升人民富足的、高质量的生活指数，是充满温暖与爱的心灵，是良好的干群关系，是中国富强的最终使命。

于是，在今天的宁都，我感受到了另一种直击人心的大美。振兴苏区，宁静致远，宁都该怎样实现这红土地上的又一次革命？对一个交通不便、祖辈仅靠耕田为生的贫困农业县来说，多年来的积重难返，要解决的问题多如牛毛，其复杂程度和艰难程度也比预想更大。县委的新领导班子，用两个月的时间跑完全县后，得出了"改变宁都面貌，民生问题是最急迫的重中之重"的结论。于是，一场比战争更宏大的全面改变老苏区面貌的战役打响了……

生命之水，润泽泉涌，谁都没有想到，在宁都这不缺水的地方，在固厚乡东排这住了近百年的破旧的土坯房附近，他们发现了一个圆圆的水坑，坑边杂草丛生，乳白色的混浊坑水与路边的污水、雨水混流在一起，这就是几百名村民多年来的日常饮用水。这些年来，这个村的村民患癌症、重病的发病率直线上升，握着坐在轮椅上不能站立的重病人冰凉的手，这个贫困村的现状令所有到场的干部内疚和心痛。立即，县水利局立项，技术人员考证，政府出资铺路，在离村庄几公里远的山上开凿山泉水，并且砌池垒堰，接上水管，如动脉般的黑亮水管在草丛中蜿蜒而下，直通向全村各家各户，水龙头破壁而入，不用出屋，开关一拧，山泉水奔涌而出，在水缸上喷出哗哗的瀑布，如雾如珠，如伞如龙，清澈碧透。看着晶亮的水柱，农民的眼睛亮了，笑了，全部工程仅花了25万元，就解决了一个村庄四五百人长期饮用泥浆水的问题。

在老区，大量居住了七八十年的低矮的黄色土坯房遍及乡间，而农民们倾其一生的钱，也不够重新翻盖这些破旧危房。住有所居，甚至比穿衣吃饭更为农民所看重。在梅江乌镇长木村的土坯房改建工地，脚手架林立，一排排别墅式的三层小楼正拔地而起。在尚未抹上白灰的新房外，我们与一位正在铲沙和泥的妇女交谈，得知她的丈夫和儿子都外出打工，只有她带着小孙子留守。她大声说，以前的土坯房早就四处裂缝，又没钱翻盖，一到阴雨天就担心倒塌，小孙子吓得直往她衣襟下躲。这回可好了，能够彻底住上新房，虽然还需要自家花点钱，但慢慢地还是能凑够的。最开心的，是再也不用为一家人无处居住而忧心了。说这话的时候，她的小孙子，就坐在宽敞的尚未抹上白灰的屋里瞪大眼睛好奇地张望，母鸡也带着小鸡在新屋的水泥地上溜达。村书记介绍说，长木村危房改造，共请专家设计了三套方案，这里没有强拆，村民们共同讨论确定一种合适的设计，每户自愿拆建。全村又分为低保户、贫困户、烈属、失散红军等，每户按原住房面积、经济状况等补助标准不同，自己只需交纳成本价的很少一部分便可住上新房，红军遗属则完全免费。

　　在长岭组工地，竖得最高的就是土坯房改造的大牌，上面贴满一幅幅拆迁村民与自家旧房的合影，旁边注明应分配的住房面积、补助标准、拆迁进度、负责干部姓名等。这些穿着旧衣，拖着茅竹、脚蹬解放胶鞋，长年插秧劳作的农民，做梦也没想到，他们灿烂的笑脸会成为新旧房交替时代的见证，与青山碧水相映，永远留在历史转弯的瞬间。而在另一处土坯房改造工地，在一幢幢初具规模的浅红、浅黄的新楼前，我们看到的则是一整幅全村青壮年、老人孩子与旧房的大张合影。在这张半年多前的照片上，挖掘机已经开来就停在待拆老屋的两侧，同时又有鞭炮炸响，白烟滚滚，纸屑飞扬，那种满含兴奋又略显紧张的屏住呼吸的时刻，是这些百姓多少年来从未有过的、犹如欢庆红军打胜仗般的开心。告别祖辈老屋的难舍难分与对新生活的向往，都融在这照片的方寸之间。而此刻，就在不远的土坡下，两位老人正在临时搭建的棚子里舀水煮饭，水缸、板凳摊了一地，炊烟袅袅，他们舍不得走，要住在这里，一天天看着自己的新房长大，就像看着自己未来的儿孙。

　　"民安"才能"都和"，这意味着民众的健康、安乐、保障。解决看病难的问题，始终是民生问题的突出重点。在县城附近，我们看到了即将竣工的八层楼高的现代化大医院。这是一座在全市县级医院中第一流的三甲医院，门诊楼、住院楼、医技楼呈波浪形、半圆形、流线型相互映衬,明亮的大玻璃窗落地,自动扶梯上下,1000多张病床,设施完备,完全改变了以往老旧县医院地方狭小、设备落后、过道里都挤满了病床的窘境。与此同时,全县重建或改扩建的,还有花园式的县妇产医院和县中医院。

在赖村敬老院新落成的楼下,我又一次感受到民生工程的"家"的含义。这个紧靠高速路和国道出口、交通便利的"黄金六十亩",三幢小楼前刚刚种下了满院的桂花和香樟,能容纳300张床的小楼窗明几净,两人一室,每人都有崭新的衣柜和床头柜。潭才秀,一位红军烈属,父亲在1932年广昌驿前战役中牺牲,连骨头都没有找到,后又因家庭变故,艰难困顿,独自一人生活至今。如今她住进了敬老院,生活上有人照顾,不光吃住免费,每月还发15元零花钱。白发苍苍的她安详地拄杖而坐,喃喃地说:"党给我钱,不知该怎样报答。"还有一个小女孩跟着残疾母亲住进了敬老院,在她和母亲的房间里,有她小小的衣柜、特为之准备的一套小课桌,床上还摆着女孩子喜欢的发卡。我注意到那女孩的成绩簿上,家庭住址一栏就清清楚楚地写着"赖村敬老院",说到"家",一脸烂漫笑容的她坦然地认定敬老院就是她的家,她和别的同学没有不同,一样有家,因为这里有她并不缺少的关爱,因为她比别的同学更早地懂得,在大地上有一张干净、温暖的小床是多么的不易,她会永远记得哺育自己成长的这个特殊的"家"。

宁都的"民生工程",惠民、安民,从根本上改变和提升老区人民的生活现状,堪称是一项翻天覆地的世纪工程。这一切需要强大的经济投入,短短两年,县委一班人除了让一个又一个朝阳产业落户宁都,给这个以往的农业小县以源源不断的血液的滋养。而"一切为了人民",才是这场战役的最根本的目的。于是,在这场静悄悄的革命中,我们看到了艰苦奋斗的苏区精神的传承。走进狭长山脚下的小布镇政府,这个当年名威四方的红色根据地的核心小镇,那一溜长长的工房,黑瓦白墙,绿窗木门,墙上挂着"镇政府办公堂""人民武装部""森林防火队"等多块牌子,小布镇政府的食堂尤其给我留下深刻印象:一间大屋里是几张简易的木桌,四条长凳围拢,食堂的角落里仍躺着土灶,墙上挂着斗笠,头上悬着电扇,干部们就围拢在木桌上吃简单的饭,一恍惚,仿若是20世纪60年代老电影中的某一天,只有院子里竖着的"苏区发展项目进度公示牌",彰显着这里就是新世纪带领群众脱贫致富的前哨。这没有翻盖的过去年代的办公房,朴朴实实,本本分分,没有豪华的办公设备和高大楼房,却从这里走出了心系百姓的老苏区的干部,节约每一个铜板留给群众,仍似当年的那些身影,仍是当年的那颗跳动的心,面对真实的人,说着滚烫的话,亲切、随意,在中国这个最基层最微小的细胞里,我们最真实地感到了民生问题的热度与重量。

几天来,走在宁都的大地上,满眼是苍松翠竹、山溪垂瀑、粉荷浮动,嫩绿的禾苗铺成一片片绿毯,千亩茶园笼罩在芳香甘甜的雾岚之中,清晨有鸡啼,傍晚有鹭鸣,一种温暖的力量正从大地深处慢慢涌动,它给生活以甜美,给民生以尊重,给人心以良善,给社会以公正。它让宁都的美和梦想铺展大地,给这片土地最多的爱。这温暖的力量是来自80年前苏维埃赤旗的理想,还是来自今天"光荣烈属"闪在门楣上的红色的凝重?是来自每天万千百姓家升起的袅袅炊烟,还是来自"都和民安"才能拥有的久远的宁静……回望宁都,这座小城的宁静和致远将不可言喻地让人期待,以民生温暖我们的旗帜,奠定一个民族的宏基伟业,充实每个人的生命,她让我们永远地怀念着,在南方的天空下,那温暖的力量始终涌动着,喷薄着,正如太阳每天都在上升……

千年如在觅诗魂

·李元洛

　　二十个世纪最后一年的高秋，诗人余光中首度访湘。由岳麓书院开坛演讲至汨罗屈子祠挥毫赋诗，由岳阳楼畔即兴题词至在常德诗墙刻有其名作《乡愁》的石碑前握手言欢，我全程陪同，历时半月，最后在张家界机场话别。他飞香港转赴台湾，我则回返潇湘的腹心之地长沙。在检票处的入口，眼看近在咫尺即将远隔天涯，余光中在挥一挥衣袖的同时，回头笑向我说："元洛兄，君向潇湘我向秦，再见了！"

　　余光中临行借用的，是晚唐诗人郑谷名诗中的名句。郑谷，袁州宜春（今江西宜春市）人，约生于唐宣宗大中二年（公元848年），距今已千有余载。唐懿宗八年（公元867年）他年方弱冠之时，游历江淮，自春徂夏，然后远赴长安参加秋试，在扬州瓜洲渡与友人告别时作《淮上与友人别》一诗："扬子江头杨柳春，杨花愁杀渡江人。数声风笛离亭晚，君向潇湘我向秦。"

　　在古典诗歌史上，咏叹与友人离别之情的诗可谓多矣，在郑谷之前的初唐、盛唐与中唐，此类题材的佳篇也早已如繁花照眼，但郑谷之作较之前人的顶尖作品，虽不能说后来居上，至少也不遑多让。景物的点染铺垫，遣词的复沓回环，结句的君我与去向的两两对举，均可见他力求新创的不凡才情。不然，余光中怎么会熟记成诵、脱口而出？余光中所去之地，并非今日西安昔日之长安，而是孤悬东海之中的宝岛，但"秦"毕竟是远离中原僻远之地的象征，后生晚辈的余诗人如此巧借，郑谷有知，当也会欣然首肯而抚髯一笑吧？

　　郑谷生逢晚唐，时当末世。如日中天的盛唐已经成为过去的光荣与梦想，唐王朝好像西山的落日,就要举行闭幕礼了。而晚唐的诗歌呢?虽然盛唐气象不再,有如晚霞,但也闪耀着它独有的炫目的色彩,引人回望。

晚唐诗坛除了杜牧与李商隐这两个"重镇"之外,也还有不少名家捧场,郑谷就是其中的一位,《四库提要》甚至还说他"固亦晚唐之巨擘矣"。我虽乃当代之湘人,却也与唐代之赣人郑谷"缘"接千载:因为我早已读过他的全部诗歌并心仪其中的佳作;因为他的父亲郑史咸通初年曾任永州刺史,他七岁时随父去湘,有诗歌咏岳阳楼,此诗虽已失踪,但他的《卷末偶题三首之二》仍有"七岁侍行湖外去,岳阳楼上敢题诗"之句以记其事;因为中国诗歌史上记载不少"一字师"的故事,其中最著名的一则说的就是他和诗僧齐己,而齐己正是湘人。此外,就是余光中引其诗而和我话别了。什么时候,我能一游他的故里,于千年后去寻觅他的诗魂呢?

上年高秋,我中学与大学的同窗李谷虚兄,邀我前往一偿夙愿。郑谷当年还乡是马蹄得得,我今日从长沙前去还愿则是车轮滚滚。不及细赏城区的容貌风光,我一心只去寻觅郑谷的遗踪旧事。

明代正德年间《袁州府志》记载说:"崇桂坊,府治西二十步,唐郑谷登第名。"郑谷世居袁州府城西门之外,地在城郊。其时宜春城小人稀,今日已俨然都会。我们驱车往西,只见马路纵横,路边的楼房鳞次栉比,路上的车辆踵接肩摩,更有新兴的宜春学院在平野摊开它豪阔的幅员,哪里还寻得到"崇桂坊"的影子?

宋词人张先有"心中事、眼中泪、意中人"之辞,人称之为"张三中",又有"云破月来花弄影"、"娇柔懒起,帘压卷花影"、"柳径无人,堕飞絮无影"之句,人又曰之为"张三影",其《一花丛》结句为"沉恨细思,不如桃杏,犹解嫁东风"盛传一时,连欧阳修都倒屣相迎作者,并称之为"桃杏嫁东风郎中"。其实,早在唐代,读者就已经以名作名句中的关键词为作者命名了,例如晚唐的赵嘏,其《早秋》诗有"残星数点雁横塞,长笛一声人倚楼"之语,杜牧激赏之下就称其为"赵倚楼"。郑谷呢?他下第南游,曾赋《燕》与《鹧鸪》两首七律,前者开篇即是"年去年来来去忙,春寒烟暝渡潇湘"的清词丽句;后者则让他以此得名并成名,人美称其"郑鹧鸪",仿佛今天的知名注册商标:"暖戏烟荒锦翼齐,品流应得近山鸡。雨昏青草湖边过,花落黄陵庙里啼。游子乍闻征袖湿,?佳人才唱翠眉低。相呼相应湘江阔,苦竹丛深日向西。"

我们在宜春的大街小巷东寻西觅，听不到郑谷的哪怕一声謦欬，也觅不到今人纪念他的任何标识。谷虚告诉我，他20世纪60年代之初来宜春时，尚有一条街道还名为"鹧鸪路"，待至后来拓建时，就弃旧图新易名放之四海而皆准的"东风大街"了。我不禁联想到中唐籍贯浙江建德的诗人徐凝，他有《忆扬州》的著名绝句："萧娘脸上难胜泪，杨柳眉头易得愁。天下三分明月夜，二分无赖是扬州！"多年前我也烟花三月下扬州，一座城门高悬的匾额上赫然入目的就是"徐凝门"三字，而路经一条宽阔的马路，其大名竟然就叫"徐凝路"。目击身经，我当时对扬州人的眼光胸怀与文化品位，不免肃然起敬。此时，对照郑谷，我当然也难免感慨系之。

郑谷，是宜春历史上土生土长的有数的文化人物。懿宗咸通年间，尚未中举的他就与许棠、张乔等名诗人并称"咸通十哲"。僖宗光启三年（887年）他进士及第，曾为县尉，历拾遗、补阙，昭宗乾宁四年（897年）擢都官郎中，人称"郑都官"。八年后之天佑元年，军阀朱全忠焚烧长安，胁迫唐哀帝李柷迁都洛阳，图谋篡位，唐朝即将寿终不正之寝，郑谷乃弃官回乡，寓居于州城西北秀江河边化成岩之北岩别墅。化成岩一带今日已辟为"化成公园"，那里是否还有遗迹可寻呢？

我们急急渡江而西，只见千年前的郊野之地，今日也已街衢纵横。秀江之畔，公园之侧，一座古物翻新的庙宇照例香火鼎盛。公园空旷清幽，平地上有人声熙攘的门球场，山坡上有幼儿园和其他不明其详的单位之房舍，只是没有任何有关郑谷的即使是介绍性的文字。郑谷晚年居停的北岩别墅的方位究竟在何处？无人知晓。我问仍然青峰耸翠的化成岩，它也沉默是金，拒不作答。但它还应记得郑谷写于此间的名作《雪中偶题》吧："乱飘僧舍茶烟湿，密洒歌楼酒力微。江上晚来堪画处，渔人披得一蓑归。"欧阳修在《六一诗话》中赞扬郑谷时说："其诗极有意思，亦多佳句。"如此宝贵的地方文献，流传久远的非物质文化遗产，怎么不刻石立碑于公园里供游人一开眼界呢？

唐王朝灭亡后，郑谷离开化成岩隐居于宜春之仰山。仰山，为武功山的支脉，以"山势高耸万仞，可仰而不可登"而得名，过去声名赫奕，为袁州镇山。郑谷在仰山东庄筑堂读书，并将回乡后所作百余首诗结为《宜阳集》，后人遂将他隐读之山称为"书堂峰"。今日之宜春，明月山乃车水马龙的热门景点，仰山已少为人知。我既来宜春，当然要去仰山瞻仰，驱车前往，名为古庙河的溪河伴我们前行，一路潺潺汨汨着我听不清听不懂的俚语方言。车至山脚的"渚田",谷虚告诉我郑谷的《野步》一诗写的就是这里,他随之以湘音朗吟起来:"翠岚迎步兴何长,笑领渔翁入醉乡。日暮渚田微雨后,鹭鸶闲眼稻花香。"

路转峰回,由夏日吟唱至高秋的蝉声为我们殷勤带路,到得书堂峰山腰,谷虚指着一处杂草丛生的狭窄地坪说:"民间父老相传,这里就是读书堂的遗址了。"湖南诗僧齐己是郑谷的铁杆粉丝,前后写给郑谷的诗有 18 首之多。他千里迢迢来读书堂拜会郑谷,郑谷将其《早梅》诗的"前村深雪里,昨夜数枝开"改为"昨夜一枝开",遂成千古佳话。我对谷虚说:"现在有多少人知道,'一字师'的故事的原产地就是这里呢?"

环目四顾,寂寂无人,青山仍青着从唐代以来就青着的青色,溪涧仍溪着从唐代以来就溪着的溪声,只是再也寻不到郑谷的一角衣衫,半枚履印,再也找不到读书堂的一截断瓦,半口残砖,诗人早已走进了云烟深深深几许的历史。蓦然回首,山林间居然有一匹悠闲的白马,在不知有汉无论魏晋地低头嚼着青草,那该是当年郑谷的坐骑的子孙后裔吧?

且让我纵身而上,快走踏清秋,从古驿道直去唐朝。

草原上的河流

·刘庆邦

我多次看过大江、大海、大河,却一直没有看过草原上的河流。我只在电影、电视和画报上看见过草原之河,那些景象多是远景,或鸟瞰之景。在我的印象里,草原上的河流蜿蜒飘逸,犹如在绿色的草原上随意挥舞的银绸,煞是漂亮动人。这样的印象,是别人经过加工后传递给我的,并不是我走到河边亲眼所见。别人的传递也有好处,它起码起到了一个宣传作用,不断提示着我对草原河流的向往。我想,如果有机会,能近距离地感受一下草原上的河流就好了。

机会来了,夏天,我来到呼伦贝尔大草原,终于见到了流淌在草原上的河流。那里的主要河流有伊敏河、海拉尔河,还有额尔古纳河等。更多的是分布在草原各处名不见经传的支流。如同人体上的毛细血管,草原铺展到哪里,哪里就有流淌不息的支流。水的源头有的来自大兴安岭溶化的冰雪,有的是上天赐予的雨水,还有的是地底涌出来的清泉。与南方的河流相比,草原上的河流有一个突出的特点,那就是自由。左手一指是河流,右手一指是河流,它随心所欲,我行我素,想流到哪里都可以。我看见一条河流,河面闪着鳞片样的光点,正淙淙地从眼前流过。我刚要和它打一个招呼,说一声再见,它有些调皮似的,绕一个弯子,又调头回来了。它仿佛眨着眼睛对我说:朋友,我没有走,我在这儿呢!

在河流臂弯环绕的地方,是一片片绿洲。由于河水的滋润,明水的衬托,绿洲上的草长得更茂盛,绿得更深沉。有羊群涉过水流,到洲子上吃草去了。白色的羊群对绿洲有所点化似的,使绿洲好像顿时变成了一幅生动的油画。

而南方的河流被高高的堤坝规约着，只能在固定的河道里流淌。洪水袭来，它一旦溃堤，就会造成灾难。草原是不怕的，草原随时敞开辽阔的胸怀，不管有多少水，它都可以接纳。水大的时候，顶多把草原淹没就是了。但水一退下去，草原很快就会恢复它绿的本色。绿色的草原上除了会增加一些水流，还会留下一些湖泊和众多的水泡子。从高处往下看，那些湖泊和水泡子宛如散落在草原上的颗颗明珠。

在一处坐落着被称为亚洲第一敖包的草原上，我见几个牧民坐在河边的草坡上喝酒，走过去和他们攀谈了几句。通过攀谈得知，他们四个是一家人，父亲和儿子，婆婆和儿媳。在羊圈里剪羊毛告一段落，他们就带上羊肉和酒，坐在松软的草地上喝酒。他们没有带酒杯，就那么人嘴对着瓶嘴喝。他们四个都会喝，父亲喝一口，把酒瓶递给儿子；婆婆喝一口，把酒瓶递给儿媳。他们邀我也喝一点，我说谢谢，我们一会儿到蒙古包里去喝。我问他们河水深不深，能不能下水游泳？小伙子答话，说水不深，天热时可以到河里游一游。正说着，我看见三匹马从对岸走来，轻车熟路般地下到河里。河水只没过了它们的膝盖，连肚皮都没湿到。马儿下到河里并不是都喝水，有的在河里走来走去，像是把河水当成了镜子，在对着"镜子"把自己的面容照一照。我又问他们，河里有没有鱼？小伙子说：鱼当然有，河里有鲫鱼、鲇鱼、鲤子，还有当地特有的老头儿鱼。老头儿鱼最好吃。那么，月光下的河流是什么样子呢？小伙子笑了，说月亮一出来，满河都是月亮，可以在漂满月亮的河边唱长调。

又来到一条小河边，我看见河两边的湿地上开着一簇簇白色的花朵。草原上的野花自然很多，数不胜数。红色的是萨日朗，紫色的是野苜蓿，明黄的是野罂粟，蓝色的是勿忘我。这种白色的花朵是什么花呢？我正要趋近观察一番，不对呀，花朵怎么会飞呢？再一看，原来不是花朵，是聚集在一起的蝴蝶。蝴蝶是乳白色，翅膀上长着黑色的条纹，一片蝴蝶至少有上百只。蝴蝶们就那么吸附一样趴在地上，个别蝴蝶飞走了，很快又有后来者加入进去。这么多蝴蝶聚在一起干什么呢？同行的朋友们纷纷做出猜测，有人说蝴蝶在开会，有人说蝴蝶在谈恋爱，还有人说蝴蝶在产卵。蝴蝶们不说话，它们旁若无人似的，该干什么还干什么。

我想和蝴蝶做一点游戏，往蝴蝶群中撩了一点水。这条小河里的水很凉，也很清澈，像是从地底涌出的泉水汇聚而成。水珠落在蝴蝶身上，蝴蝶像是有些吃惊，纷纷飞扬起来。一时间，纷飞的蝴蝶显得有些缭乱，水边犹如开满了长翅膀的白花。蝶纷纷，"花"纷纷，人也纷纷，朋友们纷纷拿出手机，拍下这难得的画面。

这样清的水应该可以喝。我以手代勺，舀起一些水尝了一口。果然，清洌的泉水有着甘甜的味道。

倘若是我一个人独行，我会毫不犹豫地下到河里去，尽情地把泉水享受一下。因是集体出行，我只能和小河告别，眼睁睁地看着河水曲曲折折地流向远方，远方。

我该怎样描绘草原上的河流呢？我拿什么概括它呢？升华它呢？平日里，我对自己的文字能力还是有些自信的，可面对草原上的道道河流，我感到有些无能，甚至有些发愁。直到有一天晚上，我们来到被誉为长调之乡的新巴尔虎左旗，听了蒙古长调歌手的演唱，感动得热泪盈眶之余，我才突然想到，有了，我终于找到和草原上的河流相对应的东西了，这就是悠远、自由、苍茫、忧伤的蒙古长调啊！长调的婉转对应河流的蜿蜒，长调的起伏对应河流的波浪，长调的悠远对应河流的不息，长调的颤音对应河流的浪花……我不知道是草原上的河流孕育了蒙古长调，还是蒙古长调升华了河流，反正从此之后，我会把长调与河流联系起来，不管在哪里，只要一听到动人情肠的蒙古长调，我都会想起草原上的河流。

叩问远去的时光：

· 刘玉琴

　　海明威是美国著名作家，曾被誉为美国国家精神的象征。但在他六十二年的人生旅程中，有二十多年时光是穿行在古巴的土地、河流上。他在古巴写下多部作品，《丧钟为谁而鸣》《富人与穷人》《过河入林》《流动的盛宴》《激流中的岛屿》……不朽名著《老人与海》犹如一颗璀璨的星，也在这里升起。如今，海明威离世半个多世纪，近日因参加中古文化传媒论坛活动来到古巴的我们，走在哈瓦那的街道和郊外，与一扇扇灯火通明的门窗相遇，才知道作家海明威至今仍被古巴人民所熟悉、所记忆。他的"人可以被消灭，不能被打败"的思想则不仅在古巴，也在世界回响。

一、从"阿妮塔"到"皮拉尔"，钓鱼、出海，涉急流、历险滩，文坛硬汉书写打不倒的精神传奇

　　古巴是一个岛国，位于加勒比海北部。首都哈瓦那如一颗明珠闪烁在古巴的西北部，享受着墨西哥湾碧绿海水的簇拥。站在哈瓦那，向北望去，海水的另一端，一百多公里之外，就是美国的佛罗里达半岛。

　　二十世纪三十年代初，海明威来到古巴，观看一年一度的金枪鱼洄游——他要写一篇关于墨西哥湾随季节性流动的鱼的小说。而稍后的一次古巴之行，海明威兴奋地发现了钓大马林鱼的快乐。他喜欢这种鱼，"游动起来快如闪电""身子结实得像大公牛"，每条重量从几十磅到上千磅不等。这项活动，讲究技术，考验耐性，海明威两个月钓了十九条。几次较长时间的旅游，

海明威熟悉了古巴人海一样的性格和加勒比个性化的海。喜爱钓鱼狩猎的海明威，由此把自己介绍给了古巴，而古巴也接纳了海明威。他在这里度过了一生中最快乐的时光。

沿着海明威的足迹，我们一一走过曾经的哈瓦那港、柯希玛尔码头，这是海明威当年常来登船出海的地方。但时光的冲刷，往日的盛景难觅踪影，曾经的喧嚣早已不再。只有大西洋依旧碧水深蓝，一望无际。5月的天气，是哈瓦那最好的季节。天空澄澈，海风轻抚。但在哗哗作响的波涛声中，透过岁月的流光，我们还是仿佛依稀看见了海明威乘着"阿妮塔"和"皮拉尔"号刚刚起程远去的背影。

"阿妮塔"号，是海明威租来的三十四英尺长的汽艇，他和两个古巴最好的捕鱼人，驾驶着它开向波浪汹涌的大海，与咬了钩的马林鱼、金枪鱼角力，斗智斗勇。明晃晃的太阳把辽阔的海面变成斑驳陆离的金色世界时，他们携带着捕获的近五百磅重的一条大马林鱼归来，曾轰动了整个码头。"皮拉尔"号，则是海明威专门改造为供深海捕鱼之用的渔船。船身三十八英尺长，由古巴人担任大副和舵手、厨师。他们在海上多次遭遇罕见的暴风雨，暴风起处，海浪接天，"皮拉号"号仿佛滚动在水面上一般，危险无比。海明威总能临危不乱，有时亲自掌舵，冲破暴风骤雨恶浪，安全抵达目的地。这两只船上的许多故事和惊险传奇，后来成为海明威笔下最鲜活的素材，那个古巴大副甚至成了海明威书中的主人公原型。这些经历无疑构成《老人与海》一书的情节来源，换句话说，多次这样的出海经历，凝结为一本不朽名著的源头。这是海明威带着浓厚的兴趣，零距离探究生活，与古巴朋友共同生死，险境中与绝望抗争的结果。这种精神照亮了海明威的一生，也感动着无数后人。

我们至今难忘小说《老人与海》中的故事。"老渔夫桑提亚哥在海上连续八十四天没有捕到鱼。第八十五天，老渔夫一清早就把船划出很远，他出乎意料地钓到了一条比船还大的马林鱼。老头儿和这条鱼周旋了两天，终于叉中了它。但受伤的鱼在海上留下了一道腥踪，引来无数鲨鱼的争抢，老人奋力与鲨鱼搏斗，但回到海港时，马林鱼只剩下一副巨大的骨架，老人也精疲力尽地一头栽倒在地上。那天下午，桑提亚哥在茅棚中睡着了，梦中他见到了狮子。一个人并不是生来要被打败的，你尽可以消灭他，可就是打不败他。"

《老人与海》发表于1952年，书中的主人公桑提亚哥，是海明威所崇尚的完美人物的象征：坚强、宽厚、自信、善良，即使在人生的角斗场上失败了，面对不可逆转的命运，仍是精神上的强者。这种硬汉形象是海明威作品中常有的人物。他们在面对外界巨大压力和遭受厄运打击时，坚强不屈，勇往直前，尽管失败了，却保持了人的尊严和勇气。通过这一形象，海明威热情赞颂了人类面对艰难困苦时所显示的坚不可摧的精神力量。这也是海明威和《老人与海》至今令人景仰的精魂所在。海明威的坚强乐观，给了人们寻找希望的动力之源。

二、从"小佛罗里达"到"露台餐吧"，通往海边的路短促又漫长。丰富多样的生活构成海明威别致的生命内容

海明威住在古巴的日子里，居处始终离港口、码头很近，他的生活有风卷浪涌，也有波平浪静，但都与古巴人的生活分不开。海明威与古巴人感情深厚。

"小佛罗里达"是古巴当今最著名的酒馆。我们从哈瓦那的新城出发，沿着滨海大道一路西行，约二十公里处，找到了哈瓦那老城——至今仍站在街角处的这家酒馆。夜幕深沉，霓虹灯招牌闪烁，这里曾是海明威最喜爱的地方。他无数次在这里喝酒就餐聊天。酒馆离海很近，不到两百米。走进酒店的大堂，不时有海风穿堂而过，尔后又悄然散去。酒馆纵深很长，长方形的大厅与椭圆形的大厅相接。看得出尽管光阴流转，酒馆却依旧保持着红色天鹅绒和黑色木头装饰的风格，二十多张餐桌有序摆开。虽近午夜时分，不少人仍举杯留连。海明威最喜欢喝的德贵丽和莫希托酒至今犹在，并且成了知名招牌。当铺着雪白色台布的深咖色餐桌，摆上如清泉落雪般的德贵丽、溪流横翠般的莫希托酒，只见细碎冰屑簇拥、新鲜薄荷叶点缀的透明玻璃杯内，风情万种，顿感凉爽生风。这两种酒都由朗姆酒加混合果汁调制而成。品味着海明威曾经的最爱，听着传统、欢快的恰恰恰音乐，恍若走进了海明威的多样人生。或许正是这多样人生的旅程丰盈了他的精神与灵魂。

出了酒馆，踩着洒满月光清辉的鹅卵石路，走过著名的累斯萨瓦酒店，不远处，就是阿姆博斯·蒙多斯旅馆。这是海明威到达古巴的第一个落脚点。走进旅馆时，里面灯火明亮，人声乐声交错，几面雪白的墙壁上挂满了海明威的照片。在这里，海明威住过的511房间被创建成一个小型博物馆。一张

显眼的红木大书桌,是海明威写下《丧钟为谁而鸣》等名作的地方。这里离海更近,站在顶楼的餐厅望出去,可以看到大海和海港入口,当年他的渔船就拴在街边的码头。那时来来往往的船只,一定打破过作家窗前的宁静。从旅馆到码头的路,海明威也不知来来回回走过多少番。如今,码头繁华老去,而海明威站在窗口望着穿梭的人流和船只,走上码头招呼着渔民一起出海,抬着巨大的金枪鱼、马林鱼从船上归来的场景,却在我们神往的脑海里拂之不去。它让人相信,海明威在这里的许多感慨和想象,一定被编织进了《老人与海》的情节里。文字筑起的大厦必定来源于丰厚的生活现场。

在哈瓦那的郊区,还有海明威所喜欢的一座小酒馆——露台餐吧。那儿曾是一个小渔村。据说也是《老人与海》小说的背景。我们找到时,招牌上的灯火已灭,店已打烊。隔着栅栏往里张望,屋内的灯仍亮着,绿色的台布泛着浅浅的幽光。轻叩门窗,一阵窸窣声之后,主人为远道的客人破例开门。我们再次踏着海明威的足迹走进岁月的深处。酒吧里,尽头一隅,一道绳索拦住了一套桌椅。这是酒吧为海明威保留的永久坐席。坐席的窗外就是码头,大海正有节奏地拍打着堤岸。海明威在这里的时光,也再一次伴着涛声穿过酒杯,与墙上的数十张海明威开怀大笑的照片一起,展示着一个伟大作家的生活履痕、心路点滴。当初海明威出海捕鱼归航时,总要在这个小酒吧休息、饮酒。那时杯酒五分,如今已升至三元、五元。可是,变的是数字,不变的是人心,是景仰。时光散去,人虽变老,窗边的座椅却始终虚位等待海明威的归来。此时已过子夜,月光皎洁,黛色的天幕上白云依稀可见,椰子树影矗立成端庄的剪影。远处传来几声清晰的犬吠,寂静的街道空无一人——今晚的月光、涛声,连同北京的客人,一起属于海明威。

三、"瞭望山庄"变成博物馆,海明威与古巴互相感念,精神遗产展示一代作家在人心中沉潜的深度

离哈瓦那十多公里的地方,一幢建在山顶上的幽美的西班牙风格的住宅,是海明威在古巴居住时间最长的家——瞭望山庄。1939年至1960年,二十余年岁月抚摸着海明威浪漫而难宁的心。顶着午后灼热的阳光,我们走进山庄,院子里林荫蔽地,住房、泳池、塔房、网球场一览无余。山庄占地约二十亩,偏僻而寂静,几乎与世隔绝。在这里,海明威把对待孤寂当成了日常工作。《老人与海》写就于这里。

现在山庄已变成博物馆,海明威的家人把这座海明威一生中唯一完全拥

有的住房捐献给了古巴人民。经过古巴政府的投资修建，如今博物馆里存放着海明威生活中的许多原物。家具，私人藏书，毕加索的画作，还有挂在墙上的海明威远征时猎获的羚羊、黑斑羚和野牛的头。房子里，海明威的拖鞋放在床边，老花镜放在床头柜上，一台手提式打字机端立一旁，似乎时时等待主人在上面辛苦劳作。走进院子里，穿过游泳池，我们最关注的是海明威心爱的伙伴之一——"皮拉尔"号。此刻，渔船静静地躺在那里。多年来这条船一直停在山庄老网球场上永久的陆上码头，原来的深绿色已褪变成陈旧的灰褐色。曾经的惊心动魄早已远去。"皮拉尔"号似乎仍在静静等待，只是再也等不来起航的命令。可是海明威对大海的向往透过渔船留了下来，一艘永远不会起锚的船，承载的精神不朽。

1954年10月28日，获得诺贝尔文学奖的消息曾从斯德哥尔摩传到瞭望山庄。异常高兴的海明威被古巴朋友围在中间接受热烈祝贺。"古巴什么东西都好。"海明威说，要是住在其他地方，绝对写不出《老人与海》这本书。彼时，海明威或许想起了许多古巴朋友——他们为他划着扬帆小艇，出没在海洋急流之中，硕大无比的海鱼就在那里。海明威对他们表示深深钦佩。他跟着他们学习漂浮捕鱼技术，在不同深度处下线，观察他们怎样操作长钓鱼线，怎样把上了钩的金枪鱼从钓鱼线卷盘上取下，怎样拖着小艇在风浪中前进。他看到了古巴人的勤劳、诚实，从不自命不凡，乐意相互帮助。他和渔民之间一直相互爱戴。当年面对记者提出的有何获奖感受时，海明威这样回答，"现在我非常幸福，因为我成了获得诺贝尔奖的第一个普通的古巴人。"此时，海明威把自己当成了古巴人。后来他多次说自己是一个古巴人。海明威在接到同奖状一起来的大奖章后，把奖章送给了古巴，把它献给了古巴人民。

有人说，海明威之所以住在古巴，是因为古巴离他所描写的大海最近。其实还因为他在古巴有许多朋友，在这里他被人看作是另一个古巴人。海明威的第一块纪念碑就设在离山庄不远处的一个小渔村。当地的渔民曾每人捐献一个铜的止滑栓或旧的螺旋桨，让艺术家用来铸他的胸像，以纪念他们的朋友。

在古巴，我们感受到古巴人对海明威的巨大热情。以海明威名字命名的街道、旅馆、酒店众多。海明威博物馆是古巴客流量最大的博物馆。哈瓦那乃至全国各地，纪念海明威的活动时常举行，古巴的很多地方，海明威都成了一个文化象征。这种纯粹的热情源自作家对这个热带国家及其人民的热爱。

海明威在古巴度过的那段时光的特殊意义，随着时间的推移，会越来越散发其应有的光泽。他和古巴的关系，说明无论身处何种环境，分属何种民族，人与人之间，人与生活之间，人与理想之间，无疑需要真诚、信任和互相尊重，需要勇气、坚定和激情梦想。这是人类相亲、延续的前提，文明前行的灯火。人类的坚强乐观、交融创造，是社会进步的重要基石。海明威用他对生命的激情，所写作品的优美，再次向人们展示了伟大的作家不是孤芳自赏的，是生活热流和灵感生发馈赠的结果，是生命破蛹前的深厚积蓄和波澜壮阔理想的相互碰撞……

一位英国作家说："世界上没有哪个作家能像他一样对别人的创作产生如此直接的影响。"丰富的经历、开阔的眼界和独特的风格是成就海明威的重要因素。他不光有多样的生活经历，还对海洋生物有深入研究；亲历过一战、二战和西班牙内战，身中两百多片炮弹碎片，数次重伤；曾赴中国采访，写过六篇有关中国抗日战争的报道……在古巴，越走近海明威，越能感受到坚硬外壳下面，有鲜活的心灵在跳动。陀思妥耶夫斯基曾说，"人是一个谜"。混沌、激荡的人生之流下面，时常隐秘着宏大深邃的本质。海明威以他的杰作，划破了人生的表层，切入到人生的最深处。他用生命燃起的火花，用跌宕多姿、丰厚沉实、充满传奇色彩的人生历程，为自己的作品做了最好的注解。他希望注满热情之血的生命之船，沿着最激昂坚定的方向，在奔腾不息的生活河流上，穿梭得自然、惊险、生动。用他自己的话说，如果你完成一项伟大的事业，那你就会永生。海明威用自己独特的方式，使生命获得了别样的精彩。

如今，在一切都如此繁华喧嚣，精神和思想却需大力构建的当下，来到古巴，将视线投向一位伟大的作家，在对过往踪迹的叩问中，感慨集真善美于一身的艺术形象的伟大，感慨作家波澜多姿的人生历程为杰作所做的非凡铺垫；期望内心深处与不凡灵魂的相遇，期望宏大深邃的思想提升单薄贫弱的精神。这是一个缺少大家的时代，许多人失却精神根基成为漂泊的浮萍，而当年的海明威却以漂泊的姿态打下了生活和精神的坚实的地基，这不由引人深思。

我心目中的鬼谷子

·卢新华

　　我的一位忘年交朋友金江教授曾在山东蒙阴县的云蒙山麓负责设计、建造了一座融古今、中西建筑艺术风格于一体的"金刚门"。我前往参观时,曾向他打听附近可有值得一游的去处。"有啊,蒙阴城里有蒙恬碑,临沂市里有王羲之故居,附近也有莱芜战役纪念馆,孟良崮战役遗址……"他说,但最后还是极力怂恿我先去看一看"鬼谷子村",并道:"你一定会喜欢,绝不会后悔的。"

　　"鬼谷子"这个名字对于我来说并不陌生,几年前我甚至还曾认真阅读过一本叫作《鬼谷子》的书。虽然此书多半属于伪托,并有人直指伪托者便是战国纵横家苏秦。但书的封面和扉页上却都赫然印着:"传说鬼谷子其人受命于天,得书于仙,极富神秘色彩……《鬼谷子》立论高深幽玄,文字奇古神秘,是'智慧禁果''旷世奇书'。"而鬼谷子的出生地和修道场,见诸各种笔记、野史的竟也有二十余处,有说是在河南于淇的,也有说是在河北邯郸的……

　　受好奇心的驱使,当天下午我就兴致勃勃地赶去"鬼谷子村"。下得车来,迎面便见一泓清澈的溪水贴着村口的崖壁蜿蜒东流,举头仰望,参差不齐的一排排房屋依山而立,沐浴在斜阳里,而近旁的山坳间,一汪明镜的池水正悄然溢出石砌的坝子,恰似一面丝质的幕帘闪闪烁烁地铺挂在夕阳映照下的坝墙上……我急急地溯流而上,企图在斜阳的余晖将逝之前,尽可能地探幽访胜,并期望能找到眼前这片涧水的源头。但才行出不到三里地,天色就暗淡下来。回望来路,远山早已是苍茫一片的不真实的梦影,涧水也似乎成了再无法追寻的历史遗迹。

那晚回到宾馆，总觉得有些心神迷离，而"鬼谷子"这个名字连同蓦然邂逅的"鬼谷子村"也总在心头徘徊不去，一时竟觉得真好像是遇了"鬼"……

于是，第二天中午时分，我冒雨再访"鬼谷子村"。先是在村头一户人家听一位田姓妇人绘声绘色地讲述鬼谷子的传说，后又找到该村另一位年长者，听他再番絮叨鬼谷子的来历。那传说大概是这样的：战国年间，有一位叫作王胜仙的未出嫁的姑娘，于一个严冬的晚上独自溜出家门玩耍，她走到村口的一座新坟前时，忽然看到坟上长着一株沉甸甸的谷穗，顿感腹中饥饿，进而又觉得口中馋涎欲滴，就从谷穗上捋下几粒谷子放到嘴中咀嚼，谁知越嚼越香，一不留神就咽了下去，于是竟然受孕怀胎。冬天坟上长谷子人们通常称之为"鬼谷子"，于是，王胜仙就给孩子取名鬼谷子，又名王馋，后改为王禅。王禅成年后，避世匿藏到村西山上一个隐秘的山洞里修道，据说已修到二百多岁。有一天，村里一个妇人领着孩子上山砍柴时经过该山洞，孩子忽然哭闹，妇人于是恐吓孩子道："王禅老祖就在里面修道呢，你把他吵醒了，看不把你抓进去！"鬼谷子听后大惊，以为自己的行藏已经暴露，第二天便匆匆离开此山洞，去别处修炼和云游了。据说"鬼谷子村"对面的云蒙山上，至今还有鬼谷子当年赶车离去时留下的车辙和牛蹄子印……

离开老人的石屋，外面雨还在不住地下着，我撑着伞，走过泥泞的山道，拐过斑驳的石墙，来到村口的坡道上，蓦然却看到村口的岩壁上栩栩如生地现出两个古人的头像：近处的一个类近古猿，有些狰狞，远些的一个则仙风道骨，慈眉善目。更为奇妙的是，那头像的下方，白色的岩壁上似乎还挂着一条长长的金黄色的谷穗……

我心下疑惑，决计隔日三访"鬼谷子村"。

一条崎岖的小径，蜿蜒伸展在业已干涸的山沟里，我和随行的朋友一路攀行，不时被眼前的奇石美景所吸引，有若鲲鹏展翅的，也有似巨龟静卧的，更有一处古树遮阴蔽日，石桌、石凳依稀可辨，让人不能不联想起这就是当年鬼谷子给苏秦和张仪，或者孙膑和庞涓讲课的场所。再向上攀行几十米，被称之为"鬼谷圣府"的山洞赫然就在眼前。我进得洞去，才发现此洞其实只能容身一人，还必须侧身面壁而坐才行。一时不免联想起禅宗达摩初祖"面壁十年图破壁"的故事，心里不免想：此"禅"难道也是彼"禅"？

离开此洞下得山来,我们又向云蒙山进发。到得山半腰,天色已晚,我们只能在护林人的家中权且借宿一晚。第二天一早,每人手执一根树枝作拐杖,追随着护林人翻过一个山岬又一个山岬,一个山坳又一个山坳,终于在正午时分于一处浓密的树丛间见到那两道既深且长的车辙印。我蹲下身去,用手摸一摸这两道凹槽,心知肚明此山如此陡峭,是绝不可能走行牛车的,但我还是在这些凹槽上看到了历史与时光交错的影像,听到"嘎嘎"作响的牛车轱辘声……之后,老杨又领我们踏勘了"石鼓",攀爬了大云蒙峰,最后还到"孙膑椅"上去坐了坐。所谓"孙膑椅",其实就是一个状似椅子的"石椅",端立于峭壁之巅,隐身于树丛之中,不仅形似,椅面还凹凸有致。老杨很认真地告诉我们:"孙膑当年就常在这里看天书。"我于是拂去上面的松针和落叶,也一屁股坐下去,一时顿感时空凝缩,古今交接,身下亦有孙膑遗下的体温溢出。而极目远望,远山呈黛,层峦叠嶂,浩荡天风、诡谲云气一阵阵扑面而来……

我在那一刻忽然想:这石椅孙膑真坐过吗?倘若孙膑坐过,那他的老师鬼谷子岂不是也坐过?继而又想:孙膑被后世称之为"兵圣",并有《孙膑兵法》遗世,为什么他的老师鬼谷子却没有自己的兵书留给后人呢?如果鬼谷子真出生在这里,当为莒国人。古莒国是个小国,在春秋战国那样一个弱肉强食的时代,必定备受强邻的欺压和蹂躏,或许鬼谷子正是出于保家卫国的考虑,才潜心研究兵法的吧。因此,眼前的这张"孙膑椅",很可能就是鬼谷子早年上山砍柴时发现的,后来才告诉了孙膑,所以也可以叫作"鬼谷椅"。鬼谷子也许正是因为经常坐在这把石椅上日看地形,夜观天象,久而久之,才形成了他自己所领悟到的独到的"兵道",并传给自己的得意门生孙膑和庞涓。可惜的是,这两人后来却用从他处所学的兵法互相残杀,最终一个被剜去了膝盖骨,成为残疾人,另一个则兵败马陵道,愤愧自杀。而他另外的两个门生苏秦和张仪,则也用他的"揣摩术"各事其主,一个连横,一个合纵,势不两立,搞得天下大乱,生灵惨遭涂炭……

思想至此,忽然有一个闪电一样的念头撞进脑海:鬼谷子莫非是亲见了自己悉心研究的兵法却成了同门兄弟和人类互相残杀的工具,才决意不让自己有兵书遗世,并"勇退江湖",潜心修道,最终以"王禅老道"的面目示人的呢?再想到近处的禹王庙里所供奉的"王禅老祖"像,以及"鬼谷子村"村口岩壁上的双人头像,心里更加怀疑:这鬼谷子和王禅虽为一人,却有着两副面孔,并代表了两种完全不同的价值取向和人生追求,前者以术制人,又以术制于人,后者耻于杀戮,以苍生为念,以得道为依归。故后期的王禅老道其实已从前期的鬼谷子脱胎换骨,由小智而大智,成就了另一种人生,另一番境界。故我们可以说,鬼谷子即王禅老道;又可以说,鬼谷子非王禅老道。他的生命历程,他所遇到的全部困惑,可能正反映了人类为欲望所驱使,在欲望中挣扎,又最终期望超越欲望的全过程。

因为有了这样的认识,我后来几天参观莱芜战役纪念馆、孟良崮战役遗址时,心里虽然也很赞叹我军指战员的勇敢顽强和足智多谋,但心情却总无法轻松和快乐起来。尤其想到倒在枪林弹雨中的不仅有大批英勇作战的国共官兵,还有许多支前民工……

我后来又爬了一次云蒙山。在那峰巅放眼远眺,虽然肉眼看不到"鬼谷子村",但"鬼谷子村"的一草一木、一沙一石却都在我的心里,而那村头岩壁上的鬼谷子或王禅老道像也忽而合为一体,忽而分成两人,越过时空向我飘然走来。我甚至可以感觉到他的体温和呼吸……他的双眼渐渐也成了我的双眼,他的两耳渐渐也成了我的两耳,一起从层层叠叠的山林间,从洒满落叶的黑土里,看到了旷古至今因为战争,因为人类的互相残杀而无家可归的无数孤魂野鬼,听到了他们不绝如缕的声声哀嚎……

还好,大山那一侧的"金刚门"就将落成了,而且听说那上面的菩萨也法力无边,那就祈愿这些游魂们借着我的愿心早脱苦海吧!

古丈茶歌：

· 彭学明

桑木扁担轻又轻，我挑担茶叶出山村，乡亲们问我哪里去，北京城里看亲人。桑木扁担轻又轻，我挑担茶叶上北京，你要问我是哪来的客，湘西古丈种茶人。桑木扁担轻又轻，千里送茶情意深，香茶献给毛主席，都说我是幸福人。

二十世纪六七十年代风靡全国的歌曲《挑担茶叶上北京》，讲述的是湖南湘西古丈县几位茶农给毛主席寄茶叶的故事。这个故事发生在1958年清明节前。那时，漫山遍野的茶叶吐着新芽、泛着新绿，古丈县古阳镇思源桥村（原红星大队）的几位年轻的土家族茶农，也像春天的新茶发着新芽、漫着新绿。他们怀着吃水不忘挖井人、幸福不忘毛主席的深厚感情，精心炒制了十斤一芽一叶的明前茶，湘西人叫社茶，寄给了毛主席，还特别在茶叶里夹了一封情深意切的信，以表达土家族儿女对毛主席的爱。在忐忑不安而又急切喜悦的等待中，毛主席居然委托中共中央办公厅寄来了回信，回信说：毛主席收到了你们寄来的古丈毛尖，不愧为名茶，很可口，毛主席尝后连声称道"好茶！好茶！"希望古丈人民大力发展……信后，毛主席还叮嘱茶农种茶辛苦以后不要再寄了，祝福古丈县人民身体健康、家庭幸福、社会主义的美好日子越过越好。毛主席的回信，立刻像春风一样吹遍了古丈县的每一寸土地，古丈县人民种茶的劲头也一个比一个足，古丈县的每个山头、每个家庭，都种了茶叶，成了茶园。一个小小的、不到15万人口的小县，居然栽种了15万亩茶叶，一人一亩，可谓名副其实的茶乡。

这几个当年给毛主席写信寄茶的土家族青年茶农，叫杨祖南、张显翠、汪明月、汪明星。

著名作家叶蔚林听说这个故事后,写了一首歌词《挑担茶叶上北京》,请著名作曲家白诚仁作曲、土生土长的古丈籍歌唱家何纪光演唱。何纪光因此一夜成名,成为家喻户晓的歌唱家。如今,杨祖南等几个土家族茶农都已作古。叶蔚林、白诚仁、何纪光等也仙逝。他们共同演绎的歌曲,却成了全国人民心头一片永恒的茶叶,年年发绿,万年长青。特别是湘西腹地的古丈县人民,更是把这首歌曲融进了大地和血脉,把茶叶当成了生命中不可或缺的生活和日子。

走进古丈,峰岭是茶,山腰是茶,河谷是茶,狭坪是茶。

从北到南,从东到西,远远望去,到处是茶丛茶垛。坪场里、屋后面,坎上坎下,左左右右,都方方溜溜地栽了一排。阳台上的花钵里,小小的几丛绿色,常常是剪了又长,长了又剪的茶叶。

这茶叶,三国即有记载,唐代即为贡品。唐皇的深疾,因饮了这茶乡的茶叶,通体舒畅,神采飞扬,本很窒息的心胸立即海阔天空,多年的病痛一下子无影无踪。所以封了地盘,派了臣民,来这里垦殖了千山万山的茶叶。无怪乎常常有人骄傲自己的先祖,说他们的某某远亲近戚,做过唐王的大臣。

这实在是一种得意,一种传说。可郁郁葱葱的茶叶,却真真切切地繁茂起来。你想象得到漫山的绿色,可想象不到到底有多宽、多远、多长。茶叶在坪里一行行一排排地站成一片绿色,在山坡里一垄垄一圈圈地组成遍山风景。一到春天,绿色便嫩得闪亮,鲜灵灵地浸在茶尖。茶季便有了一年的高峰,任茶乡人长出亿万双手也采摘不尽这透亮的绿色。亲戚、熟人、朋友,四面八方的脚步蜂拥进茶乡盛季,采这茶乡如许的颜色和风情。

姑娘们穿着五彩,在山那边一唱,歌声就峰回路转,鸟翅般缓缓荡去,落在这边厚实的肩头。因了这歌,小伙一声吆喝,四山有音,坡坡岭岭,有了青春者们的春心对歌。茶树成了钢琴,茶叶成了琴键,灵巧的指头流泻出银铃叮咚的琴声。

趁着这热辣辣的歌弦,间或有人禁不住挎了茶篮茶篓,边摘边溜。不料主人却在路口笑吟吟地挡着。不知所措的时候,却见主人从自己的茶篓里再取一些添了,送过来。说这茶是春茶,炒时要掌握火候,揉时要注意力度,否则就有了茶味没有了茶形,有了茶形又没了茶味,说得你面红耳热,不知如何是好。

晚上，炉火在灶膛里不那么旺，但红光照得见影子，男的就在凳上坐着，一边添柴一边凝神端详着女人的脸，女人一边揉着温温的茶叶一边递来千娇百媚，十几年的恩恩爱爱就在眼睛里传来传去，要有几多情就有几多情。难怪茶叶这么条索紧细匀齐挺直、这么翡翠光润银毫闪亮，原来是两个温存浸透的千年感情。

有了茶，随便一杯什么水，河里的、井里的、沟里的、池里的，杯里一冲，那茶叶就成了一只醒了的翠鸟，在雾气里缓缓地亮开翅膀，一片一片地舒展挺立，齐刷刷地指向蓝天。这杯水也就或黄或绿，清澈透亮，溶化了大自然的清香甘醇。

有了这得天独厚的一杯茶，茶乡人就拥有了一种诚挚与慷慨，在每个餐馆的桌子上，在每个单位的铁门前，在每家每户的阶檐上，都摆着或大或小的茶缸茶桌和茶杯，渴了累了，你可以尽情地喝，不管主人在不在，不管你是否人生地熟。有老两口退休闲居，就在十字路口搭了一个茶亭，一天到晚给行人烧水泡茶。钱是不要的，家家户户一样。来客、出门，茶叶就成了友谊成了朋友成了亲亲密密的关系和难以推却的盛情。远亲的、近族的，只要你来我往，两斤茶叶是少不了的。

茶杯是不会说话的金口，茶叶是不会说话的舌尖，而茶客则是会唱歌的精灵。古丈县的这枚好芽，这杯好茶，在茶客的嘴里，就成了世上难得的美味佳茗，到处传颂。在古丈县背着茶篓、唱着茶歌走出来的宋祖英，也在维也纳金色大厅里，给世界唱起了家乡人民最爱唱的《古丈茶歌》：绿水青山映彩霞，彩云深处是我家；家家户户小背篓，背上蓝天来采茶。青青茶园一幅画，迷人画卷天边挂，画里弯出石板路，弯向海角和天涯。春茶尖尖叶儿翠，绿得人心也发芽，远销五洲四海客，逢人都夸古丈茶。

如是，在全国各地的茶楼里，在各种各样的茶话会上，在各家各户的珍藏室里，在每一场国际博览会的茶艺大比武中，都有了这茶绿茶香和茶座，有了古丈毛尖这茶乡的绿色使者。

问心何处是故乡

·乔林生

大理和延安，一个滇之西，一个秦之北，无论是环境气候还是地形地貌，似乎都风马牛不相及。然而，行走在大理州的青山绿水之间，时不时地勾起我对生我养我的那片黄土地的记忆，让我有一种"欲问孤鸿向何处，不知身世自悠悠"的感慨。

对任何一个地方的认知，首先是语言的认知。去过若干次江浙、两广以及上海，听当地人讲话真的就像听天书，两眼大瞪，基本不懂。在大理采风，我不用翻译。

大理人把鞋子称为鞵（haí）子，把去不去说成客不客，把粗糙叫粗皮潦草，把看你不爽叫鬼迷日眼，把土豆叫洋芋……这些方言和我家乡的方言差不多哟！于是一种亲近感、亲切感油然而生。

几天走下来，我发现，在婚嫁丧葬礼仪、饮食起居习惯等方面，大理和延安也有很多相同之处。你可能会说，中国就那么大，哪跟哪都差不多。不，不，我去过很多地方，相距这么遥远的两个地区，能让人找到那么多的共同点，还真是不多见哩！

一

洱源茈碧湖的那片荷塘猝不及防扑进了我的胸怀。已经入秋，正是"留得残荷听雨声"的季节，但仍有一朵、两朵、三五朵粉红的花，高立枝头，随风摇摆，似乎在向来客致意。

忽然，我的眼眶有点湿润。这夕阳下的一湖荷叶、一片莲蓬、几枝莲花，是那样真切地勾起我对母亲的思念之情。母亲从小渴望生长在水天相连的南方，她给自己起的名字就叫莲。可她却生于黄土，终于黄土。母亲生前常说："有水才有灵性，有水才活得滋润。儿子，你什么时候才能长硬翅膀，带我到外面走走啊？"我曾暗自许下带母亲周游世界的诺言，让她看看心中的水乡、梦里的荷塘，但终究未能如愿，母亲走得太早，我成熟得太晚。

　　此处胜景只是洱源的一角。环绕浩浩洱源，竟有三江、三河、五湖。每一座青山都是那么清幽自然，每一条河流都是那么澄澈委婉，每一个湖泊都是那么波光潋滟。母亲是再也不能来看她想看的世界了，让我拍下海西湖的秋之胜景，凭栏远眺，感受一番"撑入荷花人不见，却将藕叶代蓑衣"的情致；让我乘一叶小舟驶入曲径通幽的东湖荷乡深处，哼一曲"江南可采莲，莲叶何田田"的南北朝民歌，多少落寞惆怅都随晚风飘散；让我走近风光甲苍洱的双廊渔村，看远处帆影点点，近处浪花撞碎苍山倒影、撞碎绵绵思绪；让我停留在素有"文墨之乡""世外桃源"之称的凤羽古镇，那里寺庙成群，松木成荫，泉水淙淙，鸟叫蝉鸣，耕读传家，诗书入画，三教合流，戏歌混搭……

　　想念的母亲，这湖光山色，这风花雪月，一定是在您的梦境出现过的，因为儿时您无数次给我描绘过水乡"美得像画一样"的景致，难道不就是眼前这样别无二致？！

　　母亲没了，风景依然，谁能让时光倒流？！

<h2 style="text-align:center">二</h2>

　　历史已经走远，历史人物近在眼前。

　　谁都知道陕北人是吃洋芋长大的，烤洋芋、蒸洋芋、炒洋芋，洋芋丸子、洋芋擦擦、洋芋馍馍（像蒸糕一样蘸着蒜汁吃的食品）。然而，我没有想到，我们种洋芋、吃洋芋竟然和一个大理的云龙人有关。杨希元先生告诉我，道光年间，他的先祖杨名飏在陕西先后任延榆绥道、按察使、布政使、巡抚等职，授二品资政大夫。在陕期间，他体恤老百姓的疾苦，颁谕《种洋芋法》，严令各府州引进、推广、种植最适合山地生长的洋芋，解决了当地群众的饥饿问题，受到道光皇帝多次召见，并降旨表彰。

　　我就想，此地人和彼地人，素不相识，但他们的祖先不知道什么时候有过交集，可能五百年前还是一家人呢！我就想，洋芋这种南美洲的作物，怎么在17世纪漂洋过海来到中国安家落户，又怎么先成为云南人、后成为陕北人餐桌上的"常客"，其中有过多少不为人所知的曲折经历呢？

仔细观察，我们那里的洋芋呈土黄色，而大理的洋芋偏红薯色，大概是土质颜色不同造成的吧。别光看了，红皮洋芋的滋味怎么样需要亲口尝一尝。

如果我说卤水煮洋芋是世界上最好吃的洋芋你肯定不信。那么，请你到沘江边来吧！热情好客的白族兄弟就在江边架起两口大锅，倒入从自家盐井里打出来的卤水，然后在一口锅里煮洋芋，一口锅里煮鸡蛋。柴火那个旺，卤水那个沸，只见一颗颗红扑扑的洋芋蛋，一颗颗圆溜溜的柴鸡蛋，在大铁锅的汪洋里翻滚扑腾，真好似上河里的鸭子下河里的鹅……很快，一股带着泥土味的香气扑鼻而来。

一同而来的年轻女孩起初不以为然，这还能吃？这还好吃？盛情的主人说，尝尝吧，来一趟不容易。那就三个人分一块洋芋，两个人分一个鸡蛋，再就点诺邓的火腿尝尝，这一尝可不得了，风卷残云，狼吞虎咽，一大锅洋芋没了，一大锅鸡蛋没了，几大盘火腿肉也没了。

"太好吃了，这简直就是大理的'两弹（蛋）一星（腥）'！"我的话把大家逗笑了。

吃惯了大鱼大肉、山珍海味的城里人，在这并不富有的僻壤之地知晓还有这样的可口食品，从而赞不绝口，这恐怕是他们出发之初没有想到的。

吃住行，吃排第一。如果你在一个地方吃得舒服，你还会想家吗？至少不那么想了。

三

大理人也像我们陕北人一样爱唱山歌。

毫无疑问，《小河淌水》是最能代表大理文化的一个符号，它成为华夏民族传统声乐中的经典，成为唯一一首编入美国高等教育音乐教材的中国民歌，成为经常唱响在国家乃至世界重大音乐舞台上的保留曲目。它的影响力毫不逊色于《兰花花》《山丹丹开花红艳艳》。

应该感谢那个叫尹宜公（1924年10月21日—2005年12月13日）的弥渡人，是他让小河淌水流向远方，流到每一个喜欢云南民歌的人的心里。我们在弥渡密祉尹宜公故居看到了云南省版权局1997年1月颁发给他的证书，白纸黑字，《小河淌水》的著作权人就是尹宜公。作品问世五十年后，收集整理者是谁这桩公案才尘埃落定，也算是一件有意思的文化轶事。

主办方已在一个场院里摆好桌椅，围成一个四方形的圈子，几碟粗粮，一壶老酒，性情豪爽的云南人用这种简单又隆重的方式招待远方的客人。

惊着我了！三位彪形大汉来到我们面前，我以为是来敬酒，没想到他们突然开口唱歌，竟然声震四座，一曲《小河淌水》唱得余音绕梁，感人至深。说实话，我听过各种版本的《小河淌水》，其中不乏著名歌唱家的。但就是在这个叫密祉的地方，原汁原味的《小河淌水》让我动心了，动容了，只觉得一股湿润的、温暖的感觉在心中弥漫开来。一打听，才知道献歌的一位是当地的乡长刘继祥，一位是旅游局局长石海华，一位是花灯团团长周美润，他们都是土生土长的弥渡人。在我的恳请下，他们又重唱了两遍《小河淌水》，大家掏出手机，有的录音，有的录像。

民歌是最容易让人产生归属感的，比如此时此刻，我觉得我身在异乡非异客，倒像是一个情窦初开的阿鹏，特别想与美丽的金花姑娘对对歌，最好唱上三天三夜，唱他个天昏地暗，唱他个声嘶力竭，那才叫过瘾。

充满激情和欢乐的聚会结束了。送客人回住宿地的路上，《小河淌水》的歌声依然绵绵不绝。大家意犹未尽，团团围住了弥渡县的县长张世伟，只见他随手摘下一片树叶，便吹奏出婉转好听的像鸟叫一样的《小河淌水》，他似乎也没有尽兴，扯开嗓子唱起了七〇后版本的《小河淌水》，高亢、明亮、动情，真的很好听，弥渡人个个都是歌唱家啊！

同行者恋恋不舍，停在路上附和着"阿鹏""金花"们悠扬的歌声，而我的思绪已经飞得很远。

我在想，文化不仅仅是文化，文化可以转化衍生成物质产品。《小河淌水》应该做成系列品牌，一个低碳环保、流向全国、风靡世界的品牌。一旦《小河淌水》流向更远的地方，那些沉浸在爱情中的青年男女，那些还想再恋爱一次的人，他们来云南便会来到小河淌水清悠悠的地方，一洗旅途的劳顿和烦恼，那将会是怎样的一种心境呢？！

我在想，如果几十、几百甚至成千上万的弥渡人，站在高高的山坡上放歌《小河淌水》，那将又是怎样壮观、怎样摄人心魄的场景？说不定能载入吉尼斯世界纪录大全呢！而许许多多像我一样寻梦的观光客，也会穿上鲜艳的白族服装加入到他们的大合唱队伍之中。那时，多少无尽的乡愁都会化作小河淌水奔流到海不复归。

其实，每一个人心中都有一个故乡，也许它是那个你生活过十几二十年甚至一辈子的地方，也许它是另一个虽然没有生你养你，但能满足你对生活的种种渴望和要求，能够纯净你的灵魂、安放你的乡愁的地方。

问心何处是故乡，我的故乡在远方；问心何处是故乡，何处有爱、何处有浓得化不开的亲情，何处就是故乡。

槐的怀想

· 乔 叶

"老槐树，槐树槐，槐树底下搭戏台……"在这简单悦耳朗朗上口的民谣里，很小我就知认了槐树，爬的最早的树也是槐树——自家院子里就有一棵。爬它只在五月，因上面有槐花。清甜的槐花是乡间的美味。"五月槐花香，有福就能尝。"奶奶常常这么说着，就开始蒸槐花给我们吃。

而我常常等不及她老人家去蒸。爬到槐树上，就用手捋着槐花吃，一把一把地吃。柔嫩的花瓣就被我粗粗拉拉地吞到了肚子里。其实槐花的香并不那么顺溜，刚入口的时候，有着轻微的涩，然后才会甜美起来。它的甜美不是浓烈，而是淡淡的，这淡却很悠远。我从树上下来很久了，用舌尖儿舔一圈儿嘴巴，还能觉出甜味儿来。

五月的槐花，真是香啊。

这天来到沈丘，饭后无事，朋友说要带我们去看一个槐园。我想，槐花都已经开过了，槐树有什么好看的呢？犹疑着，客随主便，还是去了。

迎面而来的是两棵大槐，朋友说这是"把门槐"。能够把门的槐树，资历肯定了得。我走到右边的槐树前，仰头看上面贴的标签——树名：国槐。树龄：两千余年。朋友说这棵槐树被称为"中华槐王"。当初从晋陕两省接壤处的深山里移栽过来时，因其枝干太过繁茂不便运输，便只保留了主干，就这还特意为它开了几公里的路才运了出来。栽植到此时，为确保成活，一直由最资深的槐树专家为它订制栽植方案，密切跟踪，专人养护。

我围着它走了一圈，踱了足有五六步。问朋友这树有多粗，朋友说本地有顺口溜云："千年古槐树，胸围五米五，看着没多粗，仨人搂不住"。我看着那些婆娑的槐叶。两千年了，槐叶依然如处子般葱翠鲜嫩。看着看着，我有些恍惚起来，想起老家杨庄院子里的那棵槐树，它现在是什么模样？

"院里有槐，招宝进财。""院里有槐，平平安安。""院里有槐，福气常在。"这是奶奶经常唠叨的话。每到大年三十上午贴春联的时候，她都会叮嘱父亲在槐树上贴一张"树木兴旺"的红帖子。到了黄昏吃年夜饭的前夕，她都会让孩子们围着槐树走两圈，边走边喊："槐树娘，槐树娘，你长粗来我长长；我长长了穿衣裳，你长粗了做大梁……"我只喊过一次，还喊成了"我长粗来你长长"，喊完就气急败坏地冲她叫："迷信！"

五福迎宾槐、比翼槐、连理槐……槐树真多啊。环绕着中心广场的树木，也都是国槐，朋友说有 99 棵。99，天长地久的意思吧。中心广场叫"千字文"广场，顾名思义，《千字文》被镌刻在了巨型竹简上。此文作者是南北朝时期沈丘人周兴嗣。沈丘地，沈丘人，配上此文甚是妥当。《千字文》我只是听说，从不曾读过，可是，怎么回事呢？看了几句，居然也很熟悉："天地玄黄，宇宙洪荒，日月盈昃，辰宿列张，寒来暑往，秋收冬藏……"想了又想，是了，是奶奶曾经念叨过的。每到季节更迭的时候，她一边为我们做着棉夹衣裳一边就念叨着这几句。有一次我问她这些话是哪儿来的，她不好意思地说："你爷爷教我的。人家读过私塾哩。"她是个文盲。

然后便沿着弯弯曲曲的小径上了缓缓的小山坡，所到之处皆是我不曾见过也不曾听过的槐树：双季米槐，产地中国山东，科属是豆科槐属落叶小乔木。龙爪槐，产地中国华北，科属是豆科落叶乔木。朝鲜槐，产地中国东北。金叶垂槐，蝴蝶槐，产地中国北部……金叶垂槐，叶子在阳光下晶莹剔透，闪亮如金。蝴蝶槐的树叶状如碧色蝴蝶在枝头休憩，有风吹来，颤颤欲飞。

继续走。槐香湖、槐香山、观槐亭……朋友说这槐园有两万多株槐树，与京城槐园、山西洪洞大槐树公园齐称三大槐园。京城槐园我没去过，山西洪洞的大槐树公园我印象深刻。其实那次开会不在洪洞，我是在会议结束后特意转到洪洞去的，为的就是看看那棵大槐树。迎面就是一个根雕大门，根是槐根——来到这里的人，都是寻根来的。"问我祖先在何处，山西洪洞大槐树。祖先故居叫什么？大槐树下老鸹窝"。很小很小的时候，就听过奶奶唱这首歌谣。唱了不知道多少遍，唱到了我的骨子里。

可是，那棵最原始的槐树不在了。早就不在了。短暂的怅然之后，我的心情很快平复。那棵槐树在不在重要吗？我忽然觉得，这个一点儿都不重要。

只要洪洞在,只要洪洞这个地方在,只要洪洞这个地方还有槐树在,只要还有一直想着洪洞大槐树的人们在,那么,最重要的东西就在。

——正如,亲爱的奶奶已经去世,物理意义上已经离我很远,可是我常常觉得她还活着,就在我的脑海,就在我的身边。所以,在这个下午,我悲欣交集地走在这个槐园,没有人知道,我携带着奶奶的声音和影像,充满了对她的怀想。

塔里木感怀

·凸 凹

　　见到塔里木河的时候,内心翻腾,思绪连绵。因为她与我意想中的模样有大区别:作为中国最大的内陆河,原以为它应该是激流滚滚、大浪弥天的,却流得那么平静、那么舒缓、那么从容,远远望去,满目青碧,一如睡在梦中。

　　塔里木油田的人对我说,塔里木河虽然壮阔,有吞吐山河的气势,却最终没有流入大海,而是在岁月深处,消失在苍茫戈壁、漫漫大漠之中。所以,塔里木河,在大美之下,是悲壮的底色。

　　本应该伤感的,我却微笑着向她点头。因为故乡的物事早给了我深刻的启示,大自然的道理,有别于人。譬如故乡深山的阴处有一种植物,叫山海棠。即便是生在僻处,无人观赏,可它依旧是一丝不苟地向上挺拔了枝叶,开出鲜艳欲滴的花朵。幼时,我很是不解,曾对祖父说,它真是不懂人间世故,既然开在深山无人识,便大可以养养精神、偷偷懒,没必要下多余的工夫。祖父瞪了我一眼,说,你究竟是太年轻,太看重功名,内心浮躁,不知生命真相。在山海棠那里,它只按自己的心性而活,生为花朵,就要往好里开,尽开的本分,至于能不能被人看见、被人夸奖,它是从来都不会去想的。至于塔里木河,东流入海,自然是她的向往和理想,但大漠之途,需要滋润,荒凉之境,需要水气,她的担当太重,她只能消耗自己。有了她的牺牲,才有了大漠绿洲、珍禽异兽和丰沛的油气储藏。塔里木河尽了她作为河流的本分,实现了自身声名与功利之外的价值,所以她心安,所以她内敛,所以她悲壮而不悲伤,消亡的背后,正是河流的自尊、自信和自足。

告别了塔里木河,进入沙漠腹地。沙漠公路的两旁,是不断现身的胡杨。初冬时节,胡杨斑斓,闪闪烁烁如火。塔里木人说,如果没有胡杨的防风固沙,沙漠公路这条人类的通途就会湮没中断,广袤沙漠就会真的成了死亡之海。胡杨的品格是在焦渴之地,千年不死,死了,千年不倒,倒了千年不朽,即便是死了,也会最终变成石油,堪可谓沙漠圣徒。然而,在她刚直坚守的风骨之下,也有她灵动与变异的一面,她是一种变叶树木——5年以下,叶细如柳;5到15年间,细叶与圆叶混杂;15年以上,就满树的"圆"了,成为名副其实的杨。之所以这样,是胡杨适应环境,懂得顺生——幼株根浅,对抗干旱,芽叶自然要收敛,以减少水汽蒸发;到了树大根深,自然要张扬,以竖起意志之旗。其变异的背后,是顽强地矗立于沙漠戈壁,以履行自己与生俱来的使命——抗风沙,保绿洲。对照胡杨,我不禁想到了"笔锋常带感情"的梁启超。人们常诟病他一生善变,读了解玺璋先生的《梁启超传》,始知道,他之变,是与时俱进,顺应潮流,在复杂情势下,更好地进行民族启蒙的政治智谋,变的皮相之下,恒定不变的,是爱国、爱民的旷世情怀。由胡杨到梁启超,我不由得联想到,自然的伟大与人的伟大,其实是相通的,只要襟抱萦怀,外在的曲直与隐现,是不重要的。

沙漠公路两畔,除了胡杨耀眼之外,还有一种诱人驻足的风景——夫妻井。沙漠里的绿植,需要滋润,自然要有井。戈壁阔远,交通艰难,杳无人烟,井近乎与人际绝缘。然而也需要打理,就建造了几间小屋,住进了一对夫妻。我们看到的,是轮台中部的一口夫妻井。驻守的是一对中年夫妻,女矮胖,男精瘦,见人群来到,他们只是乜乜地笑,久也不收敛,疑似凝固在脸上。诧异地问陪同的塔里木油田党委办公室的同志,他说,这是久处孤独的生理反应,他们已经不会笑了。灶间只有一堆土豆和半口袋芥蓝(北方称蔓菁),系易储存的菜种。因为与城镇远隔,新鲜蔬菜的输入,难似梦境,所以他们的饮食很单调,所以他们的面色青灰,类似脚下的浮沙。一只小狗在人群中逡巡,任你逗弄与抚摸,因为久不见人,就不怕人。问夫妻的生活起居,他们笑而不答,只是一径地介绍抽水、输水、喷灌、滴灌的过程。看到人们对他们的工作生出兴趣,青灰的脸上悄然洇出薄薄的一层红晕,竟至指着不远处的那片胡杨林兴奋地说,这胡杨林和方圆百里的沙漠植物,都跟这口井有关。我感到,他们其实是想说,这一切都与他们的寂寞坚守有关,但长久沉默的状态,使他们羞于说出自己的贡献。我不禁怦然心动,觉得胡杨林在阳光下的无声烂漫，正是他们爱情的颜色。

驱车数百里，我们到了塔中油田作业区。这里的油田产量，如果以传统的生产流程计算，需要上千个石油工人。而在现代化的开采条件下，偌大个油田却只有7个人，所以，他们的贡献是大的。这7个人，都是80后的年轻人，来自全国的多个省份，都是重点石油院校毕业的高材生。他们都有机会留在北京总部、或科研单位、或几大油田的管理机关，但他们都自愿地来到采油一线。问他们缘由，他们都很朴实地回答道，本来学的就是石油，远离油井就荒废了。跟他们深入座谈，知道他们都有成就一番事业的追求与襟怀，向上的信念，使他们自觉地远离虚荣与享受——虚荣迷眼，享受堕志，最终会一事无成。只有到了采油一线，才知底细，才知痛痒，才知盈缺，才知学问运用的方向，才知好钢链接的焊点。也因为此，他们奉献着石油开采，也成就着个人成才——他们几乎每个人都有发明专利，有的还拥有两项、三项、数项。当我动情地送上真心的赞美并致以由衷的谢意之时，他们羞涩地低头，并连连说道，要谢就谢脚下的石油——只有地火冲腾，才有青春激情。小小年纪，居然有远大的生命情怀，直让我感到，一如穗实者低垂，虚空者反而昂首，索取者往往患得患失、恨世道不公，奉献者反而内心盈满、懂得感恩。我说，你们想过没有，人间往往是鞭打快驴，能者多劳，你们越是有作为，油田越是离不开你们，你们很可能一辈子都会生活在这片寂寞的土地，永远与市井、时尚、现代生活绝缘，你们会不会后悔？他们说，只有荒凉的沙漠，没有荒凉的人生，这是塔里木石油人的信念，你看见塔里木河了没有，她一辈子也没有流出戈壁大漠，但总是温情浇灌，没有一丝忧戚之色，她告诉了我们，什么叫品格，什么叫无悔。

都说天地境界、天人合一，在塔里木，我读到了令人信服的注脚。

汉水的襄阳:

· 王必胜

"襄阳好风日"（王维）。行走襄阳街头，这句千百年来人们传颂的诗句油然而出。你可能认为是句大白话，不觉它有何高妙之意，可是，就是这平实的一句诗，一句大白话，把一个城市的感情和盘托出，让人过目成诵。

遥想当年，唐朝大诗人王维从洛阳经襄阳南下，因与本土诗人孟浩然的交谊，他在这里逗留了数日，而气味相投，文风相近，自然风光更是触发了蓬勃诗情，某一天，站在汉江边远眺近观，或泛舟江上，景色宜人而交谊如醪，他们唱和，王维吟出了这流传千古的诗作。"襄阳好风日，留醉与山翁。"既是一个行旅者的感怀，也是一个地方风华的最朴实最热情的褒奖。

如今，人们对城市生态的注重，对宜居环境的要求，成为迫切的社会共识，成为敏感而热闹的话题。中国内陆城市成百上千，虽有不少依山傍水，但程度多是有限的，要不是濒临近邻，要不就是规模格局有限。而一个城市，如果有充沛的活水资源，有江河流经贯穿，加上悠久的历史文化沉淀，这个城市的面貌和形象就让人刮目，犹如人体既有了经脉气血的畅通，又有了颜面风华的雅致，这是城市之幸，而襄阳就有这个幸运。

汉江穿襄阳城而过，形成宽广平缓的河道，成为天然的屏障护城河，最宽处达 250 米。汉江，长江最大的支流。她源自于陕西汉中宁强县，全长1500 多公里，流经陕西西南，下行鄂西北，再经江汉平原，从武汉入长江。自汉中始，至汉口终，因这个汉字的特别之义，有意无意间，她烙下了一个民族的印迹。这或许只是一个主观的推断。她是介于南有长江，北有黄河的荆楚地带最长的一条江流。望中原，抱荆楚，接长江。当年楚国的重心，如今南水北调西线的起源地,以及三国以至宋明以来的兵家征战之地,都与这汉水不无关联。

汉水苍苍,古城悠悠,源远流长的江河文化,兴旺繁茂的城市文明,瑰丽多彩的诗文华章,在襄阳这个地理区位上,聚合为一个明丽的亮点,让后人源源不断地去探寻。汉江的历史,从何时起始,没有见到确切的记载,但不可否认的是,同黄河长江一样,她孕育了汉民族的兴盛,滋养了华夏文化,也承接中华文学源头。有说汉水古为沔水、夏水,为中华汉民族的文化之源,是诗书经史的滥觞之地,是诗经、楚辞的交汇、聚合之地。楚辞不用说了,不仅《诗经》的诸多篇章中有汉水之题名,几部中国历史书也记载了华夏民族与汉水的关联。据说,章太炎曾认为,中国称为华夏,就因华山夏水得名。历史学家吕思勉说:"夏为禹有天下之号,夏水亦即汉水下流。"《诗经》中的"江汉浮浮""江汉汤汤",以及夏水、汉广等入诗题中,揭示出汉水文化在中华典籍中的分量。汉水,这条平缓而清澈的水流,如果仅是从诗文传统和文化脉流看,足以成为一个独立而奇特的文化景观。

月夜里听汉水汩汩的波流,看江水逶迤,不禁想起汉江文化的源流。"江畔何人初见月,江月何年初照人""江流天地外,山色有无中"。这些写江水、抒情怀的名句,此时更有一番意味。悠悠流水,不舍昼夜,流出了岁月,流出了人文历史。唐诗文化之于汉水,就是一个硕大的纪念碑,襄阳之于文人骚客,如同一个不尽的宝藏。当年孟浩然、李白、白居易、王维、岑参们,用诗文记载游历于此的感受,佳构名篇,尽显了历史的风华与自然的佳美。诗人笔下的古城江水景象,引领我们穿越,行走,也还原我们对当年汉水文化的想象:李白的一首《襄阳曲》,写尽了襄阳风华:"襄阳行乐处,歌舞白铜鞮。江城回渌水,花月使人迷。山公醉酒时,酩酊襄阳下。头上白接篱,倒着还骑马。岘山临汉江,水渌沙如雪。上有堕泪碑,青苔久磨灭。且醉习家池,莫看堕泪碑。山公欲上马,笑杀襄阳儿。"让人恨不能做一回诗仙,醉饮江水,闲居山水。汉水清澈如许,令诗人们流连忘返:?白居易的"楚山碧岩岩,汉水碧汤汤"(《游襄阳怀孟浩然》),岑参的"不厌楚山路,只怜襄水清"(《钱王岑判官赴襄阳道》),丘为的"临泛何容与,爱此江水清"(《渡汉江》)。"遥看汉水鸭头绿,恰似葡萄初酸醅"(李白《襄阳歌》),?"汉水清如玉,流来本为谁"(元稹《襄阳道》)。而罗隐《汉江上作》"汉江波浪渌于苔,每到江边病眼开",还褒奖了汉水的如玉清流的品性,还有更为神奇的是，诗人患有眼疾，每次到汉江见到青苔一样绿的汉水，病眼就奇迹似地睁开。诗中，举凡山川景物，成为情感之物。一江碧水，仅在唐代就有无数大诗人留下了诸多篇什；一方水土，也因有了这名篇佳作，千古流传，芳名远播。

当然，隐掩在这诗文华彩的背后，还有那一处处古迹，如无言碑雕，记录着历史，展示着岁月风华，显现出襄阳城市文化的悠远深厚。走在那青石悠悠的老街，宋代的"九街十八巷"风采依然，瞻仰那美轮美奂的宋代绿影壁，抚摸着当年楚汉时代遗存的石器陶片，想象着在汉水的千年洗礼下，一代古城的风华无限。还有，那郁郁苍苍的古松翠柏掩映下的古隆中，典雅森然、面山而居精巧的习家池，以及沧桑古雅的昭明台、巍然耸立江边的仲宣楼等。这襄阳城的件件文物，见识了悠悠汉水的千年风雨，成就了襄阳一代名城的历史地位。

或许是汉水的滋润，夏雨绵绵，卧龙山松青柏翠，香樟树高大挺拔，当年诸葛孔明的读书处，刘备来访的三顾堂、六角井，显得神秘而森然。诸葛亮十六岁时隐居于此，十二年躬耕苦读，后因被刘备真心所感劝，为之作"隆中对"，"三顾频烦天下计"，他出山远行，从汉水到长江再汉水，辅佐刘备。在古隆中的楼牌两旁，分别刻有他的名句"淡泊明志""宁静致远"，名臣的一腔情怀，肝胆相照，超迈高义，拳拳赤心，后人景仰。在襄阳，同样粪土名利，布衣粗衫，抱朴见素，与诸葛同一时期的还有庞德公，也有李白专门赋诗称道的"孟夫子"孟浩然。汉水苍茫，沧浪濯缨。清水澄碧，汉水有意，洗涤了高士大儒们的尘埃，成就了他们武功文事，滋润了他们的一世英名。"高山安可仰，徒此揖清芬。"李白的感叹，遗响千年，一代大儒仁者，如汉水之清流，历万世而流芳。

"汉江天外东流去，巴塞连山万里秋。"无论如何，天地有道，自然有灵，日月经天，江河行地。"人事有代谢，往来成古今。"古城悠悠，汉水滔滔，一座城市和一条江水，在新的时代，或许生发了许多可歌可泣的故事，但是，自然，历史，过往的沉淀，是它们或他们得以精彩和优秀至为重要的根本依托。

羊楼洞茶香

· 王剑冰

长空一声鸡鸣，染亮了漫野草绿花红。一扇门打开，闪出一个柔韧的身影。继而一扇扇门次第开启，招呼应答。一辆辆鸡公车上路了。巷尾撵来的风，随着一条狗在后面跟远。鸡公车声音的宽度就是巷子的宽度，声音的长度却摸不着，咿咿呀呀在女人的心上响个不停。柔韧的身子倚在门边，仰看着渐渐升起的一抹朝霞。

那些个时光里，巷子始终在膨胀，那是茶和女人的原因。票号、邮点、当铺、商行，还有一家家冒着香气的茶庄、旅店、餐馆，房舍将溪水渐渐挤瘦了。那个时光里，仅茶庄就有两百家，人口近四万。到处都是热气腾腾、闹闹嚷嚷、吃吃喝喝、轰轰隆隆。那是一个时代最繁盛的时光。那个时光里总是能看见膀大腰圆的雄劲与豪爽，听到听得懂听不懂的话语和畅笑。只有在晚间，夜的深处，才能听见茶和女人微微的声息，那声息让羊楼洞知足，羊楼洞会把茶和女人搂得紧紧，发出很浓重的鼾息。

我曾在中原游走，听到过万里茶道，当时还好奇，从哪里来了这么一条茶道，而且远至万里？现在弄明白了，十七世纪始，砖茶从湖北赤壁的羊楼洞由独轮车运抵新店装船，出大江至汉口、襄阳，然后舍舟经河南唐河、社旗，从洛阳过黄河，再经晋城、大同到张家口，或从晋北杀虎口入内蒙古，穿越草原与荒漠，进入俄罗斯的恰克图、西伯利亚至莫斯科和圣彼得堡，后达英法等地。羊楼洞即是这万里茶道的起始点。这条茶道通连着东西方的文明史，并在其中发挥着重要作用。据说早期俄罗斯绘制的中国地图，有羊楼洞而没有汉口。

一块块硬硬的砖茶，黄金一般闪烁着光泽。西方人小心地掰下一块放进茶壶，这么做一般是因为重要的缘由。这种既好携带又好保存的砖茶，能消化食物，联络感情。在内蒙古、新疆、西藏、青海等地同样视若珍宝。那个时候，两只羊才能兑换一块砖茶。因而茶队走到哪里，哪里就一片侠骨柔肠。仅在中原的茶道上，苏轼就走过多次，每次都走得水汽迷蒙。刘禹锡、梅尧臣、范仲淹、陆游、黄庭坚，谁不是在茶香里诗情奔放？

那条深深的独轮车碾轧的车辙，像一道流星划过的痕迹，我的脚踏上去，感受出岁月的记忆。想起砖茶上的"川"字，川字两道是那小巷，中间是那道车辙吗？后来知道，那是山上三条清澈的泉水，流成了砖茶的商标。

俄国、德国、英国的商贾，会跋千山涉万水来到这里，与那些迷人的洞茶最近距离的接触。这片山水非同寻常，它既能容诸葛亮、周瑜、黄盖、陆逊这样的英雄叱咤风云，又允许最好的茶叶和制作方式在此生根发达。日本人进到中国，远远就闻到了羊楼洞的味道，他们一次次来搜寻、轰炸，掠走的芳香让他们何时想起来都口涎激荡。他们毁坏了制茶作坊，烧掉了茶叶仓库，但是羊楼洞的名声毁坏不了，羊楼洞还是羊楼洞。

我似乎听到了豪壮悠扬的声音，那是各个茶庄初春制茶举行的茶祭，庄严而神圣，香烟袅袅，旗幡飘飘。茶祭之后，才能开炉蒸茶。现在，唯留下一个个空敞的房屋，一座座无声的庭院了。似乎是一夜间，所有的繁闹都撤走了，消失了。镇子后边的河水，曾经堆满清脆的笑，笑声随着水流远了。

不，那些繁闹离开了，茶香依在，名号依在，那些臂膀那些柔腰依在。我走进离羊楼洞不远的赵李桥，一个个车间里热火朝天，烟云弥漫着特殊的气味，发酵、翻堆、压制、烘干，一系列复杂的工艺看得我眼花缭乱。走进厚实宏大的茶叶堆放场，感觉那暂时安睡的"东方神奇的树叶"，我依然看到了西方温柔迷离的目光。

在去往羊楼洞的沿途，到处可见绿色葱茏的茶园，茶园就在黄盖湖、陆逊湖周围。我走进久负盛名的万亩茶园，从赤壁刮来的风如水一般，一股股的清香袭人，忍不住要弯下腰闻一闻。这时会发现一簇簇的白色小花，在绿叶间张嘴笑着，仔细看，就见这里那里到处都是了。茶花在夜里悄悄含苞，而后把开放献给热情的朝阳，朝阳一到，叮咚成一片。漫山遍野的绿和嫩白，将茶山起伏成万里汹涌的海。难道赤壁之地水火的熔铸需要与时光慢慢消化？

采茶的时候，出现了一群彩衣，笑着唱着，并不影响一双双巧手的翻舞，那些笑和唱，粘到一片片嫩芽上，被装进了竹篓。风在一条条茶林间，使劲地往里挤，发出畅快的尖叫，芽片全都在阳光里翻动着翅膀。星星坠落，草虫飞升，溪流不安地躁动。站在茶园，我也成为一片叶子，周身散发着茶的芬芳。

我知道，即使再过多少年，中国茶依然很中国，羊楼洞总是羊楼洞。

地名记着所有的事

·文 猛

　　人在走，天在看。地名记着所有的事。
　　年轻的时候，一心想逃离村庄，逃离村庄那些土得掉渣的地名，逃离印记在那些地名上贫穷的生活。离开故乡漂泊半生，等到身倦心倦的时候，梦中却总要浮现那些土气苦涩的地名，犹如父母的絮叨亲人的问候。
　　我们永远铭记从哪里来，因为知道最终会回到那里去。
　　故乡的山水林田路，沟湾岔坡坪，给了我们粮食、泉水和梦想。哪个山头长什么草，哪道山坡埋着祖先，闭上眼睛历历在目。我们的名字也一样，贱贱的，土土的，因为我们都是村庄的子孙……
　　湾。山以拥抱的热情伸出两条臂膀，山的胸怀就成了我们生活的湾。白蜡湾应该是故乡最大的湾，几十户人家就那么渔船避风般布排在湾中。
　　故乡白蜡湾自然是因为湾的两臂上长着大片白蜡树而得名。有树的守望，有井水的滋养，白蜡湾成了故乡最温馨的山湾。后来一场很大的运动把家乡的树木全投入土炉中，挺拔易燃的白蜡树自然难于幸免。工作队连根挖掉所有的白蜡树，白蜡树投进土炉中，白色的蜡泪熊熊燃烧，乡亲们的眼泪簌簌落下。
　　后来，家乡人多次栽种白蜡树，却没有一棵活下来。大人们说这也好，没有白蜡树，就不会见到白蜡泪，忘记是一种最好的怀念。
　　青草绿的时候，我们去枫木湾割青草。夏天岩豆饱满的时候，我们去岩洞湾打岩豆……故乡的山湾给了我们欢乐幸福的童年。离开故乡，浮躁的生活，当失眠伴随人生的时候，心中只要一浮现故乡那些山湾，就有宁静，就有好梦。

沟。山和山站着说话，它们的脚底就是沟。沟是比路低比山还低的地方，就是人生的低谷。从沟底爬出来总会见到山顶，见到山顶总会见到又一条沟……这就是真实的人生起伏，这也是长大后才明白的人生道理。

从白蜡湾家屋出门，沿着田边的小路，走过水井田、扁担田、三丘田、桑树田、路过松林包，转过罗家地、龚家地、松树坡，穿过斑竹林，就是纸厂沟。纸厂沟是村里舀纸的地方，就是专门给死去的人烧的那种纸。大人们说纸厂沟就是死去的人的银行，纸厂周围飘满了等着取纸钱的灵魂。从家门走到纸厂沟，从纸厂沟爬上望乡坡，其实就是一生的路程——所以大人们有心思的时候，总会在门前石凳上坐下来，让直戳戳的心思在沟底转几个弯弯，然后回来。

因为有纸厂沟的原因，我从小对沟的地方总有些敬畏，事实上故乡其他几条沟倒是非常有趣和值得回忆的。苦楝沟长满了郁郁葱葱的苦楝藤，小时候总爱到苦楝沟挖出苦楝根来，然后到盘龙河边的滩边捶上一通，不一会儿就会有大片鱼儿翻着白肚子浮在水面上。

垭。山与山站着说话，脚底为沟。山与山肩并肩思想，肩膀处为垭。所以，垭口是需要思想的地方，就像人，左想是一撇，右想是一捺，想来想去，人就是一垭口。

故乡山多，垭就多，但印象最深的是灯盏垭、黄葛垭。

灯盏垭何以取名，我不清楚，也不曾追问。但自从我们村的学堂迁到灯盏垭口，我一下就明白取名的理由，尽管灯盏垭在没有学堂的时候就已经那么叫着。

在故乡人眼中，人如果没有学文化，就是睁眼瞎。学文化就得有学堂，学堂建在灯盏垭，给人心中亮一盏灯，照亮人生的路，灯盏垭自然就神圣起来。我们在灯盏垭读书长大，乡亲们在灯盏垭听着读书声歌声遥想下一辈的幸福生活，让一种灯光照亮乡村，乡村就亮堂堂的。

在全国的地名中，叫黄葛垭的地方很多。

故乡在蛤蟆山的环绕中，蛤蟆山的山脊上开了方坳口，坳口上长着一棵黄葛树。从故乡出去，爬上望乡坡，再往上爬上坳口，站在黄葛树下，再看一眼故乡，踏上远路。

那个坳口就叫黄葛垭。

"黄葛树，黄葛垭，黄葛树下是我的家……"我们从小就唱着这首儿歌追逐玩耍。伫望天空的时候，我还会唱这首儿歌，我知道风声会把我的心事传达。

坡。城里人去工作叫上班，乡里人去工作叫上坡。坡是阳光最充足的地方，坡是庄稼生长的地方，坡是祖先躺着的地方，坡是黄土最疼人的地方。

回忆故乡那些叫坡的地方，她喂养了我们红苕、洋芋、玉米、高粱、大豆，可此时我只想记录一处坡，一处长不出粮食却长满了伫望和乡愁的坡——望乡坡。

我提到过望乡坡，就是故乡白蜡湾对面的高坡，高坡之上就是黄葛垭。

望乡坡上住着祖先，从家门出发，到纸厂沟取了漫天飞舞的纸钱，抬上望乡坡，这就是祖先们的一生。祖先们不讲究风水，把自己交给望乡坡，因为望乡坡望得见故乡，望得见血脉相连的亲人和这方土地崎岖不平的心思，因为望乡坡上阳光最先照到，坡上那么暖和。

望乡坡上哭着远嫁的女子。喜庆的唢呐，灶台上的油灯，黄土屋里的木梳，村头大槐树下朦胧的爱情，走过望乡坡，翻过黄葛垭，未来岁月的风雨将有几何……

弯弯的小河，青青的山冈，美丽的村庄，悲欢离合，生离死别，你成就，你落魄，割舍不去的永远是故乡……

湖　殇

· 熊红久

当一双脚站在干涸的湖底的时候，其实，那种心痛的感觉，就像是踩在了自己的骨头上。

我说的是，在西部腹地，看着被戈壁荒漠一寸寸吞噬掉的艾比湖；我说的是，面对一片白色的盐碱，以及狂风掠过时卷起的漫漫沙尘。

对湖而言，它首先带给我们的，应该是粼粼的波光，是鸥鸟的翔鸣，是蓝天白云的倒映，是渔歌唱晚的恬静，这些特征是湖带给我们的生活体验，也是湖应有的生命品质。而我脚下的艾比湖，正在丧失这些青春，就像一个散失了光鲜的干瘪水果，躺成一汪奄奄一息的物证。那些越来越多从湖底裸露出来的丑陋的盐碱污泥，总让我联想到一具行将风干的木乃伊，一个湖的木乃伊。

这其实是一段很残酷的过程，就像目睹着自己重病的亲人，在你面前一点点憔悴、枯萎，而后，死去，却无可奈何。这种对忍耐力和意志力的摧残，让我时常想起艾比湖青年时期的样子，仿佛只有这样，才能使我焦灼的情绪，稍稍感受些水分的浸润。

她有着1200多平方公里的水面；有着几万乃至十几万只野鸭水鸟嬉戏的场面；有着浩浩荡荡芦苇环卫的辽阔水域；有着长河落日大漠孤烟的宁静致远。这些都勾起了我深深的怀念，使得我对眼前的景象，有着撕心裂肺的悲怆。一个被同时代怀想的湖，既是人的忧伤，更是湖的悲凉！

在蛮荒的疆域里安插一个湖，应该是上帝对自己分配不公的一种补偿，她带给我们的是对绝望灵魂的抚慰，是对生存状态的重估，是能枕着入眠的一个梦境，而这个梦，曾经真真实实地存在过的，在记忆的回望里，碧波荡漾。

那是八十年代中期，一直对巴金的《海上日出》心存缱绻，期待着在离海最远的新疆，也能感受到红日出海的璀璨景象，只好退而求其次，以湖的水域，模仿海的苍茫了。从首府放暑假回来，邀几位同学，骑车六十多里，去艾比湖看日出，估摸多少也能参照出些海的韵味吧，以弥补对海的贫瘠和渴望。

由于道路的崎岖和体力的差异，还未近到湖边，太阳早已三尺竿头了。虽没赶上观日出，却被眼前一望无际、绵延至深的芦苇荡所震撼，清风拂过，波涛汹涌，一如百万雄兵拥围着这一域的浩淼。湖的浅滩上，密密麻麻布满了野鸭、灰鹤、斑头雁，随便朝水中甩一片卵石，都会惊飞几十只水鸟，空中盘旋两圈，又栖落水中。湖面很宽，即使极目远眺，也看不见对岸的轮廓。靠近水边是一排沙滩，赤脚从上面走过，可以感受到温热潮润的细沙与脚趾间亲密接触的惬意。几行浅浅的脚印，一段浪漫的行程。

二十多年的时间，都无法淡化湖在往事里的色彩，这幅精美的画面早已长在岁月深处，每一次温故，都在重新涂一遍色彩，所以，停靠在回忆中的湖，其实，一直都很鲜艳，多少次在梦里，潮涨潮汐，清波涟涟。

但眼前的残败，总让人恍若隔世，觉得这个每年被大风从湖底卷起480多万吨沙尘和盐尘的，这个每年以几平方公里的速度一点点消失的，这个在干涸湖底随处可见禽鸟尸骨和枯苇干枝的，不是记忆里的那个湖啊！它与往日被我们时常念想的碧水清波毫无瓜葛。

多么希望艾比湖的枯萎是一次误诊！

但更多时候，我们不得不面对一串痛苦的数字。近50年，我国消失的湖泊有243个，其中，新疆的数量最多，达62个。罗布泊消失于1972年；台特玛湖消失于1974年；玛纳斯湖消失于1974年；艾丁湖消失于1987年。这听上去多少有些像宣读阵亡名单，但它们确实是从我们眼前一个一个消失的。

那些缭绕碧波的绿茵，那些水中游戏的鱼鸟，那些湖面泛舟的渔人，那些环湖晚炊的村庄，都随着湖的消失而泯灭了。

在新疆，死亡是一个干燥的词。那些湖，最终熬干了眼泪，死成了一个名字，死成了一段历史。

通过同伴的结局，艾比湖一定看到了自己悲情的归宿，所以，湖才有了泪的咸涩。如果能发出呐喊，我想，湖是一定要向上天控诉的，控诉那贪婪者、破坏者、无知者、傲慢者，控诉他们以自己的短视，替子孙们挖掘着墓穴。

时常看到一些赞美艾比湖的文章，对它仅剩的三分之一的水域，进行热情歌颂，听上去就像是赞美一个病入膏肓的人美丽的服饰和迷人的发髻。此时，我就会情不自禁地低下头，想起"商女不知亡国恨，隔江犹唱后庭花"来。

不知道在鱼缸里长大的鱼，会不会朗诵有关海的诗句。

我在为一个湖悲哀的时候，突然想起了那些鸟，那些以湖为生的水禽，它们的翅膀，如何才能越过灾难，飞抵梦想的天堂。

镌刻的信仰

· 徐 涟

　　从窗户望出去，是垂杨柳，李广桃树和近在眼前的沙丘。那么切近，仿佛伸手就能抓到灼热滚烫的沙子。柔和的沙丘曲线，向两边绵延伸展，白色的天空，向上再向上，才呈现出蓝色。窗外的风景就这样入眼入心，没有远近纵深，分明中国画的景致，寂寥无声，凝固在时空的永恒当中。瞬间，我迷失了自己。

　　这是在敦煌。沙丘就是鸣沙山。我们住在鸣沙山脚下。

　　从飞机上俯瞰，连绵不绝的灰白色沙漠，灰褐色戈壁，道道伤痕似的雅丹地貌，以及远处终年不化的雪山。纵使在心中已经揣想过千百遍，你仍然会惊叹大自然不可思议的伟大神力造就了这沙漠中的神秘奇观。祁连山的雪水切割开坚硬的岩石，冲刷出千沟万壑，顽强地奔流在干涸的大地上，带来了泥土，也带来了绿洲，也因此诞生了这个古称沙州、今名敦煌的城市。

　　然而仅仅是自然的伟力还不能够造就敦煌。一千六百多年前，一个叫乐僔的和尚行脚至此，看见了鸣沙山东麓那耀眼的佛光。于是，他在坚硬的石壁上开凿，开始塑造心中的佛国形象——莫高窟。自此之后的一千多年里，在这古老的丝绸之路上，谦卑地索取土地馈赠的人们，在极端艰险的生存环境中，创造出了极端丰富的精神存在。莫高窟、西千佛洞、榆林窟、东千佛洞以及肃北县的五庙，现存洞窟总计八百一十二个。敦煌，因为信仰的镌刻，才由此成为敦煌。

　　自乐僔开窟造像以来，莫高窟经历了北凉、北魏、隋初、盛唐、大宋、西夏、元朝……莫高窟七百三十五个石窟中，有四百九十二个石窟有佛造像，布满彩绘壁画,既描绘出人们祈祷憧憬的天国,也把人世间的耕种织造等等一切美好留在了画面上。无论是达官贵人,还是平头百姓,都将这里作为安放灵魂的地方。因为,无论贫穷还是富有,在生老病死面前,都一样平等。但当然也有不平等。捐赠大量资财建造石窟的达官贵人,以供养人的形象,起初出现在画面不起眼的最下方。渐渐地,他们在画面上的位置越来越重要,到最后甚至变得比真人还大。而建造石窟的工匠、画师,却没有留下一个名字。时光流转,峨冠博带的贵人尽管面目依然清晰,他们的名字却早已湮灭在历史的深处;而那些默默无名的工匠画师,却因为彩塑壁画的存在而凸显自身,他们一笔一画地创造了敦煌的历史,也将自己永远留在了敦煌的历史当中。

敦煌地区干旱少雨,气候寒冷,冬天气温时常下降到零下 30 摄氏度左右。那个叫乐僔的和尚,"戒行空虚,执心恬静",执意要在这样的荒郊野岭修行。后来又有叫法良的禅师跟随,自此,僧侣们在石窟修行、居住、瘗埋。我至今仍疑惑不已:在无数个漫漫长夜里,他们如何忍受着饥饿与寒冷,在万籁俱寂中挑战着身体的极限,更抗拒着怀疑、失望、幻觉、迷惘、否定?《大唐西域记》中,玄奘记录下了常人无法忍受的艰险困苦,也记录下九死一生中,每当人困马乏不复能进之时,便卧倒沙中默念观音……是信仰,犹如那道道金光,显现出千佛的形象,引导着一代代苦修的僧侣一步步走向觉悟。信仰的力量如此强大,能抗拒那大自然的百般折磨,也能抵挡内心的魑魅魍魉。

至今,我们仍然无从想象,在那物资匮乏、生活动荡的时代里,无数个精美绝伦、叹为观止的彩塑壁画是如何从坚硬的岩石中一凿一斧、一笔一画地被创造出来的。在昏暗的光线中,整窟十几、几十平方米的壁画,每一笔每一画都一丝不苟,甚至人物须发根根清晰可见,这需要耗费多少心力!每个石窟的壁画都从四壁一直画满整个窟顶,没有外光的时候,洞窟里一片漆黑,即便如此,没有一笔敷衍。我想,那一定源于信仰,由信仰而生的光,早已照亮了黑暗,也照亮了心灵。时至今日,由信仰而造就的敦煌艺术,已成为中国佛教艺术的典范,成为人类艺术的瑰宝。

我穿行在不同时代建造的石窟中,敦煌研究院的讲解员令人印象深刻。没想到学旅游专业的一个年轻姑娘,能以学术研究般的严谨态度,将艰深难懂的研究成果转化为娓娓道来的一个个故事,吸引着大家。敦煌研究院常务副院长王旭东已经在这里工作了二十多年,他告诉我们,今年是敦煌研究院建院七十周年，工作超过五十年的研究者大有人在。我想起画家常沙娜的展览中，她的父亲、敦煌之子常书鸿先生描绘的敦煌。那时候物质生活的匮乏，非今天所能想象！我问王院长，如今年轻人能否在这里待得住？他说，五年是个时间节点。从各大城市各大名校毕业的年轻人怀揣理想来到这里，但只有熬过五年，才能最终把根扎在敦煌。下午，研究院安排我们参观为建院七十周年纪念而举办的"心灯"——李其琼艺术展。这位默默无闻的敦煌人，终其一生坚守在石窟临摹壁画。青春与孤灯做伴，长夜与壁画共眠，她并没想过值或不值这样的问题，只是在来到敦煌的六十多年时间里，每天做自己想做的事情。知道她名字的人也许并不多，她却在赓续石窟艺术的传承中成就了自己，让我们在遇见敦煌的时候总要遇见她。

这天的最后一项活动，是有关传统文化传承与创意产业开拓的讲座。报告厅里坐满了敦煌研究院的年轻人，衣着素朴，神态安静。我无意中发现一位瘦小而矍铄的老人坐在了最后一排角落的位置。她剪着短发，头发灰白。我认出来了，她就是将半个多世纪的生命全部奉献给敦煌的樊锦诗！她悄悄地来，听完又悄悄地离开，不留一点寒暄的时间。我默默地想着五年和五十年的区别。五年，还无法抵御欲望的纠缠，三十年、五十年的沉淀，则抛开了功名利禄，抛开了得失计较，将对事业和艺术的理想淬炼成信仰。而如今，有多少人能够坚守这样的信仰，愿意把自己的一生交付给事业，安安静静，只做自己喜欢的和应该做的事？

我坐在胡杨树下，于<u>丝丝凉风</u>中陷入沉思。往莫高窟的路，本是一条朝圣的道路。一千多年前，来往丝绸之路的人们千辛万苦赶赴这里；或是附近的居民，扶老携幼，一步一步走来山里，表达无尽虔诚。然而，我们今天到达石窟实在是太容易了些。从北京直飞敦煌，不过 2 小时 40 分钟。从敦煌城里一路坦途，直达莫高窟停车场，下车，站定，眼前就是举世闻名的九层楼！这样的便捷，这样的容易，又如何奢望激动、震撼、深刻、独特的个体感受？这一切来得太舒适、太理所当然，以至于让我们忘了，这原本是凝结了怎样的凄苦艰辛，才羽化而生的瑰丽绝伦！

也许有一天，背一身简单的行囊，从敦煌数字展示中心出发，在炎炎烈日中，伴着尘土和沙砾前行，耗费几个小时，全身汗水湿透，穿过河水丰沛的大泉河，走过一排迎风摇曳的胡杨树。我，追着信仰留下的光辉，又一次来到敦煌！

一个人的沙漠

· 杨献平

于我而言，巴丹吉林沙漠更多的是一种精神存在。喧嚣物质在这里消弭，万顷黄沙、浩荡大地，与其对应的永远是幽深如虚的天空。其他如黄羊、毛驴、骏马、骆驼、黑甲虫、红蚂蚁、毒蝎子、红狐、白狐、狼，以及梭梭、胡杨、蓬棵、骆驼刺、沙枣树、红柳、杨树和芦苇悄然其上，各安天命。积水也可能很多，但在地下蕴藏，消失速度也在加剧。唯有不声不响的河流，才是它的红颜知己抑或精神之母。

常年在沙漠生存的异乡者。记得二十多年前的那个酷冷的冬天，当我在一群歪斜的雪粒中从南太行山区，乘火车，走州过县，幼狼一样落身巴丹吉林沙漠，下车，站在沙砾横生的戈壁滩上，就感觉到一种强大的坚硬与幽闭气息迅速围裹而来。闭上眼睛，便会有一些灿烂与剧烈的景象在内心纷纭。有风尘中的骑士及其跟随者和追击者；有垂帘的雕车以及若隐若现的俏媚、凄楚的面孔；有众多身穿盔甲的人，在黄土夯筑的烽燧和城堡之上瞭望；旗帜上总是有龙，猎猎而边角开裂，剑戟的反光使得四周的黄沙黯淡无光，唯有战士怀乡的叹息与泪水，在月光下寸断柔肠。

从那时开始，我便成了巴丹吉林沙漠乃至阿拉善高原、甚或整个西北的异乡者与久居者。慢慢地我才知道，巴丹吉林沙漠是上古神话的组成部分，涉及的人主要有大禹、周穆王、老子、彭祖等人，甚至还有黄帝和他的母亲。而巴丹吉林沙漠最本质的角色是游牧民族出入蒙古高原的孔径与前哨。

最初的民族大致还有乌孙，以及众所周知的大月氏和匈奴。这三个民族，先后崛起并相互驱逐，形成了发自蒙古高原、波及整个欧亚大陆的民族大迁徙与融合的壮丽景观。再后来，著名的悲剧人物李陵率五千荆楚弟子、奇才剑客，由弱水河而深入漠北寻击匈奴主力；卫青、霍去病出贺兰山、皋兰山和祁连山，实施了汉帝国对匈奴大部落联盟的精确打击与成功驱逐。著名的将军路博德以移民屯边的形式，修建了蜿蜒至今外蒙境内的亭障、烽燧和驻军基地。现在，这些依旧在浩荡的大漠风中留存，以残缺的方式，向时间及其当中的到来者昭示着一种强硬的现实主义存在。

巴丹吉林沙漠也是王维"大漠孤烟直，长河落日圆"诗句的诞生地；"安史之乱"后的丝绸之路回鹘道，以及中央帝国与西域联系的必经之地，它斯时的名字叫"合罗川"。唐时代的巴丹吉林沙漠中心，即今之额济纳（出自匈奴语）乃是水泽之乡，深陷于大戈壁之中的居延海（苏泊淖尔）芦苇丛生，白鹭和天鹅、骏马和羊群，端的是"居延粮仓"的富庶与安然。千年之后，长风吹送时间，也将万顷黄沙不间断地搬运，额济纳星罗棋布的水泽逐渐缩小、干涸，致使中世纪时期自地中海连绵至额济纳弱水河流域的胡杨树也逐渐断绝了与世界的联系。

沙漠里，秋天的胡杨林是黄金的宫殿。灿烂的叶子覆盖在黄沙之上，将干燥而荒凉的沙漠映照得神魂颠倒。到处都是如饮甘醇的人，连空气中都飘着一种癫狂与迷醉。那种景观，当下已经罕见了，可以想象成为单于的黄金庭帐。斯坦因和他的考古队曾在额济纳胡杨林建立了气象观察站。在不长的时间里，他们提防风暴，也提防四脚蛇，并用它来泡酒，还有毒蝎子。红蜘蛛是他们最怕的，因为它们总是在人的帐篷内外结网捕食。

向南的黑城是西夏王朝的陪都之一，最终成为元的疆域，而不过一百年，就又被明朝将军冯胜以改道弱水河的方式攻陷。科兹洛夫和斯坦因等人也循着马可·波罗的足迹，在黑城盗掘了三万多枚汉简和西夏文物，使得居延汉简成为与殷墟甲骨文、敦煌遗书并称的二十世纪初东方文明三大发现。

一个人在沙漠，首先是生存，尔后才是梦想。要把自己交给风，以及风中的沙尘，甚至如风一样的时间。闲暇时候，我总是在戈壁和沙漠之间游荡。沙海无际，四周以外，人群汹涌、世界繁华。而唯独我，以及和我一样的人，在沙漠，被风暴、黄尘、孤独、忧郁、幻想和破灭摧毁、塑造。由此，我变得沉静起来。在沙漠，人变得简单，世界也跟着单一。在巨大的孤独和空阔之中，个人变得庞大而真切。在许多的月夜，坐在戈壁滩上，沙尘及其包括的土腥气从四面包抄。远处的沙海如沉默的母亲，以裸体的方式，用一枚枚硕大的乳房喂养整个天空。坐得久了，会觉得整个人都是透明的，可以看到自己的心脏及骨骼，甚至内心里那些光明和阴暗。

风暴起时，躲在房间，或者来不及躲藏，就像一棵树那样被风暴席卷。在沙漠，一个人像一棵树一样被打击，其实也是一种幸福。沙子在脸上敲出鲜血，黄土深入身体内部，试图将人也打造成沙漠中的固有事物。

每次走出沙漠，融入城市和乡村，我发现，尽管年龄增长，青春在沙尘中被打磨得缺乏棱角，可是我看人做事，以及对世界的看法仍旧是单纯的、透明的和不设防的，像是一片落在屋顶上的新雪，纤尘不染。我惊异于沙漠强大的保鲜功能。

沙漠打击和磨掉的是人的肉身，它真正尊重的是一个人的内心及其灵魂。

我也到巴丹吉林沙漠四周的山地、荒野和城镇去看。只是，在每一个地方，我都能找到异族的遗存、王朝的痕迹，以及宗教在俗世间的种种表现方式。在古堡、废墟、草地和山河之间，河西走廊始终有着一种幽秘而灿烂的光辉，如敦煌、兰州、武威、张掖和酒泉等地。这使我惊异，也对沙漠及其周边所有的事物，都保持了强烈的好奇与热爱之心。

这些都是沙漠赐予我的。即使现在迁徙到成都，一个四周高山、植被丰茂的城市，我发现自己仍旧保留了在沙漠的那些脾性，简单、固执，热切而又满目诧异，对这个世界和人群还有着强烈的陌生和信任感。

我知道，在沙漠，是一种修炼，从肉身到灵魂。

沙漠也是一种自然，人在其中，也是自然。天长日久之后，这种人和自然的交融，便会派生出另一种新的"生物"，尽管他样貌会有改变，而内心及其精神，却始终有着一种精神向度。尽管他会与当下时代有所隔膜，但一个人，最好的东西，是坚硬、向善、审慎和独立的合众意识，以及耽于幻想、不弃庸常的单纯品质。

世界美如斯

· 叶延滨

珠海的拱北，这是世界上最繁华的地区之一，尽管这个区域不大，只是通向澳门的一个口岸。这个口岸因为澳门太小而显得热闹。拱北就像一个大剧场的门廊，挤满了候场的观众。小小的澳门对于大中华而言，真的像是一座剧场。来自各地的游客，从拱北进入澳门，然后提上一袋装满米饼、肉干的"手信"，再回到拱北。大半天就能完成一场"澳门游"。另外，澳门居民中有不少人每天也要到珠海来购物。他们一抬腿便到拱北。于是拱北不仅有为各路游客服务的门店，还有从菜场到百货的各种商铺超市。

在这个超级喧闹拥挤的商旅口岸，距离海关200米有一座大型超市。大超市门外有一个小广场，广场的地下一半是停车场，一半是一家书店。这家书店的店名与早些年我们处处可见的"新华书店"有别，叫"书城"。这称谓之别，告诉我，这是一家民营或股份制的书店。来来往往的行人，百分之九十九没有注意到这里有一个书店。注意到有这个书店的行人，百分之九十九不会停下脚步，去店里看一看。我大概是在多年间十次经过这个小广场之后，发现这家书店居然还挂着它的招牌。招牌早已陈旧褪色，南国的太阳与风雨，让它显得饱经沧桑。这种沧桑感引我沿步梯走下去，走下去竟然发现有个与拱北商圈完全不同的世界，图书和读者，另一天地！

书店虽然是在地下，进入以后，宽敞而明亮。摆放图书的面积大概有一千平方米，算得上大书店了。摆在中心位置的是畅销书，几个展台上，放满了影视明星的传记或言论，前两年是女星，现在是冯小刚、郭德纲等名人；和尚与教授们的处世哲学书，前几年在教人励志奋进，这两年是劝君放下；

职场的攻略，经济学的预测……在中心摆台之外，是一排又一排的书柜。书柜高大，估算一下有二三百个书柜。成排成行，分门别类，气势不凡，确实有"书城"的体量。这个书店之所以让我产生敬意，是因为我数了一下，整个书城大概有五六十个书柜是文学类书柜，在这里摆出的文学书籍的种类，甚至超过北京一些有名头的图书大厦！我粗略的将这五六十个书柜巡览了一下，有这样的印象。第一，它是书商经营的书店，商业追求在书城体现得十分鲜明。在书柜上的分类牌上写着"穿越小说""玄幻小说""盗墓文学"这样的专柜，可见市井趣味在这里是第一位。第二，它重视消费群体并迎合消费群体的喜好。书柜的分类牌上，与"台湾作家作品"并列的有"刘墉作品"专柜；与"当代散文"并列的有"周国平/毕淑敏作品"专柜；与"中国小说"并列的有"韩寒/九把刀/饶雪漫作品"专柜。也许批评家觉得这样的分类，不伦不类，但书店老板知道这是在卖书。第三，书城给经典和传统留了礼遇和面子。在五十多架书柜中，约有三分之一是"外国文学""中国小说""中国散文"等传统分类的书柜。其中有一个专柜里摆着历届"茅盾文学奖"作品，另有两个柜子里挤满了历年的各种滞销的诗集。从穿越玄幻盗墓逐渐下降，直到茅奖小说与诗歌，大概正是这个时代的趣味写真啊！

与密不透风的书籍列阵相比，这里的读者实在不多，在书城的一角，咖啡店，可以买一杯饮料，坐在桌前读书。坐在这里读书的多是青年，小资或白领，真是闹中取静的好地方。在书柜的一个个通道里，也都有人倚着书柜，席地而坐。多是孩子，小学生中学生都有。小孩捧着一本大书，低头读书的样子，让人想起沉醉二字。这是真正的读者，也叫书虫。书虫们都安静于各自的世界，整个书城也静如一池秋水。我小心地从孩子的腿上迈过，迈过的时候，内心有一股暖流，有一种温暖。好像回到了自己的少年时代，那时，我也是这样泡在书店里，常常一泡就是半天。整个书城里，买书的读书的不到二百人，宽敞的书城显得宁静得冷清。我们这个时代喜欢热闹和拥挤，因为数量就是金钱的前奏。那些畅销书台上的明星之所以傲慢地占有聚焦点，也是因为他们的粉丝量巨大，并非因为他们的书写得好。其实粉丝经济也是典型的泡沫经济，像礼花，比流星灿烂，也比流星更无迹可寻地迅速把光彩让给新的礼花。朋友告诉我一个故事：某个城市的刊物换了个新主编，理由是这个人在网上有200万粉丝，据说有人这样算账说，十个粉丝订一本刊物，那么刊物就会有20万份发行量！这种算术实在是没有明白：用指头点一下键盘"赞"成粉丝，与用指头抽出一叠人民币去订一年的刊物，两个指头之间，会有何等遥远的距离。在这个书店，我看到坐在地上的孩子捧着书，我为书的作者感到幸福，这是知音啊！知音的定义是：粉丝时代稀缺的"非物质文化遗产"。

  在拱北的这个上午，我在这家书城。刚迈出书店的门，上面嚣闹的声浪骑着阳光扑面而来……

云和梯田:

· 张抗抗

传说中"中国最美的云和梯田",隐匿于浙西南括苍山脉雾气迷蒙的群峰深处,弯弯绕绕的盘山公路,倏然甩出一角空地。人在山腰,朝山下的开阔谷地望去,错落有致的梯级田畔,覆盖了周围山坡,似一个硕大的环状天池,嵌于青葱滴翠的崇山峻岭之间。

坦坦荡荡、起起伏伏、层层叠叠……

云和——一个祥云缭绕、平安和顺之地。始建于明景泰三年即公元1452年。据《浙江通志》记:"景泰三年,析丽水之浮云,元和二乡置,县名曰云和。"

云和为山中小城,位于浙江西南部括苍山脉的洞宫山和仙霞岭余支。县境内南部山地丘陵起伏,龙泉溪及诸多支流长年冲击,形成沿岸宽窄不等的山间河谷盆地。梯田为其主要水稻产粮区。散落于云和境内的多处梯田,不及云南元阳梯田(亦称哈尼梯田)、广西龙胜梯田那般规模宏大气势雄奇。云和梯田面积不大,却一枝独秀,以玲珑纤巧著称。

梯田:如同梯子一般的田?用田地做成的梯?梯——田,汉语词库中最为形象精准的组合。江南山区多梯田,杭州郊外梅家坞、龙井的坡地茶园,自小看得眼熟。西北亦有梯田,几十年前去大寨,七沟八梁一面坡的石砌旱地梯田,适种玉米。

而眼前精耕细作的云和梯田,则是千年稻米文化衍生的水梯田。

群山逶迤,阳光迎面扑来,俯视崇头镇外的山中梯田,好似面对着一座宽大露天体育馆。若是早几个时辰,此处可见著名的"云和梯田日出"奇景。

无论冬夏——太阳每天都攀着湿淋淋、银闪闪、绿油油或是金灿灿的梯子，从山间的水田里升起来。

此时，眼前那些高低起落、依次递接的田畔，或大或小或长或短，依山就势形状各异，顺着山坡一块块不规则地蜿蜒开去。一层层沉降，通往山洼里黑瓦白墙的小村落；一层层升高，则通往山顶的云端去了。

远眺层层梯田，犹如面对着一座盘旋陡立的天梯。

正是清明时节，梯田已开始灌水，咕嘟咕嘟的流水声筌筌作响，犹如节律均匀的弹拨乐。山水自上而下流入，即使是再小的田池，边缘都留有缺口，一畦注满，便自动流向下一层的田畔，有如大江大河里一级级的"梯级电站"。田畔蓄满水后，一畦畦平展展、亮汪汪得晃眼，似有神灵夜半在山上置放了无数面镜子。天亮之后，整座山谷成了一个镜子创意博览会——弧形椭圆形拱形牛角形簸箕形……一面一面无数面镜子，顺着山坡，妥妥帖帖地铺展开去。田埂上刚发芽的青草，一圈圈一道道，为镜子镶上了翠绿的镜框。镜面朝天，映出蓝天里朵朵浮荡的白云……

尚未到开犁节，几头水牛悠然在田间啃着嫩草，田畔里盛满明晃晃的清水。这个时节，梯田是透明而宁静的，给人遐想的空间。水孕万物，水汽氤氲中，"风光不与四时同"的梯田四季，如同幻象一般浮现：

梯田在湿润的微风中苏醒，一簇簇一行行低矮茁壮的水稻秧，齐刷刷地摇曳，绿茸茸油汪汪，在秧苗底部的空隙里，闪过荧荧的波光，银水绿影——那是水灵灵的春梯田。

春梯田，是一轴淡淡的水墨画。

梯田的夏季从绿色中来。由嫩绿而碧绿再墨绿……浓浓的绿、重重的绿，绿得绵密绿得厚重，犹如一针针一线线的刺绣，扎透了梯田的每一层泥土，直到把整座山谷织成绿色的绒毯。

夏梯田，是一帧精美绝伦的绣品。

秋季稻熟时，饱满的稻穗洒下遍地碎金，一座金山谷、满山金池塘。一层络黄一层褐黄一层澄黄，稻浪的金色涟漪从山脚一波波升上山顶，又从山顶一波波往下流淌……那是金色的秋梯田。

秋梯田，是一幅色彩浓郁的油画。

至深秋，收割后的梯田，重新归于简洁与素朴。初冬的梯田，颜色渐渐黯淡下去，多少有些落寂，像一座古城堡苍凉的废墟遗址。

然而，落雪了。江南的冬天，山里总归是要落雪的。梯田在飘飞的雪花中欣然更衣换妆。白雪覆盖了层层田畔，厚重或是蓬松，一畦白色又一畦白色。雪后初晴，云和梯田披上了宽大的银色缎袍，瞬时有了一种雍容华贵的气度。

那是云和梯田最令人激动、最美的时刻——

梯田的平面上，一层层落满了白雪，而每一级梯田的侧面土墙，则是一道道背风少雪的立面。梯级落差若是高些，土地的黑色或深褐色便明显浓重，自然而然地甩出了一条条层次分明的黑色弧线。满山的梯田在纯净的白雪映衬下，所有蜿蜒起伏的曲线骤然凸显。那阡陌纵横婀娜多姿的线条，如此洒脱流畅、随心所欲，似行云流水亦如空谷传扬的无声旋律，浅唱低吟……

冬梯田，是一幅轮廓分明、庄严冷峻的黑白木刻。

梯田之神奇美妙，在于一年四季变幻着炫示着迥然相异的色彩与风景。梯田之魅力，更在于它并非自然奇观，而是农耕文明积淀千年的人文极品。

那一刻，脑中跳出一句俗语：天工人可代，人工天不知！

相传，云和梯田已有千年历史。由闽北迁徙浙南的畲族山民，是云和梯田最早的垦殖者。"九山半水半分田"的山区，田地最为宝贵。聪明勤劳的农人先祖，用锄头镰刀和汗水，伐去山上的灌木与荆棘，挖去乱石拣尽杂砾，在高低起落的坡地上，经年累月日复一日，开垦出一小块一小块、一小片一小片的田地。或宽或窄的梯田，一长条一小块，不规则地依山势上下伸展。最小的梯田田畔，被称为"巴掌田"，即便春种一兜稻秧、秋收一把稻谷，也不会轻易放弃。历经千百年实践，先人积累了垦种梯田的丰富经验。无论何样贫瘠陡峭的山地，但凡人迹所至之处，就有了人造的梯田。梯田以水田、树木、竹林调节气候，保持四季的气温与湿度，建立起一个自我循环的生态环境，具有固化山体植被、保护水土流失之功。

曾有疑问：水往低处流，而梯田逐级升高。古代无水泵，水梯田之水，从何而来？

云和人说：山有多高，水有多高。

水有多高，梯田就有多高。

恍然，凡是适合开垦梯田的山地，山上必有水源：泉眼溪流、林木蓄水、雾气雨水……农人根据不同的地形土质，修堤筑埂，通过水笕沟渠，将水流引入梯级田畔。自古以来，垦种梯田的人家，多有"刻木定水"的民约，根据每块田的面积，协商分配各家所需水量。进入 21 世纪的现代社会，梯田用水则有了更为合理、科学的调配机制。

水是梯田的生命之源。水梯田是用水养出来的。

梯田自成一体的耕作方式，梯田独创的灌溉系统，为中国及东亚的稻作文化，增添了灿烂的一笔。

凝望云和梯田，梯田无语，流水汩汩。忽觉那活泼泼的流水中，有声音传来——

梯田之美，美在其依山势而筑，因地制宜，顺其自然。改变而不是改造、耕作而不是损毁。决不削足适履而是锦上添花。

梯田之美，美在其多样化。田地不规则、不求一律但求个性。大田小田，阳光雨水机会均等。高田低田，各得其所、各美其美。

梯田之美，美在其山水与耕地的完美交融。流水不腐，活水是梯田的灵魂。梯田逐水而上，在流水中完成精神的升华。

梯田之美，美在农人超常的耐力和智慧。祖祖辈辈子子孙孙代代接续，百年千年的修筑与修改，方在人类创业史上留下此等东方奇迹。

回望云和梯田，田埂棱角分明，梯级层次清晰，如同一部刻录着中国千年农耕文明成果及非物质文化遗产的立体史册。

在这个以"移动"为时尚的时代，尚有一种"不可移动"的物体——"梯田"，默默守望着人类共同的家园。

汉水映诗魂

· 赵丽宏

此刻，身在万顷碧波之中。周围，是滔滔无边的流水，远方，城墙、楼房和逶迤的青山似乎正在水面浮动，仰望，是浩瀚的白云蓝天，一群鹭鸟正从云间飞过……

我在襄阳，我在游泳。汉江展开宽广的怀抱，把我托举在她雄浑而清凉的波涛之上。

在江河里游泳，还是遥远的青年时代的事情。这次到襄阳，我惊喜地发现，流经这个千年古城的汉江，如一条浅绿色的绸带，轻缓地飘过城市的腰间。江面上，似乎浮动着点点彩色的花瓣，仔细看，竟是游泳的人。襄阳的朋友告诉我，襄阳是亲水的城市，汉江，是一条可以让市民游泳的大江。于是动了到汉江游泳的念头。

在江面上平视一个临水的城市，会产生很奇幻的感觉。水面的城市仿佛正在随汹涌的潮水漂流而去，去向她的源头，去向一个神秘的远方。江水迎面而来，虽然无声无息，但能感觉到她那种无法抗拒的伟大的力量。在水天之间，感觉自己就像一条鱼，一只鸟，融化于流动的自然，翔游在历史和现实的时空交错之中。

诞生在汉江边的襄阳，在中国的史书中是一个显赫的名字，多少故事发生在这里，多少才子俊杰诞生在这里。在澄澈徐缓的流水中，我想起了襄阳古往今来那些永垂青史的人物，想起了和襄阳有关的不朽诗篇。

想起了宋玉，想起了诸葛亮。当然，也想到了杜甫。杜甫生在河南，祖籍是襄阳，他的祖父杜审言是襄阳的名诗人。提起襄阳，很多人马上会想到杜甫的《闻官军收河南河北》："剑外忽传收蓟北，初闻涕泪满衣裳。却看妻子愁何在，漫卷诗书喜欲狂。白日放歌须纵酒，青春作伴好还乡。即从巴峡穿巫峡，便下襄阳向洛阳。"杜甫这首诗，虽非为襄阳而写，然而襄阳却因为这首激情飞扬的诗篇而被千年传诵。

襄阳的历史上，有两位把襄阳和自己的名字连在一起的文化名人，一位是唐代大诗人孟浩然，又称孟襄阳。另一位是宋代大书法家米芾，也称米襄阳。

说起孟浩然，想到李白的《赠孟浩然》："吾爱孟夫子，风流天下闻。红颜弃轩冕，白首卧松云。醉月频中圣，迷花不事君。高山安可仰，徒此揖清芬。"这位曾在襄阳鹿门山隐居的孟夫子，为何受到李白的如此欣赏和钦佩？李白当然欣赏孟浩然的诗才，孟是唐代山水诗的杰出代表，他的"春眠不觉晓，处处闻啼鸟。夜来风雨声，花落知多少""野旷天低树，江清月近人""人事有代谢，往来成古今"，都是唐诗中脍炙人口的千古绝唱。李白也欣赏孟浩然淡泊清静的个性。孟浩然的"风流"，是何种情状，他的"弃轩冕"和"卧松云"，他的"醉月"和"迷花"，又是何种境况。在襄阳寻山问水，再回味他的诗作，记忆中有了不少具体生动的印象。

鹿门山并不见危岩峭壁，山道幽静，林荫扑面，眼帘中只见野花奇树，耳畔时闻鸟雀啼鸣。孟浩然一定是喜欢这里的清幽，喜欢这里的天籁。在孟浩然的诗中，处处能看到这里的美景："结交指松柏，问法寻兰若。小溪劣容舟，怪石屡惊马。所居最幽绝，所住皆静者。云簇兴座隅，天空落阶下。"他登山怀古，在每一级石阶，每一簇花树中，都能发现先哲的足迹，"隐迹今尚存，高风邈已远。白云何时去，丹桂空偃蹇。"有时泛舟江上，也会诗兴大发："羊公岘山下，神女汉皋曲。雪罢冰复开，春潭千丈绿。轻舟恣来往，探玩无厌足……"孟浩然隐居山林，仍食人间烟火，临近的山民农家，在他心中有着非同寻常的亲近感，一首《过故人庄》，写和乡人的交往，亲切自然："故人具鸡黍，邀我至田家。绿树村边合，青山郭外斜。开筵面场圃，把酒话桑麻。待到重阳日，还来就菊花。"孟浩然对官场不感兴趣，但面对人间的美好事物，总是兴致勃勃。他在汉水泛舟垂钓，"垂钓坐盘石，水清心亦闲"，在江畔看到浣纱的美妙女子，也会心有所动："白首垂钓翁，新妆浣纱女。相看似相识，脉脉不得语"。幽静的山林，因为孟浩然结庐隐居，也时有清雅的妙音飘漾。来访者中有弹琴高手，孟浩然设酒招待，喝一杯，弹一曲，在琴声中，从午后一直喝到黄昏："阮籍推名饮，清风满竹林。半酣下衫袖，拂拭龙唇琴。一杯弹一曲，不觉夕阳沉。予意在山水，闻之谐夙心。"孟浩然沉浸于山水之美，淡忘了人间的纷争，但对世俗生活的享受，他并不拒绝，譬如美食。有一首诗，写垂钓得鱼，请美人烹调，食而忘忧："石潭傍隈隩，沙岸晓夤缘。试垂竹竿钓，果得槎头鳊。美人骋金错，纤手脍红鲜。因谢陆内史，莼羹何足传。"

我喜欢孟浩然的五言诗，言简意长，质朴铿锵，汉字的精妙，融化在这样的诗中，就像这汉江的流水，爽然清澈，源远流长。孟浩然的七言诗，也有很多佳作，《夜归鹿门山歌》，就是意境幽美的一首。孟浩然在汉江边寻古迹，赏花树，访友朋，回他的鹿门山草庐时，晚霞已散，山色迷蒙，诗意随月光在心头绕升："山寺钟鸣昼已昏，渔梁渡头争渡喧。人随沙岸向江村，余亦乘舟归鹿门。鹿门月照开烟树，忽到庞公栖隐处。岩扉松径长寂寥，惟有幽人自来去。"

沉浮在清凉澄澈的江水中，心牵着襄阳的千年往事，不觉之中，已从江心游近江岸。仰泳，发现天上已是满天浓云，江风中飘着细密的雨丝。这时再看江上风景，一派朦胧，远山，楼房，桥梁，蜿蜒于江畔的古城墙，都被迷离的烟云笼罩，就像一幅水墨长卷。此时情景，让人很自然地想起了米襄阳，想起了"米家山水"。米芾以他气韵非凡的书法，成为中国书法史上的一座高峰，被董其昌评为"宋朝第一"。米芾不仅是书法家，也是画家，"米家山水"，是他和他儿子米友仁共同创立的一个画派。在此之前，中国山水画多以线条为主，而米芾父子则以卧笔横点的"落茄法"，打破了中国水墨画的老规矩。米芾父子的画，能表现朦胧迷茫的烟雨云雾，能画出梦幻般的境界，被人称为"米氏云山"。他们的创造，和法国新印象主义画派中的点彩派有点相似，但法国的点彩派，比"米氏云山"晚了八百年。

在汉江游泳，在我实在是意外的收获。畅游浩浩汉水，追寻襄阳的文脉和诗意，和杜甫、孟浩然、米芾神游在天水之间，恍若一个奇幻的梦。

庄严的绿：

·邹 园

一

最心仪的，是那绿。

到达遂昌是中午，一下车，感觉像是静谧的清晨。四周青色遍野，翠色满目。住处就在绿荫深处。午间来了一场轻雨，倚窗远望那些雨中树林，生翠，水灵，在呼吸，有灵魂。设想，如果来场暴风骤雨，这些根基很深的绿，会来事儿的绿，摇旗呐喊，左冲右突，翻绿卷翠，洒青泼黛，会狂放无羁到何等程度。

身入无边的苍翠，走不完的石阶。虽有点疲累却绝不腻烦。人很奇怪，平日里带着的那份烦躁不安，一到绿水青山就影迹全无。为何？景色宜人，滋目养心。

遂昌的绿，很有些出处。

地球亿万年的运动，捏弄出了今天遂昌的五指掌地形。来自福建蒲城和浙江龙泉的山脉，浩浩汤汤汇入遂昌。有山即有脉，有脉便生水。谁能怀疑山林没有沐浴过汉唐的光照，吮吸过宋元的清风？谁能保证，脚下的步子没有触碰过明清，叩动过民国？

生命力。一条隐匿的生命线，虽已越千古，依然激活了今天的遂昌。近八百万立方米林木蓄积量，过八成的森林覆盖率，一个几乎被绿覆盖的县乡，这就是遂昌的绿色机制。大到一座森林，小至一片叶子，都有着自己精确的内存和记忆。任意敲下哪个键，哪怕一根藤，都会有盘根错节、脱胎换骨的生命记录。

绿很庄严。我却卑微。

长度、深度、刻度甚至温度，这样的绿，我敢描写？不敢。

二

遂昌人是很有福气的。造物主给了最蓝的天空，给了最广的绿地，给了最好的生态地貌。每有台风袭来，总是与遂昌擦着边就过去了；每当洪水冲将过来，总被良好的植被和坚实的地形挡回去了……遂昌人吃着有机蔬果，呼吸着洁净的空气，饮着大自然赐予的甘霖。

人也懂福惜福。上苍给予他们如此丰足的树木，他们把对森林的保护，写进村规民约，细微到"牛羊不得入"。村民自发与古树"结对"，甚至可以认樟树为"娘"，对其供奉进香，膜拜顶礼。山村设立古树保护日，新栽树木都有责任养护人。每位村民每年要种一棵树。

房前屋后，田间地头，到处可见浓荫密布的老树屹立，仿佛大旗猎猎，迎风翻飞，将敬畏自然的仁厚之心昭告天下。

有一个故事很感动人心。文字是这样记载的：新中国成立前松阳有一富户，十分渴望得到遂昌小岱村那片古树，开出了用银元从第一棵古松铺到村口的天价，但村民们不为金钱所动，"宁要古松，不要金钱"的精神一直延续至今。

这是与生俱来的善良和智慧。他们也需要摆脱落后，也想走向繁荣。但有节制的索要和有序的打理，是人与自然的最佳契约。山清水秀风调雨顺，是他们最大的收益。山里人深谙了"取"与"予"的生存哲学，在生态保护和生态美学的课堂里，数得上是成绩醒目的优等生。

三

有些绿，你写下来了，却不绿。

比如阳光。我断定遂昌的阳光一定是"绿"的。柔薄、轻盈、透明，铺洒得很均匀明丽，一丝杂质都没有。光色强烈但不焦灼，穿射力很强却很温柔。这样的太阳是能抚慰心灵的。记得去年冬天，我的城市PM2.5猖獗，雾霾指数急剧攀升。城市病了，我们却替它戴着口罩。太阳就在天上，但被雾霾绑架，连睁眼的力气都没有。淡淡的昏黄说明它有多惨淡。有句话说，世界上最难直视的是两样东西,太阳和人心。但我觉得直视太阳并不可怕,直视一轮浑黄模糊的太阳才可怕。我无意站在一片金色之下对着太阳歌唱,但是从此以后,我对阳光的鉴定,必须"绿色"至上。

夜空,也很"绿"。

晚饭后,三两好友,宾馆附近漫步。

四周清新安静,居然连一声汽车喇叭都没有。耳根一清静,神气就清爽。天空黑成丝绒,缀上亮闪闪的星星,像是儿童画。星星也太高调,密密麻麻争相璀璨。不像我们城市的星星们那么慵懒爱耍大牌,难得出场,还三三两两。

空气中隐约有花香,一路飘随。远处有湖光波影,飘出浅淡蓝的雾。花丛里的夏虫开始吟唱,好听,估计是清唱……这样的夜晚过于奢侈,让你真伪莫辨。你说它不存在,我正置身在清朗月夜。你说它存在,为何我们太久太久无法分享?

富庶的绿,也改良了我们的视觉。总觉得看什么都清新可人。那日去金矿公园,有秀雅女子挎粉红印花的包,另一位穿雪白衬衣披淡蓝长纱巾,怎么看怎么美。这种视觉感受,难道就没有触目皆绿、心神皆怡的功劳?满目的青翠养息了我们疲倦的眼神,滋润我们纷乱烦躁的心境。繁杂都市超高分贝的聒噪,浑浊空间的挤压,都在慢慢消解。心灵的山谷里,浮漫起一层轻柔的绿意,美好的情愫开始流淌。

所以,不要轻易责怪当今人们浮躁,杂乱,缺乏淡定。没有绿色抚慰,心灵何来梳理和收藏,未来和理想何处安放?失去了生活美感,还整日引吭高歌、吟花弄月,这就不免矫情了。

愿复制所有绿。

四

遂昌有个"景点"。

我去时正是夜晚。旁边的酒店,霓虹灯闪烁,人影交错。正对面的远处是妙高山,山上有座遗爱亭,黑暗里被灯光缀出秀巧轮廓。在这个只有二十辆出租车,没有肯德基和麦当劳的县城里,门前广场正是人们的消闲集聚地,人气旺盛,场面热闹。

我去的"景点",是浙江省遂昌县委县政府大院。去走走,只是出于一种论证需要。论证一种绿。

遂昌县委县政府大院，自唐朝至今，就没挪过地址。现在的老房子，都是二十世纪七八十年代的建筑。三四层高，水泥墙，老式窗，木制楼梯咚咚响。大院里的办公楼，一处比一处简单。还有，县委的办公大楼里，居然只有一个男洗手间，且简陋。

如此寒酸简陋的办公楼，我是该为你脸红，还是为你骄傲？

夜晚的大楼静悄悄。我无法走进那一间间办公室，去试问每一个人。

我的问题是，从历史上的"官不修衙"演变到现在的"官必修衙"，其间的风云变幻自不必说。但是遂昌，你不修衙，是因为什么？

这些年，我们见识了多少富丽堂皇、"器宇轩昂"的政府办公楼啊！这些楼动辄投资百万千万，规模超常甚至模仿白宫、卢浮宫、天安门……这些豪华办公楼的主人，最理直气壮的理由就是：这是政府形象，是公家面子。

但是，不知"面子们"如何面对那些形同棚户的亟待改造的破烂民宅，那些住在集装箱里甚至将垃圾房当住处的底层困难群体，那些偏远山区破旧不堪风雨飘摇中的中小学校，孩子们站在土堆上升国旗，教室的油纸窗户几经冬夏全部破碎成"网页"，教师靠着烂泥墙给孩子们领读《春天来了》……

其实遂昌也很在意他们的面子。离此地不远的那条深巷里，就是遂昌人的面子——汤显祖纪念馆。现在人喜欢称汤为"情圣"，因为《牡丹亭》。有点失当。他首先是一名有着刚正气质、傲然风骨的知识分子。汤显祖早年目睹官场之积弊，为之痛心疾首。以天下生民为念，蔑视权贵贪得无厌，乃上《论辅臣科臣疏》，被卸官贬职。在他任遂昌知县的五年里，更是造福于民，深受爱戴。

也许，遂昌人真正读懂了汤显祖。今天的遂昌用最好的"面子"报答前贤。为官一方，造福子孙。五行之美，金矿之炫，山乡之绿，薪火之续……才是他们的面子。

我为工业文明和城镇化潮流中的遂昌庆幸。因为我知道，至少到目前为止，县委大院还紧贴着汤显祖纪念馆那条巷，没有搬迁或改造的计划。我还知道，县委大院不远处，他们建造的学校，校舍非常优质。

机关大院虽然简朴，但绿色依然是这里的主色调。夜幕下，大院里的树木隐隐约约，像是不经意的粗放剪影，简洁大气。我想，到了白天，剪影化为浓绿一片，伴着清风阳光，整个大院会氤氲起淡定而从容的不凡气场。这是遂昌最本质的绿，是勃勃生机的出处，是清澈活水的源头。

告别遂昌前一夜，临睡，我执意要去院子里坐坐。

心静得连标点都没有。呼吸里全是莫名的花草气息。

坐在绿树下。最后看看夜空，听听虫鸣。明天我就离开了。

离开满目的青绿，潺潺的泉流，纯净的空气，幽宁的山乡。

此刻的留恋，很像一首流行的欧美经典音乐《当我们青春年少时》里的述说：

　　今日漫步山间，麦姬
　　眺望如画美景
　　但见溪流潺潺，磨坊斑驳，麦姬
　　忆往昔曾几何时，于此休憩
　　往日雏菊遍满地，麦姬
　　如今苍林无春意
　　虽然磨坊如故 麦姬
　　难温往事
　　我们像鸟儿般歌唱，麦姬
　　歌唱当我们青春年少……

感谢山乡的风景，善待了我左顾右盼的贪婪渴望。

感谢绿色的故事，心中装满森林，胜过装满忧伤。你教会我，眼神涂染新绿，足以抹去苍白的视障。

怀想
屐痕
心香
忆旧

炸 豆

·阿 慧

朝地头儿一蹲,农人成了富翁。沧桑的脸,粗糙的手,破烂的衣衫,都成了金色,天上是金黄的太阳,地上是金黄的豆田。数千亩黄豆在豫东平原成熟,没有遮拦的那种黄,每一片豆叶都似纯金的,农人的眼睛金光四射。

露水一夜间打落金片似的豆叶,豆叶就在豆棵下打了卷、褪了色,如脱落的脐带。那叶面的金色被太阳光收了,凝固在豆荚里,黄豆就黄得耀眼了。

太阳还没出,生产队队部前老柳树上的那挂破钟,响起了让人耳朵发麻的当当声,全队的男劳力揉着眼走出家门,手中昨晚磨好的镰刀,还留着红锈的水印。队长蹚过没腿肚的豆棵,一步步饱满地走,豆棵一路哗啦啦地响,豆在荚里急不可待地冲撞。队长闻到田地待产的馨香,摘一个毛茸茸的豆荚在手里,轻轻一捏,啪一声炸开了,三粒黄豆亮在手掌心。

他朝地头的农人喊:"炸豆了!开镰吧!"

农人们在豆地南头儿占好自己的田垄,就像运动员占好自己的跑道,人和镰刀都酝酿着黏稠的梦。掉光了叶子的豆棵、豆荚如紧密的鞭炮,从头坠到根,蓄意沉甸甸地爆裂。镰刀反射太阳的光芒,豆棵在农人的脚边齐齐倒下,只剩伶仃的瘦弱的草,草依靠豆棵的时间太长了,只是一味地依靠,一味地眷恋,就没了草的筋骨,成熟的豆棵倒了,草在风中也就稳不住根脚。

有活物惊慌地跳开,吱的一声,在不远处,又吱的一声,还在豆棵顶梢,裸露灰白少毛的脊背。挑逗得年轻的农人乱了心思。他喊一声:"搬仓子!"就拎上镰刀蹿出去追,矫健的长腿,蹚得豆荚纷纷咧开了嘴。老农不追,站立不动,他告诉年轻人,附近定有搬仓子的窝。逃跑的是老田鼠,蹦跳着诱人离开，是为了保护小鼠。年轻人果然在草窝里，豆叶下，找见几处新旧的洞口。丢下镰刀，拿起铁锨，年轻人掘开田鼠热闹的家。好大的一窝，十几只肉肉的幼鼠惊慌地爬，全身肉红的没有一根毛，挤压成一团，唧唧乱叫。身下铺着干草、豆叶，还有几缕灰白的鼠毛。年轻人皱皱眉，扬起铁锨要拍下去，老农一把抓住半空中的锨把，说："这是一窝命啊！"伸出耙子似的大手，轻轻盖上草叶，将一团嫩红的生命，用带有着阳光味道的细土，松松地掩埋。

那边又喊："刨到了！"湿湿的土层，黄灿灿的豆粒密密实实，那么集中，是一个小小的地下金库。年轻人兴奋地朝外挖豆，一大堆湿黏黏的收获，农人伸展衣襟兜住，太多了，就拿筐装，鼠的粮仓，好像还没见底的迹象。年轻人感慨："好家伙，搬这么多豆子，怪不得叫它搬仓子。""给队长说说，拿这黄豆换豆腐，各家分几片，来个小葱拌豆腐，咱也当一回皇上。""不分豆腐，加工分也中，过年时，拿分兑钱买豆腐。"风把话送进队长耳朵里，他蹲在地头树荫里吼："一群豆腐！"老农举着镰刀看天，对挖豆的人说："别挖了，留点吧！这地呀，也是它们的。"

农人轻轻地掩上土，掩盖鼠的仓库。又分头割豆，年轻人割得不再专注，不断用眼睛在远处寻找，一时怕见那两只少毛的大鼠。

割掉豆棵的田地，灰秃秃的平坦，像女人产后的肚皮，松弛而疲沓。两个女娃从村子走进田地，黄衣的是姐姐，红衣的是妹妹，慵懒的土地就有了色彩和灵动。

姐妹俩一进豆地就低头寻找，找到一粒黄豆就放进搪瓷茶缸，叮当响了一声，叮当又响一声，小姐俩在豆的音乐里喜悦。黄豆吸饱了潮湿的地气和晨露，胖胖地躺在那里，乖得如睡着的小娃娃。小姐妹爱惜地把它们捡起，粒粒裹带女娃的牵挂。奶奶患了严重的眼疾，眼睛红肿成一条细缝。夜夜枕边有炸豆的声响，奶奶似闻到黄豆的醇香。奶奶说："有碗豆芽汤喝，该多好啊！"可是，豆还没有脱粒归仓。小姐俩就端起茶缸来到豆地，眼见各自茶缸里的豆粒，像太阳一样越升越高。

小妹锐利地一声尖叫，瓷茶缸咚地掉在地上，豆粒惊恐地蹦跳，纷纷逃入草叶。一条蛇盘成腐败豆叶的颜色，小妹懵懵扎醒它幽暗的梦。那蛇迅速伸展阴冷的身子，曲曲弯弯去追红衣小妹。小妹惊梦般逃向地头，那里有棵高大的苦楝树。小姐姐扭头发现小妹的危险，她大叫着追蛇。蛇昂起尖脑袋，麻花着软身子，追逐妹妹的脚跟，小妹惊叫得不成样子，田野的空气忍不住战栗。小姐姐举起茶缸砸向蛇头，蛇疼得一抽，辨不清方向，冲向路边水沟。

苦楝树叶子已经落尽，挂着一嘟噜一嘟噜黄白的楝枣子。黑尾巴喜鹊尖起长嘴，啄上几粒，立马吐出，苦得它直摇脑壳。

小姐妹背靠苦楝树，小脸儿如苦楝果般白白黄黄。镰刀割去粗硬的豆棵，留下钉子似的斜尖儿，穿透小姐妹单薄的布鞋底，扎破她们白嫩的脚板，麻麻扎扎的伤口，流着鲜红的血。小姐姐把树下的尘土，拢起一个温软的小丘，姐妹俩的伤脚埋进面粉似的细土。土里，有太阳的温度，暖洋洋抚慰了伤痛，小妹的泪水，在柔嫩的小脸上，渐渐干成两道白印。

小姐姐蹒跚地去找搪瓷茶缸，沿着蛇追赶的布满豆茬的路，她把散落的黄豆重新拾进茶缸。姐妹俩回家的脚步歪歪扭扭。

拾来的豆粒，被小姐俩放进黑瓦盆，倒上清水，蒙上毛巾，她们像大人一样端坐，等待豆的长大。夜晚，姐俩坐在眼疾奶奶的床边，更像两个大人了，她们在黄豆成熟的季节里长大。

瓦盆里的豆一夜间长高，一根根黄嫩嫩的豆芽，顶着黄澄澄的大脑袋，咧嘴朝小姐俩憨笑。那天，奶奶喝了三碗乳白、滚烫的豆芽汤，舒坦坦地睡了一天又一夜。醒来时，奶奶烂桃子似的双眼消肿了，模糊的血丝消退了。眼清目明的奶奶，掀开盖着白毛巾的瓦盆，豆芽又长胖长高了。只是有些奇怪，有些豆芽，头上顶着透明的小白帽，有些呢，却戴着油亮亮的小绿帽。

小妹在黄豆芽瓦盆里，悄悄撒了一小把绿豆，那豆芽就黄黄绿绿的了。

老母为我"扎红"

· 冯骥才

今年是马年，我的本命年，又该扎红腰带了。

在古老的传统中，本命年又称"槛儿年"，本命年扎红腰带——俗称"扎红"，就是顺顺当当"过槛儿"，寄寓着避邪趋吉的心愿。故而每到本命年，母亲都要亲手为我"扎红"。记得12年前我甲子岁，母亲已86岁，却早早为我准备好了红腰带，除夕那天，亲手为我扎在腰上。那一刻，母亲笑着、我笑着、屋内他人也笑着，我心里深深地感动。所有孩子自出生一刻，母亲最大的心愿莫过于孩子的健康与平安，这心愿一直伴随着孩子的成长而执着不灭；而我竟有如此宏福，60岁还能感受到母亲这种天性和深挚的爱。一时心涌激情，对母亲说，待我12年后，还要她再为我扎红，母亲当然知道我这话里边的含意，笑嘻嘻连连说一个字：好好好。

12年过去，我的第六个本命年来到，如今72岁了。

母亲呢？真棒！她信守诺言，98岁寿星般的高龄，依然健康，面无深皱，皮肤和雪白的发丝泛着光亮；最叫我高兴的是她头脑仍旧明晰和富于觉察力，情感也一直那样丰富又敏感，从来没有衰退过。而且，今年一入腊月就告诉我，已经预备了红腰带，要在除夕那天亲手给我扎在腰上，还说这次腰带上的花儿由她自己来绣。她为什么刻意自己来绣？她眼睛的玻璃体有点小问题，还能绣吗？她执意要把深心的一种祝愿，一针针地绣入这传说能够保佑平安的腰带中吗？

于是在除夕这天，我要来体验七十人生少有的一种幸福——由老母来给扎红了。

母亲郑重地从柜里拿出一条摺得分外齐整的鲜红的布腰带,打开给我看:终于揭晓了——腰带的一端是母亲亲手用黄线绣成的4个字"馬年大吉"。竖排的4个字,笔画规整,横平竖直,每个针脚都很清晰。这是母亲绣的吗?母亲抬头看着我说:"你看绣得行吗,我写好了字,开始总绣不好,太久不绣了,眼看不准手也不准,拆了3次绣了3次,馬字下边4个点儿间距总摆不匀,现在这样还可以吧。"我感觉此刻任何语言都无力于心情的表达。妹妹告我,她还换了一次线呢,开头用的是粉红色的线,觉得不显眼,便换成了黄线。妹妹笑对母亲说,你要是再拆再绣,布就扎破了。什么力量使她克制着眼睛里发浑的玻璃体,顽强地使每一针都依从心意、不含糊地绣下去?

母亲为我扎红时十分认真。她两手执带绕过我的腰时,只说一句:"你的腰好粗呵。"随后调整带面,正面朝外,再把带子两端汇集到腰前正中,拉紧拉直;结扣时更是着意要像蝴蝶结那样好看,并把带端的字露在表面。她做得一丝不苟,庄重不阿,有一种仪式感,叫我感受到这一古老风俗里有一种对生命的敬畏,还有世世代代对传衍的郑重。

我比母亲身高出一头还多,低头正好看着她的头顶,她稀疏的白发中间,露出光亮的头皮,就像我们从干涸的秋水看得了洁净的河床。母亲真的老了,尽管我坚信自己有很强的能力,却无力使母亲重返往昔的生活——母亲年轻时种种明亮光鲜的形象就像看过的美丽的电影片段那样仍在我的记忆里。

然而此刻,我并没有陷入伤感。因为,活生生的生活证明着,我现在仍然拥有着人间最珍贵的母爱。我鬓角花白却依然是一个孩子,还在被母亲呵护着。而此刻,这种天性的母爱的执着、纯粹、深切、祝愿,全被一针针绣在红带上,温暖而有力地扎在我的腰间。

感谢母亲长寿,叫我们兄弟姐妹们一直有一个仍由母亲当家的家;在远方工作的手足每逢年时依然能够其乐融融地回家过年,享受那种来自童年的深远而常在的情味,也享受着自己一种美好的人生情感的表达——孝顺。

孝,是中国作为人的准则的一个字。是一种缀满果实的树对根的敬意,是万物对大地的感恩,也是人性的回报和回报的人性。

我相信,人生的幸福最终还来自自己的心灵。

此刻,心中更有一个祈望,让母亲再给我扎一次红腰带。

这想法有点神奇吗?不,人活着,什么美好的事都有可能。

一次回望，一生难忘

· 黄亚洲

小平数樱桃

坐在京城六月的风里，尤其是坐在这么一个近两亩的五彩缤纷的院子里，谈论一个伟人，且大都是与家庭生活相关联的一些事情，格外感怀。

青砖房子倒是一般的，两栋，都是二层，呈"L"形，偏是这个院子面积大，且缤纷，有树，有灌木，有草，延伸着爬上青砖墙的便是绿油油的爬山虎，爬的面积好大。

毛毛在我们没有坐下前，也是先兴致勃勃地介绍了这个院子。她说老爷子早先就说过，房子不讲究，但是院子一定要大一点的。决定给老爷子修这个房子的时候，老爷子还在台上，因为原先住的房子小，所以要修个大一点的房子搬过去。谁知刚开始修，老爷子就又一次被打倒了。待到老爷子第三次上台，巧了，这房子也刚刚修好，像是候着他似的，所以就搬进来了。

院子里原来的树只有三棵，一棵是双龙树，其实是紧挨在一起的两棵松树，另一棵是更高大一些的白皮松，再一棵是百年樱桃。现在我们看到的雪松以及其他树木与花草，都是后来自家陆陆续续补种的。总之，这个大院子现在已俨然是"大自然"的一部分了，散步其中应该是极为舒适。据说，小平就常散步于绿树之间，当那株百年樱桃红果累累之时，小平就曾驻步树下，仰脸数樱桃，一、二、三、四……一百零一、一百零二、一百零三、一百零四……毛毛无意中提及的这个细节令我很感兴趣，一是说明伟人也是常人，也有童心，可爱得很；二是又一次证明了小平对数字的敏感。我知道小平无论是作报告还是私下谈话，都是喜欢引用各种数字的。每个务实的人都喜欢数字，数字体现精微。

小平喜欢桥牌，其实这也是一种高级的数字运算。我后来在他书房的玻璃书柜里，看到了并立摆放的三张奖状，都是桥牌协会颁发的。北京桥牌协会1995年颁给他的是一个称号："远东杯名人桥牌赛最佳防守"；第二张是中国桥牌协会颁发的，更早，1986年，颁的是一个头衔："兹聘请邓小平同志为中国桥牌协会荣誉主席"；而另一张则由世界桥牌协会颁发，颁的是一句话："感谢他为世界桥牌发展及推广之杰出贡献。"看来小平很珍视桥牌领域的这些荣誉，把它们端端正正展示在自己的书柜里，这是一个人善于理性思维的证明和荣誉。

要感谢伟人的精于计算，他算出了穿蓝色补丁衣服的近十亿中国百姓的腰包里到底有多少铜子儿的答案，并且迎着重重阻力义无反顾地去改变这个答案，并且，谢天谢地，他成功地改变了这个答案。

他是一个务实的人，他清晰地知道自家的粮仓里有几斗米，自己的箭匣里有几根箭，他不说过头话，他脚踏祖国的大地，他认认真真地数樱桃，他不做好高骛远的事。

他改变了中国。

而且是，方向上的改变。

当然，他若数到了几粒带血色的樱桃，并且有意未将它们计算在内，我们也不要过分苛求他的计数方法。每个人的方法都有一些独特性。

小平谢世前有嘱咐，将自己的遗体提供医学解剖。据毛毛介绍，医生后来感叹说，他的心脏很健康，是四十岁的心脏；这时候毛毛的二姐插话说，她当时听说的是三十岁的心脏；这时候毛毛的大姐又更正说，医生当时说的确实是四十岁的心脏。我想，不管是三十岁还是四十岁，小平的充满朝气的思路和活力，仍是我们这个国家目前的状态写照，三十至四十之间，尚属年轻。

我的八十多岁的母亲，因患"帕金森"而多年站不起来，但她听说我的一部分写作涉及邓小平，便两眼有神，每一次见我辞别，便用微弱的声音说：快去，快去，不要管我，不要讲时间，也不要讲稿费，你快动身。我好几次从北京回来，她见我便问：啥时候电视放？我说早呢，剧本还在一遍遍改呢，她的目光便会有些暗淡。我知道，她是怕自己坚持不到看见荧屏邓小平的那一天。她曾是月薪 24 元的民办小学教师,由于邓小平的复出而工资大幅增长,也不再填写"家庭出身地主"那样的表格,最后以"五好教师""高级教师"的身份退休,甚至退休后还不停地加工资。所以一提到"邓小平"三字她就两眼有神,尽管声音微弱。

多少善良的中国百姓,心系小平。

小平数樱桃的时候,我相信,其中必有一颗,是我母亲。

看见青草与看见孩子

邓林大姐最先讲到的是看见青草,最后讲到的是看见孩子。

那次聊天的话题纯粹集中在邓小平的生活起居领域。因为出于下一步的写作需要,我迫切想了解细节,譬如饭量、睡眠、洗脚、散步、穿衣、香烟过滤嘴的长短以及哪一年由浓烈的白酒转为柔软的黄酒等等问题,邓林大姐也爽快,说凡我知道的我都说吧。

我离开米粮库胡同很远了,邓林大姐一开头说到的"看见青草"与最后提及的"看见孩子",一直在我脑海里走着画面。画面不仅鲜明,而且鲜活。

"看见青草",是说邓小平总是头一个看见庭院里的草色绿了。

草色的发绿是不容易看见的,近看更是看不见,常人看见的只是熬过了整整一个冬天的衰草,仍在寒风中微微打颤,常人只说:啊,这个冬天这么长呢。

但是邓小平说,哟,你看草都已经绿了。

他欣喜地指着左边、右边与前方,对身边的人说。有一年是对身边的女儿说的,有一年是对身边的警卫说的,这时候谁在他身边,他就指点谁看不容易看到的春天。

邓小平每天都在这面积有两亩大的庭院里散步,上午 10 点一次,绕十个大圈,下午 3 点一次,也绕十个大圈。他一边想着国际与国内,一边眼望着脚边与远处的青草。

青草最初的那种朦朦胧胧的绿色,肉眼是很难看出来的,只有在某种角度下,大片地望去,才能突然发现一种近乎鹅黄色的淡淡的浮云般的绿,而每一次,庭院里的这种最初的绿色,都是邓小平先发现的,这时候他就忽然站下来,很开心也很认真地对正好在他身边的一个人说:哟,你看草都已经绿了。

他在残冬看见春天了，或者说，他看见我们常人看不到的春天了。

我们经常唱《春天的故事》，唱"有一位老人在中国的南海边画了一个圈"，其实，在"画圈"之前，这位老人的心里早已有最初的绿色了。

青草的颜色就是蓝图的颜色。邓小平是超前的。

我感动于邓小平目光的犀利，而且，是在那样的吹拂不止的寒风之中。

"看见孩子"，则是指邓小平看着孙辈时眼睛里发出的光芒。邓林大姐十分诗意地说：他一看见孩子，眼睛里就有一种柔和的光。邓林大姐马上又解释：这句话是我说的，是一种形容。

我倒觉得，这不是形容，而是一种实在的叙述。一个戎马一生"三落三起"的老人，一看见孩子双眼就发出柔和的光，是特别容易理解的，也是特别真实的。

邓林大姐说，当上午10点过后，也就是当邓小平看完大叠的文件之后，她的母亲卓琳有时候就故意把几个孙辈都"集中"到邓小平办公室，任孩子们满地滚啊爬啊疯成一团，其中有个特别调皮的还会像孙猴子一样直接从窗户里蹦进来，卓琳就想以这种局面让丈夫得到片刻的"休息"，而且卓琳还事先准备了"道具"，这是特意为邓小平准备的，是一只粉色的塑料盒，里面放着糖果、饼干，以便让邓小平接下来拥有更为愉悦的动作：来来，爷爷给你吃块糖！来来，爷爷给你吃块饼干！

邓小平一边分着盒子里的糖果，一边还不忘幽默地感叹一声：我呀，就这么点权力。

邓小平的"这么一点权力"，多么的可贵。一个老人最可贵的品质，就是看见孩子会双眼发出"柔和的光"。说到底，我们存在的意义就是为了下一代的健康存在。上一代人的这种"柔和的光"，不仅使下一辈感到温暖，整个社会都会产生暖意。

而且，看见孩子随地滚爬，甚至看见有不合常规的动作，譬如像孙猴子那样从窗外跳入，也照样不减少"柔和的光"，照样把手伸进那只粉色的塑料盒中去摸索，照样取出慈祥和甜蜜，这就是一种境界了。

如果所有的掌权者对后辈都具备这种心态，多好。

总之，能首先看见草色泛绿的人与总是能用柔和眼光看待后辈的人，肯定是伟人，也肯定是平常人。

伟人与平常人，通常总是同一个人。

被剧组所感动

探班电视剧组，从来是件新鲜事儿，也从来是件劳苦事儿。说苦，是因为剧组人员的日常生活十分艰苦，哪怕偶尔去探班的人也会多多少少沾上苦味，回来就感叹，没想到这些大腕们、中腕们、小腕们一个个都那么惨烈，但是这一回探《历史转折中的邓小平》剧组的班，却没想到这个剧组的弟兄们，竟会苦到这种程度。

本来想，这部48集的电视剧拍摄，由于题材的重大与各方的关切，再加之资金的充分，还不至于艰苦卓绝，但是一进棚就觉得情况不妙。首先是这个三千平方米的大棚里飘荡着一股浓浓的甲醛味，因为临时搭建的房子体量很大，几乎整个儿邓家都"搬"了进来，包括邓小平的办公室、大会客室、家庭餐厅、走廊、门厅，仿得惟妙惟肖。其次是阴冷，大棚里面比棚外露天还要冷，外面天气虽是零度毕竟还有和煦的阳光，里面就只有打寒颤的份，尽管剧组的人一个个都裹着棉大衣。再者，是灰尘大，这可能与施工不久有关，建筑材料的粉尘总是在空中弥漫而不甘心沉沦。剧组的全体工作人员，从早上开始就要在那里窝到深夜，一遍遍地听导演喝令"再来一遍"。怪不得我一进棚子就看到那么多人戴口罩，白的、红的、黑的，各式各样真不是开玩笑的事。

戴着厚帽子、把口罩推在脖子处的导演吴子牛，一见我就说"我感冒第五天了"，又说，我们这间屋子的全感冒了，人称"感冒屋"，又说，其实这种情况是正常的，大家的心理疲劳期已经过了，现在是生理疲劳期，免疫力特低，每个剧组都会先后经历这两个疲劳期，尤其是我们这个组，毕竟连续拍了七十几天了。吴导说的这些经验之谈我都没有听说过，只是感到惊讶。

更惊讶的是那些演员们，动不动就赶紧把棉大衣脱下来，只穿单衣，甚至是短袖衫，在摄像机镜头前谈笑风生。原来正在拍的是"为邓小平过生日"。八十大寿，论季节，是盛夏，8月22日，最热的日子，怪不得站在"邓小平"身后的"大女儿邓林"手里还拿着一把大蒲扇，不时地给坐在沙发上看电视的穿短袖衣的"父亲"摇两摇。演卓琳、邓朴方、邓楠、邓榕的，也一个个都是单衣，一边冻着，一边笑着。能不笑吗，父亲八十大寿呢。

我心里在想，这"一家子"都冻出鼻涕来怎么办？鼻涕可不是忍得住的，还有，咳嗽也不是忍得住的，寒战也不是忍得住的，但这一家子就是在那里其乐融融，一会儿打趣，一会儿拍手，一会儿为电视机里的中美足球赛大声喝彩，还得忍受导演的残酷的"再来一遍"的吆喝，以及在"再来一遍"之前的化妆师的快速补妆，在脸上描描画画，在头发上拍拍掸掸，这一刻他们仍旧身处"盛夏"，手里拿着蒲扇，一边忍受摄影棚里出奇的寒冷，一边还要控制着自己鼻孔里的液体。

特别佩服的是男主角马少骅，他不仅能老是穿着短袖白衬衫忍着严寒，没有一声抱怨，而且他的表演也比起一个月前我在开机座谈会上见到的那几个片花镜头，更见轻松。我说你现在特别放松啊，这位"邓大人"就用四川官话悄声回答我"我拍的戏里头，有很多很好的了"，看得出他的自信。尤可贵的是，他在表演中还有不少创造，譬如他得意地告诉我，在即将排演的"子女送生日礼物"的一场戏上，他已经想好了，从"女儿"毛毛手中接过一只新手表而换下那只戴了四十年的老表的时候，他应该说一句什么，因为剧本上没有提供相应的台词。接着，他就点着自己的手腕，用四川官话斩钉截铁地对我说：上紧发条，继续前进！

我说，好，得体！他笑，得意。

说起"二度创作"，吴导也有好多新的构想。譬如他说，在拍邓小平在解放军总医院做前列腺手术的那场戏时，他就想到，以后这里一定要加拍一场邓小平的梦境戏，邓小平应该回到四川广安去，在老家看见他的父母，他的父母正面带愁容地计数着银洋与"串子钱"，算着十六岁的儿子邓希贤漂洋过海去法国要带多少学费，这时候，这位老年的邓小平应当悄步走近他的父母，默默地凝视着他的父母，双方可以没有任何台词交流。吴导说，因为邓小平自从离开老家，终生未回过故乡广安，所以在做手术之前应该有"见到爹娘"的这一场梦，这是人之常情。他说，我想好了，这场戏就到广安去拍，拍完了，就在那里举行关机仪式。

我听了这些都很感动。作为编剧之一，我很感谢这些添枝加叶的艺术创造，？我发现整个剧组的艺术投入程度都很高，正如另一位编剧张强所说，这个剧组是他所见过的风气最正的一个剧组。张强是经常来探班的，剧组在深圳拍戏的时候他也去了，干了许多超出编剧范畴的杂事，也算是半个剧组的人了。

制片主任一直站在棚子门口，看着他的各路手下人的忙碌，也看着送饭的车子把一份份简单的盒饭递到大家手里，于是众人接过饭盒都蹲下来，就着阳光和冬风哗哗地扒饭。这位处事严格的高主任告诉我,他最重要的工作就是安全地带好这四百多号人,稳住这支队伍。要"维稳"就要讲和谐,所以"邓榕"前几天过生日他特地备了蛋糕,叫"邓榕"好一阵感动;即使一般的工人过生日,只要他了解到,最起码也得关照一碗热乎乎的"长寿面"。他说,你想,四百多号人,几乎天天都有人生日呢,这些小事都是不能小看的。他又哈哈笑着说,组里那帮人以前都叫我"政委",现在改叫"书记"了。

为了"欢送"前来探班的中央文献研究室的领导,以及我们这些人,马少骅专门换上了一身灰色中山装,跑出摄影棚,向发动的汽车频频招手,显示"小平同志"对众人的关怀。在招手告别前,他还一一与人照相,单独也照,率"妻女"也照,尽显和善慈祥。他最后的话是"你们放心,我们一心一意拍好",也是标准的四川官话,一字一顿,像煞邓大人口吻。

在"小平同志"这样的话前面,我们这些探班的人,除了感动,还能有别的什么呢?

深山红灯亮

·李 迪

　　什么？你说什么？老军医张永庆对手机大声喊，我听不见！……
　　山风吹来，呜呜呜。山雨打来，哗哗哗。信号如抽丝，中断好几次。终于，他听清了，是三号哨所打来的。战士刘东巡逻时受了伤。张永庆披挂上阵，一头钻进风雨。
　　出门就是山，一山连一山。济南军区某部是山的邻居山的亲戚山的好儿女。作为一名军医，巡诊出诊，治病防病，张永庆在大山里爬了三十多年，肩挎药箱的身躯化作一座行走的山。他早到了退休年龄，可是，他没走。五个字：山里需要我！
　　三号哨所在风雨中屹立。张永庆一脚跨进去，只见刘东斜靠在床上，脸扭成团，撩起裤脚的小腿肿胀青紫。战士们七嘴八舌，他被蛇咬啦！张永庆哎哟一声，急忙趴下细看，只见伤口处有两个大牙印，隐约散发出薄荷味儿。啊，五步蛇咬的！
　　长年奔走深山，张永庆练就识蛇治伤的绝活儿。五步蛇学名尖吻蝮，传说人被咬后五步即倒，可见毒性猛烈。他麻利地用绷带扎在伤口上方，阻断毒液扩散，然后从药箱里取出一柄小苗刀，在牙印四周轻挑数孔，用双手自上而下挤压。随着挤压，小孔里不断流出毒液。可是，因为咬伤时间长了，毒液凝结不能彻底流出。情急时刻，张永庆没犹豫，俯下身直接用嘴吸。这是很危险的一着，如果他恰好口腔破损也会中毒。顾不得了！
　　战士得救了，张永庆却不平静。下山路上，他后怕地问自己，老头儿，要是你再来晚一步怎么办？大山深处分布着十几个哨所，战士们站岗巡逻，难免虫叮蛇咬伤风感冒。怎样才能在第一时间得到消息？山里信号不好，总不能为我拉十几条电话线吧？这样想着，他笑了，一个人守着十几部电话机，那不成卖电话的了吗？

雨给大山洗了个澡，山更年轻树更绿。路边，茵陈草发得正旺。"三月茵陈四月蒿，五月六月当柴烧"。眼下采摘正当季，回去配上青叶大枣煮成汤，可以预防感冒。张永庆很快采满一挎包，直起老腰自说自话，病要预防，更要早治啊！可是，哨所分散，卫生所人手少，怎样才能早知病情早治疗呢？

这时，远远的，张永庆看到一蓬野果火苗儿似的红亮耀眼。那叫救军粮，相传古时征战士兵用它充饥。醒目的红，让张永庆心头一亮，如果利用现有的网络系统，在卫生所安上一排小红灯，一个哨所一个，哪里需要出诊就亮灯，那该多好啊！

突发奇想，让部队政委刘成波笑成弥勒，哈哈哈！好好好！啥叫群众路线？这就是！

嘿，事有凑巧，灯刚安上，二号哨所就亮了红灯！战士周胜夜间站岗着凉了。张永庆匆匆赶到，周胜已高烧四十度，盖了三层被还上牙敲下牙。张永庆利用衣帽钩挂起输液瓶，两瓶抗生素下去，烧退了，汗出了，周胜的脸眼见从白转红又挂上了笑。班长说，你休息吧，你的岗我站！周胜说，我没事了！班长说，得了吧，要不是红灯一亮军医到，你把我们的魂都吓掉了！全班战士都笑了。趁周胜输液，张永庆把配好的草药放在电炉上熬。现在，茵陈青叶大枣汤熬好了，他说，快趁热喝，一人感冒全班预防！

张永庆回到所里，屁股没坐热，红灯又亮了。战士赵明在登山训练中崴了脚。卫生员小刘说我去吧，张永庆说，他人还在山上，可能崴得很重，还是我去！

赵明的脚崴成了个馒头，碰一下都钻心。见张永庆一头大汗赶来，这个来自大城市的新兵哇地哭起来，大夫，我脚断了！张永庆上前搂住他，来，孩子，让我看看。噢，只是水肿了。别哭，有我呢！说罢，他吩咐战士们抬起赵明，却带着人往山上走去。

战士们很奇怪，为什么不往山下抬呢？走了不远，但见一块巨石下有清泉汩汩流淌。张永庆说，泉是山里宝啊！渴了喝，热了洗，崴了脚用它泡泡比冰还凉，能化瘀止疼。你们要是往山下抬，路远不说，还耽误治疗。来，到地方了，让他享受一把天然冷敷。免费滴！听老军医说起网络语，战士们哈哈大笑。

赵明的脚泡进山泉里冰凉舒坦，疼痛消失。他叫起来，大夫，不疼了！好了！回头一看，人不见了。正纳闷，林中传来爽朗的笑，呵呵呵！找到了，找到了！随着笑声，张永庆钻出树丛，手里捧着一把草，边走边搓。他说，小赵明，冷敷到此结束，下一个节目：上草药！表演者：老军医张永庆！战士们又笑起来。张永庆坐在地上，把赵明的脚抱在怀里，然后将搓烂的草连汁带叶糊在伤处，再用纱布裹起来。边裹边说，这叫荠曲菜，专门对付崴伤。这也是山里一宝啊！战士们说，山里的宝真多！张永庆说，是啊，所以我们要爱山守山，扎根大山不动摇。山里需要我，更需要你们！

过了几天，赵明获得全连登山比赛第一名。他兴冲冲跑到卫生所向张永庆报喜，想不到扑了个空。

此刻，张永庆正按照红灯的指引，在山路上如风疾行。

部队炊事班为适应山区作战，冒雨演练野炊。山路湿滑，身背行军锅的战士一脚踏空，连人带锅滚下来。班长黄超眼疾脚快，赶前一步托住了他，自己的腿却被石块划出好大一个口子。他忍住疼，对谁也没说，直到演练结束回到营房，才被大家发现，急忙按亮红灯。

黄超的伤口张着嘴，张永庆心疼得直喷嘴。这要缝针啊！他赶紧清洗消毒，局部麻醉。尽管做了麻醉，拿起针的时候，手还是抖了一下，这是往孩子的肉上扎啊！他小心地把创口对齐，这样，长好以后才美观。哪个孩子不爱美？每缝一针，他都要问，疼吗？听到不疼，才缝下一针。一共缝了七针，好像用了一年，汗水湿透军衣。

就这样，寒来暑往，下雨刮风，张永庆在山道上行走不停。为了军营的孩子，为了心中的红灯。

一天，他去村里给老乡看病归来，进所先往灯上看。这已成习惯。不亮是好事，一亮就抬脚。可是，这天，他吓了一跳，天啊，所有的灯都亮了！他蒙了，他急了，他不知所措！

这时，部队长梁福平推门进来，高门大嗓地说，今天是大喜的日子，哨所都亮起红灯，战士们争着要你去做客哪！

张永庆愣了，今天……什么日子？

梁福平说，你看你！你的六十大寿啊！

张永庆的嘴一下子笨了。

最好的纪念是传承
——写在巴金诞辰一百一十周年之际

李 辉

一

一个伟大、杰出的作家，既是时代的产儿，也是他所属时代的代表。

巴金走过漫长的百年历程，他说自己是五四运动的产儿。1904年出生的他，在1919年五四运动中获得思想、精神与文学的滋养、力量，走过风雨，在起伏跌宕的社会演变过程中，其生命一直走到2005年，最终与他经历的时代永远告别。

岁月沧桑，跨越百年。

巴金所经历这一个百年，堪称中国历史上变化最为迅疾的百年。百年之间，晚清、民国、新中国；辛亥革命、五四运动、抗日战争、思想改造、"文化大革命"、改革开放……朝代更迭，制度替换，思潮涌动，风云变幻。多少风云人物在百年历史舞台上走过。有的如电闪雷鸣，来去匆匆，人们还来不及看清他们的容颜，就消失在无边的夜色里，没留下多少痕迹；有的如大江大河，汹涌奔泻，波撼千里，人们仿佛永远可以感受到激流的涌动，听见不息的回响；有的如潺潺溪水，没有高歌，也非恢宏壮观，但它执着，它坚韧，在起伏跌宕中流淌……

巴金以他自己的个人姿态走在他的时代。

我很难用一个单一的比喻来概括他。有时他如电，如雷，有时如激流，有时又如溪水。不同生命阶段，他表现出不同的感情形态、生活形态。他就是这样以独特的生命方式走过一生。他的思想、精神、作品，以及他的复杂、矛盾的性格，都已成为巨大的存在，为我们解读百年中国的政治、思想、文化，提供了一个内涵丰富的范例。

"把心交给读者。"

"讲真话。"

"我唯一的心愿是：化作泥土，留在人们温暖的脚印里。"

这是巴金的心愿。他的一生，也是竭尽全力这样在做。

巴金虽然已经远去，感觉中，他依然与我们同在。他的作品，他在所经历的那个时代发出的声音，并没有消散，依旧回响于我们生存的现实空间，时时撞击心胸，提醒我们思考，总在告诫我们，历史不会截然分开。

二

记得1978年年底，在复旦大学校园，现代文学史的课间休息时，我与同窗陈思和聊起巴金作品。聊到投机处，思和忽然建议："要不我们一起研究巴金，好不好？"我不假思索，当即兴奋地应了一声："好啊！"从此，开始动笔写作《随想录》的巴金，成为我以后许多年的主要关注对象。不仅仅如此，因为关注他，我在大学毕业走进北京后，不断拜望和采访他的一个个老友，也成为那些年我的重要生活内容。

第一次去看望巴金，是在1982年1月。我与陈思和走进客厅，坐在他的面前，谈了一些有关他的研究方面的话题。我们带着敬意走进他的会客厅，老老实实提问，然后仔仔细细地记录。他呢，似乎也是老老实实地回答，没有临场发挥，没有妙语连珠，如此而已。我顾不上捕捉当时的感觉，只是留下这样一个淡淡的印象：他并非言语不多，但不是那种善于聊天的老人。他的表情一点儿也不丰富，甚至可以说过于严肃，因为他面对的是两个陌生的年轻人，他得集中思路解答与他有关的一个又一个或大或小的问题。

后来见到他机会多了，每次，我都觉得对他的性格的认识仿佛加深一些。二十世纪八十年代，正是他一篇篇发表《随想录》的时候，作品中所表现出来的对自己灵魂的拷问，带着浓重的、挥之难去的忧郁。巴金说过，他为读者而写，为读者而活着。其实，他也是为历史而活着，他用《随想录》继续走着从五四运动开始的思想行程。他走得很累，却很执着。有过苦闷，有过失误，也不断被人误解，但他始终把握着人生的走向，把生命的意义写得无比美丽。这就是为什么八十年代人们以敬重的目光注视他，称他为"世纪良知""知识分子的良心"的原因。

当年,读《随想录》的那些文字时,我总要假设地去体会他内心的痛苦。这些从文字中感受出来的忧郁和痛苦,当坐在他面前时,我觉得完全可以从他的表情、他的声调,甚至目光那里得到印证。1985年,我与陈思和两人合作的《巴金论稿》交人民文学出版社出版,我特意请丁聪先生为封面画过一幅巴金的肖像画,在丁聪的笔下,巴金也是一种痛苦沉思的神情,准确地突出了我所理解的巴金的特点。

1991年10月,我去上海。在上海的那些天里,虽然见到他好几次,但基本上没有像过去那样与他长谈。在见到他之前,我读过他写给在四川举行的巴金国际学术研讨会的一封信。在信中,他又一次强调说真话:

我不是文学家,也不懂艺术,我写作不是我有才华,而是我有感情,对我的祖国和同胞我有无限的爱,我用我的作品来表达我的感情。我提倡讲真话,并非自我吹嘘我在传播真理。正相反,我想说明过去我也讲过假话欺骗读者,欠下还不清的债。我讲的只是我自己相信的,我要是发现错误,可以改正。我不坚持错误,骗人骗己。所以我说:"把心交给读者。"读者是最好的评判员,也可以说没有读者就没有我。因为病,以后我很难发表作品了,但是我不甘心沉默。我最后还是要用行动来证明所写的和我所说的到底是真是假,说明我自己究竟是一个怎样的人。一句话,我要用行动来补写我用笔没有写出的一切。

与他谈话时,我向他提到了这封信,他只缓慢地说了几个字:"人总得说真话。"简单到极点朴素到极点的一句话,对于巴金,他是用全身心拥抱它。

1994年,新一届巴金研讨会在苏州召开,我请萧乾题词,萧乾写道:"巴金的伟大在于敢否定自己。"会议结束后,我去杭州看望巴金,听我念完题词,巴金对我说:

"我是这些年才慢慢否定自己,特别是经过'文革'之后。以前十七年那些年的风气,写一些文章都是不得已的。'文革'后慢慢明白。我现在九十把自己说的话兑现,讲真话。自己把自己这样限制,要求讲奉献,只要是真正的奉献。苦恼的是怎样实现自己的话。我现在的想法都在《最后的话》里。"

他又一次与我提到托尔斯泰。"托尔斯泰离家出走,追求兑现讲真话这一点。他把信放在抽屉里,开始还没有勇气是否离开家庭。有人说托尔斯泰你说的怎么不兑现。但他这样做了。他最后带着女儿出走,不久就死了。开始实施就结束了。我也感觉到这一点。文学或者别的什么也好,我也没有什么。我想只是说真话。"

他依然有他的忧郁。他似乎用无奈的目光和手势对我说:"我最痛苦的是不能工作。"然而,他没有让这一遗憾占据全部情感。"什么都想得开了。名利对于我无所谓了。只是想为自己留下一个真实的人,不欺骗自己。"这些话,声音很弱,但听起来依旧铿锵有力。

在第一次见到巴金之后的十几年里,他的外表几乎没有太大的变化,只是说话声音越来越小,气力越来越弱。他一次又一次闯过疾病关口,一次又一次挺过来重新拿起笔。

三

与巴金的最后一次谈话,是在1998年年初。我去上海华东医院看望他,他说正在写一篇怀念曹禺的文章。说是写,其实是"说"。他写字很吃力,只得每天口述几句,由女儿小林记下,再念给他听,加以补充。他用了一两个星期时间,刚刚完成前面一个部分,大约几百字。他说还要继续写下去。

一个月后,再去看望巴金,他已经完成了这篇《怀念曹禺》。似乎想说的话很多,老人留恋的往事也很多。令人惊奇的是,靠每天一句一句续写而成的文章,仍如他过去的作品一样浑然一体,流淌着动人情感。还是那种真诚,似乎平淡的表述,却又分明有着意犹未尽的深沉。我取走这篇《怀念曹禺》,后来发表于人民日报"大地"副刊。告别他时,巴金对我说,他还想继续写下去。他告诉我,1998年是郑振铎遇难四十周年祭。几年前他曾经开始动笔写怀念郑振铎的文章,可是一直没有完成,他想在这一年继续完成。然而,不到一年,巴金病危,不得不切开气管抢救,他不得不放下手中的笔,已经动笔的这篇文章,不可能写下去了。于是,《怀念曹禺》,也就成了巴金漫长写作生涯中最后发表的一篇作品。

巴金的最后几年,心里有激情,有想法,却不能写下来,继而,他连与人交流的能力都没有了。一个一直想把心交给读者的作家,不能靠作品与读者交流,只能这样无奈地与读者告别。我想,这是巴金晚年的最大痛苦之一。

人们以往谈到巴金,时常只局限于他的文学创作,其实,在二十世纪的中国,巴金还是一个卓越的出版家。巴金一生的编辑出版活动,从1935年开始担任文化生活出版社总编辑,到1957年与靳以一起创办《收获》杂志,并长期担任主编，直到 2005 年去世。文化生活出版社的"文学丛刊"，十几年间，出版一百多种作品，曹禺、萧乾、鲁彦、刘白羽、何其芳、卞之琳、罗淑、严文井、荒煤、汪曾祺、黄裳、黄宗江……一批作家的处女作或者代表作，都是经由巴金之手而问世。无形之中，形成了一个以巴金为中心的文化圈。这是一个宽泛的文化圈。不是流派，不是团体，没有明确的、一致的文学主张，但巴金以绝不惟利是图的严肃出版理念、以杰出的文化判断力和认真的编辑态度、以真诚热情的友谊，把一大批作者吸引在他的周围。

"文革"刚刚结束，写作《随想录》的巴金，同时亲自确定《收获》杂志的重点作品的发表。此时，他又一次走在时代的前列。从维熙、谌容、张洁、冯骥才、沙叶新、张一弓、水运宪、张辛欣等不少在新时期走上文坛的作家，不同程度地得到了巴金的扶持、鼓励和保护。特别是，每当有年轻作家受到不公正的批评时，巴金总是公开站出来发表文章，声援他们，为他们辩护。

从维熙谈到处女作《大墙下的红玉兰》的发表，一直对巴金充满感激之情：

当时，党的十一届三中全会刚刚召开，"两个凡是"正在与"实事求是"殊死一搏的日子，面对我寄来的这部描写监狱生活的小说，如果没有巴老坚决的支持，在那个特定的政治环境下，怕是难以问世的——正是巴老义无反顾，编辑部才把它以最快的速度和头题的位置发表出来。当时，我就曾设想，如果我的这部中篇小说，不是投胎于巴老主持的《收获》，而是寄给了别家刊物，这篇大墙文学的命运，能不能问世，我能不能复出于新时期的中国文坛，真是一个数学中未知数 X！（《巴金箴言伴我行——贺巴金九九重阳》）

这些年，从我熟悉的萧乾、严文井、荒煤、卞之琳、谌容、从维熙、冯骥才、沙叶新、张辛欣等几代作家那里，我常常听到他们发自内心地对巴金的敬重与感激。

巴金心底一直拥有爱。批判丑恶，反思历史，解剖自身，倡导说真话，无不是因为他心里充满着对这个世界、对人类的深沉之爱。晚年病中的巴金，如年轻时候一样，心里一团火，他愿意用作品、也用点点滴滴的具体行为，将真诚的爱传递给读者和陌生的人。

后来，我了解到，许多年里，每当得知哪个地方受灾，巴金第二天就会吩咐家人到邮局去，化名给受灾地区寄钱。他十分关心"希望工程"，总是想着资助贫困孩子念书。他到底多少次为受灾地区捐款，资助贫困学生，没有完整统计过。他用的化名，收款人绝对猜不出是《家》和《随想录》的作者巴金。不仅仅如此，即便在巴金去世之后，九年来，巴金的儿女继续遵照父亲的遗愿，仍旧匿名向受灾地区和贫困学校的孩子们捐款。巴金，没有离开我们。

　　三十年代初，年轻的巴金曾这样说过："让我做一块木柴罢，我愿意把我从太阳那里受到的热放射出来，我愿意把自己烧得粉身碎骨给人间添一点温暖。"晚年他又说："我唯一的心愿是：化作泥土，留在人们温暖的脚印里。"那么，在纪念巴金诞辰一百一十周年之际，就让我们读他的书，体会反思精神，勿忘每个人自己肩负的责任，用爱充实自己，在独立思考中前行。

　　如今，人们追思他，纪念他，不仅仅因为他是一位杰出的作家，从《家》《春》《秋》到《随想录》，曾以作品的力量深深影响过他的读者和他的时代。而是在很大程度上，因为我们自身，在这个时代，更需要珍爱和传承他留下来的精神遗产和文学遗产。

　　历史，永远是一种延续。

　　传承，该是最好的纪念。

苦心如水　静心如兰
——父亲林杉百年诞辰

· 李　梅

今年是父亲林杉诞辰一百周年。作为新中国第一代电影剧作家，其创作的《党的女儿》《上甘岭》等影片每年还不时在电视台播放，但他的名字已然淡出了人们的视野。作为他的女儿，却是经常地追索着他的身影、他的信念、他的思想、他的艺术……似乎，天人相隔的两代人之间，相联系的不再是生物密码，而是历史密码。

手不释卷，是父亲树在我们心头永远的雕塑。他出生于上海小职员家庭，家徒四壁，但一生酷爱读书。这个习惯是在国民党的监狱里养成的。父亲原名李文德。大革命失败后的1930年参加革命，1932年在浙南被捕，被关押在杭州陆军监狱。这所监狱是南宋大理寺的旧址，岳飞就屈死在大理寺的风波亭。

在狱中，中共特别支部提出，"把国民党的监狱变成共产主义大学"，初中肄业的父亲学习了哲学、政治经济学、社会发展史及英语等课程。幸运的是，他碰到了熟人、中国左翼戏剧家联盟党团书记、著名演员刘保罗。几年前，他还在读中学时，曾经组织了青虹剧社，排演进步戏剧，给他们辅导的便是刘保罗。刘保罗为他一人开设了戏剧课，讲莎士比亚与斯坦尼斯拉夫斯基。新中国成立后，他的难友们大多成为了国家经济领域的学者与骨干，而他从事了文艺工作。父亲生前曾经多次深情地怀念刘保罗——这位引导他走上文艺之路的前辈。

抗战爆发后，父亲在山西革命根据地先后创建并领导了吕梁剧社、大众剧社等抗日文化团体，编导了二十余部戏剧作品。除了排演从延安学来的

《白毛女》等话剧、歌剧外，他还借用晋中秧歌剧、山西梆子、眉户剧等地方戏曲，反映抗战或根据地的新生活。他尝试着将传统戏曲与外来戏剧形式"嫁接"，希望能生长出新的艺术形式——民族新歌剧。不断学习，不走老路，使他在创作上不断有所收获。

1949年，父亲参加了第一次全国文代会。一进京，他就被中央电影局"盯上"了。作为中央电影局剧本创作所艺术委员会秘书长，父亲切身体会到"缺剧本"，于是，他边学边干，进入电影王国。1950年，他的电影"处女作"《吕梁英雄》问世了。剧本改编自老战友马烽、西戎的小说《吕梁英雄传》。

他跟刘保罗学了两年导演理论，在山西当了近十年舞台导演，所以，他想圆自己的导演梦。1954年，父亲从北京调到长春电影制片厂。不过，除了随沙蒙一起导演了《上甘岭》外，他主要从事电影编剧，因为全国"剧本荒"。父亲一生共完成了十二部电影文学剧本，十一部被搬上银幕，其中十部完成于1950年至1960年间。一年一部的速度，可见他当时的创作力是相当旺盛的。与此同时，曾经担任长春电影制片厂艺术部主任、艺术副厂长的他，还参与修改了不少电影剧本，其中不乏优秀之作。

父亲思维活跃，视野开阔，且关注时尚，但自我要求高，敢于推翻自己，所以，他写东西很苦。那些年，每有一个构思，他便深入相关地区，搜集素材，阅读资料，甚至一个人住到军营里，不分昼夜地写着；拿出初稿后，普遍征求意见，然后再离开家，再次不分昼夜地写着。因此，父亲的电影是心血熬成的，是苦胆泡成的。电影史家充分肯定了他在电影与中国戏曲结合方面、电影结构方面的探索与成就。父亲的电影作品完成于"文革"前十七年，带有当时的印迹，不过，其中所饱含的革命激情是纯真的，对于艺术创作的追求是纯粹的，对于生活与人生的态度是纯净的，经得起时间的推移与检验。当年，他主笔创作电影《上甘岭》时，觉得写的歌词不理想，便请来当时风头正劲的青年词作家乔羽，创作了数十年唱彻大江南北的《我的祖国》。

苦读，苦寻，苦熬……父亲一生的关键词第一是苦心孤诣，他就像是寒林下的一潭秋水，波澜不惊，却在那儿和着光、应着风，自觉自愿地在那儿沉淀着、深思着……1969年冬天，全家被驱赶到天寒地冻的东北农村，父亲在如豆油灯下读书的身影，刀刻斧凿般留在我的脑海里。

在父亲的一生中，有两个梦缠绕着他不去，一是创作与工作，他曾经在戏剧与电影两个领域不懈地耕耘着,晚年又先后担任《大众电影》主编、中国电影家协会书记处书记、中国电影文学学会首任会长。这个梦是美梦,对于父亲这辈人,工作着是美丽的。或者说,父亲以一生不懈的奋斗证实着自己对于信仰与事业的忠诚;另一个梦却是噩梦,就是他的"叛徒"罪名,从1938年至1986年,差不多整整五十年,这梦魇如影相随,如山沉重。

　　在上海从事工人运动时,父亲曾经两次被租界的巡捕房关押。每次,被亲友保出后,他没有回家,立即投入新的战斗。1937年,他在杭州陆军监狱坐了五年牢。这时,监狱特别支部在与狱外党组织失去联系、没有得到指示的情况下,根据新形势,做出了一个特殊决定:刑期已过三分之一的同志可以进反省院,履行"手续"先期出狱。父亲接到狱中党组织的通知,按规定履行"手续"出狱。

　　出狱时,父亲二十三岁,因为执行了狱中特别支部的特殊指令,父亲从此有了"历史问题",且由"个人负责"。出狱后,他在上海没有找到党组织,听说山西有党领导的抗日组织牺盟会,于是奔赴山西。

　　他以满腔的热情与全部的智慧投入民族解放运动,曾任牺盟会洪赵中心区组织部长兼五县游击队政治处主任,不久,组织上让他转行,从事文艺工作。父亲渐渐意识到了"历史问题"意味着什么。1939年,父亲率由他创建的吕梁剧社全体人员赴延安学习,他这个社长由于"历史问题"被只身退回了山西。1942年整风时,晋西党委重新审查了他的"历史问题",允许重新入党,党龄从1942年算起。"文化大革命"中,他被打倒,戴上了"大叛徒、走资派、反动学术权威"的帽子。直到1986年,他的"历史问题"才报请中央彻底解决——"由组织负责",党龄从1931年算起,恢复了1930年的团籍。这年,父亲已经72岁了。

　　从我懂事开始,父亲的历史问题是我们全家的包袱,这包袱曾经无比沉重,但是,我们受妈妈的影响,相信他。许多年后,父亲说,就因为妈妈和大家对他的信任,他没有选择自杀。当然,还有比我们更重要的事为父亲所牵挂,那就是他的事业、他所热爱的祖国与人民。

　　父亲身体瘦弱,性格温和,语调平缓,对事认真,对人温和,电影界说他是个"好老头"。?人说父爱如山,对于我们,父亲却是温情如水,山泉般清澈,江河般畅达,大海般深沉。他没有如山般为我们承担什么,但他如水般使我们能够承受一切。一生中,对于似有似无的控制,对于不由分辩的曲解，对于歇斯底里的打击，内心强大的父亲没有对抗，没有申辩。他以读书应对苦难，以工作了却苦难。

1992年初，父亲平静地走完了他的读书人生。"静心如兰"曾经由张仃先生书写，挂在父亲的客厅里。那是父亲的终极诉求，如今，却是父亲的化身。如兰不绝的清香，荡涤着我们，护卫着我们。

这辈子做好您儿子

· 刘正权

父亲不是个受人尊重的人，一直不是。

这跟他的目不识丁无关，七十岁往上数的乡下老头，认得字的可以用罕见来形容。父亲一辈子跟文化沾边的事只有两样。一是大集体每年年底在超支单上签上自己名字，为这个不算长脸的事，父亲花了三天时间学会写自己的名字，一个字一天工夫。把那些横撇竖捺绑架到一个方块里，对父亲来说，比耕田耙地不会轻松到哪儿，父亲弄出了一身冷汗，骨子里，他更倾向于出一身热汗，那样每个毛孔是透爽的。二是，父亲的五个子女中，居然有一个我，靠文化吃饭了，还当了作家。这让他每次看我时，目光中总有藏不住的怀疑，这是那个曾经骑在他脖子上撒尿淘气的小儿子吗？

父亲不受人尊重的理由很多。固执是首当其冲的一个，暴躁屈居第二，忝陪第三的，则是为人父而不尽责。不能再往下排了，做儿女的，总得给父亲留点脸面。

但我还是想违背一下做儿女的原则，细说说父亲的不是。

就从父亲的固执说起吧。父亲的固执，使我们一家人的生活，一再跌入生活的低谷。从我记事起，我们一家就生活在贫困交加中，好在那时大家都穷成一个模式。不敢想，一想那日子就被抽去了精气神。

父亲当过不到一年的生产队长，不是他多有能力，而是他除了勤扒苦做，还会憨吃苕干，干活不惜死力的那种。队员们本以为，找了一个不偷懒的人当队长，干活时可以少背上一个人的活路，孰料，父亲以自己的苦做苕干要求所有的队员向自己看齐。

五个指头伸出来是有长短的，乡下有句老话，吃不过人是各人的饭碗，做不赢人是各人的手段。吃不过父亲也做不赢父亲的队员们就使出手段，把父亲的队长拿了下来。

人生的辉煌至此结束，父亲是不甘的，好在生产队很快解体，包产到户，父亲对家里生产独行专断。结果是，高产杂交稻进入农村五年后，父亲才接受这个新生事物，这是以家庭经济五年入不敷出为代价换来的。

一步落后步步落后的父亲被两个哥哥冲天的怨气拉下马来，大权旁落。

那时他才五十岁，古人说的知天命的日子到了。

父亲没有知天命，也没有顺应天命，他的脾气无端暴躁起来，沾不得酒，一沾酒就吼叫咆哮，为此吓哭了几次哥嫂刚出生的孩子，哥嫂口中就有了微词，不仅分了家过，还不让他带孙子。没见识过父亲暴躁脾气的村里人很意外，在他们眼里，父亲是个和善的人，树叶掉下来都怕砸了头的那种。

父亲是个懦弱的人，他在家里的暴躁，是要掩饰自己在外面的懦弱。明白了这点，我深为父亲悲哀。

可惜，这种悲哀的日子老天爷都吝啬着，不愿意多给我几年。

一向以勤扒苦做憨吃苕干的父亲过了六十以后，做不赢一个人，也吃不过一个人了。

先是心脏有了问题，再就是腿脚，肿得像牛膝。请医生看了，说是年轻时做得狠了，静脉曲张导致，用了药，腿不肿了，那血管却吓人地暴起，我臆想，是不是父亲的暴戾之气都钻进血管里潜伏着了。

这个时候的父亲，脾气已经难得地温和了，医生严重警告过，想多活几年，就少发脾气，他的心脏比家里喂养的肉鸡强不了多少，承受能力极为脆弱。父亲亲眼看见一只肉鸡因为隔壁人家办喜事，一个响炮吓得当场死亡，连扑棱一下翅膀挣扎的意识都没有，父亲当时脸就白了。

我是在父亲脸色真正白如锡纸时赶回的乡下。名义上是护理，心里却是担心父亲突然就上了路，父母在不远游这类古训不遵也就算了，病榻前总得有点尽孝的模样吧。

父亲七十有三了呢。

居然叫父亲熬了过来，那晚，我在病房里百无聊赖陪床看电视打发漫漫长夜。是一个家庭伦理剧，里面有一个场景，比较煽情的那种，一对彼此仇视多年的父子冰释前嫌抱头痛哭，已是弥留之际的父亲问那个儿子，说你恨我不?

儿子泣不成声说,不恨,如果有下辈子,我还要做你的儿子!

我对这种桥段向来不以为意的,所以没看出半分泪点,父亲忽然不看电视了,转头看我,看得我很不自在。末了他从枕头下摸出一本书来,我写的,他带到医院不是自己看,他是向医生护士炫耀他有一个作家儿子的。

父亲把书扬了一下,冲我谄媚地说,如果真有下辈子,我会做好一个父亲的。

我心里忍不住酸了一下。

父亲不是会讨好子女的人,他定是觉得亏欠我的太多,因为家贫,初中未曾毕业的我就下学务农,连我结婚,父亲都没拿出一分半毫作为帮衬,连一向自诩不嫌贫爱富的媳妇为此都腹诽过父亲。

我站起来,把枕头替父亲抬高了一些,说,干么要等下辈子,下辈子想做好父亲的人多了去,您只记住一点就够了,这辈子,我会做好您儿子!

腊月的味道

· 梅 洁

腊八节一过,腊月的味道就一天天浓了。

小时候,我看到母亲一进腊月,就分外忙了起来,除了一双又一双、一件又一件地为我们赶做新鞋、新衣,就是变着法地做各种美食。比如,腊月初八为我们熬腊八粥,腊月二十三小年,为我们打糍粑、酿米酒、烙芝麻灶饼,除夕为我们包饺子、煲排骨藕汤、做这样那样的蒸菜……无论生活多么清贫,但到了腊月,我们总是能吃上几顿好饭菜的。

小时候,我们没有丝毫享受零食的奢望,但在腊月,母亲总会为我们炒一些苞谷花儿和红薯丁儿之类的东西,那是童年最好的、也是唯一的零食了。总也忘不了在朦胧的桐油灯抑或玻璃罩子灯下,母亲为我们炒苞谷花儿和红薯丁儿的情景。苞谷里常常有许多"铁豆",炒不出花儿来,那我们也吃得津津有味。

母亲就这样为我们做了一年又一年。

我这一生对厨房,对做饭、烧菜总是乐此不疲,应该是从小受母亲感染的吧。

婚后,我承接母亲的慈心温爱,母鸡护小鸡般张开翅膀,庇护着我的两个儿子、我的家。和母亲一样,一进入腊月,我就醉心于给我的丈夫、儿子打糯米糍粑,累得大汗淋漓却快乐无限;我从南方老家带来酒曲子,一盆一盆地为我的家人自酿香甜的米酒,米酒里煮两个荷包蛋是丈夫喜欢的早餐,也是年节里我们一家人的美食;我能一次擀2斤面的面条,切得细细的为全家人做豆角肉丝焖面、牛肉面、炸酱面、臊子面;我把葱花饼烙得外焦里嫩,我把土豆丝切得比绿豆芽还细；我学会了蒸又香又暄的包子，学会了一张一张地擀北方饺子皮；最令我开心的是我向邻居大妈、大婶学会了腌制冬菜：雪里蕻、圆白菜、大白菜、芹菜、胡萝卜、水萝卜、辣椒、香菜，经我腌制过后酸辣脆甜各味适中，成为过年油腻之后最开胃最受欢迎的一道下饭菜。

当年，在贫瘠的塞外，每到冬季，我就三缸四缸地腌制冬菜。因为漫长的120多天里，塞外是见不到任何新鲜蔬菜的，腌菜过冬是家家户户必做的冬事。邻居们都说我腌的菜好吃，他们说我的"手气"好。以至于一到冬季，邻居大娘总是让我去为她往缸里摁菜，以至于腌了一辈子菜的我的婆婆也不再自己腌菜，总是让我全程操作，她说我腌的菜香，说她腌的菜发苦且容易腐烂。

以至于到今天新鲜蔬菜常供常新的时代，我的大儿子、媳妇一家，依然让我立冬之后去为他们腌菜。腊月里，他们一家人赞不绝口的就是吃我腌制的冬菜。

"手气"是什么呢？也许，这是一个生命密码，谁也无法解释这其中的玄妙。我只是觉着我这一辈子都是在用心过日子，因为有围着我的亲人，我辛苦着并快乐着，我只想一心一意为他们创造生活。

不喜欢做饭的日子发生在这个温暖的家庭只剩下我一个人之后。

我的两个儿子大学毕业先后独立成家并与岳父母生活在一起，我的丈夫9年前离开了这个世界，一个其乐融融的家从此只剩下我一个人。这时候我发现自己真的一天天不用心做饭了，也不用心吃饭了。常常是饥一顿饱一顿，再不就是把一顿饭菜做很多，下一顿甚至再下一顿就是到冰箱里找旧饭剩菜充饥。我真的是不想伺候自己了。尤其到了腊月，再也不是早早闻到年的味道而是一天天逼近的孤寂、思念和伤心。

今年的冬季，整整75天的日子我在小儿子家度过。因着他的岳母身体不好需要回老家休息，他3岁的小女儿需要人照看。我便走进了与儿孙快乐厮守的日子，走进了一个逝去多年的腊月。

与儿孙在一起的日子，回忆过往岁月里无数腊月里的温馨，我总是独自会心一笑。腊八节前一夜，我一直操心早早起床为儿孙熬粥的事，以致睡不实，不到6点就醒来，赶紧把泡好的江米、大黄米、红小豆、绿豆、大芸豆、栗子仁、莲子仁、樱桃干熬成一锅八宝冰糖粥，下午，又为他们用北京米醋泡了一大瓶"腊八蒜"。

我如此用心地做着腊月里的事，我想应该是万千烟逝之后的一种情之归依吧。

我的小孙女叫多多，我很感恩与其"共舞"的腊月。虽然很累很辛苦，但却幸福着。和一个聪明可爱的小东西在一起，她让你一天多说出比平日多一百倍的话，当我极其温柔又假装童音地与她没完没了地对话时，内心便升腾起无比的温馨感和幸福感。

有一次她突然问我："奶奶，你的妈妈在哪儿？"我说："在湖北呢。""在湖北哪儿呢？""在湖北的天堂呀！""你不是说爷爷在天堂吗？""是呀，他们都在天堂呀！""他们为什么都去天堂呀？""天堂里有幸福呀！他们不再痛苦、不再生病、不再烦恼……""我能看见他们吗？能呀，但现在不能……"

此后，她多次表达：奶奶，我不想让你去天堂。

我不知道"天堂"在这个小女伢心里究竟是什么含义。但每每此刻，我总是搂过她，说：奶奶现在不去天堂，奶奶陪多多长大……说这些话时，我们相拥着，且都已热泪盈眶。

我常想：这个仅3岁多的小女伢，小小心灵里藏着怎样的柔情和善感呢？

那天，她又突然对我说："奶奶，我想让我永远在你心里。"她说第一遍时，我没听清，我再问她时，她重复了这句话。而重说时她白净、可爱的小脸上已淌满了泪水。我赶紧搂住她说："会的会的，多多永远在奶奶心里！奶奶也永远在多多心里！"

她偎在我的怀里，继续说："奶奶，我昨天做了一个梦。"我问："你梦见什么了？""我梦见我和爸爸妈妈在一起，奶奶在很远很远的地方。奶奶，我不想让你去很远很远的地方。"我说："奶奶不去很远很远的地方，奶奶和多多在一起……"

说这些话时，我们总是相拥着，都已泪流满面、泪流满面！

半响，小女伢抬起头来说：奶奶不哭、不哭。我说多多不哭了奶奶就不哭了。于是，我们两个破涕而笑。之后，她又开始专心地粘贴她的立体纸贴画。

望着这个幼小的小生命，我在想：这是我在世上的最爱了！这个多愁善感的小精灵，你是从哪里来到了我的身边呢？

几天前，她的重感冒传给了我，我非常难受，嗓子已变得嘶哑，说不出话来。她说：谁传给奶奶感冒呀？我说你呀。她说我喜欢奶奶我就传给奶奶……

　　这个腊月，我总在想：什么叫天伦之乐？这就是了。和孩子在一起，我们的心变得尤其纯洁天真起来。

　　孩儿们在屋外燃放的爆竹声断续地传过来，腊月的味道越来越浓了。我要好好地为孩儿们做好每一顿饭菜，好好感受天伦之乐！

　　许多往事与忆念、艰辛与屈辱、苦难与幸福，我都写进文字中了。现在我老了，但我奋斗过实现过存在过，上苍会看到我的爱与奋斗，小女伢长大后会懂得我的爱与奋斗……

　　这是这个腊月里我能想到的最快乐的事情。

　　这也是这个腊月里我感受到的最难忘的味道。

忆张锲

· 南 丁

张锲走了。张锲走完他的时间,那刻度是2014年1月13日15时47分。他的生命在这个世界上生存生长生活跃动了81年,终于安息。没有医院病床医疗重症监护会诊抢救等等这些折磨自己更折磨亲人的过渡,他的心脏骤然停止跳动,就擂响并推开了那另一个世界之门。那句号画得也真够干脆。

重看张锲2002年冬天由北京寄我的书法,同样的内容,他写了两幅,可见其认真。是他自作的一首古体诗,诗云:屈指论交四十年/星移物换等云烟/胸中赤血今犹热/头上青丝昨已斑/报国有心常自励/回春无术恨穹天/夜阑卧听潇潇雨/魂系淮河岸柳边。

屈指论交四十年。我与张锲相识相交始于1957年初。那年初,我由黄河岸边的河南郑州回淮河岸边的安徽蚌埠老家探亲,并拟在家过春节,与父母兄长姊妹多团聚些时日,顺便写点东西。某日,突然一位高大壮实的年轻人来访,自称张奇,是《蚌埠报》文艺组编辑,从他脸上我读到真诚和天真,还有些许腼腆,一个大男孩。他约我为家乡的报纸写篇文字。虽是初次晤面,老乡见老乡,还是相谈甚欢,话题大体上是文学界的状况,副刊日常收到的来稿的状况等等。张奇说到他们副刊的来稿百分之八十以上皆为揭露社会阴暗面的,并为此感到忧虑。我有同感。我当即答应为副刊写篇短文,并约定来取稿的日子。随后不久,《蚌埠报》副刊便发表了我的随笔《请歌颂光明》。其实,这是我与张奇在彼时彼地共同的感觉与想要说的话。回想当年,张奇刚刚进入二十四岁,我刚刚进入二十六岁,那时的我们是多么年轻啊。

我回郑州后不久,陆续收到父亲寄来的两份《蚌埠报》的剪报,是两篇署名短文,都是批评我那篇随笔的,以为我的观点偏"左",并不恰当,阻止了人们的言说。我一笑置之,未予答辩。

1957年刮起的那场风暴,张奇与我都未能幸免,我们都被划为右派,我不大清楚张奇的被右派是因为什么。我与张奇音讯两茫茫,各自在命运中漂泊。

1973年春,我由河南西峡县山区接受贫下中农再教育数年后回到省城郑州不久,收到署名张锲的信,张奇在信中告诉我他已将名字改为张锲,取锲而不舍之意。并说他现在蚌埠戏曲工作室搞戏剧创作,如今正在南方访问交流,回程时拟在郑州停留看望我。这次相见,已是相别16年后。我看张锲,虽然天真依旧,那脸上还是涂抹上沧桑与成熟,还有些许忧愁。那年,张锲正好四十岁,有点四十不惑的模样。

二十世纪八十年代初,张锲是河南的常客,河南改革的热潮感动着他,激励他写出著名的报告文学《热流》。《热流》也感动着河南人,助推着河南的改革热潮。他来就住在省委南院里的省委二所,就餐时有省委领导陪同,受到很高的礼遇。张锲来,当然要告知我,他或来家中小坐,我或去二所看他。八十年代初的数次相聚,张锲给我留下的印象是,有释放不完的热情,热情奔放,有挖掘不尽的自信,自信满满。他的生命与这个时代他以为有了完美的契合,所以必定要绽放。那时张锲也到文联系统工作,我们便有了更多的话题。

1984年末,中国作家第四次代表大会后,张锲由安徽省文联副主席的任上调至中国作家协会书记处任书记。我听到过议论,听到过疑虑,以为张锲并非合适的人选。我也为他担心。但我更坚信,以他对文学的真诚、热情、智慧和锲而不舍,终会无愧于这个岗位,这需要时间证明。

张锲策划并主持的中华文学基金会,便是他对文学真诚热情又充满智慧的创举。中华文学基金会设立的庄重文文学奖、冯牧文学奖,和"21世纪文学之星"系列丛书,其目的主要是培育青年作家青年评论家,为青年作家青年评论家助力加油,不断为中国当代文学输送新鲜血液。这奖项这丛书刻印着数以百计的作家评论家的成长足迹。比如中国国内当前唯一诺贝尔文学奖获得者莫言,就曾是冯牧文学奖的得主。我女儿何向阳的第一部文学评论集也是在二十世纪九十年代列入"21世纪文学之星"丛书出版的。许多作家评论家,在回望自己的成长时,会念想起中华文学基金会,会念想起中华文学基金会里的那个真诚热情智慧的大个子。时间证明了张锲。

张锲对河南的文学创作情有独钟,特别关注,鼓励有加。1997年初,张锲动议由中国作家协会在京召开河南省当代文学创作研讨会,那是以中国作家协会的名义召开的一个省的文学创作研讨会的首例。我那时早已从河南省文联的工作岗位上退下,也随同河南十数位作家评论家与会。那天清晨,刚刚到任的河南省委宣传部长林炎志也从郑州赶来北京。我们到文采阁会场时,张锲、李準诸位已在门前迎候。会场上,首都的十数位作家评论家已经就座,中国作家协会党组书记翟泰丰笑容可掬,在京离职休养的河南省委原书记处书记、高龄的李宝光也与会向来自河南的文学界朋友致意。研讨会由张锲主持,那时他已是中国作家协会专职副主席,中国文联兼职副主席。张锲依旧透露着真诚洋溢着热情,对河南的文学创作予以充分肯定。翟泰丰讲话,对河南的文学创作寄予殷切的期望。张炯诸位在京评论家作家都发表了很好的意见。虽是数九寒冬,研讨会开得暖意融融。我看着张锲听着张锲,在他的真诚和热情中,也还是听到了他的练达,看到了他的风范,作为中国作家协会副主席的风范。这是他的历练给他的,是他的职位和他的身份给他的,也是他的人品给他的。仍然是不失真诚和可爱。

张锲在主持研讨会的开始,竟情不自禁地述说起与我交往多年的友情,他钩沉起四十年前的1957年的那桩往事,说他就因为在他负责编辑的《蚌埠报》副刊上发表了我的随笔《请歌颂光明》,而被划成了右派。理由就是因为你认为这社会一片黑暗没有光明,所以你才发表了这篇《请歌颂光明》。与会诸位大约都熟知这种荒诞逻辑,见怪不惊,一笑置之。我则有点吃惊,因为我是第一次听张锲如是说。四十年已经过去,我从未听他当面或在书信中向我如此说过。这是我第一次听说,而且是在这种公开的场合。我在心里叨咕,心想,他是认真的吗?或者他是在描述他和我之间的感情纠结命运相连的一种文学的说法。因为怕干扰了研讨会,我没有将此想法说出,沉默着,好像是我早就知道此事。

2001年冬天,第七次文代会第六次作代会同时召开,张锲在作代会,我在文代会,只是开幕式和闭幕式后当天晚上的联欢有两次大团聚,大团聚时人头攒动,并未碰到。离京前一天晚上,在电话中与张锲通了话。他当年六十八岁,作协换届,他退了下来。屈指算来,他已在作协工作了十七年。我没有听出他有什么失落之类的情绪,挺放松,挺愉快的。他感谢党和人民对他的厚待。我听出那感谢是真诚的。他说退下后属于自己的时间可能会多些，想写点想写的东西。只是，中华文学基金会的事情，还暂无人接替，还需继续做。此后相当长一段时日，果然还常在媒体上看到他为中华文学基金会的事情而奔忙的身影。

2002年，他寄来那首他自作的古体诗。我懂得他的感慨，他的心情。

2003年，应郑州越秀酒家学术讲座之邀，张锲来郑州，这次是偕夫人鲁景超和十多岁的女儿苗苗一起来，我看到完全属于他个人的欢乐，家庭之乐，天伦之乐。他在学术讲座上讲的依旧是河南的文学创作，如数家珍，感情充沛，这是他解不开的情结。这回我们有多次聚会，某次聚会后，鲁景超悄悄告诉我，张锲是为你而来，为你这位老朋友而来。我心一动，未予回答。我懂得。

此后，张锲又来郑州两次。

第一次是单独来，想不起是因为什么事。情绪甚好，在宾馆里还与鲁景超通了话，我也顺便在电话里向小鲁致意。

第二次，和何建明一起来，说是要共同策划一篇有关河南的报告文学。张锲说，他自己精力不济，只是参与策划，写作要靠建明。这次，我看到他步履蹒跚。那矫健，哪里去了？

此后，未再相见。只是在节日时电话互相问候。他每有新作出版，必寄来。

女儿2008年去中国作协工作，嘱她常去看望她张锲叔叔。女儿常传来张锲的讯息。我知道他的生活。

张锲仙逝后，女儿在电话中告知我，她去家看望，与鲁姨泪眼相对的倾听与诉说，去八宝山告别的情况。还告知我，张锲生前，她某次去看望，张锲曾说起他的被划右派与发表我的随笔《请歌颂光明》的关系。我才知道，张锲说此话是认真的了。但我已无机会与张锲细究此事。也无须细究了。我就感到对张锲怀了一份愧疚。且让这未完全解开的谜与我对张锲的这份愧疚一起存放在我的心底吧。

与鲁景超通话，景超说，没有预兆。事发突然。他太累了。他心衰了。

安息吧，亲人会念想你。朋友会念想你。

我会念想你，张锲老弟。

微尘远，山花近：

· 秦锦屏

那年，万山红遍的金秋，在遥远的大西北，我带着任务，远赴乡郊野岭采风，在前不巴村、后不着店的地方遭遇道路塌方。坐在副驾驶位置，为我带路的摩的司机刘师傅，急忙摘掉金边墨镜，跳下车，站在黄尘漫漫的土路上，双手拢成喇叭放声吆喝："喂，路那边有人吗？……能帮忙挖通路吗？"

我沮丧地蹲在路边，盯着刘师傅高大的背影，惶恐而焦虑，大脑里不断闪回播放我和他初见的情景，顿时悔意重重，心乱如麻！眼前这条偏僻蜿蜒的乡间土路是单行道，就算驾车端直前行，稍有不慎都有可能连人带车翻入荆棘丛生的鸿沟之中！现在，即使我放弃此行的计划，这代步的出租车也根本无法调头！

五分钟，十分钟过去了，刘师傅还在那里费力而徒劳地呐喊着。我咬牙憋气，心里做好了在这荒山野岭徒坐一整夜、听天由命的最坏打算。这时，一直紧握方向盘蹙眉沉默的出租车司机也下了车，跟刘师傅一起吆喝"喂，路那边有人吗？……能给客人帮个忙吗？"

"喂、喂、喂……忙、忙、忙！"回应我们的只有鹦鹉学舌的群山和越来越凉的山风。

一声悠扬的应答，带动唰啦啦一阵细响，塌方路那端，一片不起眼的、依山靠坡的庄稼地里，忽地冒出个裹着白羊肚手巾的脑袋，在扬声问清楚我们的意图后，这手拄柴棒的老人掉头而去，嘴里说的是他这就回村里去喊人来帮把手，现在手里没拿家什（工具），没法将垮塌在路当腰的土堆铲平。

听人家这么一说，刘师傅和那位不知名的司机一齐转回头看我，面露喜色。我撇撇嘴，心想，这老人，十有八九不会回来了，因为，这地方离他居住的村庄一定十分遥远，任凭我手搭凉棚望尽村路，也未见窑洞组成的村郭坐落在何处！

沉默。等待。

又是数十分钟过去了，夕阳像一个没有烧透的夹生煤球，半红半黑悬挂在天际，树梢上满是寒凉寡情的秋风。刘师傅将他那镶了金边的墨镜推至头顶，活像一个整装待发的宇航员。他站一会儿，蹲一会儿，"啪啪"打火抽烟。那平头细腰的司机则反复在原地看表、兜圈子，看样子，他有些后悔接了我这档活儿。

听，土堆后面好像有人声！

我们一跃而起，探头看去，呀，好多手执铁锹、锄头的村民，正从带状的小路上陆陆续续汇集而来，带头的就是那弓背老人！立刻，他们舞动工具又铲又挖。刘师傅和司机高兴坏了，挽起袖子在路的这端徒手刨土，我也要效仿他们，却被硬生生推开："你是客人呢，不要把手弄脏了！"

蒙在夕阳脸上的灰色面纱被风掀开了，夕阳一跃而出，安详地注视着大地，橘色的薄暮里，一群人，正在为一个素不相识的人刨土开路！呵，不说别人，就那位黑脸白牙的刘师傅，我认识他也才不到两小时。当时，我在绥德县城里招手问驾摩托车兜生意的他："黑家洼村怎么走？"他推起遮住半张脸的墨镜，认真打量了我一下，自告奋勇要弃车带路，理由是，我要去的那地方路况不好，驾摩托车去危险，只有要出租车去，但不识途的人很容易走进丛生的岔道，路走岔了，非但今晚回不了城，连个宿住的地方也难找到。他特别强调："你看看，这天都快黑了，你一个女人家，身上还背着个包……"我见他满脸真诚，便接受了建议，由他带路，当街拦了一辆出租车……哪知，路上遇到这坟包一样意外出现的"拦路虎"！刚才，我心情忐忑，还差点误会了他。

"拦路虎"被一群素不相识的陌生人合力"打败了"！我强忍住满眼激动的泪花，掏出钱想略表谢意，却被那些粗糙的大手坚决挡回来了："那不能要呢，都是小事情嘛！谁人出门不遇个事儿嘛……"

一旁的刘师傅拍拍满是灰尘的手，竟也替他们帮腔，他十分珍爱地将墨镜在衣角上擦一擦，然后端端正正地架放在高挺的鼻梁上，说："对噢，都不能要嘛！谁叫你是咱的客人呢？应该的，咱们这里的人，都这个样儿。快走，天快黑了!"

　　车子"嘀嘀"唱了几声,再次启动,两厢车窗洞开,夹道而立的是扛着、挂着劳动工具的村民,他们微笑的脸庞朴实而憨厚,挥舞的手臂,像广袤大地上鲜明生动的平安路标,被夕阳镀上了灿灿金色。

　　车子颠簸前行,我频频回头。远远看去,他们散落道旁,如微尘一样越来越小越来越小,又像朵朵沁人心脾的山花,越来越近,越来越近。

我愿和你一起飞

· 裘山山

我算不上空中飞人，但一年也会飞个十几二十趟。每次坐飞机，我都期待遇到一个安静的邻座，以便度过两三个小时舒适的旅程。最近这一年，学会了网上值机，每回选座位号时，我心里就会想，不知这一次，身边会是谁？尽管是自选，照样很盲目，因为你选的时候，邻座还是个问号。

最近一次外出，去的时候我选了16C，结果遇到一个很不愉快的邻座，回程的时候我就选了16D，仿佛是为了远离之前的不愉快。那天是正点登机，我走到16D的时候，看到旁边的16E是位女乘客，心下稍安。以我的经验，女乘客安静的概率比较高。

可是我刚坐下还没系好安全带，她就开口了：大姐，这个耳机怎么用啊？我帮她插进座椅的塞孔里，她连忙戴到头上，跟着又问，怎么没声音？我只好帮她调声音，她不断摇头说，没有，什么都没有。这时空姐走过来了，她一把抓住空姐：这个耳机听不到歌。空姐说你别急，我们一会儿会发新耳机的。

但她就是急，扭来扭去的，坐立不安。当空姐演示安全须知时，她很认真地听，然后大声跟同伴说，我没穿高跟鞋，我不用脱，你得脱。她身边是个年轻女孩儿。那女孩儿为她的躁动不安感到不好意思，朝我笑笑。可她满不在乎，继续锲而不舍地捣鼓着耳机，终于，耳机被她捣鼓出声音了。因为，我听到她开始唱歌儿了，是比较老的流行歌曲，在水一方，某年某月的某一天……

完了，遇到一个不安宁的女邻。我心里隐隐担忧着。

飞机开始滑动，她忽然取下耳机问我，飞机飞起来的时候是不是很难受？我应该怎么做？我安慰说没事的，不要紧张就行。旁边的小姑娘说，你张大嘴巴就没事了。她戴上耳机大声唱起歌来，也许她认为这是张大嘴巴的另一种方式。这回她唱的是《夜来香》，我们就在"夜来香，夜来香"的歌声中飞上了天空。

显然这是她第一次坐飞机，我的这位女邻座。不过她的折腾并没有让我特别反感，很奇怪。也许是她跟我说话时的语气？也许是她的眼神？似乎都透出一股与她年龄不相称的单纯和天然。

我开始有意打量她，四十出头的样子，长相很普通，脸色微黑，头发也黑，还亮，这让她显得年轻。围着一条有蕾丝边儿的紫色纱巾，穿了条砖红色的裤子，抱在怀里的包是豹纹的。由此猜测她并不是个家庭妇女。她不怕大声唱歌，两只手还翘着兰花指比动作，仿佛在舞台上一般旁若无人，一对银手环丁零当啷地闪耀着。而且我注意到，虽然是戴着耳机在唱，音却很准，一般人是做不到的。也许，她是个哪个县剧团的？或者，哪个街道的业余演出队？

飞机平稳后，她终于安静了。我便拿出书来看。刚看了没几页，她就紧张地取下耳机对我说，我耳朵听不见了，我难受。我说，你吞咽口水试试？她照着做了，露出满意的笑容，嗯，好了。你耳朵不难受吗？我说我也会难受的，大家都一样。她说我不一样哦，我身体很不好，所以有点儿担心。

这让我意外，看上去她挺健康啊。但她转移了话题：你是不是经常坐飞机？我说是的。那你知道这个飞机票多少钱一张？我说如果不打折，加上机场建设费燃油费什么的，要一千六七吧。她听了，朝身边的小姑娘伸伸舌头。

她忽然说，对不起，我问你太多问题了。

我说，没事。

不过心里却越发好奇了。这究竟是个什么样的女人？她，她们，去成都做什么？我忽然想，罢了，反正也看不成书了，不如和她聊聊。于是我合上书主动问：你们去成都干嘛？

她的回答让我吃了一惊：我们去做节目，四川电视台邀请我们的。喏，我们五个！她指指过道对面的两个和身后的一个。原来他们是个小团体。我自选的座位，夹在了他们中间。

我毫不掩饰我的惊讶：做什么节目？

她很自豪地说，我们有个"草根之家"，是专门为进城的打工者提供服务的，我们几个都是"草根之家"的义工，我们就是去做这个节目。

我更为惊讶了，同时又有一种开心和好奇。

她开始滔滔不绝地给我讲他们的"草根之家"，还告诉我她身边的小姑娘是跳舞的，跳得特别好，她是唱歌的，另外三位也都是"草根之家"的骨干。

我一边听一边庆幸，还好自己开口问了她，不然，就错过了一个美好的故事，美好的人。

她说的这个"草根之家"在杭州，已经成立八年了，小有知名度。他们的宗旨是，"让杭州的打工朋友过上有尊严的生活"。这个宗旨让我敬佩，原来他们并不只是提供文艺节目的平台，还提供技能培训、普法维权等非常实在的服务。让我欣慰的是，当地政府很支持他们，每年都拨款解决其房租水电等基本费用。

其实更让我感动的，是她自己的故事。她说她和老公，是在杭州打工时认识的，老公是江西人，做房屋装修。结婚后，夫妻俩苦巴巴地齐心协力，渐渐有了些积蓄，又生了一儿一女，小日子过得还算不错。可是两年前的某一天，她突然中风瘫痪——因为家族性高血压，也因为缺乏医学知识，从来不注意。老公毫不犹豫地把刚买的车卖掉，送她进了最好的医院。医生诊断后说，情况很严重，就算保住命，以后恐怕也要躺床上了。但她老公一点儿都不放弃，放下工作，天天跑医院，照顾她，帮她康复。而她自己的乐观开朗，也起了重要的作用。半年后，她竟然奇迹般地恢复了，慢慢能起床了，慢慢能走路了，直到现在这个样子。

她无限感慨地说，我都没想到我还能有今天。

我说，你很幸运，遇到你老公。

她说是的，我老公特别好，人很善良。对我好，对他爸爸妈妈也好。我出院的时候才知道，我们家车没了。他说车算什么，我们以后再买。我身体刚好一些，就想去"草根之家"参加活动，他就每天送我，拿自行车推我去，晚上再接我回。

我说，是不是感觉很幸福啊？她说，我们也吵架。有一次吵架时我生气了，我就说，以后不用你管我，你走你的康庄道，我过我的独木桥。我老公叹气说，还是你走康庄道我走独木桥吧，你身体不好，独木桥难走。哈哈，我一下就消气了。

我心里暖暖的，为世上还有这样好的男人，也为世上还有这样幸福的女人。难怪她显得那么单纯天然，因为一直以来她都无须费什么心思去维护他们的婚姻。

她继续在讲：我还参加过"中国达人秀"的选拔赛呢，我讲了自己的故事，唱了一首歌，三个评委都给了我"yes"。但是我没有再去上海参加复赛了，因为当时身体还不太好。

她讲得很自豪：你上网去搜嘛，可以搜到我们"草根之家"的事迹，也有我的名字。真的，你去搜嘛。

她讲得很热情：我给你留个电话，你下次回杭州就给我打电话，等我们"草根之家"有演出的时候，我请你来看。

一直讲到飞机降落，她才停下来，再没提耳鸣的事了。告别时她再次对我说，大姐，真不好意思，一路上都在打搅你，你烦我了吧？

我连连说没有，我很愿意听你聊天，我很开心。

其实心里还有一句没说出来：我愿和你一起飞。

照片里的人生：

·苏 北

一

我曾见汪曾祺先生1946年的一张照片。照片中的汪先生一派青春稚气的模样。他穿着灰色西装，浅色衬衫，打着领带，一只手插在裤兜里，黑色白点的领带被风吹向一边。小汪有点憨憨地笑着，浓密的头发梳向背后，仿佛刚刚洗了头、理了发，似乎是单为了照这张相。镜头下，阳光直射，是中午时分，在一个院子里。强烈的光线将四周的墙面切割成规整的四方形，黑白分明，更显得这个青年意气风发，充满着旺盛的活力。

这是一帧在上海的照片。

1946年的汪曾祺才二十六岁，还没有结婚。这时候的施松卿还在福建老家。照片上的神色和表情，显示出他已找到了工作——在私立致远中学教书。想必是已经与黄永玉和黄裳打得火热，经常与那两位姓黄的友人在霞飞路穷逛和到DD'S喝咖啡。

在巴金家里，由萧珊烹茶，喝功夫茶；写谁也看不懂的糊里糊涂的信（写给黄裳）；在"听水斋"里读小说、写大字。那张照片中西服、领带的打扮有点儿"小开"，上海的生活在影响着这个青年。

最重要的是他在那个被他喻为"听水斋"的铁皮房子里，完成了逾万字的《短篇小说的本质》的论文，这是他之后大半辈子的文学宣言。

关于那一段生活，四十年后他写出了小说《星期天》，把那一段日子，写得活色生香。

二

还有一张照片似更早些。可能是在昆明时期。照片中一张丰腴的孩子气的脸。两道浓眉，嘴角有力，含着一股少年的英气。青涩的少年。那是汪曾祺文学的开端，更早一点，是在江苏高邮乡下的一座破庙里（为了躲鬼子），因一本《沈从文小说选》而播下了种子。

在昆明，他受到了文学的熏陶，打开了文学的大门，他见到了许多心仪的人。他是读书的种子（绝非适用性的，而是随性而为）。晚上在图书馆或者茶馆，总是待到很晚。精力是极其地好。他开始写作，并通过沈从文寄出去发表。可以说，他已开始崭露头角了。他写出了《鸡鸭名家》和《异秉》等名篇。

在昆明，他还收获了友谊和爱情。他的一生挚友朱德熙、李荣，真是君子之交；在黄土坡或者白马庙，他认识了施松卿，并且两人开始了恋爱。汪曾祺早期散文里的S，肯定是他的心中恋人。《看牙》一篇，尤为热烈："S陪着我，几乎是央求了，让我明天一定去看……S临别，满目含泪从船上扔下一本书来，书里夹一纸条，写的是：这一去，可该好好照顾自己了。找到事，借点薪水，第一是把牙治一治去。"（1947年，汪往上海谋事，施回福建老家，在昆明分别。只有年轻，才会写出S这样洋字码的代称，也可见一时风气。）

三

八十年代坐在自家藤椅上的一张，则一副悠然自得的模样。仿佛刚刚写完一篇文字，点燃一支烟，自我陶醉一下。那时汪曾祺在邓友梅和林斤澜等好友的怂恿下，已经复出，写出了《大淖记事》和《受戒》等作品，书话和散文也是特别棒。正是文学的好时期，各种活动又多。这是人生最饱满的黄金岁月。他的坐姿和神态松弛，穿着浆白色衬衫，外罩一件米色羊毛开衫，头微微偏着，脸上绽放着微笑。让我想起"人间送小温"。

花朵的绽放总是匆遽和短暂的。人生最美丽的时候，却是已近黄昏，复出后的汪曾祺已六十多岁。

四

最后一张照片也是他生命中的最后一张照片。照片的说明是："1997年5

月 11 日在家中。当日晚间消化道大出血，5 日后不治。"照片中的汪先生穿着白衬衫、灰西装，仿佛是从外面参加完活动刚回来。他斜靠在平日写作时坐的书案边的转椅上，身后是他那间朝阳的小书房的满架书籍（也仅此一架）。照片曝光有些过度，使得脸上神态疲惫，表情也十分肃穆。

　　一个人的一生，一个人的生命，就这么不经意地浓缩在了几张照片之中。

烟花惊艳：

· 肖复兴

我家住的小区里，有家小理发店。十四年前，我刚住进这个小区，它就存在。十四年来，花开花落，世事如风，变迁很大，它依然偏于小区一隅，没有任何变化。别的理发店都重新装潢了门面，在门前还装上了闪闪发光的旋转灯箱什么的，连名字都改作美发厅了。它依然故我，很朴素，也很有底气地存在着，犹如一株小草，自有自己的风姿，并不理会花的鲜艳和树的参天。而且，别的理发店里伙计不知换了几茬儿，甚至老板都已经易人。它的伙计一直是那几个，老板始终是同一个人。什么事情，能够坚持十四年恒定不变，都不容易，都会老树成精的。

想说的是今年大年三十的事情。虽然事情已经过去了快一年，但印象很深，每一次去小店理发，见到老板都忍不住想起这件事，而且会和他谈起。他总会哈哈大笑，笑声回荡在小店里，让回忆充满暖意和快乐。

因为常去那里理发，我和这位老板很熟，其实，小区好多人图个方便，更图老板手艺不错，都常去小店。大家都知道每年春节前是他生意最好的时候，他会坚持到大年三十的晚上，一直送走最后一位客人，然后回江西老家过年。他买好了大年夜最后一班的火车票，他说虽然赶不上吃团圆饺子，但这一天车票好买，火车上很清静，睡一宿就到家了。

一般我不会挤在年三十晚上去理发，那时候，不是人多，就是他着急要打烊，赶火车回家。但那几天因为有事情耽搁了，我一直到了大年三十的晚上，才去他那里。时间毕竟晚了，进门一看，伙计们都下班回家了，客人也早已经不在，店里只剩下他一人，正弯腰要拔掉所有的电插销，关好水门和煤气的开关，准备关门走人了。见我进门，他抬起身子，热情地和我打过招呼，把拔掉的电插销重新插上，拿过围裙，习惯性地掸了掸理发椅，让我坐下。我有些抱歉地问他会不会耽误乘火车的时间。他说没关系，你又不染不烫的，理你的头发不费多少时间的。

我知道，理我的头发确实很简单，就是剪一下，洗个头，再吹个风。不到半个小时，就完活儿了。但毕竟有些晚了，还是有些抱歉。迎来送往的客人多了，理发店的老板都是心理学家，一般都能够看出客人的心思。他看出我的心思，开玩笑对我说，怎么我也得送走最后一个客人，这是我们店的服务宗旨。

就在他刚给我围上围裙的时候，店门被推开了，进来一位女同志，急急地问：还能做个头吗？我和老板都看了看她，三十多岁的样子，穿着件墨绿色的呢子大衣，挺时尚的。我心想，居然还有比我来得更晚的。老板对她说：行，你先坐，等会儿！那女人边脱大衣边说，我一路路过好多家理发店都关门了，看见你家还亮着灯，真是谢天谢地。

等她坐下来，我替老板隐隐地担忧了。因为老板问她的头发怎么做，她说不仅要剪短，要拉直，而且关键是还要焗油，这样一来，没有一个多小时，是完不了活儿的。等她说完这番话时，我看见老板刚刚拿起理发剪的手犹豫了一下。

显然，她也看出来了老板这一瞬间的表情，急忙解释，带有几分夸张，也带有几分求情的意思说：求您了，待会儿，我得跟我男朋友一起去见他妈，是我第一次到他家，而且还是去过年。虽说丑媳妇早晚得见公婆，但你看我这一头乱鸡窝似的头发，跟聊斋里的女鬼似的，别再吓着我婆婆！

老板和我都被她逗笑了。老板对她说：行啦，别因为你的头发过不好年，再把对象给吹了。

她大笑道：您还是真说对了，我这么大年纪，也是属于"圣（剩）斗士"了，找这么个婆家不容易。

我知道，老板的时间紧张，便赶紧向老板学习，愿意成人之美，让出了座位，对老板说：你赶紧先给这位美女理吧，我不用见婆家，不急。她忙推辞说，那怎么好意思！我对她说，老板待会儿还得赶火车回家过年。她说，那就更不好意思了。但我抱定了英雄救美的念头，把她拉上了座位，然后准备转身告辞了。老板一把拉住我说，没你说得那么急，赶得上火车的。正月不剃头，你今儿不理了，要等一个月呢！我只好重新坐下，对老板说，那你也先给她理吧，我等等，要是时间不够，就甭管我了。

那女人的感谢，开始从老板转移到我的身上。我想别给老板添乱了，人家还得赶火车回家过年呢，便想趁老板忙着的时候，侧身走人。谁知悄悄拿起外套刚走到门口，老板头也没回却一声把我喝住：别走啊！别忘了正月不剃头！看我又坐下了，他笑着说，您得让我多带一份钱回家过年。说得我和那女人都笑了起来。

老板麻利儿地做完她的头发，让她焕然一新。都说人靠衣服马靠鞍，其实人主要靠头发抬色呢，尤其是头发真的能够让女人焕然一新。但是，时间确实很紧张了，老板招呼我坐上理发椅时，我对他说，不行就算了，火车可不等人。老板却胸有成竹地说，没问题，你比她简单多了，一支烟的工夫就得！

果然，一支烟的工夫，发理完了。我没有让他洗头和吹风，帮他拔掉电插销，关好水门和煤气的开关，拿好他的行李，一起匆匆走出店门的时候，看见那位女人正站在门前没几步远的一辆汽车旁边，挥着手招呼着老板。我和老板走了过去，她对老板说：上车，我送你上火车站。看老板有些意外，她笑着说，走吧，候着您呢。老板不好意思地说，别耽误了你的事。女人还是笑着说，这时候不堵车，一支烟的工夫就到。

汽车欢快地开走了。小区里，已经有人心急地放起了烟花，绽放在大年夜的夜空，就像突然炸开在我的头顶，挺惊艳的。

忆徐迟：

· 谢 冕

今年，是著名诗人、翻译家、报告文学作家徐迟的百年诞辰。

我认识徐迟是在北大上学时，我是大三的普通学生，他是全国诗歌第一刊的副主编，而且是大诗人，他跑到北大学生宿舍找我。那是冬天，很厚的呢大衣，进屋时呵着寒气。他受《诗刊》主编臧克家先生之托，要我联合几位同学集体写一本中国新诗史。1958年，那时国内还没有一本这样的书。当时全国上下敢想敢干，《诗刊》也好，我们也好，都是充满了"大跃进"的情结，"做前人从来没有做过的事"。在他的鼓励和支持下，我们终于写出了后来叫做"新诗发展概况"的书稿。此书记载了我们的幼稚和鲁莽，但更记载了徐迟对我们的信任和爱心——他成为我们几个人后来学术的启蒙人，他引领我们走上诗歌、文学研究的道路。

从二十世纪五十年代末到六十年代初，因为时局的原因，我们无一例外地被驱使着做各种各样与专业无关的事。那时刚毕业的我被下放京西斋堂，徐迟他们也是漂泊无定。《诗刊》停刊了，我们无法见面，就靠通信往来。那时我在百花山下，虽然孤寂沉闷，但那里的青山秀水和四季花时倒可聊慰寂寞。我在给徐迟的信中经常写些此地风光。在我，是借以忘却内心的落寞，不想因而引发了诗人的文思；在他，也许客观上因此释放了禁锢年代久违了的诗情。徐迟给我的回信中经常离开我们的话题，发挥着他美文的擅长。记得清楚的有一次，他在恣意抒情之后特别在括弧中写下："这段文字若单独发表便是极美的散文"（大意）。

我保存了这一时期他给我的二十多封书信，它是我的珍藏，被安放在最安全隐秘的地方。但是不幸，它却无法逃脱那空前（但愿也是绝后）的"史无前例"。"文革"中我被列入另册，徐迟也消失在我的视野中（当然不是心中）。那时我白天被学生轮流批斗，批斗之外的时间，和几个"同案"被安排在北大大锅炉房烧锅炉（冬季供暖）。时间是一分一秒地难挨，恐惧是一分一秒地逼近。那个疯狂的年代什么疯狂的事都可能发生。我个人的安危已无暇计及，倒是徐迟的那一批书信令我寝食难安。我怕无端的文祸令早已身陷危境的徐迟雪上加霜。我下了狠心，在一个寂静的夜晚焚烧了这一批书信。

我一生几乎没有太多的恐惧，无论是在一个海岛战后的夜间单人值哨，还是任何让人后怕的艰危境遇，我都未曾畏惧过。倒是那个年代，那些无时无地不作宣告破门而入的抄家，使从来不知害怕的我日夜如临深渊。我知道，徐迟写给我的那些信函，因为它们保留了人间最美好的情感，一定为那个年月所不容。我一生也极少为自己的行事后悔过，然而，那一个夜晚，在我居所的楼后，因为怯弱，我却做了最不愿做的事——焚稿，这是有生以来的一个"唯一"。正因这个"唯一"，使我始终愧对自己，也愧对我敬爱的先生。忆及此事，总有锥心之痛。以至于在他去世之后，我痛悔交加，始终临纸不能书一字。

在"革命"的年代，始终穿西装的人很少，徐迟先生是一个例外。他平时总是西装革履，正式场合打领带，一派西化的装束。徐迟美丰仪，是极有风度的。他那时担任《诗刊》副主编，经常"被下乡"，记得"大跃进"时还到过怀来的南水泉，写过诗，也写过文。我不知道在乡下他会穿什么衣服。徐迟精通英文，但他是无师自通，是"自学成才"。他告诉我，英文是靠读字典读出来的。他还告诉我，他曾在燕京大学"蹭"过课，在冰心先生的课堂，那时冰心上的是写作课。冰心还布置了作业，徐迟说，他编了一期文学副刊，得到冰心的表扬。

不知是在燕大，还是在什么地方，他认识了金克木，他们成了好友。那时金先生未婚，徐迟告诉金克木，他家乡浙江南浔出美女，何不到南浔找个妻子？一个假期，他们果然携手游了南浔。我认识金先生，但无缘拜识金师母，也不好意思向金先生求证师母到底是哪里人。徐迟的夫人陈松先生，我在武汉见过。温文娟秀，是典型的江南女子。那日拜望徐迟，他夫人亲手调制了江南甜点款待我。徐迟在武汉的家我只去过一次，是他离开《诗刊》之后的事。

但在北京，我先后住过的蔚秀园和畅春园的家，却是他经常到的。每次到京，他总住在交道口伍修权的府邸。伍修权的夫人是徐迟的姐姐，这位当年的总参谋长是他的姐夫。每次徐迟在交道口住下后，就会屈驾到寒舍来。有时有事，有时无事。我敢说，那时在北京，我的家是徐迟来的最多的地方。前些日子见到周明，他告诉我，徐迟写蔡希陶的长篇报告文学《生命之树常绿》，是在我家定下的篇名。

每次来北大，徐迟都是自己挤公共汽车。那时北京没有出租车（即使有，一般人也坐不起），来过北京的人都知道，从交道口到北大，是一条非常漫长而艰难的"长途"。但徐迟每次都是挤公共汽车来。他很得意地说，我是在武汉锻炼过的，我还怕挤车吗？他来了之后，素琰总是一碗阳春面款待他。这碗阳春面他吃得香。以后每次来，他总向素琰讨阳春面吃。尽管那时我们还不至于请不起吃别的，但他最爱的还是这碗阳春面。

"文革"结束之后，徐迟迸发了创作的激情，除了诗和散文，他还写文艺短论，这些诗文也都专注于为社会和文艺的现代化吁呼。他对于我那时的诗歌主张是赞同的，从二十世纪五十年代到"文革"结束，他一直关心着我的诗歌活动。我在诗歌的现代精神的提倡方面一直得到他的热情肯定与支持。徐迟是杨炼的舅姥爷，就是说，杨炼的奶奶是徐迟的大姐，那时杨炼已开始写诗，徐迟让杨炼送作品给我看。这样，杨炼成为我比较早认识的朦胧诗人。与此同时，他以充沛的热情开始了报告文学的写作，一篇《哥德巴赫猜想》使他享誉文坛。他在他人看来枯燥的天书般的数学方程中发现并注入了诗意和想象。这里是他阅读陈景润"猜想"的方程式后发出的感叹：

"何等动人的一页又一页篇页！这些是人类思维的花朵。这些是空谷幽兰、高寒杜鹃、老林中的人参、冰山上的雪莲、绝顶上的灵芝、抽象思维的牡丹。这些数学的公式也是一种世界语言。学会这种语言就懂得它了。这里面贯穿着最严密的逻辑和自然辩证法。它是在太阳系、银河系、河外系和宇宙的秘密，原子、电子、粒子、层子的奥妙中产生的。"（《哥德巴赫猜想》）

其实，在"文革"前，他在"虚构"的长篇报告文学《祁连山下》中，已经用激情的想象把诗歌引进了叙述作品。徐迟为了书写的自由空间，在《祁连山下》中有意隐去了原型常书鸿的姓名。我们从这篇充满诗情的文字中，不仅读到了历史、时代，还有绘画、音乐和地质，而且读到了诗。画家的抱负、爱情，他的献身艺术的精神成为他的抒情的主题。

在中国作家中，徐迟是富有自然科学知识的学者型的作家。八十年代他呼唤中国的现代化，其中包括了他的科学精神和环境保护意识。他写了数学家陈景润之后，接着写植物学家蔡希陶，就是出于这种对绿色的关怀。为了采访蔡希陶，周明陪他到过西双版纳。蔡希陶的热带植物园在勐腊县的葫芦岛上，罗梭江拥抱着那块绿翡翠般的岛屿。从勐仑镇再往前走，不用几公里便是老挝了。徐迟那时有惊人的精力，他为了采访那些科学家，再远再难都拦不住他的脚步。他把诗歌的灵感和想象力融汇于自然科学的王国中。在伟大的新的文艺复兴中，他想的不光是文艺的再生，而是以科学精神荡涤现代迷信。他想的比别人更远，更前卫。

　　徐迟先生出身名门，他的三位姐姐都是江南名媛。徐迟告诉我，他要以三位姐姐的故事写一部长篇。因为我们久不联系，不知这计划是否完成了。但他的学习电脑我是知道的，他八十岁开始用电脑写作，在他那一辈作家中他也是开风气之先的。人们告诉我，学会电脑之后，他自己动手录入他的全部作品。我为他高兴。本来就有些耳背的他，此时听力已严重下降。人们还告诉我，由于听力下降，他已久不会见客人，每天只是闭门以电脑写作。我十分怀念他，但我也不忍心打扰他。我只是在心中记挂着他。不论生活发生了什么，不论他在何方，在我的心目中，他是永远现代的，永远年轻的，他是永远充满活力的一棵常青树。

特克斯的阳光

·亚 楠

一

那时，新疆特克斯河在月夜里泛着白光。我知道，在这寂静的夜晚，尘封的往事总会浮起……这月光浸润的河床，每一粒石子都拥有自己的神话。它们在时光深处，在寂静统领的旷野，以自己的光亮淘洗灵魂。

所以我更愿意记住这些。并且，也可以看见雪峰，云杉和塔松，以及岩石上绽放的白色雪莲花——告诉你吧，它们是大山的主人，是苍穹下圣洁的守望者。

可我依旧关心的是，那些雪，那些澄澈的阳光所拥有的明净。我知道，当人类陷入绝望，唯有这清纯之物可以为我们疗伤。

二

特克斯的魅力也在于，它的独特，它的神奇，以及它所拥有的文化元素。站在茫茫特克斯大草原，一直朝前追溯，我们会发现，中西文化不断碰撞、交融——它们在这里忽然隆起，成为一种旷世奇观。在这里，草原文化与汉文化相互滋养，和谐共处，便成就了今天这座边城厚重的文化底蕴。

特克斯的历史文化底蕴足够强大，它所形成的磁场呈现出独有的光亮。幽深，奇诡，神秘，仿佛巨大的迷宫，我只能心存敬畏。

那么，这也就是我喜爱特克斯的另一个理由了。从高空俯瞰，群山逶迤，河流在蜿蜒中构筑它的乐园。而这时，一张巨大的八卦图在大地上铺展……一道道射线伸向四面八方，仿佛太阳的光谱，那色调具有恒久的魅力。

三

　　其实，我更加看重的是，精神层面的光谱：比如，红色代表喜悦，是一种向上的力量；黄色代表高贵，他让我们拥有美德；白色代表纯洁，是灵魂获得澄澈的重要元素；蓝色是一面小旗，不经意间引领我们抵达明媚……而紫色，就像淡淡的忧伤，在无眠的夜晚，使内心得以过滤和淘洗。

　　为此我抵近山林，在溪流的两岸，目睹花开花落，岁月沧桑——那岩石之上，沉积的苔藓是梦的涟漪，宁静而苍凉，并在时间印证下发出微光。也即是一种守望，他们在生命的册页上驻足，悄然无声。

四

　　八卦城若神秘的圣地，天风劲吹，来自文化的根脉把它的全部蕴涵置于其中。并且，也开启了西域之门，朝向东方呈现它的神圣。

　　我被一种幻觉裹挟着，云雾缭绕处，那低飞的苍鹭把目光投入山林。抑或在另一片水域，我用守望祈福，如一个虔诚的圣徒，愿万物都得以安宁。

　　——那是人类的福音啊！没有喧嚣，唯晨风暮岚，鸟语花香。而溪水潺潺的河谷，牧民们日出而作，日落而息……这宁静中，我仿佛听到了天籁之音。

五

　　那么，我也在空阔中打开自己。拂去尘世之累，置身于山水间，尽情安享大自然的恩赐。这显然也是一个自我减压的良策。当我们久居城中，匆匆而无奈，繁忙的工作压得人喘不过气来。这时候，走进山谷，走进一片清幽的芳草地，便有羁鸟归林的舒缓与喜悦。是啊！我们生活在匆匆脚步中，惶惑间，仿佛丢失钥匙的孩子，茫然不知所终。

　　但时光也赋予了纯朴与绵厚……在阔克苏峡谷，北山羊正安静地吃草，有时，它也抬头张望——那是风摇动的树影，婆娑中的飒飒声，皆是草原之韵。

六

　　大地清亮的背影隆起，又在夕阳中融入山谷。远处，湖水澄澈，那碧蓝中泛起的白光，似跳动的蓝色火焰，斑驳陆离，如梦如幻——顷刻间，便在寂静的晚霞里落下帷幕。我知道，它们都回到了梦中。

小马驹奔跑着，朝向松林，又忽而折回头来寻找自己的母亲。炊烟已经升起来了，毡房前，烤馕的老阿妈神情淡然，仿佛岁月只是她回忆的缘由。茶炊里的水沸腾了，那一碗碗喷香的奶茶，就是草原朴素而诗意的生活。

七

　　毕竟，我也是草原的孩子。多少扑朔迷离的夜晚，我拥衾而坐，思绪中尽是草原的场景。黑斑鸠在草窠里示爱，有时，它们发出的啁啾声比月光更妩媚。而不远处，是旱獭出没的地方：在酥油草丛中，那一只只眼贼亮亮的，仿佛草叶上的露珠，在月光下泛着绿光。可是我的记忆并不完整，因为草原的盛宴从未呈现它的真容……

　　即便如此，我已经领略了它的博大与神秘。那些岩画和石人，那古墓，那鹿石，那湮于时间深处的幢幢人影，都在风中轻轻诉说。正因为此，我常行走于草原，也在她辽阔的怀抱中获得灵魂的惬意与满足。

八

　　当我把目光拉近，回到特克斯河畔，回到八卦城，仿佛回到了美丽的画屏中。我习惯于这座草原小城的宁静，以及它一体多元文化的脉络。是的，不同语言相互碰撞、交流、融合，形成了它的独特性，也把温暖带给我，徜徉其间，便有了热爱的理由。

　　所以，我愿意在正午的阳光下，漫步花间草海，漫步白桦林轻轻的歌唱里。而山坡上，牛羊安静地吃草，抑或散卧在辽阔中……那一瞬，我感觉整个草原都是我的，而我，也是茫茫草原上一粒微不足道的浮尘。

九

　　这就注定了，在特克斯大草原，澄明的阳光已经在我体内奔涌，并沿着血脉，成为照亮我生命航程的灯塔。

　　我无法忘记他们，那山山水水，一草一木，甚至每一块石头，灶膛里牛粪饼燃烧的独特气味……都已经融入其中，成为我挥之不去的情结；还有那百灵鸟婉转的歌唱，松涛播撒的蓝色音符，都在空阔的山谷轻轻回荡。

　　草原以她的辽阔启迪心灵，也用无尽的时光赢得美誉。

　　或者迎着风，在草原深处放歌，让奔涌的激情尽情绽放……

家乡的月奶奶

· 姚化勤

一

望月。这大都市的月。我倚窗仰望,久久,它才从嶙峋的楼缝间露出脸来,像极了刚挣扎出油锅的荷包蛋的蛋黄,被蒸腾的灯晕笼罩着,朦胧,憔悴,一副饱受煎熬病恹恹的模样。

真的病了吗?昔日嫦娥般靓丽、清秀的神韵哪去了?莫非和我一样,生长于乡村,咋也适应不了眼前沸反盈天的喧嚣和钢筋水泥的阴冷,患上了思乡症,因此精神恍惚,萎靡起来?

二

故乡在辽阔的豫东平原上,那儿的月亮真个叫"亮"!尤其到了"望日",又大又圆,夕阳未尽,月亮便早早地跃出了地平线,形成日月交辉的景观。当落日收去最后一片晚霞,她愈发显出奇异的光彩来,玉玉的,银银的,泛着涟漪的波纹,无需你引颈张望,就泻下了满坡满院的月光。但是,家乡的父母们并不称她"月亮",而管她叫"月奶奶"。在乡亲们眼里,月更有着奶奶的温馨和慈祥,"亮"是奶奶本能的爱的释放。当孩子一旦能够独个儿玩耍了,立马被毫不迟疑地交给月奶奶照看。

我的童年就是在"月奶奶"的爱抚下度过的。

放晚学了,大集体干活的妈妈们还没收工,谁打一声唿哨,喊:快呀!月奶奶点灯了。一群十岁左右的娃娃,急火火地跑回家,书包一撂,从锅里胡乱抓把红薯片，边嚼边跑，来到村西桥头的古槐下，围着百岁老树"转辘轳""丢疙瘩""杀羊羔"……野得没边没沿。

其中"杀羊羔"给人留下的印象最深。放晚学前，几个年龄大点的"孩子头"先拢一起，抓阄，确定了"羊羔"的人选。待到大槐树下一聚齐，十多个小伙伴立即手拉手，拧成一根绳，将"羊羔"圈在中间，逐渐收缩、箍起……"羊羔"则左冲右撞，拼力突围，生怕给捆住了。"羊羔"一旦被捆住，会被摁倒在地、滚成土猴儿不说，还要迎着一只只竖成刀状的手掌，学着羊儿挨宰的痛苦相，哀哀地叫"咩咩"。当然更多时候，是羊儿冲出了包围，撒着欢儿唱："俺是奶奶的小羊羔，喝河水，啃青草，挣断绳索由性儿跑……"

跑着，跑着，我们跑成了虎威威的小伙或泼辣辣的村姑。那个"大跃进"刚刚过去，全靠野菜和红薯片填肚皮的时代，并没在我们身上留下羸弱的痕迹，想来，多亏月奶奶的哺育了。她微白淡黄又如水流动的光，是加钙的乳汁，补足了我们成长需要的营养。所以，后来读到"小时不识月，呼作白玉盘"的诗句时，我总疑心诗人弄颠倒了：我们可是在不知玉为何物的幼年，早和月奶奶相识相亲，享着她老人家天大的恩爱了。

三

长成新一茬挣工分的庄稼汉了。月奶奶仍然对我们关爱有加。那年头，家乡穷，文化生活更穷。闹"文革"，连过去说书卖唱的也销声匿迹了，唯有电影队依然活跃着。隔三岔五，四邻八村总会演场电影，大多选在有月的晚上。每每此时，我们就呼朋引伴，早早地跑去等。反复上映的"样板戏"，已经吸引不住眼球了；而人，准确地说是姑娘们——从不化妆的乡下姑娘，一旦坐在月光下，被月奶奶轻施粉黛，顿时妩媚起来，一改平素"辣妹子"的形象，雾中花朵般越看越迷人，直看得小伙子仿佛融化了——化掉身上的些许粗野，化为一汪溶溶月色，濡进花的芳心里。于是，对上眼的双方开始借月传情，月下携手……月奶奶为多少乡村男女系上了"爱"的红绳。

到了焦麦炸豆的季节，月奶奶对我们的关爱又换了一种方式。"蚕老一时，麦熟一晌"。年年收麦，庄稼人都如同打仗，拼死拼活地抢进度。白天，顶着喷火的老太阳，边收边打，打不及的垛起来，以防落籽或遭雨。这"垛"和"打"后拢场扬糠的任务就留到了晚上。

许是上帝的刻意安排，家乡收麦恰恰赶在半月至满月之间。前几晚的重头戏是"垛"，月奶奶早早地捧出硕大的蜜橘，把酸酸甜甜的"凉"注入人们心头。我们垛起麦来，顿觉滋润润的爽，劲头儿足了许多。待大活儿转到"打场"的后些天，她又将蜜橘换成了箩筐大小的蒲扇，每当驴卸套、鸟归巢、碌碡们"打"了半天的麦场里只剩下了加班扬糠的汉子们时，她便扇出徐徐的风。我们则乘风抡锨，"哗——"，扬出一道半月状的虹，"哗——哗——"，随着一阵锨起锨落，糠跑了，籽净了。没跑、不净的是我们这些庄稼汉，浑身上下甚至鼻孔里也钻满了痒刺刺的垢。苦，累，可比起烈日下的挥汗如雨，轻松多了。何况有月奶奶时刻相伴。扬场一结束，我们就跑进河湾里，原来月奶奶已先来一步，早先于我们潜入清凌凌的水中了。我们成了月奶奶怀里的娃娃，赤条条，光溜溜，嬉闹着，洗去一天的劳累，洗个痛快淋漓。

四

从小到大，月奶奶给了我们多少恩惠呢？家乡中秋愿月的习俗，也许即是对月奶奶表达的感恩与祝福吧。

愿月是发自内心的祝愿祝福，渗透了对月奶奶这位长辈的虔诚和恭敬。中秋是月奶奶的生日，我们要给她老人家祝寿呢。

到了这天晚饭时分，家家的篱笆小院里，都会摆出或方或圆的木桌，桌上放着月饼、火烧、焦馍、瓜果……一家人团团而坐。愿月开始了。人们不拘仪式，不讲礼节，不焚香叩拜，也不设供奠酒，不举杯相邀，月奶奶是老祖母，她慈善、和蔼，她疼爱子孙。只有家中的奶奶或妈妈，举起切开的月饼、西瓜，向她老人家献上一份默默的祝福。此时，月奶奶一准端居中天，格外的精神——"皎皎空中孤月轮"，皎洁，晶莹，圆润，盈盈地笑着，向为她祝寿的庄稼人洒下缕缕清辉，让土中滚打的我们也似乎身心俱净了。

愿月一结束，不等开饭，家家的老人会打发孩子带上愿月的礼品，给近房的长辈送上一份孝心。村里人非亲即故，这家那家，来来往往，礼物也随之转来转去，转圆了月饼，转圆了火烧，转圆了一村浓酽的亲情……家乡的中秋虽然简朴，却如一枚圆圆的邮戳，牢牢地盖在了我心扉上，每每翻阅，总会读出一串甜甜的回忆。

仰望大都市黯淡的月色，我的心禁不住又飞回了故乡。听说乡亲们收麦早用收割机了,垛麦扬场已成了昔日的风景。那村头的老树呢?涡河湾里的碧潭呢?该不会全工业化了吧?多想一步跑回故乡,重拾昨天月奶奶留给我的印记。晚饭后,带部收音机,拎片草席,就躺在涡河湾畔的垂杨下,一边听《二泉映月》,一边仔细品味"天人合一"的境界。

近乡情更怯:

· 郑有义

　　故乡，是我永远没法忘、不敢忘的——那粗糙得难以下咽却曾渡我活命的老淀粉，那瘦得令人心悸却仍在艰难的冬去春来中挤出一粒粒粮食的山坡黄土，那被认作蒙昧、落后却教我做人、为我定下做人基调的乡亲们。

　　那个山村，很小。几十户人家，错落在前后两条沟里。那时没有电，每家的房梁，都被煤油灯或蜡烛熏得包公脸一样黑。人们日出作，日落息，互相帮扶，其乐融融。一家杀年猪，满村都香了，全屯人去吃酸菜白肉血肠；一家娶媳妇，全村办喜事；一家发丧，户户不动烟火，与家人一样披孝带；一家夜里有了病人，全屯男丁壮妇会应声而起；来了客人，不必为措手不及而发愁，左邻右舍自会送来时令鲜菜；都没有什么钱，却都没人算计钱。故乡，是真的"桃花源"。

　　在这块土地上，朴拙的宽容和力量仿佛家门前的山，不动声色，却无时不在。山脚，有一合抱粗的垂柳。柳下，是一条极瘦、极清澈的小溪。月上东山，蛙鸣阵阵的夏日夜晚，总有一把破旧的二胡，嘶哑地呜咽，向静山、残月、瘦溪，向父老乡亲倾诉着无可排解的忧郁。那是刚刚中学毕业返乡正郁闷的我。循着二胡声，便总有乡亲环立倾听。目光固然是无法理解的困惑——他们珍爱脚下的黄土，企盼风调雨顺好年成，不会膨胀的欲望与那土地已结成一个不可分的整体而世代相安，却支持、怂恿这块土地的"叛逆"："争口气，有出息的进城去。"你稍有不顺，又会说，"回来，还是山里的大葱蘸酱养人！"这是一种看似相悖却意味深长、专属于那块土地的情怀。

　　我参军要走了，乡亲们来道贺。那贺物，是不知压在箱底多久舍不得吃的一两束挂面，是尚带着母鸡体温、需换油盐用的几个鸡蛋。一位屯邻长辈，送来3元钱，却是由一张纸币、一沓角币、一堆"钢镚儿"五六个品种组成。"拿着补补吧，别屈着孩子。"我知道，这是"一堆"不知攒了多久的钱，即便在物价尚廉的彼时，也实在"补"不了什么，却在我的记忆中定格永铭。当我今天挥洒几百金而不甚在意的时候，想起那样的"一堆"，心中每每升起隐隐的不安。

几年后，我真的"出息"了，进"城"了。黄土、老树、瘦溪悄然远去，生活之舟将我载入另外一个世界，接受另一种生活的锻造和洗礼。我学会了装模作样穿西服，故作绅士地扎领带，蹩脚地跳什么"慢三"、"快四"……可是，我总觉得，那个我是那样陌生。我不愿失去故乡赋予我的一切，一些不愿失去的却正悄然渐去，时时感到灵魂深处的失落与不安。

盛夏。回家。县里小车来送。当汽车艰难地爬行在故乡的土路上，车窗外不时掠过旧时同学、儿时伙伴与老少乡邻大地间辛勤劳作的身影时，我清晰地感受到这冰冷的"铁壳子"给我与乡亲们拉开的距离与隔阂所带来的重压，竟由于自惭而埋头不敢停车。车近村边时，陷进泥浆。不远处，一儿时同学赶着两只黄牛犁地，见是我，"哦，回来了"。不等我再说话，便径直走去卸犁杖，摘套，为我赶牛拉车。我赶紧搭话，庄稼茬口好吗？几成苗？雨水"赶趟"不？猪羔什么行市？牝牛下牝牛，三年五个头，能剩多少钱？终于无话可问，终于无话可说。昔日寒霜初凝、月明星稀时，一起"护青"的秋夜长话竟已恍若隔世。相对已无多语，巨大而难以言喻的歉疚与自哀压迫着我，我再不敢坐回车内，任凭汽车在我身后状若蜗牛。

下雨。要放牛了。邻家二哥来牵去代放，一种出自我本能的冲动脱口而出："二哥，我去。""你？"二哥善意地笑了，"别掉了你的价！"我出自农家，我放过牛。曾经，在淅沥的雨帘中，骑着牛儿穿行在葱郁的草地，任凭那雨水把周身浇个"响透"，那样的惬意此刻却已"天然地"与我无缘！在邻家二哥善意的笑声中，我清晰地感受到被作为局外人、观光客对待的距离与悲哀。

老父突发脑溢血，溘然长逝。父亲戎马半生，刚烈正直，在村中极有人望，举丧之日来人便也极多。我虽长年在外，待父母却不敢有丝毫懈怠，也算乡邻公认的孝子，可摔丧盆、背灵、指路等等乡俗，因"身份"所系，均改由弟弟代做，于是便看到乡亲们异样的眼神。天干，物燥，风大。弟弟们坚持要多烧纸，给进入另一个世界的父亲多送点钱。他们虔诚地烧，乡邻默默地帮，我却冷汗淋漓。想着，这干燥的村落，万一风卷起火……当我制止弟弟时，我真切地感受到那所有乡邻谴责与不屑的目光，是我绝不敢直视的。

  一位屯亲的姑夫，是方圆几百里出名的吹鼓手。闻家父病逝，放下了外边的生意，连夜挟着唢呐赶回。不管我是否同意"吹鼓乐"，径直来到父亲灵前，悲怆地说："老兄弟，我来送送你。"当呜咽的唢呐奏出如号啕般凄凉的《大出殡》曲子时，满山庄顿时响起穿云裂石之声，仿佛这山村底蕴的瞬间迸发！我第一次感受到灵魂的巨大震悚与空灵般的明净。在抬着老父亡灵、蹒跚默行的乡亲们面前，我被一种巨大的、无法抗拒的力量征服，不由自主长跪在地！而在乡亲们顿时和缓的眼神中，我又看到重新地接纳、理解与宽容。哦，我的乡亲……

  终于知道，父亲赋予我军人的基因和性情，可我实在是农民的儿子。骨子里的爱与憎，质朴与愚钝，正义与偏狭，感恩与漠视，包括眼里不揉沙子的率真，仍完全是农民"原生态"的底色，是无法再造的本色与天然，是不被任何世俗、社会褒贬而左右的无奈，抑或是一种宿命。

  有人说，这块土地的一切，包括传统、观念、生活都代表着陈旧与落后，在现代文明的冲击下，注定要走向消亡。我却无论如何不敢苟同。在这块苍茫厚重而又古老的土地上，任何自以为是、居高临下的解读无不失之肤浅、匮乏与苍白！这里有任何"现代文明"永远无法取代的人生价值的解说。

  我的故乡，我心底的珍藏，我的财富，我的魂我的根。

怀想

屐痕

心香

忆旧

木镇的屋檐

· 耿 立

我居住的木镇,房子所有的烟囱朝上,所有的屋檐向下,房檐下鸟巢所有的鸟雀头朝外。是的,在冬季,最避风寒的就是在黄昏时回家找一个栖身的屋檐。早先木镇的人死了,坟墓里脚都对着村口的方向,好像翘向屋檐,伸到屋里去。

每次从外面回来,我都感到木镇局促与狭小,连挂在白杨树梢的月亮也是一半,瘦瘦的清癯,好像另一半被城里夺去了。我真的觉得木镇很小,如废弃的卷角起毛的邮票,有时又真的觉得它是那样的敏感,如一个刺猬蜷窄在平原的深处里,一有响动,就胆怯地卷缩起来。

对故土时时反顾,有时又觉得,无论你离开土地多久,从乡间走出多远,总能感到隐隐有一根脐带连着你和乡村,这脐带如输液管一样,给你温暖和营养。

在外地,常会无端想到——夜里,窗外有风,父亲常在风里早起,那时风吹动窗棂上的纸,噗噗响,父亲走出篱笆门拿着扫帚,把落叶和枯枝弄到一起,然后背到灶下。到了晚间,灶头的火照红了母亲,而墙上筷笼子里的筷子,也成了红的,一根根如铅笔,在灶下,母亲用火的灰烬埋下一块红薯,到了夜半,在惺忪的梦里,你接到烤得焦焦的红薯,觉得乡村的柴草和炭火烤出的红薯,那才叫烤红薯——这不是手艺,是乡下母亲们天生的独门绝技,这里面有母亲的体温,有父亲收拢的枯枝落叶,更有大风把漫天的星星吹落后,父亲走在风里的踉跄。

确实是狭小局促的木镇,每当夜里风起之时,我总有一种担心,怕那像草绳一样羊肠一样的小路,那上面无尽的落叶,不会把路淹没吧?或者路也会被风吹断,一截被风吹到另一个村子?

在城市无端的失眠,被那些夜里的肆无忌惮的光弄得心惊肉跳。失眠久了,时不时想起乡村,总有一个词突显——"屋檐"。是啊,有屋檐,你就感到温暖,那在乡村被子里,无边黑夜里新棉花被子下的脚趾头如一个个小猪在安恬地趴着睡。

平原深处,黄壤深处的乡村的屋顶是如缓坡一样的耸立,如三十度的夹角。那是水和泥土柴草烧制的灰色的瓦,在陕西的阿房宫旧址的土地上,我曾看到秦代的瓦,与现在的模样简直是兄弟,有着同样的基因。灰色的瓦排列起来,一片压着一片,如鸟羽,下面是草是房梁是檩条,就这么简单支撑起一片温暖。夜里,曾有几次惊叫把家人吓醒,被问是否有梦魇,我说看到乡村的瓦片如鸟的翅膀在夜空里翻飞。那些瓦片也如钢琴的琴键在奏着谁也不懂的曲子。

该如何形容乡村的那一排排瓦呢?真如钢琴或者手风琴的琴键呀。在还有生产队的时候,从城里下放的马老师,为大家演唱《红星照我去战斗》,那是我第一次看到挎在胸前的手风琴。那黑键白键在老师的手下,如风触到了瓦片,触到树的枝柯,触到了水面,各种声音都一起汇聚到乡村牛屋旁边的"完小"。

第一次看到那黑键白键,就想到乡村屋顶的瓦,那是雪后的瓦,微微露出黑黑一角的瓦,或者是霜降夜里的瓦,凹的地方是白,凸的地方是黑,那霜降的夜,睡不着的人,看到了有一只黑猫,在屋顶十分诧异地看那霜,它不明白,就用脚一下一下划那霜。猫的爪子如印戳,盖出老猫到此的阴文和阳文。

是啊,那时的我觉得老师演奏起手风琴来,就像把手伸到河里伸到溪里,在那些荷叶底下淤泥中摸鱼——孩子在木镇后的河里,用肚皮紧贴浅浅的河床,张开手摸鱼,不经意间就摸出欢乐,如老师在手风琴里摸出的音符。

回家,有一次远远地看到村口的父亲,戴着一顶老式的芦苇编的草帽,那尖尖的模样,就如乡村的屋顶。父亲说,刚割了麦子,有用石磨磨开的麦仁,那是幼年十分盼望而不易得的熬麦仁啊,到了嘴边是植物的清香,还有母亲在草垛里用豆秸捂到长白毛的酱豆,乡村的酱豆是故意发酵到长白毛,到时再配上辣萝卜。在麦天,儿子戴着爷爷的草帽,喝了一碗麦仁,接着又喝下一碗。乡下的饭食养人，我那时知道了根系在这片土地，连儿子也莫能除外。

　　父亲老了，他走过多少乡村，真的不好说，但他触摸过木镇的每个角落，他的脚也踏过这里的每一寸泥土。泥土有记忆，哪片地方父亲踏了一遍，踏了两遍，泥土都保存着。有时在夜里，在城里的夜里，父亲仅有的几次住到城里我的楼房里，我听到父亲的梦话，虽然不清晰，但我知道那是与一辈子厮守的泥土对话。木镇有多少户人家，有多少房子，有几口井？这些父亲都知道。

　　乡村远离了我住的城市，但故乡却潜伏在我的血液的深处，骨髓的深处。有一天，一位诗人朋友说，你头上隐隐的有东西，我说，那是故乡的屋顶。朋友说，你眼里的东西呢，还没到生白内障的年龄呢，我说，那是木镇的屋檐。

　　那夜，朋友醉了，为自己没有一处眼里的屋檐，故乡的屋檐！

家常饼

·何 申

有些年了，下馆子吃饭上主食，只要征求我的意见，我就点：家常饼。稀的则点粥、汤皆可。若吃不了打包，我也只打包家常饼。拿回家，炒饼丝、烩饼，怎么做都好吃。家常饼夹煎鸡蛋熟肉，我感觉远比汉堡、三明治好吃。

我对家常饼的情结，缘于年少插队经历：塞北大山沟里生活很苦，粮食不够吃。一年四季，谁家能稀粥不断，在村里就算上等户了。粥是小米或高粱米粥，五黄六月陈粮将尽新粮未熟时，稀到什么程度？盛粥——盆里照着碗（底），喝粥——碗里照见人，一点都不带夸张的。每人一年的口粮（毛粮）360斤，若家里没小孩子均着，几个大人，稀粥都够呛。

塞北不种麦，白面，甭说吃，想见着都难。女人串亲戚，挎小筐，筐内一个小长方纸包。何物？房东家收了一包，打开看，就是白面，都变成灰色了，打糨子都不黏，你送我我送他，说不定转了多少家。后来知青带去挂面，成了送礼上品。给房东送出二斤，一年后又转回来，连裹的报纸都没换，我一眼认出来。

1970年夏，公社建广播站，我去，每天给五毛钱误工补贴，和公社干部同在伙房吃饭。当时脱产干部每人每月定量中，有百分之二十是白面。一老汉每次赶集都带个半傻儿子送柴来，傻儿子见到干部吃饼，也要。老汉说："想吃？养你这么个东西，这辈子甭想吃上打饼！"

他说的"打饼"，其实就是"家常饼"，用大铁锅烙，烙好抓几张立着敲"打"几下，饼就分层发酥。老汉为何骂儿子？全因为公社干部吃饼的场面太"奢侈"，让旁人承受不了。除了冬天，但凡天气好，公社干部吃午饭都在院里。吃饼时不做菜，配小米粥。比较"帅"的"吃姿"，是一手掐着饼嚼，一手端粥。左一口，右一口，香得不得了。有一次我往公社送稿子，正赶上饭点，文教助理边吃边让我翻稿给他看。近在咫尺，他满嘴油汪汪，我饥肠咕咕叫，肚子直造反。

公社伙房就一位老师傅，隔几天打一次饼，原先是妇联主任帮厨。她是"铁姑娘"出身，手重脚沉，有一次一屁股差点把老头撞大锅里去。我到公社后，就让我帮了。我自下乡就自己做饭，这点活不算个啥，很快就从烧火升到主厨，我"打"出来的饼，比老师傅做的还好吃。咋回事呢？我舍得放油。

又到集日，又赶上伙房打饼，老汉和儿子又来送柴。我看那傻小子眼巴巴往里瞅，怪可怜的，就背人把我的饼撕了半块给他。傻子两口塞下去，还要，我说："还给你，我傻呀。"一旁小孩子说："你傻，把饼给傻子吃。"我说："我乐意，我乐意。"就把剩下的全给了他。

当时公社广播站就我一人，写稿、播音、值机，外加晚上兼电话员。广播站建时，县站来技术人员，大学生，姓白，叫白学什么，学核物理的，当电工使，我们叫他白学，他也认可，说大学就是白学了。

白学让木工做一大木板，往上安灯呀闸呀线呀，名称配电盘。我和白学挺说得来，净一起聊《三国》《水浒》，结果完工了他走了，配电盘哪连着哪儿，我都没弄太明白。好在公社的电也不是常电，有个小柴油发电机，晚上"噔噔"响一个多钟头，电灯一会亮一会暗，正念半道，电压低了，喇叭里的声音就像人死前咽气，"嗷"的一下就没音了。我忙说本广播站今天的节目到此全部结束，然后一拉总闸。

到了天大热时，有一个晚上开全公社战备电话会，我值机。从电话交换台接连18个大队，用一台三用收音机，按"扩音功能"键，代替扩大器，再接一麦克，就可以讲了。各大队把小喇叭接电话上，一屋人全能听清。那天武装部长讲话，我戴耳机监听。才讲时间不长，忽然，我听耳机里有了音乐声——是那种报时的钟音，然后就有男播音员说："莫斯科广播电台，现在对中国听众广播，莫斯科广播电台……"反复说。我的妈呀，敌台！这还了得！我喊："哪来的？哪来的！"我还以为是哪个大队的收音机收的，反传过来。过了一会，我看一眼武装部长面前的三用收音机，脑子猛地转过来，来不及下炕，一头扑过去，拽下连通电话交换台的线路插头，顿时，三用收音机传出那男播音员的声音……

大祸临头！那年月偷听一下敌台都得抓起来，把敌台给播出去了，这还了得！第二天天没大亮，县公安局的吉普车就到了。我被关在一间屋里。后来门开了，有人进来做笔录。我还行，很冷静地说："按说明书，三用收音机使用扩音功能，就不再收音。因此，扩音的同时又收音，是机器出了问题。"这时又有人过来，是白学，我心里坦实了。将近中午，伙房打饼的香味传来。我敲窗户："别忘了我那份饼。"

锁响，公社秘书说："你还想吃饼？"门开了，他又说："听着，经查，事故是机器故障所致。你，马上回村里去吧。"然后给我使个眼色：快走！我明白，这是放我一条生路呀！我夹起行李，一溜烟就窜出公社，逃回我插队的村。从此，直到几年后离开塞北，我都没再吃着过那么好吃的公社伙房的"打饼"。

乡野秋声

·和 谷

　　这片玉米地，早先是晒场，当回乡知青时，夏夜里趁好风扬场，白天晾晒麦子。白驹过隙，四十年如风吹散，满世界辗转了一圈，我又重新站立在这里，已是白发人矣。

　　柿子黄了，枣子红了，耙好的田地如同熨帖的土布挂在层层沟坡上，等待雨过天晴播种麦子。老父亲去世后，原畔的老苹果园几近荒芜，自然生长的果子小而繁密，坠落了一地，等杂果商来收购，至多几毛钱一斤。老果园旁边一片平整的玉米地，在秋风的摇曳中渐渐泛黄了，老母亲有病还操心她的玉米，催着子女们趁空掰回来，颗粒归仓。

　　播种时上足了茅厕的底肥，小苗出齐后，老母亲在三伏天挪着小凳子锄过一遍草，赶上好雨水，玉米就疯长起来了，分蘖，抽穗，吐缨，敛籽，眼看着就是一料好收成。秋分过后，渭北土原在早晚间感到了凉意，加上丝丝缕缕的细雨，乡野秋声多了几分寂寥。秋天，总归是一年中最为绚丽的一季，酷暑与寒冬之间的黄金季节。小雨稍微停歇，我和弟妹几个去原畔掰玉米。

　　沉默许久的镰刀、镢头、麻绳、竹笼、编织袋和架子车，被派上了用场。牲畜被农业机械取而代之，空余碾场用的白生生的碌碡被沉重地搁置一旁，晒场便复耕种了辣子或玉米。地畔发黄的玉米秆上，成熟的玉米棒子已垂下谦卑而安然的头颅，墒好的地中心还是一片青绿，掰开襁褓似的玉米包皮用指甲掐一掐，黄亮亮的排列有序色泽匀称的颗粒坚硬瓷实，也熟透了。轻使手腕，玉米棒子便脱离枝秆的母体，一瞬间，发出一丝清脆悦耳的声响。鲜亮的金色，是由玉米本身放光的，一缕缕的金黄色集聚起来，似一车子满载

263

的耀眼黄金。

祖辈世居的这片山原，由游牧转为农耕谋生，耕读传家，已越千年。主要作物是冬小麦，也种棉花，可以纺线织布纳衣做鞋。油菜芝麻榨油吃，也用来点灯照明。除了买食盐和日用品，富裕户买绸缎或银镯子，大多自给自足。早熟的大麦是给骡马的饲料，谷子糜子豆子高粱一类杂粮，是人畜的补充食物。而玉米，在土原上种植的历史也就半个多世纪。二十世纪五六十年代，土原上始种玉米，乡人称玉麦，有红玛瑙、马牙等品种，生长期短，较麦子和糜谷豆类产量高。主要用作牲畜饲料的玉米，加上红苕，却为迅猛增长的人口提供了果腹的食物。孩子多的农家缺吃的，就吆骡子驮上石磨或背上布鞋粗布，偷偷去偏远的北山换回玉米。我十六岁时，和父亲拉着架子车，装载千斤重的炭去百里外的泾河边，仅换回半口袋玉米。

去年玉米熟了，老母亲不愿打搅子女们，自己悄悄去掰，累了坐在小凳子上歇歇，几天工夫掰完用编织袋装好，叫上孙子开着农用车拉回来，又一粒粒剥了，晒干簸净，盛了几麻袋。只是磨了几回玉米糁子，吃不完就送人，其余卖了一二百元。老母亲舍不得的这一亩玉米，雇用机械淘粪、犁、耧、耙、耱加上化肥，已花费一百二十元，锄草防虫和收割脱粒最少按六个工算，每劳动日八十元，已有六百元成本。两架子车的玉米棒子，估计有六百斤颗粒，一斤卖一元二角，纯利润百元左右，盘算不周就赔本了。眼下老母亲病了，走不到玉米地里，只好使唤子女们收割了。

贫瘠的渭北旱原是靠天吃饭的小农经济，比不了人均百亩的平原大农场，更比不了美国谷物博士种植的千亩玉米的巨额财富。人均一二亩地的土原，如果没有高产值的农产品，比如高端果木、温室大棚、名贵药材及现代绿色养殖，土地是养活不了人的，何谈富裕。邻村的苹果品种优良，采用滴灌保墒，施肥剪枝，疏花疏果，精细料理，一亩地收入几千上万元。同样的土地，村上的苹果树已经老化，不懂疏花疏果的技艺，经管粗放，任其自然生长，也只能收获下贱果酿醋了。

玉米棒子掰回家，堆在房檐下，需要手工剥颗粒，玉米芯可用作柴火。但大多人家已不用柴火烧炕，靠电褥取暖，做饭也多用电磁炉了。地里的玉米秆得连根铲掉，堆放在地畔角落。过去用来喂牲口，是上好的饲料，如今家畜绝迹，只能付之一炬，让它直接在地头化为肥料，重归泥土，物尽其用。焚烧秸秆有点奢侈，也污染大气甚至妨碍天空中周游地球的飞行器。别说作饲料，那些与庄稼人为伍的"出气长毛不言语"的朋友已经在土原上消失殆尽，牛马驴骡长什么模样，连村里小孩子也只能在看图识字的教科书里去寻找了。一些在城市幸福中长大的聪明透顶的孩子，苹果手机玩得猴精，却从未踏入过乡间苹果园一步，可怜的是不明白香甜可口的玉米棒子是从田地里而并非从超市长出来的基本生活常识。

　　老母亲已年近八旬，知道子女们把她的玉米掰回来了，地里的玉米秆也腾挪干净，放下心了。她不只是喜欢喝玉米糁子，是慰藉于把自己亲手种的食物一小袋一小袋地给子女和亲戚邻家们分享。要紧的是怕过路的邻家说，谁那片田撂荒长满了草，脸上挂不住，丢人哩。也是饿怕了，总惦记"囤里有粮，心里不慌"的家族古训。说超市里买回的玉米糁子不香，还是自己地里种的味道好。自给自食的农业文明的生活形态，已经在老一辈庄稼人灵魂里扎了根，直至离开尘世。

　　翌日清晨，我起了个早，仔细挑拣了几串颗粒饱满且闪烁光泽的玉米棒子，高高擎过头顶，悬挂到房檐下，以留作来年春播的种子。

邓拓故居——
挺笔荷枪　清风傲骨·
·简　梅

　　蜿蜒秀丽的闽江，东流而下，孕育了"谋天下永福，开风气之先"的东南沿海都市——福州。因城内多山阜，此地自古有所谓"三山藏、三山现"之说。"三山现"说的是城东的于山、城北的屏山和城西的乌山。三山鼎足而驻，其中尤以乌山风景最佳，素有"蓬莱仙境"的美称。

　　家住福州，每次来到乌山，穿行在一片修长茂盛的翠竹间，我都会向乌山北麓天皇岭东北坡的"第一山房"投去崇仰的目光。这个第一山房，得名自房后据说为米芾手迹的"第一山"题刻。院门白墙上，嵌着一块开国上将肖克将军题写的"邓拓故居"牌匾，这就是新中国新闻界的泰斗、史学家、杂文家、诗人，曾任人民日报社社长兼总编辑、全国新闻工作者协会主席的邓拓，出生至青少年时期的居住地。

　　邓拓故居的门牌号是"第一山7号"，这里曾是历代几位名士的居住地。走进门头房，迎面是一座绿意葱茏的小山，曲径环绕，巨石当空，竹影婆娑，芭蕉摇曳，虽小而仄，却巧且雅，给人一种"柳暗花明又一村"的感觉。故居倚山而建，推窗望去，山、房、石、树容于一隅，体现了中国古代建筑的奇妙构思。在山前的摩崖石刻上，镌刻着邓拓的一首诗："当年风雨读书声，血火文章意不平。生欲济人应碌碌，心为革命自明明。艰辛化作他山石，赴蹈从知壮志情。岁月有穷愿无尽，四时检点听鸡鸣。"那是邓拓1963年写给北京市委杨述的一首诗，诗中充溢着邓拓对革命事业不懈的追求。

　　主楼是一座三间排双层木构小楼房，坐北朝南，悬山顶，为清末民初福州旧民居风格建筑。1912年2月26日，邓拓便出生在左厢房，父亲给他取了个乳名叫"旭初"。主楼西侧有一间书房,即邓拓卧室。现辟作展室,陈列"邓拓生平展",按他跌宕光辉的一生脉络分为"邓拓生平""邓拓著作""怀念邓拓"三部分,丝丝缕缕体现着邓拓刚直清正、无私无畏、博学传奇的一生。

对于我这个二十世纪70年代出生的人来说,与邓拓的"相遇",是通过深入阅读他诸多著作得以实现的。我也算他的小"同乡",因崇仰名人、学文习作的缘故,常徜徉在他跌宕起伏的人生经历与篇篇精彩诗文中,或叹息,或击掌,或吟咏,或共鸣,许多的日月光华都谨记着他所言的要珍惜"生命的三分之一"。每当抚摩着典雅的《邓拓诗集》,以及流传至今仍为读者喜爱、老舍赞"用大手笔写小文章"的《燕山夜话》,我的心情总是久久不能平静。特别是《燕山夜话》,邓拓仿佛信手拈来,天文地理、史实掌故、农桑医术、哲学历史、书画读书、风情习俗等,旁征博引,娓娓谈吐,或针砭时弊,或解答生活疑难,将思想与知识熔为一炉,让人仿佛沐浴在历史、实践与科学的海洋。

1919年的夏天,邓拓入"闽侯小学"读书,学名邓子健。四年后升入福州三牧坊中学(现为福建省立第一中学)。读书期间,年仅16岁的邓拓就与后来成为中国著名经济史学家的傅衣凌等同学共同创立了"野草社",并自费出版了他们自己编著的刊物《野草》。1929年,邓拓高中毕业,考入光华大学。

在一个秋风萧瑟的下午,邓拓离开家,从闽江口乘船赴上海。夕阳晚照,他触景生情,写下《别家》:"空林方落照,残色染寒枝。血泪斑斑湿,杜鹃夜夜啼。家山何郁郁,白日亦凄凄。忽动壮游志,昂首天柱低。"这首诗记录了他对人生的一次重大抉择。次年,18岁的邓拓秘密加入中国共产党。1932年冬,在纪念广州起义的一次活动中,邓拓被捕送往南京,后押至苏州军人反省院。当时,三哥邓叔群已是著名的科学家,经他多方奔走,后由蔡元培、褚民谊等人保释,邓拓终于于1933年秋出狱回闽。同一年,应同学李拓之之邀,邓拓避居上海,又一次离开故乡。从此,就再也没有回来过。

1937年7月"卢沟桥事变"爆发,"少年执笔复从戎,不为虚名不为功,独念万众梯航苦,欲看坦荡九州同"的邓拓,给双亲写下这首诗后,就直奔晋察冀抗日根据地,开始他一生为之奋斗且激情四溢的"战史编成三千页"的新闻报业生涯。

在边区十年间,他带领《晋察冀日报》的同志们跋山涉水,在敌人的一次次清剿围合、扫荡袭扰中坚持出报,及时把前线的消息传向四方,鼓舞士气,成为边区党和人民革命斗争的喉舌。在一次反扫荡转移中,邓拓的马中弹,他死里逃生。"挺笔荷枪笑去来,巍巍恒岳岂能摧。"这是邓拓在那个艰苦的年月里写下的诗句。《晋察冀日报》从创办到终刊,共出版了2800多期,低劣的物质条件与生活上的困难,以及交通的不便,使印刷报纸所需的油墨、纸张甚至铅字等,都难以为继,邓拓发动大家自力更生,用铅坯翻铸成字模,再铸成铅字,报纸用的油墨,也是用老乡家里锅底的烟灰制成的……当时报社内流传着"八头骡子办报"和"三千字内做文章"的佳话。他还在极端艰难的条件下主编出版了中国革命出版史上的第一部《毛泽东选集》,这是全国第一本系统编选毛泽东同志著作的选读本。

新中国成立后,邓拓受命担任人民日报社社长兼总编辑,兼任北京市委宣传部部长。1956年5月2日,毛泽东提出"百花齐放,百家争鸣"的"双百"方针,在中央指导下,邓拓主持《人民日报》改版,他身先士卒,亲临一线,不仅为报纸写了大量的社论,同时也撰写了大量积极书写现实生活的署名文章。

1958年8月,邓拓被任命为北京市委书记处书记,离开了战斗近10年的岗位。1959年2月12日下午,邓拓怀着依依惜别的心情参加报社全体工作人员为他举行的欢送会,他百感交集,写下了"笔走龙蛇二十年,分明非梦亦非烟。文章满纸书生累,风雨同舟战友贤。屈指当知功与过,关心最是后争先。平生赢得豪情在,举国高潮望接天"的诗句。在国家经济困难时期,邓拓又把思考的目光投向现实生活,并以直达人心的笔触给人们留下了以马南邨为笔名的《燕山夜话》,以及和吴晗、廖沫沙合作的《三家村札记》这两本闪耀着哲理和诗情的杂文随笔。

但之后,当"文化大革命"风暴席卷而来时,邓拓和他的作品一起遭遇"罪名",遭受不幸,令人扼腕叹息……

今年4月的清明时节,我又走进这座山房。沿着木质的楼梯走上二楼,转角处仿佛听见了时光的一声叹息,而留在古都榕城的这座小楼,依旧是儒雅的笑容。门廊的两扇木门虚掩着,扇形的拱窗正似邓拓先生一直喜欢的折扇题画的样子,迎面正对山坡的迎春花,垂着漫涌的翠绿枝丫,一盏红灯笼轻盈地挂在门廊处。倚着小楼,我望见了在春天里盛开的山茶花、三角梅、蔷薇花、紫藤花……似乎看见邓拓在远离故土的京城写下他对山茶花、梅花高洁秉性的喜爱,听见了他儿时的琅琅读书声。透过高高的苹婆树,乌塔的葫芦顶塔刹仿佛又传来他的诗句:"风送塔铃遥自语,月沉鸟静梦初圆。"

时空交错的印痕,鲜明且战栗地再一次击中我的心怀。转身处,又见一楼右侧厅中立着邓拓在北京家中书屋的立体像,以及他身着中山装凝思的影像。远远地望去,先生清风傲骨,遥看人间……

福州邓拓故居"第一山房"　罗雪村绘

傅雷故居——
无法忘却的痛：
· 姜泓冰

每一座有历史的城市，都会有一些让人心痛和不能直视的地点，想忘记却不能。因为那伤，长在了人心底。

在上海，伤痛的地点之一，在安定坊，江苏路284弄5号，傅雷旧居。

已经有很多年，没有听人提起傅雷的名字了。2013年是他诞辰105周年，似乎也只有些小范围的纪念。他的旧居在哪，也不知有多少人还能记得。

位于江苏路、愚园路间的安定坊，筑于1936年，今天被人们羡慕地称为花园洋房，其实只是有花园的联排式住宅，并不豪奢，曾是许多文化人的集聚地。沿着有些芜杂拥挤的弄堂往里走，不经意就会看到一幢不起眼的房门外，挂着钱学森、施蛰存、祝希娟等名人名家的旧居提示牌。

284弄5号原本是藏在整个里弄深处的幽静所在。但江苏路几经拓宽成为交通主干道，房子已接近街面，车声市声尽在耳畔。5号院外，只有一块"优秀历史建筑"的牌匾，而无其他提示。朝北的黑铁大门终日沉沉紧闭，偶有知情者探访，多半只能隔着围墙，窥见三楼窗格与屋顶的轮廓风貌。

大门内，花园不大。向南的花园里早无当年主人至爱的玫瑰。三层楼的西班牙式建筑，有着或瘦窄或扁平或方正的钢窗，在整个由细小卵石贴成的墙面上，长短直窗的线条，就成了恰到好处的装饰，加上挑出的尖尖阁楼与红色屋瓦，自有种岁月浸透之后的优雅与合宜，宠辱不惊。

傅雷旧居的牌子已旧，是挂在房门外的。原来的傅家独居，如今有四户人家住在里面，产权据说属于部队。住户大多都已苍老，询问何时搬来，一位年轻些的阿姨边照顾老人、做家事边回答说："老早的事了，有40来年啦!"扳指算算，40年，也已是傅雷、朱梅馥夫妇走了数年之后。

虽然院里停了越野车，每间房屋不再是旧式漆木门，有的人家还拦起了白铁栅栏的防盗门，但小楼内里的整体格局与氛围似乎并无太大改变。进门的空间有些逼仄，楼梯靠着墙壁，四五级一段地曲折着，一直收窄，通到三层阁楼。轻叩房门，三楼人家不在，二楼的老伯伯进门后就不再露面，即便是居委会主任特地请他帮我"讲点故事"。帮我开了大门的阿姨面容和善，却始终一脸戒备，希望我不要拍摄房子内部的照片，即便是走廊也不要拍，因为"这是我们生活的地方"。她还几次提醒说："傅雷的故居在卢湾和南汇，要拍照你该去那里呀!"

的确。有迹可循的傅雷故居，在上海，还有两处。其一在南昌路136弄39号，是他早年的居所；其二在原来的市郊南汇县下沙镇王楼村，现在属于浦东新区，是傅家祖宅，傅雷的出生地。这两年，当地政府投资数千万元大力修缮原本破败不堪的老宅，征集傅雷藏书和用具，希望打造一间纪念馆，"傅雷故居"的名号正渐渐响亮。

然而，要触碰到傅雷的精神与灵魂，恐怕仍然要到闹市中心的这一处，安定坊284弄5号，虽然这里也并未留下他有形的遗物，但踯躅其间，却分明能看到一个穿中式长衫戴格子围巾，或是着西装系领结的身影，戴旧式圆眼镜，棱角分明，认真严肃，有着对于人情世故的深刻洞悉却孤傲自尊，决不肯妥协。

当年，小楼的一楼是傅家客厅、餐厅，也是儿子傅聪每天练琴的地方；二楼是傅雷夫妇的卧室、书房，三层阁楼先由两个孩子和保姆居住，在他倾注心血教育成才的长子傅聪出国后，三楼也做了他的工作间。

这里是傅雷居住最久、成就亦最多的地方。从1949年到1966年的17年间，在这里，这位中国最杰出的法国文学翻译家、艺术评论家译成了罗曼·罗兰的《约翰·克利斯朵夫》、巴尔扎克的《高老头》和《欧也妮·葛朗台》等众多经典作品；也是在这里，为了给万里之外的儿子不间断的指点、支持与交流，他用秀丽流畅的毛笔字一封封写就了几十万言的家书，它们日后结集出版，不惟让更多人见识了他的才智、学养与艺术品位，更成了展现人间至爱、在粗陋枯干的日子里滋养中国人心灵与精神的人生经典。

小楼让我们觉得熟悉和亲切，因为它曾在《傅雷家书》中那一幅幅个人或家庭生活照里时时出现：玫瑰成片的花园，窗明几净洒满阳光、洋溢书香琴韵的客厅,雅致的格纹窗帘,挂满照片的背景墙,近景是一家人脸上平和自在的笑意和眼神里的相知相爱,尽管那个笔名"怒安"的父亲总是不苟言笑、一脸严肃思考……

傅雷个性鲜明,宁折不弯,是那个轰轰烈烈的革命与从众时代里少有的"个体户"——不上班,少见人,本本分分地以一支译笔养家与立世。他的思想与精神,则遨游于更广大、丰足而纯粹的文化与艺术世界里,从未被现实的小楼所困——他曾自豪地说,"学问第一,艺术第一,真理第一",是自己从来没有变过的原则。他也这样要求自己的孩子。

然而,他还是躲不过政治运动,成了右派。"文革"一来,便被红卫兵们抄家批斗,因为他有名,因为他虽然既无工作又被停发了印数稿酬,还能和妻子在自家小花园里种玫瑰、喝咖啡、抽烟斗、弹钢琴,过着"资产阶级的生活"。

傅雷故居　罗雪村绘

然后，1966年9月2日的深夜，傅雷用他工整秀丽字迹留下遗书，将与他人的钱财债务往来交代得清清楚楚，甚至还没忘了续交房租、给保姆留下生活费、给自己留出火葬费，与妻子朱梅馥一起安安静静地离开了这个世界，临终，还要将被子铺在地上，以免踢倒凳子吵到了邻居——这一幕，后来曾有许多人震撼、感慨而反复追想，因为，不愿蒙羞而苟活，又能将最后时刻规划得如此精细、负责，将最激愤决绝的壮举做到如此理性、从容者，实在不多。

2013年，这对夫妻的骨灰刚刚迁葬于距离傅雷出生地不远的一处墓园，墓碑上题着《傅雷家书》里的一句话："赤子孤独了，会创造一个世界。"

前些年，上海曾举行过一项名人评选，傅雷排名第三，仅次于巴金和陈毅。可见，在人们心底，那伤，那痛，那份敬佩与感动，还在。一如楼适夷在《傅雷家书》序中所说："一颗纯洁、正直、真诚、高尚的灵魂，尽管有时会遭到意想不到的磨难、污辱、迫害，陷入到似乎不齿于人群的绝境，而最后真实的光不能永远掩灭，还是要为大家所认识，使它的光焰照彻人间，得到它应该得到的尊敬和爱。"

愿我们能直面那痛。愿那样折断耿介端直、毁灭美好真诚生活的劫难，永不复来。

井　眼

·李丹崖

村庄里的那眼井是谁打下的，恐怕到现在也没有人能够说得清。

人们只知道用一根绳子拴着铁皮桶、木桶、塑料桶、陶罐等容器扔进老井的心窝，然后，掏出一泓清冽的井水来，明亮一片，闪着天宇上方投下来的粼光。

皖北平原很少有石头，即便是有，也多给用在了大件器物身上，比如石碌、石磨、碾子等，还有，就是做成了井台，井台上一根根绳索的印记刻下了时光的痕迹，不知道有多少代人从老井里取水烧饭，填饱肚子，一代代繁衍生息下去。

从远古到现今，一点点梳理村庄的印记，斯人远去，老井却留了下来，且愈发深邃清幽。

乡下人每天拜会最多的乡村器物应该就是井了，淘米洗菜要去，洗衣冲澡要去，灌园浇菜要去，渴了要去，饿了要去，脏了要去，甚至就连衣冠不整了，不想去照镜子，也要去，探头看一眼老井，里面藏着的那面"水镜子"会让你全然探看自己的容貌衣冠。

小时候，父母最怕的就是我们去井台，尤其怕我们伸着脖子朝里望，唯恐我们一不小心掉下去。但是，禁不住好奇心的驱使，我们总喜欢趴在井台上朝里望，那蓝蓝的天宇，雪白的云朵，统统都能在井水里看到，什么物体经由井水一照，都变得色泽鲜艳、容颜洞明。难怪，就连村里的二憨子也喜欢趴在井台上望，他说，那里有他爹娘。二憨子的爹娘走得早，全靠哥哥把他拉扯大，二憨子问哥哥，爹娘去了哪里，哥哥告诉他，去了天上。二憨子的眼睛不好，看不到天上的模样，但二憨子可以看到井水，通过井水，他看到了天空，也看到了飞鸟，甚至还看到了爹娘各坐在一只鸟背上，自由自在地飞。二憨子每每趴在井台上看的时候，乐呵呵地笑，像个孩子。

其实，村子里的人都和二憨子一样，那口井就是我们的爹娘，濡养我们，陪伴我们走过风花雪月，流年四季。

不知道什么时候，有了压水井，这种开口极小、出水极其方便的取水工具。唯一的遗憾是，透过压水井看不到别样的天空，更看不到飞鸟。二憨子才不喜欢压水井，他还是喜欢去井台上趴着看。

有了压水井，人们并没有忘记老井。因为，压水井跑水的时候，还是要到老井里打上一桶水来做引水。说也奇怪，压水井里的水总有一股铁锈的味道，完全不如老井里的水清冽甘甜。所以，上了年纪的人还总是喜欢到老井前去打水。后来，为了照顾这些老年人，有人在井台上架上了辘轳，取水就方便多了，也为老井增添了几许趣味，辘轳转动，老者取水，相比较压水井压水时近乎咳嗽的声音，要美妙得多。

老井有灵，据村里的老辈人说，早些年，遇到了旱灾，河沟都干涸见底，唯独老井不枯，反倒涨了几分水。老子说，上善若水。其实，据说老子出生的时候，九龙井吐水，给他洗澡，所以，与其说上善若水，不如说"上善若井水"。

还有一些老年人喜欢说，老井是坐地而成的缸，当年，女娲娘娘捏泥人的时候用的水，就是从缸里取的，后来，缸下陷，变成了老井，每个村落里都有了不枯的泉眼。

是的，泉眼。老井可不就是村庄的明眸，它目睹着村庄的变迁，见证了一代又一代人的生老病死、婚丧嫁娶，也帮着村庄里的人洗去岁月的尘埃，洗去浮华，洗去伤痛，照见一个清晰的明天，一副喜悦的容颜。

所以，就连村庄里的鸟雀也喜欢到井台上去站站。弯腰饮两口人们落在井台上的水，望一望井水里的一角天宇，也望一望自己，时不时得意地叫上几声，村庄也在这样的静谧里睡去，又醒来。井台上的青苔绿了，黄了，井台上的辘轳停了，又被风吹转了，咿咿呀呀，像村庄里孩子的私语。

老井有魂。它是来自地心的窗口，爱幻想的我曾经一度怀疑老井是地心用来和天空通话的工具，也是用来与天空联络的一眼秋波，不信，有风无风的时候，你去看老井，都是波光粼粼的，脉脉含情。

很佩服来自村庄里的那些人，时至今日，他们还喜欢在"井"字前面加上一个"眼"字——一眼井。

他们也认同，老井是村庄深陷的眼睛。

青 团：

· 李 晶

旧时文人，对于珍馐美食，总不愿过多属意。一碟佳肴，本颇费人神思，竟不如无人理睬的老梅陋石、寒塘野舟来得隽永，似乎谁也不愿意用味觉感官这样的俗情来撩拨自己的高雅。对于这些，我却欲说还休。

我知道，在童年里，我永远地饿着。仿佛，我的手里满是一把把长在春昼里的甜草的蕊心，喉咙里却想正好咽下一些长在清圆荷叶上的水珠；我的怀里，兜满了从秋天的高枝上摇落的野果，嘴里却又想着含一枚从冬日屋檐上垂下的冰凌。我总是对世界细节处的美食情缘充满了默契，更不用说村子里不时升起的曼妙炊烟了。它们像动情的手绢在向我招摇的时候，我知道定是谁家又在做什么好吃的了。我得意地认为他们看到了我脸上永远不干的泪痕，于是要准备一些美食来抚慰我的无助。我一直意乱情迷地让这样细碎的幸福感在我心里穿行，等那些美食像小鱼一样游到我的面前——比如外婆的青团。

那必是一个雨天，外婆在河对岸呼唤我的母亲划船过去，她的手里是一只精致的竹篮。这条河，正是隔岸渔歌的宽度，河面平静。母亲的篙在岸边一点，水中一拨，船便到了对岸。我坐在船头，像只小小的鸭子。

外婆的篮子里便是青团了。

青团的绿色是让人一见就会爱上的，以至于一往而情深。这种绿色，是把山间过于浓密的绿色变得柔和了，又把水底过于清淡的绿色变得稠郁了一些。它是一种有香气又有甜味的绿色，却不是自然界本身就有的。我的外婆需要到远处的野地里去，刈来一蓬蓬的初春的艾草，细细地切碎，用葛布滤出青绿的草汁来，然后敷上一层糖精粉，再糅进嫩白的糯米粉中，便有了青团。但这还不是真正的青团，须放到锅中，隔水慢慢地煮了，这时，绿色的山融化了，绿色的水凝固了，仿佛整个春天都溶解在这几个小小的丸子中间了。揭锅的那一个瞬间，像极了是漫天春风中最灵幻的那一阵，将湿润田野中最馥郁的那一缕花香带了进来，沁人心脾，不经意间将春天的绝美挥发到了极致。

在春天，我们那里的家家户户都愿意做青团，而且每家每户都能够做得很好。田里面的艾草多得割也割不完。穿着尚不肯脱下的冬天的棉衣，我们在田间寻找，原本以为真正是没有了，谁知向脚下一看，又有一大片。大人们经验更多，他们说先回去睡一觉，第二天一早来，就又会长许多出来的，都缀满了晶莹的露珠。春天的性情在于生长，谁都不愿把自己的能量收敛起来，艾草也是。

回到村子里，我们都把新鲜的艾草交给母亲，然后跑到豆腐店老板那里去借葛布。她总是不肯，似乎是怕腥甜的草汁玷污了她的葛布，从此做不出洁白的豆腐。但后来，渐渐地却肯了，又嘱咐一定要把做好的青团带几个给她吃吃。我们满口答应，却从来不曾记得。但第二年，老板还是愿意把葛布借给我们。我们这些孩子手里面拿着刚熟的青团，想跑到田野里去放风筝。但是我们没有风筝，杂货店的老板那里却有许多极漂亮的。我们买不起，就悄悄地把贰分钱硬币上的"2"的数字改成了"5"，然后就一脸正经地跑去买来了风筝。杂货店的老板从来不说什么，带着憨厚的笑靥把"5"分钱收下来。于是我们就顺利地来到了田野上，把风筝放到天空中，抬着头看着它渐渐远去。我们总望得出神，却不知道那些风筝有没有在望我们。我们在地上奔跑，就像风筝在天空中飞。天空一片蔚蓝，大地一片碧绿，那么地相似。我们从来都没有去分辨哪里是天空，哪里是大地。

我的外婆却极不愿意我跑远到田里去。她说田里那些不可一世的毒蛇，正渐渐醒来了，正等着我们去，好把我们吃掉。她每年都跟我说这些，在她眼里，我其实一直都是一只容易走失而回不了家的小鸭子。但是，有一年的春天，我的外婆自己却回不了家了，她去湖边割艾草，却倒在了回家的路上。我的外婆在床上不省人事了很久，后来她醒了，却神志不清。她不再认得艾草，误以为是细葱，切碎放进了煮熟的菜里；她也不认识青团了，误以为是鸡蛋，在桌上不停地敲打，想把它磕碎。

这个世界上果然没有了不变的东西，所有的永恒都被研磨成了时间的粉。我们的永恒即使不被忘却，也会给另外的东西给覆盖了。

春天的雨还是不约而至，继续给河面戴上一层轻纱，漫溢出暧昧而朦胧的半透明来。但是我的外婆已经不在对岸了，外婆的竹篮也不见了。孩子们已经不在田间奔跑，因为他们的幸福被另外的东西定义，而生存在了别的空间里。我也就没有必要再去问杂货店的老板是不是还可以把"2"分钱的硬币当作"5"分的收下。

但是，家家户户还是坚持在做青团。我的母亲早上去地里做农活，晚上就会带回一些艾草来。这些艾草上没有湿漉漉的露水，却满是凉凉的暮色一般。到了第二天，更又瘦了一些。我的母亲于是改变做法。仍旧要滤出一些草汁来，糅成面团；但是她把面团先擀扁，放入一些馅料，再包好去煮。我们家里惯用的是素蓉，就是把笋丝、香干丝、木耳丝、金针菇、雪菜丝放到一起煮咸了，再包到青团里面去。别的人家有用肉馅和豆沙馅的，那样一来，绿色便油腻了许多。

青团显然地变了味道。春天变得多么含蓄啊，它藏到了一个角落里，或者是天空的一角，或者是大地的一角，我必须要细细地咀嚼才能体味。只是我母亲再也不能对我外婆说："娘，我把青团带来了。你来吃一吃。"

重返谢辛庄

·李培禹

5月,是谢辛庄柳絮纷飞、小河水涨的时节,我们一帮高中一起下乡"插队"的同学,终于踏上了回"故乡"之路——重返我们曾经度过"知青"生活的第二故乡顺义谢辛庄。普希金说,阴郁的日子总会过去,而那过去了的,便会成为亲切的怀恋。真让老普说对了。1974年,也是这个时节,我们从北京二中高中毕业,来到这个"广阔天地"插队落户,一晃四十年过去了,当"回村看看"的建议一提出,我们的微信群就像炸开了锅,连续一个多月热议不断。

首先,我们先去谁家?

当然是李国臣家。国臣大哥既不是书记也不是队长,反倒因为是富农的儿子,在那个年代抬不起头来。他吃苦耐劳,样样农活都是一把好手。你要想把队长分派的活干完,就得跟着他一招一式地学。没当过"知青"的人很难体会到,麦收时节,每人一把镰刀,面对一望无垠的麦田,队长大声喊着:"干哪,鸡不叫算今儿个!"就是说,包给你的这块地的麦子割不完,你就甭想收工,公鸡不打鸣都算今天!记得已累得实在挥不动镰刀的我,已经绝望了,这时,对面传来"唰唰"声,有人来接应我了。说喜极而泣,有点夸张,但也差不到哪儿去了。国臣往往就是这个"救"我的人。

国臣已在村口等我们了,"王队"(同学们公推的回村领队)提前给他打了电话。下车围住他握手,那场景我虽然早有想见,但此刻还是禁不住心里一阵浪翻。那年"三秋",我跟着社员们去"招棒秸",就是抡着镐头把玉米秸秆的根部刨出来。干到快晌午了,又热又闷的玉米地里没有一丝风,我嘴唇干裂，终于知道了口渴得要命是什么滋味儿。国臣看不下去了，他说了句"你等着"，就拿起铁锹，找了一块洼地铲起土来。我看得见他胳膊上结实的肌肉暴起的青筋。一会儿，一个叫果荣的壮劳力也加进来一起干，很快，一个深坑挖成了。在他们抹汗的当儿，我眼见坑底渗出了水，真是水啊！国臣掰下一个棒子，用壳儿做成舀子，然后从坑里舀出了水，递给我说："沉沉沙子再喝。"哪还顾得上啊，我抿紧嘴唇嘬着喝起来，不用说，那是我平生喝过的最甜的水吧！

国臣大哥还像当年，言语不多，微笑着看着每一个"知青"。

大家嚷嚷着让国臣带我们去看大果茂。为啥叫"大"呢？因为当年他是我们心目中的英雄。作家浩然笔下那些"高大全"的贫下中农形象，都能从果茂大叔身上找到影子。他挥舞着红缨长鞭，甩出"啪啪"的脆响，赶着队里那"三挂"马车，甭提有多威武英气啦！他曾手把着手教我扎拴牲口的"梅花扣"，我怎么都学不会；跟着他的车去庞山拉石头，干不了多少活我就磕磕碰碰伤了手。他叹了口气，"唉，这拨学生里顶你笨，就不是干活的命。"可当大队书记问起我的情况时，大果茂却护着我，说："行，不赖。干活不惜力。"

来到果茂家，我们竟没认出他来。果茂大叔前些年伤了腿，如今已直不起腰来。他见到我们先是有点窘迫，但很快站立起来，像当年一样亮开嗓音，一一叫着我们的绰号，那些今天听来格外亲切的称呼，一下子把时光拉回到四十年前。他叫我"李春雨"，他说庄稼人喜欢春雨。他管辛婷、阮立成叫"心疼"、"软肋疼"。这外号从何而来？当年初学写作的我，在一篇描写插队生活的小说《红心》中写了这个真实的故事：辛婷是个亭亭玉立的漂亮女生，有点娇气，立成则是个朴实能干的壮小伙。那时生产队里唯一的副业就是养猪，队长看中了他俩，派他们到一直搞不好的猪场来当猪倌。俩人虚心地学，起早贪黑地干，猪场有起色了，一头良种母猪一窝产下了十几只小猪崽儿——那可是队里的"活钱儿"啊！寒冷的冬夜，"接生婆"辛婷精心打理、守护猪崽儿的情景，被晚收工的果茂大叔撞见了，他心疼了，便问阮立成呢？辛婷说他累了一天了，刚回去。"嘿，你俩呀，真是让人心疼、软肋疼！"就这样，村里的孩子也跟着叫开了。

今天，依然美丽的"心疼"和朴实如初的"软肋疼"，大方地站在果茂大叔身旁拍下合影。他们的笑容表明，岁月总在美好中流淌着。

重返谢辛庄，难免有不少失落：不见了村边的小河，不见了农舍的炊烟，不见了"哞哞"叫的老牛，连我们住过的知青大院也早已没了踪影。然而，为什么我们还要回来？为什么回来依旧心潮难平？因为人还在，朴实的乡亲们还在。今年已经75岁的于淑香大姐，当年是管知青的党支部副书记，她坚持要队里每周安排知青半天学习时间，工分照记。她说，让孩子们歇半天儿不是？此次见面，她紧紧拉着我的手，像40年前一样，对大伙儿说，你们等会儿，我有话和培禹说。这话是一定要蹲着说的，我只好随她在院子里蹲下。当年，我是知青小组组长兼着公社的理论辅导员，于书记常叮嘱我一些事、布置一些工作，都是把我拉到一边，蹲下，再说话。我俩说话的场景，这回让同学们拍了个够。

谢辛庄是我们的第二故乡，我们懵懵懂懂的青春与爱情，在那里留下痕迹。有人提议："我们去看看俊儿吧。"善解人意的"王队"立即同意，她知道那个"俊儿"是村里最漂亮、最能干的姑娘，当年，她在好几个男生心里占据着位置。女生们尽管"喊"、"喊"了几声，还是都愿意一起去看俊儿。

国臣领我们来到邻村赵家峪，一边敲门一边喊着："俊儿，有人来看你了，知青。""啥？"门开了，俊儿哪想得到是我们！她的第一反应是："天哪，等等，等等，家里太乱了。"她第二次开门迎我们进院时，显然换了身衣裳。俊儿还是好看，除了和我们一样变老了，她那高挑的身材、齐耳短发、爽朗的笑声还似当年。有人回忆清晨去水井边挑水，水桶不听使唤，晃来晃去的，俊儿接过来，绳子一抖，一拎，一桶水就打上来了。想说谢谢，竟被俊儿的美丽惊着了。曾和她一起下过大田的，不论男生还是女生都说，常常被她干活的样子迷住……我的笔，还写得出当年的俊儿和当年的我们吗？

起风了，是乡村那种五月的暖风。染了黄稍儿的麦田，散发出久违了的香气。我们十几人默默地站成一排，都没有说话。有点凝重，就让我们这样和谢辛庄道别吧，就让我们向那个永远留驻着我们青春的小村，做一次郑重的致敬！

沈士远、沈尹默、沈兼士兄弟故居——
小城深处

· 李小洛

中国。汉阴。一座四季分明，雨水充沛的小城。一座穿越古老，书写传奇的小城。地处陕西南部，秦巴腹地，汉水之滨，土肥民殷，物产丰饶。其人文禀赋"既含北方之粗犷豪爽，更兼南方之钟灵毓秀"。两千年前，孔子高徒子贡，南游途经于此，遇抱瓮丈人促膝论机，孔子惊叹：汉阴有世外高人。唐代诗人孟浩然游历于此，曾留下脍炙人口的诗文佳句："县城南面汉江流，江涨开成南雍州。才子乘春来骋望，群公暇日坐销忧。楼台晚映青山郭，罗绮晴骄绿水洲。向夕波摇明月动，更疑神女弄珠游。"

十九世纪末，北大三才子——"五四"前后与鲁迅兄弟齐名的"三沈"昆仲——沈士远、沈尹默、沈兼士，三位同父同母的亲兄弟，就在这座小城出生并成长。

进入汉阴老县城，城内由西向北步行不足百步，便可看到城墙下一座幽静典雅、质朴清秀的古建筑院落。占地约一千二百平方米，沿中院中轴线南北依次有门楼、天井、东西厢房、正房、甬道、东院、西院团绕。穿斗式及梁搭墙构架，青砖铺地，棂格门窗，雕梁画栋。院外青石板铺就的大道曲径通幽，道路两旁苍柏葱郁，修竹林立。微风动处，树影摇曳，葳蕤林荫间映出白墙灰瓦，显得格外幽静与古朴。

这座兼具江南传统民居风格和秦巴汉水文化氤氲的院落，便是在原"汉阴书院"和"江南会馆"旧址上，修旧如旧、从旧修葺的"三沈"纪念馆，也是沈氏三兄弟曾读书和生活的地方。

沈氏三兄弟原本祖籍浙江湖州。他们的祖父和父亲，1867 年随陕甘总督左宗棠来到陕西，其父先后任汉中府定远厅同知和兴安府汉阴厅抚民通判等职，也就是汉阴当时最高的行政长官，其间把家安在了这里。三兄弟先后于1881年、1883年和1887年在这座优美宁静、世外桃源般的陕南小城里出生。

这是一个充满中国传统翰墨书香的家庭，沈家六兄妹和他们的母亲俱能吟诗填词，写一手好字。兄妹虽多，但彼此相处融洽。他们在汉阴读书习字，赋诗作文。课余之时，或登文峰塔远眺百里山川，或访庙宇碑楼寄情于山水。每当春秋佳日，兄弟姊妹，或翻凤凰山过汉江，前往镇巴同游，或越秦岭沿子午古道至西安造访师友。

辛亥革命后，沈氏三兄弟几乎同时受聘于北京大学，传业授道，教书育人。"三沈"美誉由此流传。鲁迅先生夫人许广平在《鲁迅和青年们》一文中写道："民十以后，外人谓北大当政者，有'三沈三马'之称，后又有'朱马'之名，实际说来，确够算得上北大中心人物者，三沈也。"当时人们以"大先生""二先生""三先生"称呼他们。

大先生沈士远，从小专攻古文，精研老庄，十九岁就做了"娃娃知县"。新文化运动前，他先是在浙江高师教国文，后入北大讲授《国学概要》，成为享誉京华的"沈天下"。周作人晚年著文回忆"三沈"时说："沈大先生沈士远，他的名气都没有两个兄弟大，人却顶是直爽，有北方人的气概；他们虽然本籍吴兴，可是都是在陕西长大。教育和环境对其性格气质的影响可见一斑。"

二先生沈尹默，是位著名的学者、诗人、教育家和书法家。他是三沈中存世最长、也是成就最杰出的一位。中国最早的白话新诗之一《月夜》——"霜风呼呼地吹着/月光明明地照着/我和一株顶高的树并排立着/却没有靠着"便出自于其手。他的书法更是被公认为"超越元明清，直入宋四家"。

三先生沈兼士，著名的语言文字学家和文献档案学家。历任北京大学、清华大学、辅仁大学教授，创办了北大国学门研究所并任所长，组建我国第一支考古队，是一位卓越的训诂学家。蔡元培先生高度评价他的学术贡献："有功史学，夫岂浅鲜。"

沈氏三兄弟和他们的祖辈三代人在汉阴小城生活了将近四十年。如果说，四十年的时光是一杯茶，那么每一滴水，每一缕香，便都是生命挥之不去的氤氲和记忆。每一寸时光，都会在一个人的一生里打下不容忽视的烙痕和印记。

离开陕西后,尽管三兄弟均未曾再回到过这里,但从他们一生到老也不曾改变的陕南乡音以及有限的史料记载字里行间,我们还是不难找到,他们对儿时记忆及少年故园的深情眷念。

1959年,沈尹默在北京参加第二届全国人大第一次会议和政协第三届全国委员会第一次会议期间,毛主席接见各民主党派和无党派民主人士,一见面就亲切握手,称赞沈尹默说:您工作得很有成绩,人民感谢您。还说,听您的口音,不像浙江话。沈尹默则回答:我早年生活在陕南。

在沈尹默晚年所著惜墨如金的一千四百余字《自述》中,有一千一百余字都是在满怀深情地讲述在陕南度过的青少年时光。"我五岁上学,发蒙的李老师是一位年过七十的不第秀才,他却爱好诗歌,时常喜欢念几遍千家诗中的名句给我们听。""后来另请了一位湖南宁乡吴老夫子。这位老夫子自己虽然不作诗,但教我们读古诗源。这位先生教人很严厉。我自小就没有记忆力,十四岁那一年,因为背不过书,急得生了病,在家中修养了一个时期,颇感到轻松自在。于是乎一连读了几遍红楼梦。又看了一些小仓山房的著作,以及李、杜、韩、白诸唐人的诗选,其中尤其喜读香山的作品,这样,就引起了对于诗歌浓厚的兴趣。"

写到汉阴旧居时,沈尹默饱蘸笔墨:"定远原是僻邑,而官廨后园依城为墙,内有池亭花木,登高远望,则山野在目,河流湍急有声,境实静寂。每当课余,即往游览,徘徊不能去。春秋佳日,别无朋好可与往还,只同兄弟姊妹聚集,学作韵语,篇成呈请父亲,为评定甲乙。"他对陕南生活时期的评价是:"山居生活,印象至深,几乎规定了我一生的性格。"

三先生沈兼士在1944年春,为躲避日伪搜捕,自北京南下途经陕南到四川,也曾作过一首小诗:"漠漠轻阴欲雨天,海棠开罢柳吹绵。鸣鸠有意惊春梦,唤起童心五十年。"童年与诸兄姊在陕南嬉春之乐跃然纸上。

"山雄水奇秦巴地,毓秀钟灵汉阴城。"陕南厚重的人文环境造就了沈氏三兄弟沉稳的个性,包容万象的学养。严格的家学熏陶和多年的冷板凳练就的"童子功",为"三沈"打下了扎实深厚的国学功底,而温馨融洽的骨肉亲情和南北交融的文化氛围,使"三沈"养成了不激不厉的个性特征、兼容并蓄的文化品格。汉阴小城既是他们儿时的乐园,也是他们万卷归海向远方进发的重要源头。

如今,土木安在,斯人远去。穿行在潺缓细流的月河之畔,泛舟于碧波荡漾的汉江之上,沿着青青石板铺就的小路,走进小城。小城不语。故人身后,旷世的辽远、肃穆和宁静在小城斑驳的城墙上弥久不散。田垄间依然生长着诗意的稻黍,晨昏中依旧飘荡着翰墨的香馥。相得益彰,两不相负的给予,滋养着大师身后的小城——

　　中国。汉阴。一方水墨之乡,一片诗意的土地。

汉阴"三沈"故居一隅　罗雪村绘

萧红故居——
系在呼兰河上的魂

・李 雪 龚 宏

秋天的哈尔滨，色彩最为绚烂和纯粹，我们驱车去三十公里外的呼兰区萧红故居。一路上，天空碧蓝碧蓝的，几朵清澈的白云悠悠然，在透彻的阳光里，极目原野，黄绿过渡的叶子形成一片错落深浅的黄色。来到呼兰河畔，望着那几十里的堤坝，百里水系，千顷林草，万种风情，足以使你驻足倾倒。这里没有沙滩，也没有陡峭的河岸，两岸长满了野草还有高大的榆树、杨树，参天蔽日，间或有一丛丛盛开的波斯菊给风吹得弯下了腰，那枝干纤细得几欲折断，这是大自然赐予呼兰河的神韵和风情。呼兰河发源于小兴安岭，汇集十数条支流入呼兰境，二十世纪三四十年代呼兰河改道，河水径直向南流入松花江。就是这条流淌百年的河水滋润了这片土地上的每一棵树，每一根草，每一个生灵。"花开了，就像花睡醒了似的，鸟飞了，就像鸟上天了似的，虫子叫了，好像虫子在说话似的，一切都活了"，望着呼兰河水，想着萧红的文字，眼前浮现出少女萧红的形象：扎着两只蝴蝶结的发辫，浓密的前发遮着眼眉，一双清秀透彻的大眼睛闪动着，像呼兰河水一样静静地流淌……

萧红故居坐落在哈尔滨市呼兰区南二道街二零四号，旧称呼兰县建设街长寿胡同一号，始建于1908年，由萧红祖父张维祯营造。自1985年开始到2007年经过历次修复，现占地面积七千一百二十五平方米，按原貌恢复了张家宅院。故居的西侧是新建的萧红纪念馆和图书馆，门前是一个白色理石路面的休闲广场，有居民在这里下棋、聊天、晒太阳……为这座古老、美丽、充满故事的小城铺开了新世纪的风俗画。

故居分东西两个跨院，东院是张家人居住的宅院，西院是张家房客和佃户居住的地方。大门处在东院按原址建造了一处仿古民居门楼，其下是对开的黑色木门，门楣上悬挂着木制横匾，上书陈雷于1984年题写的"萧红故居"。门楼内侧也悬挂着一块木质横匾，上刻"康疆逢吉"四个字。原匾是二十世纪二十年代时任黑龙江省剿匪总司令、东北陆军十二旅中将旅长马占山为萧红祖父张维祯贺八十大寿时题写的寿匾。原匾遗失，现为仿品。东院有五间正房，三间厢房，院子中间有一尊萧红塑像，她静静地坐在一块大石头上，一手拿书，一手执笔，面对着如泣如诉的呼兰河，怀着独特的情感看着北方农民对于生的坚强和死的挣扎。

沿着青砖铺成的甬路来到东厢房，纸糊的窗棂，室内设置了火炕、锅台、木间壁等。此房是萧红生母姜玉兰主持家务时建造，曾经用来装粮食。对面的西厢房，规模结构均与东厢房相同，当年是张家的粮仓。

迎面坐北朝南的五间正房是萧红出生的地方，始建于1908年，建筑面积一百五十二平方米，面阔五间，进深两间。如萧红所描述："五间一排的正房，厨房在中间，一齐是玻璃窗子，青砖墙，瓦房间"，房脊上砌着透笼的瓦，两端塑有昂着头的鸽子。建筑模式呈现一派典型的北方民居风格。室内是木屋架，中室（北方俗称外屋地）搭建了锅台，供做饭和室内取暖用。中室两边分东西屋各有两个套间。1911年端午节的清晨，萧红就出生在东屋外间的小炕上。炕上摆放着炕被格、炕桌和泥火盆。当年的小萧红就是在这炕桌旁听祖父给她讲故事，教她背古诗，透过窗户看外面的世界。玻璃展柜里，展出了萧红父亲的铜印章、眼镜、衣服等物品，当中有一份《东昌张氏宗族谱》。张家祖籍山东，远祖父张岱闯关东来到东北，后来萧红的父亲张廷举为避免家庭人员失散，于1935年编制族谱，从萧红祖父开始，家族人员按照辈分，名字中间一字排成一首诗："维廷秀福荫，麟凤玉之华，道成文宪立，德树万世家。"墙上，挂着萧红和她母亲的照片。九岁那年母亲死了，刚过百日，继母就来了，父亲也变得更加严厉和冷淡。西两间是南、北火炕，东西走向的木式间壁。祖父母住在这里，祖母死后萧红便搬来和祖父一起住。祖父的疼爱使萧红寂寞无趣的童年有了一抹亮色。她自己说过："从祖父那里知道了人生除掉了冰冷和憎恶以外，还有温暖和爱。所以我向这温暖和爱的方面，怀着永久的憧憬和追求"。

穿过古朴寂静的房间来到后花园，小萧红和祖父经常在这片花园里玩耍和乘凉。跟在祖父的身后，往他的草帽上插花，把谷穗当成狗尾巴草拔掉……园子西北角有棵大榆树，"来了风，这榆树先啸，来了雨，大榆树先就冒烟了"，"树下疯长的蒿草，没了大人的腰，没了孩子的头，黄狗进去连个影子也看不见"。这片绿色田园是萧红的乐园，也是她灵魂的归宿，永恒的精神家园。

　　转过后花园就到了西院。这里发生着萧红笔下描述的特定历史时期真实而悲苦的故事。西院西南侧的粉房连着小偏房，木梁架，土坯墙草顶结构。这草房租给一家漏粉的。每逢下雨的时候，草房顶就长出蘑菇来。"这粉房里的人吃蘑菇，总是蘑菇和粉条配在一道，蘑菇炒粉。"萧红在《呼兰河传》里记述。当年的小萧红每每吃上蘑菇炖粉条就总是不停地问祖父，为什么我们家的房子上不长蘑菇。而借用粉房的南山墙建的小偏房，小两间，建筑结构与粉房相同，是张家宅院中最简陋的房子，房子虽小却住着老胡家老少三代十余口人。萧红曾在书里写道："那家喜欢跳大神，常常就打起鼓来喝喝咧咧唱起来。鼓声往往打到半夜才止，那说仙道鬼的大神和二神一对一答。苍凉，真不知今世何世。"当时东北地区信奉萨满教，有病不是看医生，而是"跳大神"驱鬼治病，《呼兰河传》里的小团圆媳妇就是这样被折腾死的。粉房北面有三间草房，与磨房相邻，坐北朝南，是宅院内唯一的正草房建筑，萧红笔下的冯歪嘴一家被撵出磨房后就住在这里过着幸福而悲怆的日子。屋内有火炕，炕上放着小说里王大姑娘用的悠车子、针线笸箩等生活用品。在萧红的记忆中，她常常折一朵马蛇菜花戴在头上，辫子梳得光光，红辫根，绿辫梢，干干净净，非常好看。在生完第二个孩子得了产后风去世后，冯歪嘴担负起责任，喂着小的，带着大的，沉着勇敢地活下去。这让人们在死亡中看到一线新生，在漫漫寒冬里感到一丝春意。

　　沿着青砖院墙走出故居，回头凝望。这里关着萧红的童年生活，那时的她还不能清楚地辨别善恶、美丑，但这个院子给她留下了深刻难忘的记忆。当她怀着初醒的现代意识和对新世界的憧憬漂泊于都市，寻找别样的人们和别样的生活时，蓦然回首，故乡并没有消逝，而是藏匿于心中与生命融为一体，伴着呼兰河水在幽深的岁月里静静地流淌。二十世纪四十年代初在萧红生命最后的日子里，她还充满感情地写道："人类对着家乡是何等的怀恋啊！"今天，这样怀念家乡的作家依然也被我们怀念着。萧红离开我们很多年了，想念她的不仅是她的亲人、呼兰河边的乡亲，还有更多的读者，电影《萧红》《黄金时代》的上映，可以看到，怀念还在继续着……

萧红故居一隅　罗雪村绘

带伤的重阳木

· 梁 衡

毛泽东有一首词,里面有一句:"岁岁重阳,今又重阳。"2013年重阳节刚过,我就到湖南湘潭来看一棵树,树名重阳木。开始听到这个名字,我还以为是当地人的俗称。后来一查才知道这就是它的学名。大戟科,重阳木属,产长江以南,根深树大,冠如伞盖,木质坚硬,抗风、抗污能力极强,常被乡民膜拜为树神。能以它为标志命名为一个属种,可见这是一种很正规、很典型的树。湘潭是毛泽东的家乡,也是彭德怀的家乡,我曾去过多次,而这次却是专门为了这棵树,为了这棵重阳木。

这棵重阳木长在湘潭县黄荆坪村外的一条河旁,河名流叶河,从上游的隐山流下来的。隐山是湖湘学派的发源地,南宋时胡安国在这里创办"碧泉书院",后逐渐发展成一个著名学派,出了周敦颐、王船山、曾国藩、左宗棠等不少名人。现隐山范围内还有左宗棠故居、周敦颐的濂溪书堂等文化景点。这条河从山里流出,进入平原的人烟稠密地带后,就五里一渡,八里一桥,碧浪轻轻,水波映人。而每座桥旁都会有一两棵枝繁叶茂的大树,供人歇脚纳凉。我要找的这棵重阳木就在流叶桥旁,当地人叫它"元帅树",和彭德怀元帅的一段逸事有关。

我们到达的时候已是午后,太阳西斜,远山在天边显出一个起伏的轮廓,深秋的田野上裸露着刚收割过的稻茬,垅间的秋菜在阳光下探出嫩绿的新叶。河边有农家新盖的屋舍,远处有冉冉的炊烟,四野茫茫,寥廓江天,目光所及,唯有这棵大树,十分高大,却又有一丝的孤独。这树出地之后,在两米多高处分为两股粗壮的主干,不即不离并行着一直向天空伸去,枝叶遮住了路边的半座楼房。由于岁月的侵蚀，树皮高低不平，树纹左右扭曲，如山川起伏，河流经地。我们想量一下它的周长，三个人走上前去伸开双臂，还是不能合拢。它伟岸的身躯有一种无可撼动的气势，而柔枝绿叶又披拂着，轻轻地垂下来，像是要亲吻大地。虽是深秋，树叶仍十分茂密，在斜阳中泛着粼粼的光。55年前，一个人们永远不会忘记的故事就发生在这棵树下。

1958年，那是共和国历史上的特殊年份，也是彭德怀心里最纠结不解的一年。还是在上年底，彭就发现报上出现了一个新名词："大跃进"。他不以为然，说跃进是质变，就算产量增加也不能叫跃进呀。转过年，1958年的2月18日，彭为《解放军报》写祝贺春节的稿子，就把秘书拟的"大跃进"全改成了"大发展"。而事有凑巧，同天《人民日报》发表毛泽东修改过的社论却在讲"促进生产大跃进"。也许从这时起，彭的头脑里就埋下了一粒疑问的种子。3月中央下发的正式文件说："这是一个社会主义的生产大跃进和文化大跃进的运动。"接着中央在成都开会，毛泽东在会上的讲话意气风发、势如破竹。彭也被鼓舞得热血沸腾。5月北戴河会议通过《关于在农村建立人民公社的决议》，并要求各项工作大跃进，钢产量比上年要翻一番，彭也举手同意。会后的第二天他即到东北视察，很为沿途的跃进气氛所感动。他向部队讲话说："过去唱'起来，饥寒交迫的奴隶'，中国人民几千年饿肚子，今年解决了。今年钢产量1070吨，明年2500吨，'一天等于20年'，我是最近才相信这番话的。"? 10月他到甘肃视察，看到盲目搞大公社致使农民杀羊、杀驴，生产资料遭破坏，公社食堂大量浪费粮食，社员却吃不饱，又心生疑虑。回到北京，部队里有人要求成立公社，要求实行供给制。他说："这不行，部队是战斗组织，怎么能搞公社？不要把过去的军事共产主义和未来'各尽所能，按需分配'的共产主义分配混为一谈。"12月中央在武汉召开八届六中全会，说当年粮食产量已超万亿斤，彭说怕没有这么多吧，被人批评保守。他就这样在痛苦与疑惑中度过了1958年。

武汉会议一结束，彭没有回京，便到湖南作调查，他想家乡人总是能给他说些真话。湖南省委书记周小舟陪同调查，他介绍说全省建起5万个土高炉，能生火的不到一半，能出铁的更少。而为了炼铁，群众家里的铁锅都被收缴，大量砍伐树木，甚至拆房子、卸门窗。彭德怀没有住招待所，住在彭家围子自己的旧房子里。当天晚上乡亲们挤满了一屋子，七嘴八舌说社情。他最关心粮食产量的真假，听说有个生产队亩产过千斤，他立即同干部打着手电步行数里到田边察看。他蹲下身子拔起一蔸稻子,仔细数秆、数粒。他说:"你们看,禾蔸这么小,秆子这么瘦,能上千斤?我小时种田,一亩500,就是好禾呢。"他听说公社铁厂炼出640吨铁,就去看现场,算细账,说为了这一点铁,动用了全社的劳力,稻谷烂在地里,还砍伐了山林,这不合算。他去看公社办的学校,这里也在搞军事化,从一年级开始就全部住校。寒冬季节,门窗没有玻璃,狮子大张口,冷风飕飕直往屋里灌。孩子们住上下层的大通铺,睡稻草,尿床,满屋臭气。食堂吃不饱,学生们面有菜色。他说:"小学生军事化,化不得呀!没有妈妈照顾要生病的。快开笼放雀,都让他们回去吧。"当天学生们就都回了家,高兴得如遇大赦。彭总这次回乡住了两个晚上一个白天,看了农田、铁厂、学校、食堂、敬老院。他用筷子挑挑食堂的菜,没有油水。摸摸老人的床,没有褥子,眉头皱成了一团。他说:"这怎么行,共产主义狂热症,不顾群众的死活。"那天,他从黄荆坪出来看见一群人正围着一棵大树,正熙熙攘攘,原来又是在砍树。他走上前说:"这么好的树,长成这个样子不容易啊。你们舍得砍掉它?让它留下来在这桥边给过路人遮点荫凉不好吗。"这时大树的齐根处已被斧子砍进一道深沟,青色的树皮向外翻卷,木质部已被剁出一个深窝,雪白的木渣飞满一地。而在桥的另一头,一棵大槐树已被放倒。他心里一阵难受,像是在战场上,看到了流血倒地的士兵,紧绷着嘴一句话也不说,便默默地上了车,接着前去韶山考察人民公社。周小舟见状连忙吩咐干部停止砍树。这天是1958年12月17日。

这个彭老总护树的故事,我大约三年前就已听说,一直存在心里,这次才有缘到现场一看。这棵重阳木紧贴着石桥,桥边有一座房子,房主老人姓欧阳,当年他正在现场,讲述往事如在眼前。他印象最深的还是那句话:给老百姓留一点荫凉!我问那棵阻拦不及而被砍掉的古槐在什么位置,老人顺手往桥那边一指,桥外是路,路外是收割后的水田,一片空茫。我就去凭吊那座古桥,这是一座不知修于何年何月的老石桥,由于现代交通的发达,旁边早已另辟新路,它也被弃而不用,但石板仍还完好,桥正中留有一条独轮车辗出的深槽。石板经过无数脚步、车轮还有岁月的打磨,光滑得像一面镜子,在夕阳中静静地沉思着。车辙里、栏杆底下簇拥着刚飘落的秋叶,这桥仍在不停地收藏着新的记忆。

我蹲下身去,仔细察看树上当年留下的斧痕。这是一个方圆深浅都近一尺的树洞,可知那天彭总喝退刀斧时,这可怜的老树已被砍得有多深。我们知道，树木是通过表皮来输送营养和水分的，55年过去了，可以清晰地看到，树皮小心地裹护着树心，相濡以沫，一点一点地涂盖着木质上的斧痕，经年累月，这个洞在一圈一圈地缩小。现在虽已看不到裸露的伤口，但还是留下了一个凹陷着的碗口大的疤痕。疤痕呈一个圆窝形，这令我想起在气象预告图上常见的海上风暴旋动的窝槽，又像是一个旧社会穷人卖身时被强按的红手印，似有风声、哭喊、雷鸣回旋其中。55年的岁月也未能抚平它的伤痛。就像一只受伤的老虎，躲在山崖下独自舔着自己的伤口，这棵重阳木偎在石桥旁，靠树皮组织分泌的汁液，一滴一滴地填补着这个深可及骨的伤洞。我用手轻轻抚摸着洞口一圈圈干硬的树皮，摸着这些枯涩的皱褶，侧耳静听着历史的回声。

彭德怀湘潭调查之后，又回京忙他的军务。但"大跃进"的狂热，遍地冒烟的土高炉，田野里无人收割的稻谷、棉花，公社大食堂没有油水的饭菜，一幕一幕，在他脑子里总是挥之不去。转过年，就是1959年，彭万没有想到这竟是他人生的转折之年，也是中国共产党命运的转折之年。其时"大跃进"、人民公社造成的经济困境已逐渐显露出来，这年7月中央在庐山召开会议准备纠"左"，彭根据他的调查据实给毛泽东写了一封信。但毛泽东是不允许别人否定"大跃进"、人民公社的，于是就将彭并支持彭意见的黄克诚、张闻天、周小舟一起打成"彭、黄、张、周"反党集团。从此，在党内高层就很难听到不同意见了，直到发生"文革"大难。彭德怀生性刚正不阿，又极认真。他罢官后被安置在北京郊外一处荒废的院子里，就自己开荒、积肥、种地，要验证那些亩产千斤、万斤的神话。1961年12月他再次向毛泽东写信申请回乡调查。这又是一个寒冷的冬季，他回乡住了56天。经过1958年的大砍伐，家乡举目四望，已几乎看不到一棵树。他对陪同人员说："你看山是光秃秃的，和尚脑壳没有毛。我二十三四岁时避难回家种田，推脚子车（独轮车）沿湘河到湘潭，一路树荫，都不用戴草帽。再长成以前那样的山林，恐怕要50年、80年也不成。现在农民盖房想找根木料都难。"他一共写了5个调查报告，其中有一个是专门在黄荆坪集市调查木料的价格。回京后他给家乡寄来四大箱子树种，嘱咐要想尽法子多种树。他念念不忘栽树、护树，是因为这树连着百姓的命根子啊。他虽是戎马一生，在炮火硝烟中滚爬，却是爱绿如命。抗日战争中，八路军总部设在山西武乡。山里人穷，春天以榆钱（榆树花）为食。彭就在总部门口栽了一棵榆树，现在已有参天之高，老乡呼之为"彭总榆",成了永久的纪念。1949年,他率大军进军西北,驻于陕西白水县之仓颉庙外。庙中有"二龙戏珠"古柏一株。炊事班做饭无柴就爬上树将那颗"珠子"割下来烧了火。彭严肃批评并当即亲笔书写命令一道:"全体指战员均须切实保护文物古迹,严格禁止攀折树木,不得随意破坏。"现这命令还刻在树下的石头上。彭总不忘百姓,百姓也不忘彭总。他的冤窦昭雪之后,这棵重阳木就被当地群众称为"元帅树",年年祭奠,四时养护。我在树旁看到有农民刚砌好的一口井,上面也刻了"元帅井"三个字。而树下还有一块石碑,辨认字迹,是1998年有一个企业来领养这棵树,国家林业局还为此正式发了文,并做了档案记录。那年的树龄是490年,树高22米,胸径1.2米。又15年过去了,这树已过500大寿,更加高大壮实。彭总又回到了湘潭大地,回到了人民群众之中。

因为当年回乡调查是周小舟陪同,他在庐山上又支持彭的意见,也被罚同罪,归入反党。周也是湘潭人,他的故居离这棵重阳木只有二里地,我顺便又去拜谒。这是一座白墙黑瓦的小院,典型的湘中民居。周在这里度过了童年,后来到北方学习,参加革命,领导"一二·九"运动,极有才华。因为到延安汇报工作,被毛泽东看中,便留下当了一年的秘书。后又南下,直到任湖南省委书记。毛泽东本是十分欣赏他的,1956年曾对他说:"你已经不是小舟了,你成了承载几千万人的大船。"可惜他和彭德怀一样,也是为民请命不顾命的人。庐山会议后,他一下子从省委书记被贬为一个公社副书记。但他还是尽自己所能保护百姓。在那个非常时期他的公社是最少饿肚子的。

看过这棵重阳木的当晚,我夜宿韶山,窗外就是毛泽东塑像广场,月光如水,"共产党最好,毛主席最亲"的老歌旋律在夜空中轻轻飘荡。我清理着白天的笔记和照片,很为毛泽东未能听取彭、周的逆耳忠言而遗憾。周曾是他的秘书,而彭从长征到抗美援朝,也是他很倚重的人,毛泽东曾有诗:"谁敢横刀立马,唯我彭大将军",但终因政见不合,自折手足。谁能想到三个曾经出生入死的战友、忠诚共事的同志、不出百里的老乡,在庐山上面对自己家乡的同一堆调查材料,却得出不同的结论。这真是一场悲剧。而直到1965年,毛泽东才重新起用彭,并说:"也许真理在你那边。"但这一点友谊和真理的回光又很快被第二年开始的"文化大革命"的狂潮所吞灭。现在毛泽东、彭德怀、周小舟三人都早已作古。"岁岁重阳,今又重阳",人们年复一年地讲述着重阳木的故事,三个战友和老乡却再也不能重聚。这棵重阳木却不管寒往暑来，风吹雨打，还在一圈一圈地画着自己的年轮。我想，随着岁月的流逝，中国大地上如果要寻找58、59那段岁月的活着的记忆，就只有这棵重阳木了，而且这记忆还在与日俱长，并随着尘埃的落定日见清晰，它是一部活着的史书。作为自然生命的树木却能为人类书写人文记录，这真是万物有灵，天人合一。它还会超出我们生命的十倍、百倍，继续书写下去。半个多世纪后，当人们再来树下凭吊时，也许那伤口已经平复，但总还会留下一个疤痕。树木无言，无论功过是非，它总是在默默地记录历史。正是：

元帅一怒为古树，喝断斧钺放生路。
忍看四野青烟起，农夫炼钢田禾枯。
谏书一封庐山去，烟云缈缈人不复。
唯留正气在人间，顶天立地重阳木。

信有天地可畅游：

·刘成章

崭新的"关关雎鸠"

信天游这个名字？，如明月流水，如仙界的风，即使把它放到全世界数千年来所有的艺术品类之中，也数得上奇美浪漫。

先看这个"信"字吧：信马由缰，信步而行，信手拈来，总之，在这里，不管马也好，步也好，手也好，都听凭它们任情任性，随心所欲，无所顾忌地率意而动，而人呢，虚幻得只看见一点儿影子，一点儿神气，好不自在！那么再看"天"字吧：天空，天然，天性，它的含义好巨硕、好空阔，既具象又虚幻，那样的深邃无边。而最后要说的这个"游"字，它所表现出来的情境自然不是静止凝固，而是游走，游荡，如天上的云，如流动的河，如云里的鹞子河里的鱼。

于是那人的洒脱悠游蓬勃活跃的心灵，就在那连绵起伏无涯无际的黄土高原上，以《诗经》一样的起兴、比兴，以上下句的结构格式，以美轮美奂的旋律和曲调，信天而游，信天——而游，游，游……游得生了几多意趣、几多精彩呐，战栗了多少审美的神经！

但我想问，谁能搞得清啊，它，这信天游，始于哪个朝代，何时是它的滥觞？

是昭君出塞的汉朝？是李白吟月的唐代？抑或，是宋，是元，是明，是清？反正，它大多数悠扬的词曲，都含着古老风沙的颗粒，常常会掉落在我们的眉睫、耳轮和心上，使人感到历史的渺远和苍凉。

透过渺远和苍凉，是一眼望不尽的峁梁连绵，沟壑纵横。这边山头犁铧翻着土浪，羊肚手巾扎在头上，扶犁者汗湿衣褂；那边沟里扁担一闪一闪，小脚片踩出花似的踪迹，挑水者是个十三四岁的小女女。扶犁汉子也许觉得今天特别口渴，便朝沟里喊去："哎——凤儿！晌午送饭，别忘了给我多舀半罐子米汤！哎——洋芋丝丝也拿上一点！"小女女便转脸应声："哎——舅舅！我听下啦！"他们必须扯长声儿，不然，对方就难以听清。而他们觉得需要排遣寂寞无聊的时候，便以更高亢更悠扬的嗓音唱了——如果出于自我表现的目的，也必须这样，否则他的歌声就传不到别人的耳朵；即使是自娱自乐，到处是一片空旷，也不用顾忌讨嫌于人。

而在这片荒凉贫瘠闭塞的土地上，又曾经有羌笛、胡笳和古筝的交响，游牧与农耕的混合，胡汉的杂处和互融，因而这片土地上的人们，精神上罕有桎梏，正如清人王培的《七笔勾》所云："圣人布道此处偏遗漏。"因而他们唱起歌来，既有独特的曲调和韵味，又有无拘无束的张扬和放浪——这就是与中原文化迥异的信天游了。

这是人类自然天性的最痛畅的宣泄。它在漫漶了的一个时间段上像野草野花萌生之后，就越长越多，越开越旺，"信天游就像没梁儿的斗，多会儿唱时多会儿有""祖祖辈辈，年年岁岁，唱在放羊的山坡上，唱在赶脚的大路上，唱在锄地的五谷间"——处处都是宏阔的舞台，声声都如云霞之辞。

但多么可惜，一代代的手艺人不断地造出数不尽的羊毫狼毫，却没有一支曾将这信天游记录下来。直到延安文艺座谈会召开的1942年，是延安鲁迅艺术文学院的师生们，让这些饱含泥土糜谷和露水珠儿气息的信天游，沾上油墨的清香，与《敕勒歌》，与唐诗唐乐，与柳枝词，与梅兰芳舞袖飘拂中的歌吟，肩并肩地站在一起。

于是博大精深的中华文化宝库中，便多了一曲崭新的"关关雎鸠，在河之洲"，神曲般的拦羊嗓子回牛声。

再也忘不了这歌声

我有幸在此期间，被母亲牵着稚嫩的手，走在延河畔。青草开花一寸高。阳光洒遍的山山洼洼，羊肚子手巾辉映着灰军装，军号声呼喊声老镢头开荒的声音刚刚止息。宝塔山上白云悠悠，突然，好像从那云缝中，猛乍乍地淌出一股飘逸的光，瑰丽迷人。那是我平生所听见的第一支信天游：

> 你妈妈打你你给哥哥说,
> 为什么你要把洋烟喝?
> 我妈妈打我我不成材,
> 露水地里穿红鞋。

这样土气这样简单却这样富于艺术魅力的两句信天游,一经入耳,便入骨,便入髓,我此生便再怎么也忘不了了。

上初中后,因为爱上了文学,我被信天游迷得死去活来。我买了一本何其芳、张松如二人主编的《陕北民歌选》,又念歌词又唱曲谱,上下课的铃声也往往听而不闻。书上那些意象,那"上畔畔的葫芦",那"清水水玻璃",那"双扇扇门来单扇扇开",虽然都是我熟悉的事物,但还是给我开启了一个诗意的世界,令我神往。我朦朦胧胧的心上,总有情爱的吟唱引起共鸣。我总觉得,这些忧伤缠绵和决绝的爱情歌唱,真是无与伦比的。

那时每逢节假日,我常常会领着我家的一只小花狗,像当年的小八路似的,奔向开花的山野。但我不是小八路。小八路的出行也许是为了给开荒的首长送什么东西,盖膝的军上衣被风掀起,我却胸前飘着红领巾,是为了聆听和记录原汁原味的信天游。

起先,信天游要么低旋于玉米丛中,总不见飞扬起来;要么就像天边的风筝,总是影影绰绰,令人沮丧。但走着走着,或在东峁,或在西梁,或在哪个深沟里头,就有信天游清晰地如山泉般涌出,冷冷冽冽晶晶莹莹,悠悠扬扬把那一波一波的妙音洒向我的肩膀又滑了过去。它有时候竟好像变成一道滴哨(小瀑布),从我背靠的土崖上洒落下来,湿凉了我的耳朵,沁入我的生命。又在有的时候,不知哪儿一声扯长声儿的信天游出唇之后,却似我眼前一股风儿,一阵平扫一阵跌宕一阵旋转,直到我惊叹不已的时候,它却消失于一个沟岔。而不久,它竟又在山圪垯上绕来绕去了,接着又来了一个纯八度的跳进,直抵云天。有时我躲在一个什么旮旯,让狗也不声不响,听坐在硷畔上的年轻媳妇一边做着针线,一边悄声歌唱:

> 河湾里头长流水,
> 你走莫忘引妹妹。
> 红军营里人马多,

>哪一个马尻子捎不下我。

这显然是当年岁月里的信天游了,虽然也是关乎情爱,却没有纠结、凄切、悲怆,听了它,让人心里顿生暖意。记得后来那年轻媳妇发现了我,我只好走了出来。我明知故问:"你刚才唱的是一首情歌吗?"她朴实又多少有点害羞地说:"就是那么个唱法嘛!"片刻,她发现我的肩上沾了些草屑,便伸手给我拍了拍,并问我饿了没有。这小媳妇,有着多么纯美的心肠啊!

有一天我登上了一个山顶,突有一支嗓音浑厚的信天游响在我的耳畔。我看见,唱歌的是个拦羊老汉。他唱得实在太美了,但我写作文时竟不知该如何描述。现在每每忆及,便觉得他口中信天游的上下句,变幻出了多么丰富的气象。我那时候望着那苍茫辽阔连绵起伏的黄土高原,听着这支信天游,实在分不清信天游是脱胎于它,还是它有几分信天游的意象?

后来我曾经暗暗地想,假使信天游可以像天下万物似的有形有色,而且其形色永不糟朽,那么,整个陕北高原的天空,一代代的累积,它每寸蓝天每寸云彩都会缀满音符和文字的晶亮钻石。

将信天游炼成一道奇观

感谢李季,是他以诗人的一双神妙之手,以鲜明的人物形象,以美丽的故事结构,把信天游这些散乱的珍珠串连成一部精致动人的叙事长诗《王贵与李香香》,使信天游登上了文学的殿堂。

这是我们时代的《孔雀东南飞》呀,我多次欢呼。这部诗,我先后买过三种版本,它们陪伴我风风雨雨数十年,每页都像一片波浪,每片波浪都在我的手上翻滚过百次千次;我的像鹅卵石的指头蛋儿,至今犹记着那波涛的喧响。

1956年,我是个高一学生。在延安举行的五省(区)青年造林大会上,我跟着民间艺人韩起祥,见到了三十一岁的诗人贺敬之。贺敬之与韩起祥二人合影,让我给他们按按快门。我遗憾我手持的相机,无法照出他们胸中的友情深深诗兴浓酽。

只记得不久,一首信天游形式的作品横空出世,那就是贺敬之的《回延安》。它让我爱不释手。诗人既有对延安的一腔深情如海,又富于创造性,妙笔一挥,就对我可亲可爱的信天游,做了诗化的换血和重塑。那陕北婆姨女子们唱了千万遍的"东山的糜子西山的谷，哪达儿想你哪达儿哭"，到了你抓着延安黄土的手里，完全是一片崭新的革命情状了："东山的糜子西山的谷，肩膀上的红旗手中的书。"而诗中经典名句"几回回梦里回延安，双手搂定宝塔山"，既有信天游的质朴语言和韵味，又充溢着李白一样的浪漫诗思。此诗句，多少年过去了，却一直朗朗于大中学生的口中，而且由油墨印成的文字，变成延安石匠錾子下的石头，竖在延安的大门口了！

千座青山万道沟，我死活忘不了这诗两首。阳畔上酸枣背畔上艾，我愿向这些诗顶礼膜拜。应该说，在我国的文学版图之上，信天游就像千朵万朵的白云彩，云拥奇峰出，霞飞散绮红，那便是这两首杰作。

遥想唐宋当年，孰能料到，起先并不怎么起眼的脱胎于南方民歌的文人之词，后来竟形成数百年的文学之盛。而李季和贺敬之对信天游的开掘熔炼，却多少有些空谷足音的味道。不知何年何月，天将降数十数百的大智慧大手笔之人，能将信天游炼成一道天地奇观——我一直如此企盼。

黄土高原的地貌当然自有它独特的美处，不过它毕竟灰黄得没有尽头，颜色太单调了，大概为了得到心理上的补偿，我陕北的父老乡亲在创作信天游的时候，如一个个梵高，特别注意要涂上几笔浓烈的色彩。比如《蓝花花》这首歌吧。本来，这只是叙说一个年轻姑娘的歌儿，可是到了这些艺术家的手里，他们首先抛出的是青线线和蓝线线，并且以那么美的旋律渲染着它的明明暗暗强强弱弱的蓝的色阶色调，让它终于发出了"蓝格英英的彩"的奇幻光芒。而歌中主人公姓氏的蓝，由于上句的比兴，也变得如白居易笔下的江南，如江南的一片水溶溶的景色，春来江水绿如蓝。

走笔至此，我记忆中最为美好的一角，便泛起涟漪。那是《蓝花花》的歌声与真的江南似的景色融合在一起了。绿如蓝的江水映在我二十一岁的眼帘。飒飒作响的竹叶响在我二十一岁的耳畔。我二十一岁的筋腱饱满的双脚，踩在陕蜀鄂三省交界的大巴山上。我以我地道的延安口音，把《蓝花花》抛起在那山水之间。我看见那些背背篓的姑娘、田间耨草的小伙子，都一齐向我转过脸来。一时间，那婉婉约约的巴山汉水，悉被我的嗓音注进了一股粗犷的陕北之艳，我从那姑娘和小伙子的脸上读出，那儿的山水分明是双倍地美了。那当儿我的心里蓦地冒出"前不见古人，后不见来者"这两句诗来，但我绝不像陈子昂似的悲戚寂寞哀伤，恰恰相反，我是太得意太自豪了，因为我觉得，从悠悠历史到茫茫未来，也许我应该是唯一的一个以陕北拦羊娃的方式，把信天游带到此间的人。哦，多情应羡我，正年少，爱歌爱唱，风华翩然。

山丹丹重开红艳艳

我是一路苦恋着信天游走进中年时代的。不知不觉间，我收集购买的信天游和陕北民歌，以及与之相近的爬山歌和山西民歌的资料和书籍，无法尽数。把它们堆在一起，竟有十几斤重了。"文革"的凄凄风雨之中，我被下放到红砂石箍窑的志丹县农村。因为夜里多有读书的时间，有一次回家时，我骑着自行车把它们悉数带上了。走了五六十里路，忽然发现竟好像把它们丢在一间小饭铺了，我的头嗡地响了一声，像丢了魂似的，顾不得累得难以抬腿，硬是折转身去，颇费了些周折，总算把它们找了回来。

忽有一日，省上组织了个创作班子，拿着初步改编下的五首陕北革命民歌来到延安，住在南关招待所，一边修改一边征求意见。我们延安文工团创作组一行数人，被召去开会。这个招待所，在20世纪40年代，叫做陕甘宁边区交际处。记得翻修它的时候，缺石板，我家还捐献过十多块。无数著名人物曾到过这儿。冼星海夫妇风尘仆仆地初来延安，就是在这个大门口放下手中的行李，走在信天游的余音中；贺敬之就是在这儿的窑洞里，以感冒了的身子艰难地呼吸着高原的甜美，写出了《回延安》。现在，招待所会议室大幅玻璃窗照进来的阳光，又照在一些当年的文艺工作者的脸上，他们的身边也有那些与我年龄相仿的文友，都是这个创作班子的成员。经过初步改编的陕北民歌，如久埋土中的明珠出土、如重开的牡丹，闪耀在人们面前。

我骄傲我生身于陕北。我更骄傲我泡大于信天游的江河湖海。马里头挑马不一般高，歌里头挑歌就数信天游好。我看信天游多妩媚，料信天游看我应如是。

大约在十多年之前，我曾忧心，那曾经像野草一样一个劲地往出钻的信天游歌手，在陕北这片可爱的黄土地上，怎么忽然间变得稀缺起来了！可幸好是我的感觉有些偏差。完全在不经意间，我终于发现信天游歌手就像春雨过后的山丹丹，开得好红好红，这山是，那山也是。王向荣和阿宝的歌声未落，王二妮天籁般的嗓音又响起来了，接着又是韩军和雒胜军。

更让人欣喜的是，那一年回延安，一下火车，便有小青年们一边出车站，一边放开嗓门，高唱着一声声的信天游。他们大概一看见宝塔山，嗓子就痒痒了。他们对着延安群山环抱的空旷的夜空，就像虎归深山鱼归海，便任情任性起来。看来在他们的心里，延安的火车站就像放羊的山，赶脚的路，像马茹子果眨着眼睛的崖崖畔畔。

啊，陕北，生我养我的这片厚土啊，我愿像这信天游一样地高高飞起，化作装饰你的夜空的月晕，绕着月亮转圈圈红。

林则徐的名臣之路:

·龙 一

　　站在虎门的威远炮台四望,南边是著名的穿鼻洋,西南是横空而过的虎门大桥,北边是工商业繁盛的虎门镇,东边则是珠江的出海口。我到过不少古战场,唯在此处感触最深,不单单是因为第一次鸦片战争,更是因为林则徐。在人类历史上,任何一位名臣都不会产生于偶然的一次壮举,更不会是一时侥幸或因缘际会。

　　林则徐出生于福建侯官,十四岁考中秀才,二十岁(公元1804年)中举人,聪颖早慧是不用说了。决定他人生品质的第一阶段学习和历练,是他中举之后的七年时间。这个人生阶段,很像今天的大学应届毕业生,如何走出书斋面对社会,首先是态度,其次是方法。林则徐初次进京会试失利后,便将谋生与学习拧成一股绳,于嘉庆十一年(1806年),到厦门担任海防同知书记(近似于今天的科员),其中很重要的一部分工作,就是处理洋船贸易。这是林则徐学习政事的开始,也是他成为实干家和一代名臣的开端。

　　这期间,正是中国与欧美各国贸易战最胶着的时候。据说林则徐就是在此时学习的英语和葡萄牙语,这种利用工作之便,为自己增长新技能的方法,几乎是每一个事业有成者的共通经验。这一点外语能力,促使他日后成为封疆大吏时,常年组织有识之士,翻译欧美各国的相关资料,以供参考。没有这种早期的见识和用心,也就没有日后的成果。后来思想家魏源将林则徐和幕僚们翻译的文章编辑成书,印行全国,这便是著名的《海国图志》。这部译著对清末民初的洋务运动、实业救国和民智启蒙产生了难以估量的影响。

　　入职后不久,林则徐的才能受到福建巡抚张师诚的赏识,将其延聘为幕僚（私人聘请的助手）。进入省级长官的幕府，参与地方事务处理并为长官代写奏折，是林则徐学习政事的第二阶段。奏折是清代各省督抚与朝廷首要的沟通方法，在张师诚身边的早期训练为林则徐的笔下功夫打下了扎实基础。文字工作外，林则徐对海防、军事、民政和水利诸方面都下了很大功夫，特别是在巡抚张师诚剿灭海盗蔡牵的过程中，他参赞其事，增长见闻，经受锻炼。我一直认为，林则徐应该是在这个阶段确立的人生目标，他要成为"治世之能臣"。

嘉庆十六年（公元1811年），二十七岁的林则徐为自己赢得人生的第一个重要转折点，他以殿试二甲第四名高中进士。从翰林院庶吉士到江南道监察御使，林则徐十年京官，走的是清贵翰林正常升迁的路子，是他人生的第三个阶段。这期间发生了三件事：第一，林则徐这次会考的座师是人称"父子宰相"的曹文埴之子曹振镛，房师是名儒沈维鐈。林则徐深得两位老师的赏识，自此跻身"名门弟子"；第二，林则徐加入宣南诗社，结交黄爵滋、龚自珍、魏源等一批思想开放，年轻有为的益友；第三，精研水利，著《北直水利书》。总的来讲，林则徐这一阶段在京城展示了清介的品格、活跃的思想、务实且敏而好学的工作态度，任何公正的上司都会认为他是可造之才和可用之才。

坦率地讲，站在虎门炮台上，望着缓缓而去的珠江水，我不由得要想，假如给林则徐换个时代，换个历史环境，他会不会成为另外一个人？想来想去我也找不出他改变自己的理由。像他这种不间断自我磨砺，不间断自我丰富，不间断扩大良师益友范围的官员，放到任何时代，他都会脱颖而出，都会走同样一条"治世之能臣"的道路。

此后，林则徐外放浙江杭嘉湖道台，多次调任升迁至湖广总督，这个过程是他人生的第四个阶段，是展示才能，实践施政方略，赢得朝廷信任的阶段，应该说，他此时已经实现了"治世之能臣"的基本目标。

接下来就是林则徐的人生高潮——广州禁烟。元明清三代，中国对外贸易一直保持着极高的顺差，到清代中叶的时候，中国民间积累了巨额的货币与实物财产，便成为当时世界第一强国——英国倾销工业产品套取贵重金属货币的主要目标。中国几百年来积累的纹银、西班牙银元和墨西哥鹰洋，如珠江洪流般涌出国门。这种局面对大清国最直接的经济影响就是"银价暴涨"和"银贵钱贱"，用今天的话讲，就是鸦片走私让大清国同时发生了严重的白银"通货紧缩"和铜币"通货膨胀",连带的恶性影响内容繁杂,就不列举了。

以上种种危害,林则徐在厦门任海防同知书记时已有所了解,但当时走私鸦片数量还不算太多,之后鸦片走私发展到每年三万余箱,不断掏空中国的财源。只是,朝廷之中有关严厉禁烟与有限禁烟的争论已经进行了二三十年,双方争执不下。道光十八年(公元1838年)六月,林则徐的朋友,鸿胪寺卿黄爵滋上书奏请"厉禁鸦片,严塞漏卮",并奏陈"禁烟方策六条"。十月,林则徐再次上奏主张严禁鸦片,这才有了他的那段"鸦片流毒于天下,则为害甚巨,法当从严。若犹泄泄视之,是使数十年后,几无可以御敌之兵,且无可以充饷之银"的名言。

就在当下,我曾读到、听到一些私议,认为鸦片战争的起因是西方列强要求大清国"改革开放",然大清国见事不明,未能早开放早受益。我从来不认为林则徐是个思想保守的封建官员,他应该是中国当时少有的具有世界眼光的有识之士,正因为他认清了鸦片走私是贸易战中的"致命武器"这一点,才会在广州动用激烈的禁烟手段。因此,如果将"虎门销烟"仅仅理解为一场禁毒引发的战争,或是当成西方列强寻求中国开放贸易的"正常要求",便是一种狭隘的虚无主义历史观。

此刻我站在虎门炮台上,尝试体会林则徐当年的心情和想法。他被道光皇帝任命为钦差大臣,离京前探望生病的老师沈维鐈时说:"死生命也,成败天也。苟利社稷,敢不竭股肱以为门墙辱?"这是师门私语,有孔夫子"知其不可为而为之"的悲壮。而他禁烟失败,充军伊犁前所作《赴戍登程口占示家人》诗中的"苟利国家生死以,岂因祸福趋避之",则应该是回顾他站立虎门炮台,眼望穿鼻洋时"天生我才必有用"的豪迈和"黄龙未饮心徒赤"的刻骨忧思。

林则徐抵达广州,视察虎门炮台时,恰好五十五岁。我相信,林则徐应该清楚地知道,他半生平步青云的宦途,此时迎来了最深刻的考验,面临的也是前所未有的危局。如果他在道光皇帝驾前没有展示超人的禁烟决心与才能,而是选择做一个正常的好官,兴修水利,与民休息,平准法度,加上他的见识和洞察力,以及文笔凝练、思想精辟的奏章,还有满朝众多良师益友、门生故吏的拥戴,让他从从一品的湖广总督,入阁拜相为正一品的大学士,甚至像他的老师曹振镛一样画像入紫光阁,死后入祀贤良祠,应该不会太难。

然而，我们绝不能低估中国传统知识分子官员的节操，正因为林则徐深刻的忧国忧民，不肯逃避责任，勇于担当，他才主动选择了这条为官之道中的险途。也正因为如此，虎门成了林则徐从"治世之能臣"转变为"一代名臣"的节点。

给时代留下鲜明印记
——读池北偶《四老讽世诗画》

·缪俊杰

今年暑热，报社组织离退休老同志到北戴河消夏。谭文瑞（池北偶）带着刚刚面世的新书《四老讽世诗画——池北偶与漫画三剑客》（湖南文艺出版社出版）给几位老朋友。他赐赠给我们夫妇一册，并署上"九二老叟池北偶敬赠"。因我们住在楼上楼下，他约我和老伴到他房里聊聊。他虽是九十二高寿长者，但头脑清晰，思想活跃，说话幽默，谈笑风生。这次交谈他特别说到他和画坛（漫画界）三老的合作过程。快到饭点，我们分头去吃饭。想不到就那么一会儿的工夫，就传出谭老摔跤正送医院救治的消息。更没料到的是没几天工夫，他竟驾鹤西去，和大家阴阳两隔了。在这令人悲痛的时刻，也许他的许多朋友和同事会写文章纪念这位老报人在办报、特别是在国际宣传方面所作的杰出贡献。我这篇文章则是对这位亦师亦友的老领导老同事的缅怀。

我拜读谭老亲笔签名的新著，仿佛看见了讽刺幽默界四位大师在一起纵谈国内外大事，笑论人生世相，针砭时弊，惩恶扬善的情景。谭文瑞说过："从二十世纪五十年代初，我就开始分别与三位著名的艺术家联手创作针砭时弊、讥弹世态的诗画配，发表在各大报刊上，受到读者的欢迎。"今天我们可以毫不夸张地说，在中国诗歌界特别是幽默讽刺诗方面，作品数量之多，对社会生活干预的深度和广度，以及在社会生活中的影响，几乎没有人超过池北偶先生的。他们的作品给时代留下鲜明的印记。

池北偶与华君武的合作始于二十世纪五十年代。那时，华君武是人民日报文艺部主任，老谭是著名的国际评论员。华老思想敏锐，常对国际国内之大事、人生世相用漫画的形式给以评论讥弹，池北偶立即配以讽刺诗。如华老的《风信鸡》《诗圣挨批》《死猪不怕开水烫》《四派人物脸谱》《互捧》《自动对号入座》《一言堂》《煞风景》《官商种种》等，画很精彩，而配上池北偶的讽刺诗，更使作品相得益彰，给人以"珠联璧合"之感。

丁聪，笔名小丁，池北偶与丁聪是好友，他们也有长期合作的历史。由于某种机缘，池北偶和丁聪合作出版过一本诗画配《世态讥弹》。丁聪的许多漫画，如《歌德派画像》《官仆写照》《权权交易》《吹反调》《能者多帽》《旧貌换新颜》《难释重负》《照本宣科》等，池北偶都为之配上讽刺诗。例如在《照本宣科》中，池北偶的诗写道："首长做报告，用不着动脑，发一声指令，秘书便代劳。写上几千字，讲稿准备好，上台照本读，反正老一套，一二三四五，马恩列斯毛。"这首诗语言平易，通俗易懂，有人也许会说这是"打油诗"，但内容深刻，击中时弊，用时下的话说，是"很接地气"。对当时某些人为官为政的不正之风，可谓一语中的，入木三分，对小丁的漫画也增加了批判的力度。

池北偶与方成的合作也是令人敬仰的。方成是我国著名的漫画大师，也是编辑中的多面手，他不仅创作了大量的讽刺漫画，而且还画水墨，写杂文、美术评论等。方成学的是化学，做的是编辑，从事的是绘画，名满文坛。他的漫画《武大郎开店》《全盘西化》等成为我国漫画的经典之作。他们做编辑时就开始合作，后来池北偶做了总编成为正部级高官，方成仍是普通编辑。老谭很重义气，很重友谊，从来不把同事、文友当成下级，老谭和方成合作如初，对方成尊重有加。他在本书的前言中写道："过去的一些情景历历在目。如今丁聪、华君武二老已相继辞世，方老与我也届垂暮之年。抚今追昔，感慨万端。于是我心血来潮，决意从本人过去与三老合作的大量作品中挑出一小部分，编辑成集，作为我们之间半个多世纪友情的纪念物。"

池北偶与华君武、丁聪、方成，可以说是当代讽刺与幽默诗画界的四位泰斗，他们的合作是"文人相重"的典范，他们的创作为时代留下了鲜明的印记。讽刺艺术是不可或缺的艺术门类。我国古代文论家刘勰说过："会义适时，颇益讽诫。"他是主张讽刺艺术的合理性的。鲁迅先生也说过："讽刺作者虽然大抵为被讽刺者所憎恨，但他常常是善意的，他的讽刺，在希望他们改善，并非要揍这群到水底里。"池北偶和他的合作者华君武、丁聪、方成也是善意的，他们的讽刺是希望改善。他们针砭时弊，讥弹世态的诗画，给人们以深刻的启迪，也给时代留下鲜明的印证。

池北偶，一个对时代和人民充满善意的文化老人。谭文瑞，好人啊！好人一路平安。

郑观应故居——
盛世危言犹在耳

·乔忠延

澳门又一次吸引了我的目光。

吸引我目光的不是碧波万顷的海水，不是鱼贯疾驶的车辆，而是一座建筑。这建筑不是拔地而起、要与白云试比高的现代高楼，而是安卧深巷、像是要聆听大地心音的一座大院。这大院被唤作郑家大屋。

郑家大屋位于澳门妈阁街亚婆井龙头左巷，乍看就是一座岭南风格的普通大宅，细瞧却没这么简单。它在岭南建筑的主体上，附着了域外风格的不少饰件。近前，先看到的是两层高的门楼，墙身自檐口往内退缩，下面是宽敞的大门，上层是明朗的窗户。门脸体现了国人谦和礼让的风貌，檐壁上饰有中式绘画，廊墙上还设有敬祀的神龛，都是中国古典风格。然而，抬头一看天花板则变了式样，石膏图案装点的是异国风情。门框也不同于传统中国民居，由双重花岗石镶嵌。

郑家大屋，是近代著名思想家郑观应的祖屋。他为这大屋题写过两首绝句："群山环抱水朝宗，去影波光满目浓。楼阁新营临海镜，记曾梦里一相逢。""三面云山一面楼，帆樯出没绕青洲。侬家正信莲花地，倒泻波光接斗牛。"退隐澳门后，就是在这个居所中，郑观应写成了著名的《盛世危言》一书，思考晚清诸多社会问题，提出"富强救国"，对政治、经济、军事、外交等方面提出了改革的方案。

在中国的近代史上，可以忽略的人很多，却不能忽略郑观应。忽略了他，一个西风渐来的启蒙时代就无法准确表达。不少学人研究过郑观应，研究的结果是心悦诚服地将几个"第一"的桂冠奉送给他。他第一个提出"商战甚于兵战"理论,是中国近代最早具有完整维新思想体系的理论家,揭开民主与科学序幕的启蒙思想家。他是实业家,第一个引进纺织先进技术、创办上海机器织布局,1882 年,他集资 60 万两白银,购买美国机器设备,建起了轧、纺、织三步兼营的大工厂。他是教育家、文学家、慈善家和热忱的爱国者,他第一个提出医学"弃短取长,中西合璧",1890 年,他在《中外卫生要旨》一书中预言:"打破中西界限,彼此发明,实于医学大有裨益。"倘是一般人有以上"第一"中的一个也不白活一回了,然而于郑观应,这只是他攀登峰峦的一串行迹。

步入郑家大屋,先是一个姹紫嫣红的花园,而后经过一个开阔的院子,便是两座四合院,这里是主人起居学习的主房区。蓦地,"通奉第"牌匾赫然眼前,"通奉第"是郑观应的住室,置身其中,我似乎看到了他伏案走笔、低头沉思的身影。笔底的墨色像是要穿透纸背、穿透案几。时而,他住笔捧卷,琅琅读来,声震屋瓦。百年之后,那铿锵的声音仍在我耳边回荡:

"有国者苟欲攘外,亟须自强;欲自强,必先致富;欲致富,必首在振工商;欲振工商,必先讲求学校,速立宪法,尊重道德,改良政治。"

"西人以商为战,士、农、工为商助也;公使为商遣也,领事为商立也;兵船为商置也……我中国宜标本兼治。若遗其本而图其末,貌其形而不攻其心,学业不兴,才智不出,将见商败,而士、农、工俱败,其孰能力与争衡于富强之世耶?"

这是郑观应发出的醒世浩叹!对于当时积贫积弱的清朝,这声音无异于黄钟大吕。难怪书一面世,洋务干将张之洞就爱不释手,读完意犹未尽,挥毫评点:"论时务之书虽多,究不及此书之统筹全局择精语详。""上而以此辅世,可谓良药之方;下而以此储才,可作金针之度"。礼部尚书孙家鼐更推荐给光绪皇帝,光绪皇帝又批分给大臣,下旨"饬总署刷印二千部,分送臣工阅看",自此"京都各地索者络绎不绝",很快朝野上下翻印二十余次,多达 10 多万册。

郑观应为何能指点乾坤、泼墨惊世?我站在郑家大屋的楼顶驰目远望,穿过历史的云烟追寻他的行踪,竟然颇多困惑。我困惑于他的两次"跳槽"。一次是 32 岁时,郑观应坐上了英资太古轮船公司总买办的交椅。这是个令人垂涎的位子,年薪高达 7000 两白银,除此还有津贴,是年薪的五六倍之多,可谓春风得意。岂料,就在此时郑观应跳槽了,跳进的竟是本土企业。其时中国的洋务运动蹒跚学步,要钱没钱,要人缺人,先进技术、经营理念,都得从头学起。放着富贵日子不过,却去打理一个穷摊子,确实让人困惑。

更困惑的是第二次跳槽。那时,郑观应执掌上海机器织布局,坐在大清的第一家官督商办棉纺企业的交椅上。并且,还兼任电报局、轮船招商局总办,一人统揽三大官督商办公司的大权,无限风光。可就在众生艳羡不已时,郑观应又跳槽了,前往中法战争的火线,总办湘军营务。没几日,营务处也没了郑观应的身影,原来,他悄悄潜入越南西贡、柬埔寨金边等地侦察敌情,联络南洋人士袭击法军。这举止更是出乎常情,怎不让人困惑?

但是,若是我们了解到郑观应的内心世界,就会困惑顿释,反而觉得自己一叶障目不见泰山。郑观应为什么舍弃外国买办的位置,主理官办企业?因为爱国,急于要使自己的祖国摆脱弱贫,弃旧图新;为什么舍弃后方的优越条件,奔往烽烟滚滚的前线?因为爱国,急于要使自己的祖国战胜强敌,不受欺侮。于是,在澳门这座祖屋的日子里,他奋笔疾书,写下《盛世危言》。

在郑家大屋顾盼,在前厅后院徘徊,我追溯的不只是"爱国"二字,更

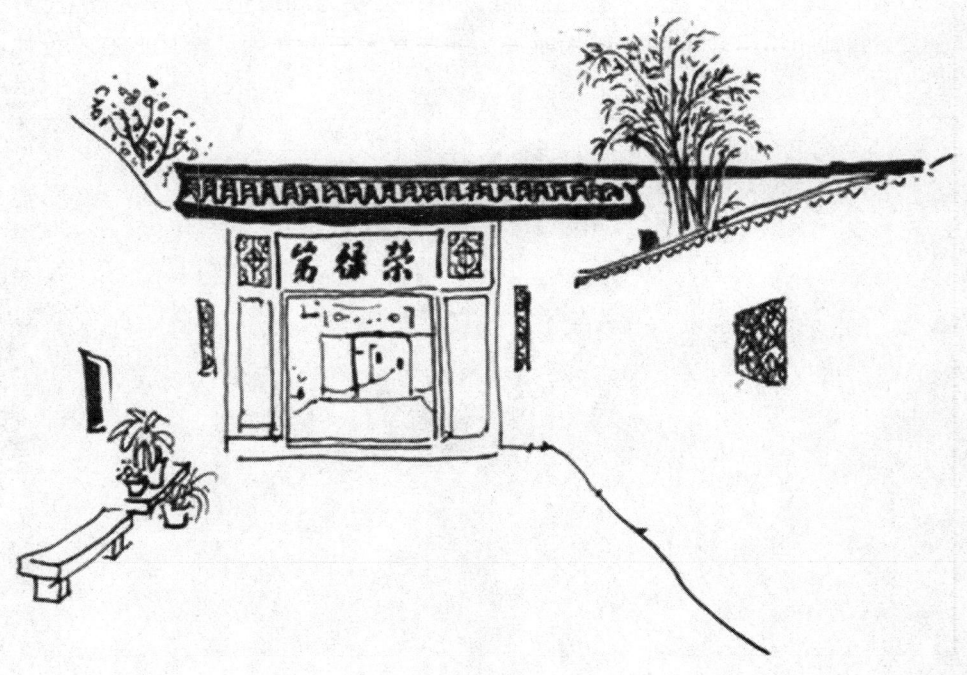

郑观应故居　罗雪村绘

沉思郑观应为什么会具有如此深切的爱国情怀。悬挂于二门"荣禄第"匾额下面的一块匾上，"崇德厚施"四个大字提示了我答案。"荣禄第"是诰封给郑观应父亲郑文瑞荣禄大夫的写真，"崇德厚施"则是对郑氏家族的褒奖，褒奖郑家乐善好施，捐资赈灾。1871年郑文瑞参与倡建澳门镜湖慈善会，成为慈善会值理人之一。1876年江南遭受旱灾，他"捐资为倡，并谕伊子郑观应等在上海筹捐"。后来，山西、陕西、河南、直隶各地爆发灾情，郑家均慷慨解囊，捐献巨款。义举感动了李鸿章，他奏请皇帝将郑家的善行载入《广东省志》和《香山县志》，并给予褒奖，"崇德厚施"即是表彰郑家的题词。

郑文瑞乐善好施，还要上溯到他的父亲郑鸣岐。郑鸣岐是一位"莫因善小而不为"的儒学之士，奉行的准则是"积金玉以遗子孙，子孙未必能守；积诗书以遗子孙，子孙未必能读，不如积德以遗子孙。"因而，老人家教诲儿孙的首要一条就是德行为上，慈善为怀。试想，一位关心爱怜他人的人，岂会不热爱自己的国家？爱人、爱国的种子，就这样在郑家一代一代传承。血脉的传续，家风的熏染，何其重要。

一座郑家大屋，奉献的何止是盛世危言！

黄宾虹故居——
栖霞岭上看云卷云舒
· 任愚颖

杭州。栖霞岭。此刻，我和杭州的朋友走进了西湖岳坟旁边的一个小巷。也就是几分钟的路程，便到了我们要拜访的黄宾虹的故居。

故居为圆形拱门，大门上端有青瓦厦檐，沙孟海先生题写的"黄宾虹纪念室"5个大字在圆门上方，凝重，清逸而端庄。站立门口，首先映入眼帘的，是黄宾虹的雕像。翠竹丛中，老人家布袍长衫，面容谦恭慈祥，放在身前的手臂，显得平易而朴实。望着老人眼镜后面那双略带笑意的眼睛好像可以听到他浓重的安徽歙县口音，正亲切地招呼前来拜访的客人：欢迎光临寒舍！黄宾虹，就是这样一位经纶满腹、平易近人、热情好客的一代巨擘。

进门不多远，便是黄宾虹的画室。面积不太大的一个书桌，是他的画案。工作人员介绍，画室里陈设的一切，包括居室等，都是按照黄宾虹生前的原样布置的。画室里的一砚一钵，一墨一笔，都散放在那里，很随意。笔筒里的笔，大多无毫，笔筒旁边的笔洗上，还有墨痕点点，没作任何整理和修饰，自然而真实。听当年曾经目睹过宾虹老人挥毫的先生们说过，黄宾虹使用的毛笔，几乎都是秃的，作起画来，先是对宣纸端详一阵，然后蘸起浓浓的一笔，便在纸上飞笔走线了。运腕过程中，也不蘸墨，笔上的墨用尽了，还画，还在勾勾点点。然后，再把笔往笔洗里沾些水，再画。这样一遍遍地沾水，直至笔上没有墨了，再蘸墨，如此反复数次，直到完成画作。宾虹老人这种特有的运笔方法，使旁观者无不大为惊诧。

黄宾虹是我国开宗立派的山水画大家，他1865年生，安徽歙县人，名质，字朴存，别署予问、虹叟，中年更号宾虹。早年他与谭嗣同结识，希图政事革新，后来又与柳亚子等人创立南社，与孙中山的海外同盟会相呼应，反抗清廷。宾虹老人在长达 80 余年的艺术实践活动中，参赞造化，匡正时弊，开拓创新，在我国美术史上留下了辉煌的一页。

纪念室里，黄宾虹的画桌前有一扇明窗，透过明窗，可以看到栖霞岭。当年，栖霞岭上的云卷云舒，啸啸涛声，给他带来了不少遐思和愉悦。他总是每天凌晨便起来运腕走墨，不管冬春寒暑，无休止时。在他的卧室里，一张简朴的单人床，四周墙上挂着他一幅幅画作，苍古润泽，淋漓酣畅，或远山，或近树，或小桥，或亭榭，叠嶂层峦，烟云满纸，真是惊人魂魄。

纪念室里陈列着黄宾虹生前用过的实物，诸如画稿、速写本之类。墙上的一幅幅照片，透过岁月的风尘，真实而生动地向人们讲述着宾虹老人一生经历的坎坷与追求，忧戚与希冀。

晚年的黄宾虹在杭州的栖霞岭生活了 7 年。他应当时国立艺专校长潘天寿先生的聘请，到学校任教授，于 1948 年 7 月 23 日由北平南归（这时杭州艺专的校长已是汪日章了）。临行前，当时国立北平艺专的校长徐悲鸿去看望他，为其送行。此时黄宾虹正在作画，徐悲鸿看到黄宾虹刚画完一石，便挥笔在石上补了一只展翅的雄鹰，算是作为与黄宾虹分别的纪念。

同来的杭州朋友对宾虹老人的逸闻知之较多。他说，黄宾虹到杭州后全家人的落脚点开始是岳坟旁边栖霞岭的 19 号艺专宿舍。当时的房子共两间，全家六口人都挤在这样的房子里，未免太狭窄。就是这样，黄宾虹一直住了 3 年以后，才于 1951 年的 4 月经领导过问，迁到了现在的"纪念室"，即 32 号。他在给友人的信中说："……敝寓迁移栖霞岭 32 号，距旧址仅一牛鸣地，较前宽展……"黄宾虹安顿下来之后，一方面到艺专授课，一方面在家里作画、整理文稿。一次，艺专国画科的教授潘天寿、吴茀之、诸乐三、潘韵等先生在杏花村宴请黄宾虹和夫人，吴茀之教授对当时国画创作遇到的一些问题，特别对一些画得不中不西、不讲笔法、缺少时代性的作品怎么看的问题，求教于宾虹老人。黄宾虹答道，国画讲究笔墨，犹如人体要有骨骼一样。如果光是靠明暗色彩取媚，不讲笔墨，作品就会像木偶一样，没有灵魂气血。反过来，如果只讲笔墨，缺乏生趣，无气无韵，也不足取。因此，中国画既需要有笔有墨，又要讲究气韵生动，再和时代背景结合起来，这样才能把创作的路子走好。老人家对东方艺术特有之精神又作了阐述。他说，我们国家的科学发展，虽然不如西方，但是，我们的艺术却能卓立于世界。西方的艺术崇尚写实，我们的艺术则是以"神"为象征，这也就是我们东方艺术特有的精神。

当我恋恋不舍地离开"黄宾虹纪念室"的时候，临窗眺望，栖霞岭上沆云涌动，让人不禁忆起85岁高龄的黄宾虹曾在栖霞岭上写生，坐看云卷云舒……

黄宾虹故居　罗雪村绘

贝熙叶和贝家花园

·舒 乙

贝熙叶大夫的小儿子，我们管他叫小贝，也是大夫，是心脏医学方面的专家，2014年3月29日晚和他太太由巴黎飞到了北京。当晚我在北海公园里的"仿膳餐厅"为他们接风洗尘。席间他说在最近一年多的时间里他才开始认真研究他的父亲，主要是查看他父亲留下来的大量资料，知道他父亲在中国度过了大半生，为中国人做了许多好事，是一位为夯实法中友谊做出过重要贡献的人。小贝先生一再表示，他要继承他父亲的遗志，继续沿着这条路走下去，也要为法中友谊的发展努力奉献。

我说："您来得真是时间！"何出此言？一是小贝大夫虽是第二次访华，但他从未去过他父亲在北京西郊所建的"贝家花园"别墅，此次他来可巧遇上"贝家花园"刚被修缮完毕，已经旧貌换新颜；二是当天所有的中方大报都全文刊登了习近平主席前一天在巴黎为纪念中法建交五十周年举行的纪念大会上的讲话，其中有这么一段话："我们不会忘记，无数法国友人为中国各项事业作出了重要贡献。他们中有冒着生命危险开辟一条自行车'驼峰航线'、把宝贵药品运往中国抗日根据地的法国医生贝熙叶……"我把这句话专门用彩笔勾勒出来，郑重把这份报纸送给小贝大夫，作为一份隆重的见面礼。他和在座的所有人都显得很兴奋。

话题转到了中国人民抗日战争的那个年代。此时老贝熙叶正在北京行医。他是北平有名的医生，并担任中法大学的校董。早先贝熙叶是法国驻华大使馆的大夫，再往前他曾是一名军医，在印度等国任职，上世纪初来到中国，以后一直住在北京，这一住就是几十年，一直到1954年才回国。1960年去世于巴黎，享年 90 岁。他在中国度过了大半生。抗日战争爆发后，贝熙叶非常同情中国，反对日本侵略中国。他的住宅在王府井大甜水井胡同，他在那里建了自己的一所庭院，是一座中西合璧的建筑。另外，他在西山妙峰山山麓下建了一所别墅。别墅里建有一座石头砌的雕楼，还是一栋二层小楼，小楼外表是中式的，内部设施则是洋式的，这是他的休闲地。院中有喷泉，有秋千架，有花园。当地老百姓习惯称这座花园为"贝家花园"。"贝家花园"的地理位置极为微妙。因为京西妙峰山是我抗日游击地的重要据点之一，由中国共产党领导。当时京西妙峰山游击队的指挥部就设在"贝家花园"上方不足一百米的山上。贝熙叶大夫在这一带为伤员们瞧过病，治过伤。地下游击队的成员们日久天长清楚地知道了贝熙叶大夫的态度，深信他是一位正直的国际朋友，暗暗地派了一名地下党员去当他的花园别墅的看门人。后来"贝家花园"就索性变成了北平共产党组织的一个地下交通站。地方党组织的负责人之一黄浩同志经常通过"贝家花园"和晋察冀边区发生联系。还有一些爱国人士尤其是海淀各个大学的爱国学生也纷纷通过这里奔向解放区。1939年前后聂荣臻司令员领导的部队正在河北开辟抗日根据地，那里的战地医院急需医治伤员的药品，包括白求恩大夫在内也都迫切需要解决药品的补给问题。贝熙叶大夫得知这一情况之后，就承诺偷偷地由城里向城外运送药品。当时由北平城里去妙峰山并没有现代的大马路，基本上都是土路，相距几十里。贝熙叶大夫当时已有 60 多岁。他在北平办过两座法国医院和诊所，医院在东交民巷，诊所在西什库北堂。贝熙叶大夫由这些地方去"贝家花园"基本是靠骑自行车。他冒着生命危险往自行车的后架子上捆上偷运的药品和医疗器械，然后一趟一趟地长途跋涉，转交给地下游击队，后者再转运至门头沟斋堂，再沿山涧送到河北的晋察冀边区战地医院。珍珠港事变之前，贝熙叶靠这条秘密运输通道每次都能成功地完成任务，为中国的抗日斗争做出了重大贡献。珍珠港事变当天，贝熙叶大夫得知消息比较早，他立刻赶到郊外的燕京大学，接上英国进步教授林迈克，借用司徒雷登的小卧车，在后备厢里装上两箱早已到手待运的大功率的无线电台的零件，连夜运到"贝家花园"，再由"贝家花园"转移出去，最后林迈克带着电台终于辗转到达陕甘宁边区首府延安。这部电台就是后来毛主席转战西北时用的那部电台。

应该说，贝熙叶大夫是一位真正的国际主义反法西斯的英雄，他是中国人民的真诚的好朋友，而且是中国共产党进步事业的亲密战友，虽然他自己是个无党派人士。他的事迹应该被中国人民牢牢记住，代代相传，载入史册。

我对"贝家花园"感兴趣始自 2005 年。我曾随着文史专家张文大先生去过那里。我去的时候"贝家花园"尚未开放，但保存得不错，门窗都用砖封上，免得闲杂人员入内。贝熙叶大夫建"贝家花园"是在 20 世纪 20 年代初，距今已有 90 多年。碉楼的门额上至今保留有李石曾先生题写的石匾，上有"积德济世"四个大字。碉楼分上下三层。每层面积大致 25 平方米。原来这是贝熙叶大夫在郊外的诊室。在他返回"贝家花园"时，附近的中国老百姓闻风而至，请他看病。贝大夫的口碑非常好，对那些贫苦村民和农民他免费看病，不收一文钱，还主动给药。他是个人道主义者。碉楼底层是候诊室，二层是他的诊室，有小洗手池，三层是药房，三层之上有平台，登上去可眺望四处，远远地一直能看见北京城。

2007 年某日我偶然得到一个电话，对方知道我正为保护北京城里优秀的老四合院和胡同而奔走，说要我到贝熙叶大夫在城里的故居去看看，那里可能要被拆掉。我如约去了大甜水井胡同 24 号，发现那座故居建得很有水平，而且保存基本完好。那里一度曾是文人荟萃的地方，李石曾、蔡元培、铎尔孟等人经常在这里聚会，新中国成立后贝大夫离去以后，这里曾是当时我国轻工业部部长蒋光鼐先生的寓所。到我去的时候，院里仍然住着轻工业部一些老领导的家属。可惜我对这所故居的命运并没有多少发言权，无从对它的保或拆施加影响。后来，2012 年法国驻华大使白林女士知道我对贝熙叶的故居和"贝家花园"有所了解，曾约我带她去看看。我如约而至，分两次陪她去过。但是，后来，大甜水井贝氏故居的命运并不好，虽然免去了被彻底拆除的厄运，但基本上已经面目全非，所有原来的内装修都被破坏殆尽，不知道买下这所房子的主人究竟会有什么打算，反正恢复故居原貌是不大可能了。

幸运的是"贝家花园"已经晋升为市级重点文物保护单位，而且最近还得到了维修。

在二十世纪上半叶，北京西郊妙峰山下曾经是法国朋友们喜爱的一个地方。中法大学附中建在这里，实验林场也在这里。李石曾先生也曾在这里建设他的新生活基地和模范村，推行他的新生活运动，又办学校，又建医院，还建新农村，而李石曾又是中法大学的创始人和中方校董，一向和法国有着密切的交往，可称是近代中法友谊的奠基人和核心人物之一。著名的中国进步青年赴法勤工俭学运动就是在他的推动下轰轰烈烈展开的。就因为如此，

"贝家花园"选择了建在这里,其他的法国朋友,如蓝荷海先生,也是一位中法大学的教员,也在此建有住宅。法国大诗人圣·琼·佩斯不仅选择在这里小住,还住在桃峪的一座小道观中写诗。他的长诗《阿纳巴斯(远征)》就是在这里完成的。多年之后于1960年他因这部长诗荣获了诺贝尔文学奖。另一位法国著名汉学家铎尔孟教授不光喜欢这里,甚至还在这里买下了一块坟地,准备长眠于此。而他们都为中国做了大量好事,是中国人民最可信赖的好朋友。

鉴于此,我曾建议将闲置了半个世纪的"贝家花园"修建成一座"中法文化交流纪念馆",集中展示以贝熙叶、铎尔孟和圣·佩·琼斯三位为代表的法国朋友的杰出事迹,让它变成一座伟大中法友谊的闪亮窗口。这个建议迅速得到了有关领导的赞同和支持,也得到了法方朋友的热烈响应,还得到了小贝大夫的赞成。北京市和海淀区也积极行动起来,正在紧锣密鼓的筹备之中。

如果在2014年下半年的某个时间,这座在"贝家花园"基础上发展起来的"中法文化交流纪念馆"真能够揭牌落成的话,那无疑又是送给中法建交50年纪念的一个较大的纪念品,可以和习近平主席刚刚在法国里昂市为之挂牌揭幕的里昂中法大学历史博物馆交相辉映,成为一对纪念中法友谊长久的双子座。

我盼望它能成功!

中国人永远不会忘记法国医生贝熙叶,他是不朽的。

犁 花

· 宋殿儒

犁花。而不是梨花。这是农人犁铧翻开土地，而绽放的泥土之花。

春天是花的季节，她们都很艳丽妖娆，可是她们却不能像犁花那样，永远在心田盛开。犁花在花科家族中没有位置，然而她却真实地花开万朵，无处不在。她盛开的时候，不但有状，有味儿，而且还能在花开花落之间结出麦子、玉米、稻谷、蛋肉，还有我们人间的温饱富足及幸福。

每当春天来临的时候，犁花就会首先在春风荡漾的地方开放。先是开在南方近邻油菜花的水田上，接着就会盛开在北方桃花树下的那些土黄湿润的田地上。犁花在南方盛开的时候，农民们的鞭梢炸响时会伴着一阵"哎哎啊啊"的吆喝；而在北方盛开时，农民们的鞭梢炸响处则会有一串"胆胆咧咧"的声音相伴。

儿时，我会常常追着父亲的犁铧看犁花盛开。父亲喝牛的时候嘴里总是"胆胆咧咧"地吆喝，让我一直以为，那就是犁花盛开的声音。有时候，在父亲春耕休息的时候，我就会问，为什么犁地时总要不断地喝"胆胆咧咧"呢？父亲则微笑着告诉我说，这就是人给黄牛的话语啊。父亲说，黄牛一生下来，人就会训练它们听人这种语言。"胆胆"就是让牛朝左边走，"咧咧"就是要黄牛朝右边走。一双黄牛只有在能听懂人的"胆胆咧咧"时才可以进田里去开犁花。

犁花也是我们家乡人对春耕的一种形象说法。春天来了的时候，乡亲们就会拾掇犁耙，到田里耕地。走在路上，见了邻里就招呼一声："走啊，开犁花去。"

我很小的时候，父亲经常把我带到田里看他在田里开犁花。父亲只要将手中的鞭儿在空中甩出一个炸响，再对黄牛喝一声"胆"，那一双黄牛就会使足力气拉着犁铧朝前迈了。犁铧走处，一朵朵，一团团湿漉漉、黑黑黄黄的犁花就接连地盛开了。

那时候，我们一帮儿童会追着犁花向前奔跑，在犁花中寻觅一种白白的、甜丝丝的植物。家乡人，都把那种植物叫做"春狼娃儿"。春狼娃儿是春天里第一个愿意长得白胖又好吃的东西。它的样子非常隐秘，一般情况下，从地表上是看不到它的，而每当乡亲们春耕，犁花盛开的时候，它就再也藏不住了。犁花会将它们活脱脱地暴露在我们儿童眼前。它白白胖胖的身子，就像一个白白胖胖的女娃儿，吃到嘴里香脆甘甜，是儿童们最最喜爱的一种野食。

犁花黑黑黄黄的，并不怎么好看，可是她却松软湿润，温暖绵柔。每当我们把自己的脚手插入犁花之中的时候，一种无法形容的舒服感就会在瞬间流遍全身。

有时候，父亲开出的犁花还异常的粘巴。我们儿童们会将一些犁花紧紧地攥在手心，然后做出各式各样的动物和小人儿。那时候两小无猜的小伙伴们，就会把这手捏的小小玩具互相赠送。后来我们长大成人，彼此间话也渐少。但是偶尔聊起来，却不知道为什么总会说起那些犁花小人儿的事情来。

对于犁花，我也经常问父亲，为什么那些好看的花儿都能结果，而这犁花却总不见结果儿呢？父亲则对我说，咱手里的白馍馍，碗里的白面叶儿，笼里的甜红薯儿，囤里的粮食籽儿，栏里的猪马牛羊儿……哪个不是犁花的果儿啊！犁花是人最离不开的花儿，它结出的果儿千种万种啊……

"为什么呢！"对于父亲的这种解释，那时候的我是从来听不明白的。

"等你长大了就明白了。"父亲不是个文化人，没有能让我心服口服的答案。可是等我长大，自己能掌着犁铧赶着黄牛开犁花的时候，突然间就明白了。

那一天，我代替父亲开了一晌犁花。汗水一串串地往黑黑黄黄的犁花中跌落的时候，我突然间明白了犁花为什么能结出千千万万种果儿了。因为，犁花是在农民父辈们的汗水中盛开的，犁花是开在农民们用生命赋予的承诺之中的。

我们会在夏天看到犁花盛开的地方泛起滚滚的麦浪，我们也会在满世界飘香的秋天看到犁花盛开之处长出了一派喜悦和收获。我们的地里有犁花的影子，我们的餐桌有犁花的甜香，我们的生命里更有犁花在鲜艳地盛开。

我不知道用何种语言才能描述犁花的魅力，然而，我们的心田里却真真实实地有犁花盛开。

春天啊！我的父老！我的至亲！我们的心田不能没有犁花盛开啊……

俞樾、俞平伯故居——
远去的书香:
·苏沧桑

1924年秋,一个天高气爽的午后,杭州孤山脚下俞楼年轻的女主人许宝驯和往常一样走上楼台,凭栏远眺。远处的山、远处的水、远处的雷峰塔都和往常一样安详、澄明。忽然,随着一声闷雷般的轰隆声,南屏山方向瞬间腾起一股黑烟⋯⋯

雷峰塔倒了!

许宝驯不由惊呆了,一时以为自己在做梦,第一反应就是转身去找丈夫俞平伯。咚咚的心跳声中,她想起,难怪前些天雷峰塔上的宿鸟时时惊飞而散,原来,那就是预兆。而与雷峰塔一湖之隔的俞楼和自己,正好目睹了这惊天动地的一刻。

从孤山南麓的西泠印社出来,靠右走几步,有一块很大的草坪,中间有一棵高大的香樟树。再往前走几步,路边有个小院,院里一座两层三开间的中式楼房掩映于绿荫丛中,这便是一代国学大师俞樾以及他的后人——著名诗人、学者、红学家俞平伯的故居,人称"俞楼"。

夏日午后,我穿着布鞋,一个人走进幽静的俞楼时,仿佛仍能听到遗落在时间里的轰隆声。真静啊,似乎这儿不是一个门庭若市的名人故居,而是普通人家居家过日子的地方。

对于俞楼的主人而言,这儿的确曾经是居家过日子的地方。

俞楼的第一位主人是清末独步江南的国学、书画篆刻大师俞樾。俞樾(1821—1907年)字荫甫,浙江德清人。三十岁中进士后入翰林院,因直言考场营私舞弊,惹得龙颜大怒,被罢官后,携家南归,主讲苏州紫阳书院和上海求志书院。他在苏州造了一个"曲园",筑了个"春在堂",取"曲则全"和"花落春仍在"之意,自号"曲园居士"。俞曲园在经学、史学、诸子学、文字学以及音律、训诂、书法等方面都有很深造诣,讲学影响很大,不仅深得国内学界重视,而且声名远播东瀛日本,因此,当时的浙江巡抚马新贻亲赴苏州,敦请俞樾出任江南著名书院——杭州诂经精舍山长并兼管浙江书局。

1868年,俞曲园来到杭州。他在诂经精舍著书讲学三十余年,前后受业门生多达三千人,其中不乏许多很有成就的学生。在这些学生中,有一位特别体贴入微的弟子徐花农,官至兵部侍郎。他见老师一家老小都还在苏州曲园,孤身住在孤山精舍,便发动众同学捐资,于光绪三年(1877年)在孤山西泠桥旁、六一泉侧,建造了一座中式二层楼房,这就是俞楼。

俞楼,从此成为俞曲园在杭州的家,也成了文人雅集的著名场所。这座不起眼的雅楼,走出了多位举人,走出了章太炎、吴昌硕,还走出了著名词人俞陛云和著名诗人、学者、红学家俞平伯,而后两位,一个是俞曲园的孙儿,一个是曾孙。

俞平伯是俞樾最疼爱的长曾孙。俞平伯在苏州出生时,俞曲园已八十高龄了。俞平伯儿时爱拿笔东涂西抹,俞曲园便自制描红纸,诱使他涂抹三字经。有诗为记:"娇小曾孙爱如珍,怜他涂抹未停匀;晨窗日日磨丹砚,描纸亲书上大人。"

1919年,毕业于北京大学的俞平伯投身"五四"新文化运动,以写新诗、白话散文而被誉为"五四"俊才,是中国白话诗创作的先驱者之一。当年,他和朱自清共游南京秦淮河,曾以《桨声灯影里的秦淮河》为题,各写一篇散文,轰动文坛。此后,俞平伯转向了对《红楼梦》的研究,著有《红楼梦八十回校本》《红楼梦研究》《脂砚斋红楼梦辑评》等重要著作,和胡适同为"新红学"的代表人物。二十世纪五十年代,他遭受猛烈的政治围攻,得以平反后,便一直致力于文学创作和红学研究,直到1990年以九十高龄逝世。

雷峰塔倒掉的那个日子,是年轻的俞平伯偕夫人许宝驯在俞楼居住后不久。他与俞楼,有着一段短暂而深远的情缘。1920年4月,俞平伯从英国留学回来,受聘于杭州第一师范学院,和夫人客居杭州。当时的俞楼因俞樾晚年回到苏州而荒置。由于种种原因，直到 1924 年，俞平伯才得以入住俞楼。入住后的第二天，他就无比欣喜地写下了这样一段文字：

"这是我们初入居湖楼后的第一个春晨……今儿醒后，从疏疏朗朗的白罗帐里，窥见山上绛桃花的繁蕊，斗然的明艳欲流……今朝待醒的时光，耳际再不闻沉厉的厂笛和慌忙的校钟，惟有聒碎妙闲的鸟声一片，密接着恋枕依依衾的甜梦……"

1925 年，俞平伯离开杭州，回到北京任职燕京大学。虽然在俞楼只呆了短短的九个月，俞楼却带给俞平伯无限惊喜，激发了他强烈的创作欲望，留下了《西湖的六月十八夜》《竹萧声的西湖》《忆江南》《眠月》《春晨》《西泠桥上卖甘蔗》等一篇篇美文。

朱自清说，俞平伯是与西湖"粘"在一起的。回到北京后很多年，俞平伯对俞楼，对西湖，总有"一种茫茫无羁的依恋，一种在夕阳光里，街灯影傍的依恋"。

夏日午后，我穿着布鞋，一个人慢慢走在俞楼里，闻到了一种遗落在时间里的馨香——"斯文一脉，累代相传"，那是俞楼日夜浸淫在袅袅书香中的女性，为俞楼注入的一种别样的馨香。

俞樾的结发妻子文玉，是他青梅竹马的表姐，两人情深义重，辗转流徙，不离不弃。得知丈夫部考第一的喜讯后，文玉在信中回了一首诗："耐得人间雪与霜，百花头上尔先香。清风自有神仙骨，冷艳偏宜到玉堂。"既是恭喜，又警醒他。

俞平伯的夫人许宝驯，是俞平伯的母亲许之仙的侄女，也是杭州书香大家出身，自小受过良好的文化熏陶，唱起昆曲字正腔圆，还能填词度曲。1922 年，俞平伯创作出版的第一部新诗集《冬夜》，就曾由夫人亲手誊写过两遍。在漫长的岁月中，他们夫唱妇随，唱曲吹笛，填词谱曲，神仙眷侣一般。

就连俞家的小孙女，也被一脉书香耳濡目染得格外聪慧伶俐。杭州灵隐的冷泉就有一个有趣的典故。当年俞曲园偕同家人游冷泉时，见亭上原有一联："泉自几时冷起？峰从何处飞来？"俞老夫人说，此联问得有趣，何以作答？

俞曲园应声答道，泉自有时冷起，峰从无处飞来。

俞老夫人说，不如改为："泉自冷时冷起，峰从飞处飞来"。

小孙女听了,笑道,也可答为"泉自禹时冷起,峰从项处飞来"。

俞曲园问,"项处"是何出典?

小孙女答,项羽"力拔山兮气盖世",若不是他把山拔起,山安得飞来?

众人开怀大笑。

夏日午后,我穿着布鞋,一个人在俞楼里慢慢走,仿佛还能听到遗落在时间里的笑声。几经翻建的俞楼,故去的生活气息已荡然无存,俞樾一生最重要的著作《春在堂全书》两百五十卷还整整齐齐地码在玻璃柜里。隔着玻璃,仿佛仍能闻到一缕袅袅书香,就像依然飘荡在俞楼的一脉相承的精魂——简朴,平静,凝重,还有,温暖。

假如,可以像俞楼的人们,一生都埋头在挚爱的书香里,同声同气,相濡以沫,这何尝不是一种最美好的人生?

图为俞樾、俞平伯故居杭州"俞楼"　　罗雪村绘

老舍青岛故居——
留给一座城市的回忆:
·王 溱

　　青岛的黄县路再普通不过,几百米长的路面蜿蜒上下,两辆汽车错开,还显得有些紧张。然而,这又是一条不同寻常的路。民国时期它是文化气息浓郁的一道风景线,许多文人墨客曾在这里留下足迹。更令青岛人引以为豪的是,这里还是"人民艺术家"老舍的故居。

　　走进黄县路,一栋栋欧式老建筑尽收眼底,虽已斑驳陈旧,却依然显现着昔日的厚重与贵气。老舍一家当年住在一栋德式建筑里,从1935年底到1937年7月底,一共630天。在这里,他创作完成了经典代表作《骆驼祥子》,为中国现代文学史留下了浓重的一笔。如今这栋建筑门前一左一右,分别悬挂"老舍·老舍"和"骆驼祥子博物馆"两块牌子。左墙还嵌着"老舍故居"四个大字。一居多牌,实在不多见,这恰恰独具特色。据说,此种现象别无二处。

　　推开铁门走入庭院,迎面呈现两尊塑像,院中心坐北朝南是老舍先生。院落西南角是祥子拉车的塑像。栩栩如生的神态,使人很容易联想到小说、电影、话剧和连环画里的祥子。院南侧和西侧墙面上,镶嵌着26幅别有韵致的陶版画,选自老舍先生最为认可的著名画家孙之儁的《骆驼祥子画传》,集中呈现了《骆驼祥子》的主要故事情节。

　　许多人也许都知道,老舍写《骆驼祥子》的冲动来自友人闲谈中讲的两个车夫的事。发生在北京的故事,以及故事中形形色色的人物,都以为是老舍谙熟北京的一草一木和情有独钟的结果,殊不知,它的生活素材竟是出自青岛,创作也是在这所不起眼的德式老建筑里完成的。

现在的青岛东方饭店门口，一座立交桥凌空架起，桥下的路面显得拥挤而杂乱，全然没了以往的旧貌。当年，从黄县路右拐，有一处叫"东方市场"的集贸市场，是当地居民的主要购物场所。每天来这里的人络绎不绝，其中不乏"有钱阶层"。当时汽车很少，那些有钱的阔小姐太太先生们想免去负荷之苦，主要靠黄包车。东方市场旁的黄包车因此大受青睐。市场旁的小树林是车夫们靠活，休息的地方。老舍常来这里与车夫们聊天、拉呱。今天我们可以想象得出，为了创作，老舍一定是眯着眼睛，吸着香烟，或许会背着双手，从住宅里走出来，直奔小树林。和蔼的老舍与车夫们打着招呼，然后用京腔与车夫们交谈。生意好不好做？遇没遇上倒霉的事？家里几口人，日子过得怎么样？家长里短最能拉近人的距离，闲谈中老舍了解了车夫们的生活，遭遇，挖掘着他们的内心世界，洞察他们的喜怒哀乐，甚至观察他们的一招一式，一言一行。据当时的邻居回忆，老舍还经常把一些聊得意犹未尽的车夫请进家里，像亲戚似地接着聊。对材料"入迷似的收集"，丰富了老舍的创作素材，也印证了其注重从生活中汲取创作营养的一贯主张。优秀作品源自生活，老舍严谨的创作态度，为后人树立了光辉的榜样。

老舍开始创作《骆驼祥子》，是在1936年，何月何日写下第一个字，他自己也记不得了。如今博物馆里的书房里摆着一张写字台和几把红木椅子，其实并非原物，只不过是人们凭想象摆设的而已。舒济看过后说，有一点敢肯定，父亲绝不会坐在红木椅上写作，他更喜欢的是藤椅。现在公开的照片，老舍先生确实多坐在藤椅上。在青岛他曾坐过何种椅子，已无法查证了，因为迄今为止不曾发现过老舍在青岛书房里留下的任何一张照片，这实在是遗憾。

《骆驼祥子》作为长篇连载，最早出现在《宇宙风》第25期上。《宇宙风》是20世纪30年代很有影响的杂志之一，发行量达到45000多份，是文学刊物的冠军。老舍之所以把自己心爱的作品送给该刊，一方面可能是出于与办刊人的"老交情"，一方面不排除其发行量和影响力。因为这是老舍毅然辞去山东大学教授职务，放弃丰厚的薪水后，第一部"自食其力"的产物，成败至关重要。正如老舍自己所言："《骆驼祥子》是我做职业作家的第一炮。这一炮要放响了，我就可以放胆地做下去，每年预计着可以写出两部长篇小说来。不幸这一炮若是不过火，我便只好再去教书，也许因为扫兴而完全放弃了写作。所以我说，这本书和我的写作生活有很重要的关系。"

老舍成功了，每天一两千字的进度，终于在一年后封笔。而《宇宙风》从 1936 年 9 月 16 日的第 25 期开始连载，一直延续到 1937 年 10 月 1 日的第 48 期载完。从此一部伟大的作品诞生，影响了中国文坛近 80 年，同时也进入了海外阅读视野，先后有英、法、意、瑞士、捷克、西班牙、日、韩等多国文字译本出版。

明明是故居，为什么会叫"博物馆"呢？许多人带着疑问，边参观边问。这要感谢舒乙先生。1985 年青岛市政府将老舍等文化名人故居，定为市级文物保护单位，黄县路 12 号门前便嵌上了"老舍故居"四个大字。23 年后，随着对文化名人崇敬的加深和对所带来的巨大影响意义的进一步认识，青岛市市南区政府安排了上千万资金，将住在这里的 12 户居民全部搬迁安置。但该起个什么样馆名呢？当时全国各地名人生活居住的地方，均以故居命名。老舍的故居已有两处，一是北京，一是重庆。如果再设立一处故居，显然落入俗套。正在困扰之时，一封来自舒乙的信，化解了难题。舒乙在信中说，（博物馆）名字和主题都应是《骆驼祥子》，以和其他两馆（指北京和重庆）区别开。不妨叫"青岛老舍故居及《骆驼祥子》博物馆，或简称《骆驼祥子》博物馆。舒乙还在信中介绍说，俄罗斯有一个"《喀秋莎》博物馆"，源于一首举世闻名的歌。此馆非常特别，非常有名，可参考。于是，"骆驼祥子博物馆"就此诞生。它是当时全国首个以文学著作命名的场馆，既独具匠心，又充满艺术气息。舒乙先生题写了馆名。

博物馆一共三层，顶层是阁楼。老舍先生一家住在一层，不加走廊也就 80 多平方米。现在的布局与以前大不一样了，原本只有三两户人家租用，新中国成立后一下子变成了 12 户人家的栖息之地，拥挤程度可想而知。能让人感到舒心之处，就是进了大门，有个 600 平方米的庭院。这正符合当时胡絜青"院子要大一点"的租房要求，现在还能看到舒济三岁时在院子里玩耍的照片。

博物馆的展品主要在一层，共四个房间，展示了一些珍贵的资料图片和实物。馆内的布局，大都是根据舒乙先生的建议。他在给青岛市有关部门领导的信中，谋划的非常详尽。博物馆展示的老舍先生生前衣物、眼镜、印谱、钢笔、小古玩、花盆等，都是老舍子女捐赠的。馆内还收藏了《骆驼祥子》及其手稿复印件，许多人关心原稿的去向，这里面还有另外的"故事"。手稿虽历尽沧桑，经历了战火纷飞的战争年代以及动荡不安的十年浩劫，得以幸存,却又因各种缘故而下落不明,这无疑给参观者增添了一番悬念。

二层和阁楼严格讲,与老舍先生无关。尽管曾住过黄宗英三兄妹,但那是老舍搬来之前的事。没有文字记载老舍先生与楼上的邻居有来往和瓜葛。现在,这两处作为文艺沙龙,给当地的文艺界聚会提供方便。人们可以在二层五个茶室里或阁楼的"榻榻米"里,边品茶,边讨论文艺,追思老舍先生不平凡的艺术人生。

博物馆开馆以来,以每年5万多人的数量接待游客,参观者大都慕名而来。学生学者居多,许多人提前做好"攻略",到青岛后直奔目的地。听博物馆吕馆长介绍,台湾游客到青岛,此馆是必到之处。与匆忙浏览的内地客人相比,台湾游客看得更仔细,问的更详细。一位姓张的台湾游客,回台后还把搜集到的五本台湾版《骆驼祥子》寄到博物馆;日本有位叫中山时子的老人,特别崇拜老舍,不但组织了"老舍读书会",十多年来,每周坚持一天集体阅读,还把老舍作品里人与事,编纂成书,名曰《老舍事典》公开出版。读书会的13名成员,曾专门来青岛,在老舍塑像前默立,双手合十,表现得十分虔诚,令人感动。

确实,老舍先生给世人,特别是给青岛,留下的不仅是一部丰厚的文化遗产,更多是厚重的城市回忆。对青岛来说,这个意义更加珍贵!

老舍故居　罗雪村绘

鸭 乡

· 王玉清

　　这是汪曾祺《大淖记事》里的故乡高邮，是水白、泥黑、草绿的水乡高邮。

　　高邮是闻名遐迩的鸭乡。人们凭毛色几十米外、凭声音几里开外就能分出公母麻鸭：水鸳般彩羽光鲜、叫声低沉嘶哑的，是绿毛长颈的嘎声大公鸭；成熟后嗓音高阔，看起来却土得跟那满身麻雀毛色一样的，自然是母鸭了。

　　到底是在麻鸭的营盘，这里取料于麻鸭的物产、与麻鸭相关的民俗民谣，就像鸭队、鸭阵一样随处可见，无怪乎人们见鸭心热，闻声则喜。许是鸭声喧嚷启发了鸭乡人的心性和脾气，这方圆百十里内，人们大多豪爽干脆。一些整日呱呱乱叫的小伙子，喜欢在大姑娘、小媳妇跟前打情卖俏，遭到女方讥诮："你怎么老母鸭一般，整天撒拉个嘴丫子？"也就一笑了事。因为没有及时放手而显得脸皮厚、脾性赖的，还会遭到女方抢白："喊，毛都还没有长齐呢，这德行！"这话里的深层含义，是你怎么像个"哈里哈气"的二嘎子！至于是否把小伙子羞着了，像民歌《数鸭蛋》里唱的那样，"扑通一声跳下水"，那可不一定。农家过生活，不闹不欢。

　　鸭乡的民俗里，麻鸭是地地道道的婚介大使。譬如这里人结婚前，男方须"追节"，端午节、中秋节前或当日，送女方一对颈系红头绳的"交颈"媒鸭，预示青年男女结发和好，而"鸭子——压子"，希望来个进门喜。这些流行于鸭乡、寓意吉祥喜庆的礼节婚俗，即便进入了新时期，依然欢欢喜喜地浑融于一方天地，准备"做亲"的两家都要依照仪轨。

　　鸭乡鸭蛋多，一筐筐、一篓篓的鸭蛋被鸭乡人数着唱着，不知不觉唱进了高邮民歌《数鸭蛋》："小小鸭蛋两头光哪/什么人收来上坑坊 /孵上一个黄鸭子呐/大鹰叼在云头上/嘎嘎！/咦喷喷来，咦喷喷来/嘎嘎！/嘎来嘎去不成双啦/咦喷喷来，咦喷喷来/嘎嘎！"听听，有多少情趣包含在民歌里面，就有多少生活的热辣和爱情的渴望冲撞在人们的喉头和心坎。"嘎来嘎去不成双啦"，固然有遗憾，可生活还是会热热乎乎地持续下去。既然心之所系的人儿千呼万唤不肯来见，那么就继续歌唱吧，继续这种千百年来"咦喷喷来，咦喷喷来"的冲天呼唤！至少在水乡人的心头，永远砌着一方暖烘烘、热腾腾的炕头。

当然，说鸭蛋道麻鸭，可不要以为一阵风来，麻鸭就遍地生了。麻鸭虽不娇气，可是做个好鸭倌却并不容易。像邑人汪曾祺在小说《鸡鸭名家》中写的"陆鸭"陆长庚那样，有着"登高一唤，应者云集"之牧鸭绝技的鸭状元，百十年才出一个。不过如今的养殖场户不再以此为傲，他们看重的是谁家"福鸭"多。每天，东方曙色熹微，牧鸭人打开鸭舍，迎面必是一阵麻鸭喊食的聒噪，随后一群肥奔奔的麻鸭从栅栏口刷刷迈过，鸭舍里软泥香草上，留下的鸭蛋如繁星点点，其中必有温热惹眼的双黄蛋。生双黄蛋的是"福鸭"，有"福到家门，喜事成双"之意。双黄蛋当然孵化不出雏鸭来，不可作种蛋，但是它含纳大地精华，浑然天成，寓意团圆，极为喜气，因而名气大，价格高。福鸭其实是苦鸭，一般羽翼不整，嘎声不亮，有的腹部还坠着大大的蛋囊，让人想到爱与奉献的不计得失、平和甘美。福鸭整天埋头刨食，在河塘里屁股朝天，在田野草丛里则扁嘴伸颈，忙个不停，一副福自苦中求的模样，倒也契合人间正道。对于"跌个斤头还要啃口泥"的"死扒鬼"，鸭乡人不说天道酬勤，反而会"杠"上一句："瞧你，整天闷着个头死扒，就看你憋出个双黄蛋来了！"正话反说，明贬暗赞呢。

梁启超故居——
"其室名冰,其人犹热"

· 武 歆

喜欢读书的人或是熟知中国近代史的人,恐怕没有不知道梁启超的。这个中国近代历史上的风云人物,曾经那样激荡着清末民初的中国大地,他的每一篇文章、每一声疾呼、每一次行走,都成为当时万众瞩目的事情。

一个并非节假日的上午。忽而天空阴暗,忽而阳光呈现;忽而有凉风吹来,忽而又闷热气滞。当我站在天津的民族路上梁启超故居门前时,天空完全阴沉了下来,顿时凉风阵阵。如此怪异的天气,似乎冥冥之中就像梁启超跌宕起伏的人生那样漂浮不定。

早上九点钟,街上没有行人。故居坐落的意式风情街,那是属于夜晚的啤酒的天堂。当夜幕褪去,白昼来临时,那里安然肃静,故居门前的碎石小路上整洁干净,迷蒙之中似乎看见宽宽额头的梁启超正从街上散步回来……那一刻我莫名地激动起来,就像跟随在他的身后,走进了已经存在百年的故居。

梁启超的故居大气、孤傲,两座白色的小楼分居大院的左右。手握书卷、颔首沉思的梁启超的坐像,位居庭院的中央。

1912年,从日本回国的梁启超,购买了天津意大利租界西马路上的一片空地,他自己亲自设计图纸,两年后的1914年,终于建成了意式风格的两层砖木结构楼房。故居主楼为水泥外墙,塑有花饰,异型红色瓦顶,石砌的高台阶,梁家后人称其为"老楼"。十年后,也就是1924年由意大利建筑师白罗尼欧设计的小楼才姗姗建成,这座小楼就是后来大名鼎鼎的梁启超书斋"饮冰室"——梁家后人称其为"新楼"。这两幢小楼,从1915年梁启超举家全部迁移到此,直到他1929年病逝,梁启超在这里住了十四年,他后期的重要著作都是在这里撰写的。

当然要先看"饮冰室"。因为梁启超的一生,在政治活动占去了大部分时间的状况下,他的一千四百万字的著述,基本上都是在"饮冰室"完成的。这座造型别致、典雅的浅灰色两层小洋楼,首层为其书房,二楼是卧室和会客室。"饮冰"二字,语出《庄子·人世间》的"今吾朝受命而夕饮冰",梁启超以此表达其对国家、民族命运的忧虑与焦灼。台湾诗人余光中来梁启超故居参观时,留下一句话"其室名冰,其人犹热",确是恰如其分。

最让我震撼的,是"饮冰室"首层的藏书。四壁落地、顶天立地的大书柜里摆放着三千四百七十多种、四万余册的藏书。记得在俄罗斯文学巨匠托尔斯泰的故居——图拉庄园,当我看到托氏藏书两万三千册时,已经感到震惊,可是相比梁启超的藏书,托氏还是稍显逊色。

"饮冰室"除了复原百件当年的家具外,剩下的就是墙上的老照片了。无论是与泰戈尔的合影,还是与众多学者的合照,梁启超的神情都是熠熠闪光的,那是一种充满活力的高傲。

是的,梁启超是一个高傲的自负的人。当年梁启超在清华大学讲授国学时,上课的第一句话是"兄弟我是没什么学问的",随后停顿片刻,眼睛看着天花板,慢悠悠再说第二句,"兄弟我还是有些学问的"。

这个十三岁中秀才、十七岁考中举人的"有些学问"的人,涉猎广泛,著作颇多,到了令人咋舌的地步。我在墙上一张"梁启超重要文章、著作一览表"中,看到了密密麻麻的著作,除了人们熟知的《中国近三百年学术史》《饮冰室合集》《论近世国民竞争之大势及中国前途》等,还有涉及历史、学术、文化、宪政、哲学、金融、外交、宗教、实业等方面的著作。但他不是一个只埋头做学问的人,仅1921年10月到1923年1月的十六个月里,他就在全国各地演讲三十四场,平均每个月演讲两场还多,而且演讲内容"五花八门","先秦政治思想史""美术与科学""情圣杜甫""市民与银行""人权与女权""历史统计学"等等,据史料记载,梁启超每次演讲,会场内外可以用一个词来形容——人山人海。这也验证了他在清华园讲台上说的一句话——战士死于沙场,学者死于讲坛。而梁启超心中的讲坛,绝不仅是学校里的讲台,而是广阔的社会大讲坛。

在梁启超短短56年的人生历程中,无论是少年苦读,还是参与戊戌变法,再到主张君主立宪、反袁护国,以及晚年著书立说,成为一代文化巨擘,几乎每一个人生阶段,都在中国近代历史上写下了耀眼的篇章。

故居的"老楼"里,到处弥漫着梁启超作为一个政治活动家的气息。厚重的枣红色木门,浅咖啡色的护墙板,吊灯,阔大的窗户,还有笨重的写字台,所有的一切都回响着梁启超的呐喊。

梁启超的一生,始终是在追求、改变之中。自从他投奔康有为并成为其门生和得力助手之后,梁启超便奠定了一个政治、社会活动家的思想基础。有意思的是在他成为康有为门生的这一年,也恰好是他路经上海前往广东的路上,接触了世界地理《瀛环志略》和阅读上海机器局所译的大量西书的同一年,看上去有些巧合,其实那一年正是梁启超眼界放开的一年,他接受了康有为的思想学说,走上了改革维新的道路,于是才有了四年后的"公车上书"。

天津梁启超故居　罗雪村绘

在梁启超的政治活动中，不能不提"百日维新"，这个因为被光绪皇帝召见、奉命进呈《变法通议》，同时被光绪皇帝赏了六品衔的负责办理京师大学堂译书局事务的改革派，那时该是何等雄心勃勃啊。

　　应该承认，这一时期是梁启超变化猛烈的时期。他先是与孙中山接触，赞成革命，很快又主张改良、反对革命；随后他支持袁世凯，与孙中山的国民党争夺政治权力；紧接着他又反袁，与蔡锷策划武力护国；袁世凯死后，他又出任段祺瑞的北洋政府的财政总长兼盐务总署督办；后又在孙中山发动护法战争、段祺瑞下台后，正式退出纷扰的政坛。这几年的时间，正是梁启超大起大落的历史阶段。但他彻底退出政坛后，并没有歇息，而是继续寻找救国之路，于是也有了后来的旅欧行程。

　　在梁启超故居里慢慢走着，想起他的一句名言——吾爱孔子，吾更爱真理。1929 年 1 月在北京协和医院的病榻上，梁启超带着对真理的追寻停止了呼吸。他去世后，京沪两地开了隆重的追悼会，参加者甚众。

　　走出故居，街上已经有了众多行人，大部分都是游客。他们在举着小旗子导游的引领下，在标有"梁启超故居"的大门前匆匆走过。我听见一个外地口音的声音在问"梁启超是谁"，顿感悲哀。不知道庭院里正在端坐读书的梁启超听见没有。

采茶鹧鸪天

·徐 鲁

二月天是鹧鸪天。在布谷鸟和鹧鸪的呼唤声里,我回到了30年前工作过的地方,地处湘鄂赣交界的鄂南边城阳新县。那时候,我在县文化馆当"群众文化辅导员",其中主要的工作,就是走遍山乡,收集和整理鄂南民间歌谣和民间故事,记录和整理一些流传在山乡的民间小戏的戏本。

这里的戏曲叫"采茶戏",与赣南采茶戏同宗同源,都是山乡儿女们在采茶、栽秧的劳动中,唱歌自娱,彼此唱和,渐渐演化而来。每年阳春二三月,嫩茶吐绿,年轻人三五成群,上山采茶,茶林深处,你唱我应,山歌互答。这是一种清新、朴素的劳动之歌和乡土之歌,唱本和曲调里,都散发着山茶花和泥土的芬芳,表达着山乡儿女们诙谐乐观的生活态度和人情怡怡的美好心地。那些年,我在这里结识了许多采茶戏"名角",他们有的几乎从来也没有走出过鄂南山乡,却为乡亲们演了一辈子采茶戏。如今我还清晰地记得一些采茶戏老演员的名字。

我还记得,当时经常带着我爬山越岭、穿林过河,到各个山村去看戏、收集戏本的一个农家少女,名叫肖冬云,只有十七八岁,却已是山乡里远近闻名、甚受乡亲们尊重和爱护的一名采茶戏辅导员了。她会排戏,会给山村的男女演员化妆,还会记录和整理唱本,一年四季都行走在各个偏僻的村子和小塆里,吃的是乡亲们招待的"百家饭",能背得出十几台采茶戏的小戏本……至今想起她来,我仍然从心底里感到深深地敬佩。

眼下正是农人们犁水田的时节。"从省城里来的啵?好矣,来这里接接地气,好矣!"一位犁田的老人热诚地向我招呼。

这里的方言里还保存着许多古雅的字音。例如，把玩耍称为"戏"，把穿衣称为"着衣"，给客人添加酒水，称为"酾酒"，甚至称"你"为"乃"，称"我"为"阿"或"吾"，称"他"为"其"，把树叶叫做"木叶"。这里的农人们在犁田或插田的时候，还会演唱一种有趣的插田歌，名字叫"落田响"，也是采茶调的源头之一。落田响是由17支号子组成的一部完整的田歌，老一辈农人会按照号子的顺序唱，早晨下田唱《走下田》《海棠花》《怀秧》《放牛》，上午下田唱《赶王鹰》《打花歌》《挖百合》《割猫》和《采茶》，下午下田又唱《谢茶》《消条》《喊福》《收牛》《游船》等。通常会由一位演唱技巧比较高超、在村子里有些声望的插田能手，作为率领大伙合唱的人，大家都尊称他为"歌师"。当歌师唱道："太阳出山（罗火火），（罗）支（罗）花（哦火火火火火火火火火火）……"大家便齐声接唱："海棠花（罗火火火火花耶）！"

外地人来到这里，若是仔细倾听和分辨他们所唱的歌词，勉强能够听出大致的意思。他们用着当地古老的方言土语，自由而快乐地唱下去，那极为麻利的踩田、栽秧的动作，正好合着"罗火火火火"的节奏。当他们直起腰来再唱时，就当做一次短暂的喘息的机会。

长长的一支"号子"唱完了，一片水田也就插完了。这时候，从村头挑秧过来的女孩子们，也会亮开歌嗓，接着田间的号子唱出她们的"贺彩词"，为那些能干的小伙子喝彩鼓劲："福矣（嗨）！秧苗冲禾（哇嗨）！秧苗开张（哇嗨）！"贺彩词里充满了吉庆和感恩的意思。

等到插完了另一片水田，小伙子们唱完了另一支号子，她们还会有另外的喝彩。小伙子们受到了她们的恭维和鼓舞，又不知道从哪里来了那么多的力气。这些插田的年轻人啊，只要村里的女孩子们高兴和平安，他们就是再苦再累，也是幸福的啊！

可惜的是，现在，村里的年轻人都到城里做工，寻找自己的未来去了，留在村里的年轻人不多了。我问眼前的老者："老爹，现在你们犁田，怎么不唱《落田响》了？"老爹笑笑说："做田的人少了，没人客，唱不起来了。"我又问："现在的年轻人还会唱不？"老爹叹了口气说："有星不能照月，难为煞了。"这意思我听懂了：人都在，歌却恐怕都不会唱了。

说实在的，我很怀念当年经常见到的那种劳动场面：年轻的山乡儿女们在早春的水田里欢笑着、忙碌着，特别是那些小伙子，只要有女孩子们在他们身边,他们的秧苗就插得又快、又直,田歌唱得也更加响亮。我知道,这是属于他们自己的乡土文化,是他们视为最平常又最宝贵的东西。他们的秧田和他们的力量原本是分散开的,有时为了享受这份先人们留下来的热闹与欢愉,他们会不时地自行组合起来,进行着一两天大场面的劳作。他们从中感到陶醉,感到生活带给他们的欢乐和幸福。这是一旦离开了自己的土地和家乡,就永远也得不到的欢乐啊!他们可以在这种劳作和歌唱中忘掉一切的不愉快,甚至邻里之间偶尔的争吵和恩怨,甚至命运里的那些悲苦和艰辛。

30多年后,我重返这里,就像重新回到自己久违的故乡一样。我想起郑愁予的诗句:"我打江南走过,那等在季节里的容颜如莲花的开落……"我想好好看看自己年轻时工作过和热爱过的地方,我想好好听听那久违的鹧鸪声和采茶歌。

这样想着的时候,当年我采过春茶、听过山歌的那座青青茶山,已在眼前了。鹧鸪声声,从这座山传到那座山,每一声都是那么婉转、那么缠绵、又那么清亮。河流在古老的山谷间回响,布谷鸟和山雀子欢叫着飞过晴和的天空,静静的小池塘里,倒映着秀丽的枫树、樟树和乌桕树的影子。腐叶铺成的山路上和田埂上,是野猪们走后留下的串串蹄窝,每一个小小的蹄窝里,都有一团安静和清亮的积水。抱窝的竹鸡、斑鸠和野鸽子,也在远处的灌木林和竹林里,咕咕地啼唤着同伴,它们的叫声里充满了温情。

我想起屠格涅夫所说的"乡村永恒"和"只有在乡村才能写得好"的话来。是啊,早春二月,山乡的宁静与祥和,一份勤恳一份收获的踏实与富足……对于他们来说,那些忙忙碌碌的城里人所孜孜追求的一切,又算得了什么呢?

林觉民故居——
侠骨柔肠百转时

・朱谷忠

　　福州"三坊七巷",是福州市南后街两旁从北到南依次排列的十条坊巷。历代名人辈出,唐代有著名学者黄璞、宋代有理学家陈襄、明代有抗倭名将张经、清代有船政大臣沈葆桢,近代有启蒙思想家严复、黄花岗七十二烈士之一林觉民……每次走到这里,我总是不知不觉地放慢了脚步。

　　走在"三坊七巷"之间,触手可及的一处处名人故居,都能让我收获一段段鲜明的历史印记和蕴涵。而我最喜欢的去处,是林觉民故居。林觉民故居位于福州鼓楼区杨桥路86号。我曾经的住处在黄巷,离它只有不到三百米的距离。那时上班、下班,每天都数次经过它的身旁。这是一座清代中叶建筑,侧立街口,坐西朝东,朱门灰瓦,三进院落。宅内四周是风火墙,第一进与第二进之间有一长廊,廊边栽有翠竹;第三进大厅两旁,各有前后厢房,也各有天井、院落。当年的林觉民就住在西南隅一厅一房。卧室窗外有花台,据说昔时种植着腊梅。难怪有人会吟咏:清风引我访名庐,月影梅魂道不孤。这里的小厅,有门直通"紫藤书屋"。书房墙上,如今挂着用毛笔书写的《与妻书》,这就是林觉民在广州起义前夕写给妻子陈意映的绝命书。

　　记不清多少次来过林觉民故居了。有时是陪朋友前去拜谒,有时是独自前往流连。林觉民之所以令我格外的尊崇,是因我觉得他不只是一个热衷民主革命的现代知识分子,更是一个有着侠骨柔肠,向往除恶扶善、锄强扶弱的刚烈人物。

　　林觉民生于1887年。小时候聪慧过人,读书过目不忘,连曾泯灭了"人仕"愿望的嗣父林孝颖也曾偷偷对好友说过:"林家若能振起雄风,此人就是林觉民。"光绪二十六年（1900年），林觉民13岁，父亲叫他应考童生，桀骜不驯的他居然在试卷上写了"少年不望万户侯"7个字后，便掷笔扬长而去。嗣父闻讯后十分吃惊，无奈之下，只得安排他进了福建高等学堂进修。这个自号"抖飞"又号"天外生"的林觉民岂肯"安分"，立即在学堂里开始接受民主革命思想，推崇自由平等学说。一天晚上，他到一条巷子里发表题为《挽救垂危之中国》的演说，谈到时局险恶之处，捶胸顿足，愤激之情，不可扼抑。在场的听众无不感奋。一个前往偷听的学监大惊失色，对人说："亡大清者，必此辈也！"之后，林觉民除了积极传递《苏报》《警世钟》一类革命书刊外，还在家中私办小型的女子学校，讲授国文课程，动员女人放足。离经叛道的言行，也促成林觉民练就了一身的侠肝义胆，他除了时刻不忘救护民众，还敢当面奉劝衙吏们洗心革面，摒除暴政。

1905年，林觉民回乡与陈意映结婚。1907年，去日本留学，此间更是积极从事革命活动，并加入同盟会。1911年春，得知黄兴、赵声等在香港建立统筹部，筹划广州起义，林觉民遂赴香港，接受任务赶回福建，奔走召集革命志士。4月24日，战斗即将打响，他在香港给嗣父及妻子写下绝命书，情真意切地表达了对亲人的至爱及为国捐躯的决心。4月27日，林觉民与陈更新率福建志士进入广州。当天下午5时30分，林觉民腰别炸弹，手持步枪，义无反顾地随黄兴勇猛攻入总督衙门，纵火焚烧督署。之后冲出，转攻督练所，途中与清巡防营大队人马相遇，展开激烈巷战，直至受伤力尽被俘。清两广总督张鸣岐、水师提督李准亲自在提督衙门内审讯，林觉民毫无惧色，全身血脉贲张，在大堂厉声责问，又侃侃而谈，其肝胆如铁、心地如雪，令参加审讯的所有人都心惊胆战。押回狱中，从此滴水、粒米不进，最终泰然迈进刑场，从容就义。

就在起义前三天的夜晚，他独自在灯下给嗣父与妻子分别写下诀别书，特别是写在一方手帕上的《与妻书》，更是让后人为他的一身豪气和百结柔肠而唏嘘不已。那血泪的诉说，可说是低到无声，直到哽咽："……吾作此书时，尚是世中一人；汝看此书时，吾已成为阴间一鬼。吾作此书，泪珠和笔墨齐下，不能竟书而欲搁笔，又恐汝不察吾衷，谓吾忍舍汝而死，谓吾不知汝之不欲吾死也，故遂忍悲为汝言之……"一千三百来字，夜深时一气呵成，字字泣血，句句滴泪。

也许，林觉民写此信时已想到了自己的身后：当噩耗传到家中，嗣父天旋地转,妻子欲哭无语,一家最后的希望瞬间归于寂灭。广州起义失败后,为了避开满门抄斩,林觉民一家便躲到福州一个陋巷中避难。一个夜晚,有个头裹黑衣的人从门缝塞进一包东西,惊魂甫定的一家人直到次日清晨,才发现那是林觉民托人带回的两封遗书。"汝幸而偶吾,又何不幸而生今日之中国;吾幸而得汝,又何不幸而生今日之中国。"这是一个侠骨男子夺笔而出的呻吟,愤懑难抑只能仰天长叹,悲情满怀只能独自吞咽。世间总是这样,义孝难以两全,情爱不能重聚。身前身后,心中装不尽的,是对嗣父和妻儿的绵绵思念……

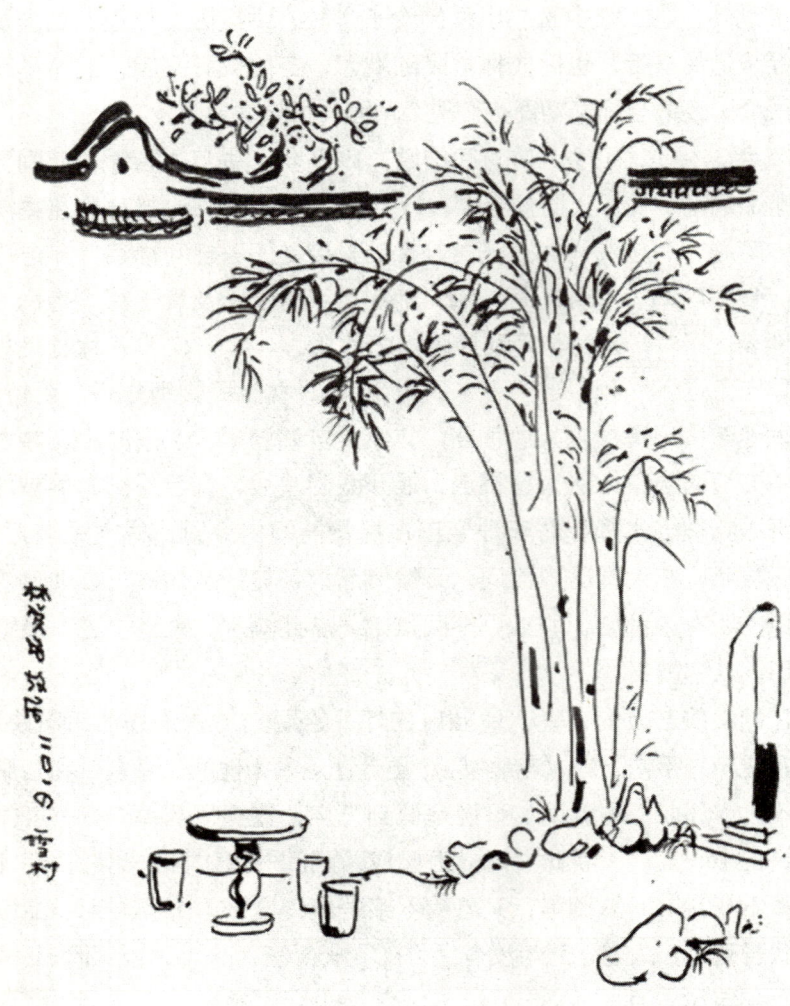

福州林觉民故居一隅　罗雪村绘

毫无疑义，《与妻书》是人世间最真切、透明、高尚的情书，也是感动着来故居的每个人的一首绝唱。我相信，不是侠骨柔肠百转时，是断然写不出这样的书信的。记得，我曾在林觉民的故居里数次低声吟读这封令人肝肠俱裂的《与妻书》，痛觉林觉民的眼里沾满的全是对爱妻的深意，笔尖流泻的全是对爱妻的浓情；"意映卿卿"的一次次呼唤，是他诀别人间的一道永不愈合的伤口。有时在莺花入梦、风清月白之夜，偶又路过林觉民故居，想起他的《与妻书》，心中总会浮起抹不去的一缕悲伤。

好在，如今林觉民故居保存完好，故居内仍是青石板铺地，院内假山依旧，花木扶疏；林觉民旧屋临窗一角，尚见竹影婆娑，时有花香沁人。院中的梅枝，年年也都有新生的蓓蕾绽开在温煦的风中；叠句似的廊房，向无尽的游人叙说着林觉民的故事。朝迎旭日，暮送晚霞，置身其间，让人觉得这位有着侠骨柔肠的人不曾走远。

让人意外的是，林觉民故居门前挂着两个牌子，一个是"林觉民故居"，一个是"冰心故居"。原来，林觉民就义后，嗣父林孝颖带领全家躲到别处，谢家便买下了此屋。民国建立前，谢冰心曾一直在此居住。此处因而陈列有冰心的部分珍贵资料以及她生前的生活用品。更巧的是，近代才女林徽因作为林觉民的远房侄女，也曾在此居住过。一处故居，住过三位名人，其难得，其特殊，意味不尽。